工无尺 — 著

动态清零之真相

"文革"不死 祸乱不止

自序

　　2019年底，我随旅行团到台湾进行了8天环岛游，其间用苹果手机的"备忘录"提示性的记录当天游玩的地名和景点，以方便回家后看照片。台湾给我留下印象最深刻的是几所学校（如高雄的前金国小、高雄市立女中、花莲县美仑国中和台北的泰北高中），无论小学，还是中学，我居然可以进去观看学生们上课、橱窗里的成绩榜单，以及在游泳池里训练的小学生，这使我很感动。由此可以推想出台湾孩子的安全感和幸福感远高于大陆的孩子，还可以推想出台湾的社会治理水平和民众的道德水准也远高于大陆。赴台通行证有效期是半年，想著后面有时间可以再去。可是，过了一个多月，武汉封城了。

　　疫情之下，不敢出远门，也不知道何时是尽头，每天夜里在家用点时间接著"备忘录"写日记，对于每天经历的人和事写点看法，每天接触的书籍也写点意见，对于敏感问题只进行提示性记录。现在呈现给读者的日记，加粗的字和"标题"、"自序"都是我买了苹果笔记本电脑之后开始慢慢写的。尽管我的苹果手机和电脑没有安装任何额外的APP，也没装电话卡，但还是担心被有关部门侦寻到，所以，在中共统治下不敢乱写啊。去年7月份买电脑时，售货员在将我的手机里的内容往电脑里转时，莫名其妙的丢失了2021年10月21日之前的日记，而且是两部设备同步丢失。我只能认倒霉，没给我全部丢失就算幸运的了。

三年疫情，中国民众最难熬的不是开始，而是最后半年时间，各地封城的报道此起彼伏，各种凄楚的短视频经常刺痛民众已经很脆弱的神经。在大陆，CNN和FOX NEWS是可以看到的，我看到在绝大多数国家已经放开疫情管控的时候，国外媒体都认为习近平在"二十大"上所说的"坚持动态清零的方针"是方向性的错误，其实，习近平没有说假话，而是外界理解错了。习近平和中共所说的"动态清零"，并不是针对病毒，而是针对人，针对那些对中共政策不满的人，习眼中的病毒不是COVID，而是对其统治不满的民众，他们必须被"清零"。通过极限施压，通过几次惨烈的"事故"，积累广大民众的愤怒，再利用煽动者使民众心中的怒火喷发出来，从而达到最大限度的发现怀有不满情绪的人。这就相当于毛泽东1957年发起的"反右"运动，利用人们的善良和天真，引蛇出洞，然后一网打尽。不同的是，毛用的是胡萝卜当诱饵，习用的是敲击心灵的大棒；作为高举唯物主义大旗的毛没有学过心理学，也不准其他人学，而习的身边有一批研究心理学的"人才"；"文革"那么乱，军队没有乱，反对封控的抗议那么多，没有中老年工人出现在街头，为什么？我在回看日记时发现了这个问题，它值得我们每一个人思考，以进一步认清中共和习近平的残酷统治。看完本书之后，就可以知道，在中共的统治下，民众始终都在被"动态清零"中。

苹果手机的"备忘录"写的日记是不能改动的，否则，日期顺序就乱了，这就保证了日记的真实性，前后联系起来查看、思考，就能得出正确的结论。

能看清习近平"动态清零"的真实动机，也是我亲身经历了家破人亡的悲剧后所得到的教训及总结。在后面的日记中，我经常提到我经历的痛苦，有点碎片化，如果要完整的叙述，那就要另外写一本书了。这里简单的介绍一下：2008年下半年，我的儿子考上了北京大学。北大和清华两所大学新生的军训不同于其他高校（进校开学前进行军训），北大和清华新生的军训在大一转大二的暑假，即2009年8月份，此正好是中共"国庆60周年"之前夕，北大清华军训的学生要参加学校组织的游行。因此，我再次开始关心1989年发生的"6.4"事件，那两年刚好"百度"经常提示在"搜索栏"里输入几个关键词，就可以翻墙上国外的网站，我翻墙了，查看了关于"6.4"的很多资料，并下载了很多图片。关键还在于我的性格缺陷使整个事情变得糟糕起来，由于北京马上要举行游行，同事们在一起经常议论"6.4"事件，我口无遮拦的为"6.4"那些学生鸣不平，为"天安门母亲"的遭遇而表示悲伤。于是，我的情况开始发生了变化，工作上经常受到上级部门的刁难，家里经常遭遇妻子的冷战，加之我的性格又很急躁，妻子的冷战也更加频繁，到了2012年，儿子对我的态度也越来越不好，2014年回国度假时，甚至拒绝与我说话。到了2015年，妻子突然失踪了（这个情况可以对照2022年10月21日的日记），问谁都没有一点消息，儿子也不告诉我（此有我与儿子来往邮件为证），而我每天还要坚持上班，去听各种有意无意的言语刺激。当我发现整个事情都是设计出来针对我时，我开始收集证据，录音、手机截屏、电脑屏幕拍照等等，综合收集的证据，结合社会上频繁发生校园砍杀学生案、医院砍杀医生案，我更加确认自己正在受到迫害。我只能默默的承受，尽量找些动脑筋的事情做，以化解愤怒和焦虑。一年多后，妻子出现了，仍然要离婚，而且仍然要我去法院起诉，并央求我不要让她再在外面漂泊了，没办法，我只好到法院起诉离婚，法院没有调解，直接就批准了。好端端的一个家，破了。

再然后，到了2018年元月7日，母亲住院，当我赶到医院时看见两个护士正在折磨我的母亲，我制止了她们，她俩和医生很快就走了，说明她们之前并不是在进行抢救（我有录音证据）。我想，她们一定也是提心吊胆的，但是不那样，她们就会失去这份工作。简直不敢想象啊，人间会有如此残忍的画面真实的呈现在一个人面前，那些缺乏理性的人们，怎么能不挥刀砍杀医生和护士呢？可这只是医生、护士和凶手的错吗？用"平庸之恶"这个词事后评价、指责那些盲从者很容易，但是在特定的时代背景下，没有成为"平庸之恶"，就会为善良付出不可承受的代价。

中共一切作为都是为了巩固权力，即政治压倒一切，党性高于人性，什么善良、诚实、理性、正义、人伦等等美德和人类情感都是中共巩固权力道路上的绊脚石，要在各种不断的震动和筛选中过滤出来碾碎，再深埋于泥土中。所以，铲除"平庸之恶"的关键还是在于全世界的正义之剑都要以舆论、教育、法律，经济制裁、科技封锁，直至战争手段（正如消灭纳粹、萨达姆和卡扎菲那样），坚持不懈的问罪于"平庸之恶"的始作俑者，使人类历史再无此类后继者。

1976年9月9日，物质的毛泽东死了，幽灵的毛泽东一直还游荡在中国大地，终于，习近平借尸还魂，将它复活了。

目次

日记　2021

2021.10.22，阴。

下午1点半，两个换水管的师傅带著工具和配件来了，不用鞋套，从纸板上走来走去，不到一个小时就完工了。只是，与他们说好的从原先的室内总阀前开始接新水管，结果他们把原总阀阀芯拧断了，只能拆下来，这样一来，供水总阀与新水表一起装在外面了。

好多天没见过如此清澈的水了，按照习惯，将一个水壶和两个锅子盛满水备用，壶底和锅底都清晰可见。（其實，新管道的水與以前一樣，并不能直飲。换水表和新管道雖然是市政工程，免費的，可這個錢還是來自于政府財政撥款，政府的錢也是老百姓的血汗錢。表面看這是官員的一項政績，實際上就是爲了花錢，有花錢的項目，就有吃回扣撈錢的機會。後面還有燃氣管道改造和報警器安裝的見聞，這涉及的問題可能更嚴重，更惡劣，因爲，一段時期裏，全國各地經常發生造成老百姓家毀人亡的燃氣爆炸事故。）

《道德哲学》也提到了"裘格斯戒指"引出的道德问题，乔纳森·沃尔夫围绕著人的自利本能与道德的自律问题进行讨论。其实，可以延伸到这样一种情况，即绝对专横权力的问题，因为，在绝对专横权力下，权力拥有者实际上相当于拥有了"裘格斯戒指"（即没有監督的權利同樣可以爲所欲爲。而"百度百科"裏的"裘格斯戒指"，衹談神話，其與道德的關系的解釋都没有，更没有涉及政治和權力問題了，實在是愚民有方啊。）。

经过L中学北侧的一个铁门，这个铁门总是关闭的，两扇门中间可以拉开约5公分的缝隙，几个学生在里面买食品，小贩用塑料袋包好火腿肠、甜玉米棒和烧烤串等等递进去。转到学校西侧的正门处看到，不锈钢的伸缩门关闭的很严实，门卫处的小门也是关闭的。

10.23，晴。

亲家说婚庆公司那边说照片还没出来，出来了就发给我。

不知道怎么回事，数码照片"还没出来"是什么意思呢？也许婚庆公司想另外收费？还是他觉得不那么重要呢？

我选了儿子小学和中学阶段的三张数码照片用微信传给了亲家，并留言：儿子10岁时我就买了数码相机和计算机，我一直记录著他的成长历程。接著说："婚礼是两个孩子的重要人生节点，我们应该保存照片原图。婚庆公司有义务将雇主的原始照片交给雇主，当然，也还得麻烦你耐心与他们交流"。他回复说："好的。"

10.24，晴。

《道德哲学》中引用了女权运动哲学家玛利莲·弗莱的一个关于对女性歧视的比喻：鸟笼，意思是组成鸟笼的每一根单独的铁丝都不会阻碍鸟的飞翔，但当每一根铁丝被相互组织起来之后，它就像地牢坚硬的墙壁将鸟困在里面。这个比喻很有意思。

（在当下的中国，由那些看得见和看不见的權貴們组成的骨架，把愚昧無知或唯利是圖的烏合之眾組織起來，將另外一部分人囚禁了在鳥籠裏，而那群烏合之眾既是地牢鋼筋的一部分，同時也屬于被囚禁的一部分人，這就是毛澤東發明的"群防群治"，再由習近平借助當代高科技手段發展的"楓橋經驗"——全體民眾處在嚴密的監控下，它比《1984》和《古拉格群島》加起來還殘酷。在我的經歷和後面的日記中，有證據證明，中國的手機加上各種APP，尤其是"微信"和"QQ"，成了監視每個人、從心理上幹擾每個人的工具，每個人幾乎沒有任何隱私可言，）

　　下午去银行办新医保卡。排队的时候，看到一对年轻的夫妇，带著一个小女孩，男的还抱著一个刚出生两个月的婴儿，他们穿著很简陋，尤其男的，可以用邋遢来描述，听口音是郊县的农民。我问婴儿是男孩吗？他说是的，我说那就不用再生了，他点点头，我说现在把两个孩子拉扯大也很不容易，他苦笑著又点点头。

　　想起那天去省博物馆，在外面空旷的场地抽完烟，正在看附近哪有垃圾箱，一个提著扫把和小垃圾箱的师傅来了，我灭了烟头，丢进小垃圾箱，他还对我说谢谢，搞得我还不好意思。他主动和我聊起来，我抱怨这里改建，没看到最珍贵的文物，他以为我是外地游客，就向我介绍情况，我说我是本地人，问他是河南人吧？他说是的，河南农村的，到这里打工，一个月2800元，出了租房、吃喝，剩不下几个钱了，接著他说还是城里人好过，农村人苦啊，我说现在还是好多了吧，每年还有一点医疗补助，老年人还有一点养老费，他说是的，我说关键是不交"农业税"

了，这就减轻了很大的压力，他说："那是那是，以前乡里的人可狠了，交不起税，就把别人家里的牛或者板车，反正什么值钱就拿什么走。"我问："农业税是哪一年取消的啊？"他说："记不清楚了，好像是习主席上任后执行的吧"，我说我也记不清楚了。（其實，我記得很清楚，取消農業稅是胡錦濤、溫家寶主政時于2006年1月1日開始執行的。中國人過的真是苦啊，尤其是中國的農民，他們一生最爲悲慘，他們是中共最大的"人礦"，他們是中共經常提到的"不惜一切代價"的最大群體的"代價"。改革開放之前，他們自己吃不飽、穿不暖，中共却將大量的糧食無償援助亞非拉貧窮或戰爭的國家；改革開放之後，大量的農民進城務工，住的是擁擠不堪的陋室，省吃儉用，像候鳥一樣往返于城鄉之間，家裏的老人和孩子得不到照料。他們以低廉的勞動力價格，再加上他們絶大多數没有養老保險、工傷保險和醫療保險，爲整個國家的經濟起飛做出了巨大貢獻，而獲益最大的就是中共的官僚集團，以及用于瘋狂的軍事擴張方面的開支。）

10.25，晴。

钱穆先生在《中国历代政治得失》中的"序言"中认为：一个时代的制度的得失，必须知道此一制度实施时的各方意见之反应，才是此一制度得失利弊的真凭据与真意见，这些意见是当时人们的切身感受的反应，所以这些意见比较真实和客观；而后代人根据所处的环境和需要来评判以往的时代，那只能说是一种时代意见。此观点考虑欠妥。比如，当清朝大兴文字狱时，当时的所谓"各方意见"怎么可能真实和客观呢？（1957年"反右運動"之後，稍微謹慎一點的有學識的精英都不敢説話了，到了"文革"連寫日記的機會都没有了，那裏還有什麽"各方意見"呢？）

摄影群的群主在"朋友圈"发了一个消息，打算30号去郊区搞摄影活动，我缴费报名了。

10.26

钱穆在评价中国古代官员举荐和考试制度时认为，中央集权和中央集才都不是好事，这是对的。钱先生也还举了几个不同时代的案例，用来反驳将中国两千多年来用一句话"帝王专制"，这就带有感情色彩了。希特勒在发动战争之后，也经常征求参谋总部和一些高级将领的意见，这不足以证明希特勒就不是独裁专制。

钱先生的《中国历代政治得失》写于上世纪50年代，可他在书中章节里的内容编号时仍采用"甲、乙、丙……"，这样做是不是有点过分呢？

傍晚前妻把儿子的婚礼照片传给我了一些，但都不是原图，而且还有缺少的场景，我问她，她说儿媳说暂时没有发出来（前妻、儿子、儿媳，以及她的爸爸妈妈一起，有一个微信群）。然后，她又将儿子、儿媳在巴黎拍的婚纱照发给我了一些，图片都不太清晰。我说，从所有照片看，儿子能配合到这种程度已经很不容易了，他从小到达从没参与过这样嘻嘻哈哈的事情，前妻也连连称是，她抱怨儿媳还不满足，不了解我们儿子，真是不知好歹。我说儿媳的成长环境决定了她不会理解一个真正做学问的人的品性，她只认为儿子的表现没有达到她预期的效果。

10.27，多云。

S在群里发了一张武汉长江大桥的照片，没有说什么，也没人跟贴。啥意思？（我知道是什麼意思，我曾經在"新浪博客"中的文章和留言，有的留言已經找不到了，因爲留言處的"博主"消失了，或者删除了文章，不過，查到了一處關於"武漢長江大橋"的看法，我作了截圖保留：2012年11月1日的"新浪博客"，我在一位叫"HB"的博主處留言：我現在覺得如果沒有三年內戰，這座橋早就建起來了。這位"HB"好像是某師範大學的老師，當時看到他經常寫關於武漢一些地方的見聞。十年過去了，中共還在用這個舊賬來挑逗我，試探我的反應。"秋後算帳"和"銹刀子殺人"是中共用來迫害不服從者的兩個手段。）

在C公园，又遇到那位提醒我注意买镜头的老师傅，他正在拍一只翠鸟，我与他都盼著翠鸟有在水面叼鱼的场面，可没有等到，另外有一只翠鸟飞过，这一只也跟著飞走了。可惜。

10.28，多云。

下午去C公园，没见到那位师傅，看到的是很多衣著鲜艳的大妈在这里跳舞，然后发到"抖音"里，满脸的皱纹、肥硕的身躯，一个个却摆出各种造型，很好的景点，被她们闹的乌烟瘴气，实在恶心。

钱穆先生对清朝独裁专制的分析是很有道理的，他还认为，说中国人正是因为太自由，所以才一盘散沙，这里面还有一个原因，即中国古代不是封建社会，真正的封建社会，民众就不会一盘散沙。这也很有道理。

钱先生认为，只是到了清朝，国家才没有了可遵循的制度，而有的只是法术，清朝的军机处架空了正常的政府部门，皇帝的旨意直接下到各省都督或巡抚。秘密政治不是制度，而是法术。其实就是随心所欲的权术。另外，清政府的所谓“人丁永不加赋”只是换了形式而已，百姓的人丁赋税被加在了地租和徭役上了。

清政府在各地的学堂摆上一块卧倒的石碑，上面刻著学堂“不许言事，不许结党，不许勘刻书文”。这正好与当时欧洲大力提倡的“言论自由，结社自由和出版自由”相背离。（二百多年前，英國的埃德蒙·伯克就曾指出：“出版業已經改變了每一政府，已使其精神變得幾乎是民主的了。”言論自由和輿論監督是現代文明的兩個重要標志。但是，野蠻專橫的歷史卻在我們這個災難深重的大地上不斷重演，空前黑暗的“文革”將以上“三不”推向到了頂點，即使是現在互聯網已經將世界變成了“地球村”的時候，中共仍然要築起“新的長城”，將“三不”進行到底。然後，他們還要厚顏無恥的自稱“制度自信、文化自信”。）

10.29，阴。

晚上散步，遇到还在公司工作的同事U，他说他马上要调去外地一处工厂，那里有"JL集团"办的一个合金厂，需要有经验的工人，他和公司另外四个人准备去那里支援三年。我和他聊了一会，得知ZXC调到党工部负责，但是，公司党务和工会都归工会主席管，而工会主席是个70后女人（只有中专文凭），ZXC受不了她的傲慢和趾高气扬，主动离职回家了，离职费大概有40万元。他说ZXC很精明，自己交三年社保，最多不会超过10万元，还多得了三十多万元。他不懂，ZXC在岗时，一年的年薪都是三十万，如果不是实在受不了，怎么会离职回家呢？我没对U说这些，只是附和了两句。

凌晨三点醒了，睡不著，心里惦记著给儿子发了三封邮件他都没有回复，不知道什么原因，于是，给他又发了一封邮件，提醒他今后有什么麻烦事可以找我商量，吸取这次婚礼的教训（我说得比较抽象），没说具体什么教训。还说如果觉得NJ玩相机会耽误她的学习和工作，你可以建议她把相机留给她爸爸。

发了邮件，吃了点东西又睡下了，迷迷糊糊，到了11点起来，打开电脑，发现他上午就回复了，说他每天一堆邮件需要回复，对于不重要的就不回了，他还要我不要总是玩勾心斗角，这个毛病已经使我浪费了几十年（参加他们婚礼时，我将自己的一套相机给了儿媳。我虽然没说，但是我的目的是想让儿媳通过学习使用相机和后期处理，养成爱学习、爱动脑筋的习惯。他可能觉得我现在不该提转让相机的事），我觉得好笑，但没有指责他，因为，他这样说是真心的表露，他也不懂得父母的养育对于他的成长的意义，他能走到今天，作为父亲，我是成功的，怎么能说浪费了几十年呢？他现在还不懂，慢慢会懂的，所谓"养儿方知父母恩"嘛。不过，我还是直接说了这次婚礼的教训，大意是"如果我早知道你们在巴黎拍了那么多浪漫的婚纱照，如果你与我能像你小时候那样交流，我会支持你取消婚礼的想法。"

10.30，多云。

中午11点10分就到了集合地点"武汉市民之家"，然后去木兰草原。群主指导模特（穿著藏服）在各种场景时应该表现的姿态，他本人还身穿藏服，扮成喇嘛教的信徒模样在地上匍匐，很虔诚的状态，不容易。

回来的路上，"QF"与另外一个健谈的人话多了，他们用的都是很好的设备，甚至还带著四千多元的三片滤镜。"QF"是1982年出生的，近四十岁，听他们交谈可以知道他们的父母都有军人背景，因为他们都说自己家里原来有很多子弹。"QF"说他的公积金每月交四千多元，可想而知，他的收入有多高。他们还聊了一些农村"打黑"、粤桂云三省扫毒和其他地方打击破坏分子的一些事。我听著好像是在听文学作品（QF描述打擊新疆闹事和叛乱的村莊时，用了"三光政策"這個词。不知道真假，也许是他誇誇其谈，危言聳聽，也许是真的，更多的可能是采用"集中營"的模式——记得2019年9月底去以色列，同行的有一對中年夫妻，帶著一個7、8歲的非常調皮的男孩，女人幾次很生氣的惡狠狠的教訓男孩"把你弄到新疆去關幾天你就會老實的"。從與他們的交談中得知，女人是四川一個部門從事外事工作的，經常出國。）

10.31，晴转阴。

昨天一起去木兰草原的人中，有一个名叫"YH"的人在群里发了一段昨天各个场景的视频，制作的非常好，还配了《高原红　卓玛》的歌曲，歌声与画面配合得也非常到位，的确是一位高人。

阿兰·瑞安在《论政治》中，他表示不认同福山的《历史的终结与最后的人》的观点，还对柏拉图和马克思的政治理念进行了严肃的批评。

这两天运动量太大了，很累，早点睡。

11.1，多云。

听了古希腊的一些哲人关于好的人生和好的社会的观点，苏格拉底、柏拉图和亚理斯多德强调人具有理性的重要性，可他们都要求学生要学习修辞和逻辑，而修辞学主要功能是调动听众的情绪，以使听众认同自己的观点，但是，所谓情绪，属于人的感性的一面，这是不是他们自相矛盾之处呢？

好久没在微信里发"朋友圈"了，今天将木兰草原拍的几张好一点的照片处理了一下，然后发到了"朋友圈"里，不一会儿，群主"YHY"和那个"QF"就给点赞了。我看今天"QF"时不时的就在群里给发图片的人竖大拇指，他不工作吗？

11.2，多云。

中午出门去C公园拍小鸟，走在路上想起来儿子回到法国没有呢？应该有个音讯，晚上回来给他发了邮件，说"回到工作岗位了吗？到位了应该报个平安嘛。"过了两个小时，再看邮件，他回复道"到了，忘了报了，太忙了。"

下午在公园拍了两张比较理想的照片，听旁边的师傅说"像柳莺这种鸟很难拍，它们总是不停的跳动。"我抓拍到了一只黄腹柳莺，还拍到了一只红头山雀，都很清晰，羽毛的细节表现的比较好，眼睛都很亮，很满意，给另外两位师傅看，说我运气真好。

LZ来的比较晚，迟到了两个小时，问他怎么回事，他说临时去单位拿体检结果，耽误了；他也没把平板带来；昨天我要他把我拉进CL区的摄影群里，他说他要先问问群主，今天他也没提这事，三件事都打了折扣，此人不可信任。

11.3，阴。

中午又去C公园，还是那几位师傅，边等鸟，边聊天，说起几个摄影群的事，挺复杂的，真是"有人的地方就有社会，有社会就很复杂"，本来都是业余爱好，聚在一起拍拍景物、美女，切磋一下，乐一乐就行了，可一涉及到费用问题，各自的小算盘就打个不停，吃一点亏都觉得被糊弄了，LZ和另外一个人都在一个群里，说这个不是，说那个不好，实在没意思。

11.4，阴。

中午，还是慢慢走到C公园拍鸟，今天的鸟很少，只有两三只柳莺在那几棵树上跳来跳去，红头山雀和黄腹柳莺都没了，那位老师傅一个人在那里架好了虫子，等著北红来吃。我问了他，才知道他姓W。过了一会，P和LZ也来了，没鸟来，就聊天，P和LZ聊起打台湾的事，他们相信大陆会使用核武器，我实在听不下去了，就说放心，不会打仗的，P一本正经的说商务部动员民众储存生活必需品，这是第一次，国家这么做，我说，如果是要打仗，怎么可能先搞出这么大的动静呢？应该是尽可能的保密，所以不要信那些消息，P接著说，不过，商务部又说是因为疫情控制的需要，这倒是有可能，一个地方出现疫情，封闭起来，居民家里有存货，日子好过一些。

阿兰·瑞安的《论政治》，始终围绕著社会道德问题，政府的组织形式问题，当教会出现以后，就加入了宗教权力与世俗权力的界限问题，以及宗教权力和世俗权力各自内部的斗争与妥协问题，到了但丁、彼特拉克以后，又出现了人文主义与社会传统的相互关系问题，目前还没有听到新教改革和地理大发现所引发的对政治的影响。

11.5，阴转小雨。

中午还是走到C公园，刚好2点到那里，T师傅和LZ已经拍了一会了，小鸟还是很少，一只红胁蓝尾往挂著的小虫俯冲过一次，我没拍好。那位P没来，LZ说他到汉口江滩拍菊花去了。

群主组织的9、10号到罗田山区的活动已经成形了，有25人参加。他通知参加的人报上真是姓名和电话，还要报一个应急电话人和号码，他一会要大家给分别他单独发，一会又要大家发到群里，一会又变成分别给他单独发，我单独给他发了，应急电话报的是前妻的名字和电话。有几个人在群里留了名字和电话，大妈都没有留应急电话，只有其中有一个叫"GH"的人，留的真实名字"GH"。到了晚上，群主用语音通知要报身份证号码，说给大家买了保险，这分明属于旅游团的性质了，只是他安排了摄影活动，还带著模特，也不容易。

11.6，阴。

现在我们这个小区和马路对面的010小区的自动磁性门都不管用了，也许是坏了，也许是因为人们的意见太大，社区将其断电了，如果是后者，说不定什么时候又会给人们带来不便。

晚上在"牛肉面粉馆"吃面，电视正播放著央视13频道，看到关于疫情方面的报道，全国有好几个省都分别出现了三三两两的确诊病例，其中，成都也出现了三例，难怪下午在公园听一个摄影师说成都现在只能进，不能出，也有一批武汉去的摄影师被困在那里了。这很麻烦，他们回到武汉还要隔离。从一些媒体介绍的"德尔塔"病毒，潜伏期很长，甚至出现了超过30天的感染者，可央视13频道播放的动员民众打疫苗的公益广告中却称"传播速度快，潜伏期短"，到底是怎么回事呢？到底该相信谁呢？

11.7，雨。

寒潮来了，气温陡降，在家里呆著还好，一出门就感觉到冷了，寒风顺著脖子往身体里灌，赶紧返回来穿上毛裤，戴上围巾，买了鸡蛋就赶紧回家。

群主"YHY"将后天将去罗田的人另外组了一个群，因为昨夜里的高潮和今天的寒风，时不时有人担心山区的红叶被吹光了，群主再三说他与当地取得了联系，得知风景不错，不影响摄影。我自己觉得无所谓，就算没有红叶，或者红叶很少，拍拍晨雾和水上渔夫也不错，这种场景我也没好好拍过。记得十多年前在长阳拍过一次晨雾，那是用卡片机拍的，场景不错，但效果不好，但愿这次能拍好。群主提醒大家要带三脚架，也是为了把山中晨雾的景色拍好。

11.8，晴。

很晴朗的天空，但是温度还是比较低。上午问前妻，她同意我下午3点去。我还是在地铁站等她，然后一起边走边聊，她还带著两只小马扎，太阳下坐一坐，很暖和。

我还是劝她，她还是拒绝；我劝她重新审视我这个人，重新审视这个家，她还是说一个人过著很自由。她要我去找一个想有家庭的女人，我表示那是不可能的，我只想重建我们这个家，这个家不是我一个人的，是你的，也是儿子的，这个家是我们三个人的家，她仍然说不想回到婚姻里。

到了5点钟，外面的风吹得有点冷了，就去地铁站旁的"卤肉馆"里坐著聊，快到6点时，一人吃了一碗榨菜肉丝面，味道不错，也不贵。

晚上回来后去面包店买了一包面包，明天带著去旅行。早点睡，明天晚上可能睡不好，后天大清早要起来拍晨雾。

11.10，晴。

昨天下午到了罗田山区，跟著大家拍模特，模特扮成女侠的模样，摆出各种造型，天色已晚，红叶也基本掉光了，我感觉没什么意思，盼著早点吃饭。

今天凌晨5点起床，吃了两个卤鸡蛋，喝了点热水，和大家一起乘车去拍晨雾。这里还不错，晨雾效果很好，群主还请了当地的农民扮成渔夫在小舟上撒网，有位模特扮成女侠，穿著很鲜艳的红色长纱在小舟上造型。很冷，满地都铺上了一层厚厚的白霜，岸上有十多个摄影群的几百个摄影师，都说冷，我的手指也感觉冷得不够灵活了，模特真是能够吃苦，冷得受不了就穿上羽绒服暖和一会，再摆出造型给大家拍照，那挣得真是一点辛苦钱。

我觉得附近的一个场景很好，那里只有几个人在拍，我也过去了，雾很浓，远处半山腰的房子好像海市蜃楼，拍了几张比较满意的，又回到大队人马处拍模特。结果，我们这个35人的群，只有我一个人拍了那个海市蜃楼。

两天的相处，可以观察到，这个群里基本上都是离休老干部，还有一个戴著军帽的人，自称以前是军队的团长。还有几个铁路系统的人，也是领导岗位退休的，还有几个五六十岁的大妈，也都是高端设备。

11.11，晴。

今天看到儿子给我发的邮件"祝你生日快乐"。很开心。给他回复了"谢谢"。

下午从010小区中穿行，看到一个十字路口撒了一大片中药渣，已经二十一世纪二十年代了，还有这种迷信、缺德的人，还谈什么"文化自信"，岂有此理。

很困，感冒了？睡觉。

11.12，晴。

摄影群里的那个"GH"，突然在群里说武汉市老干局要求从外地返汉的人，要在家中自行隔离14天，所以，"YHY"群主准备组织的到咸宁羊楼洞和刘家桥的活动可能不能去了，"YHY"和"YGB"马上回复不可能，要以市健委的通知为准，不能相信谣传，"GH"又把他与别人聊天的记录截屏发出来，并不能证明是权威部门的通知。

"新浪爱拍"现在关闭了绝大多书栏目,只留下了一个"生于街头"的投稿栏目,今天想发两张片子,结果,原来注册的名字"遥远的江帆"不能用了,需要重新注册,用原来的名字也不行,原因是"该名字已被占用"了,真是莫名其妙。

《论政治》还没有听完,阿兰·瑞安对马克思的评价不高,他对马克思的经济理论和历史唯物主义给予了中性评价,而对马克思的政治理论所涉及的问题,进行了比较详细的分析和质疑,其实,可以用两个词给予评价——杂乱无章和不负责任,也可以认为是因为杂乱无章,所以不负责任,其结果是对社会动乱起到了推波助澜的作用。

11.13,晴。

C公园拍鸟的人越来越多了,武昌、汉口那边的人赶来拍鸟,这里鸟的品种比较多,场地也不大,比较适合拍摄,可现在人多了,小鸟们会不会离开,这就很难说了。

11.14,晴。

阿兰·瑞安几次强调《论政治》是讨论政治的书,不是讲述政治思想史的书,可书中就是讲述的从古希腊到现代各个时期的哲学家、神学家和政治家对于国家政治的思路和设想。

晚上上床时,《论政治》听完了,觉得结束的比较匆忙。

11.15，晴。

　　一起拍鸟的有个军校的教员，据"DB"说他属于现役军官，但他想转业，军校还没批下来。"DB"也是部队转业的干部，早年中尉级军官转业到"顶金建设公司"，去年享受科级待遇退休，估计那位教官的经历和心理活动，他年轻时曾经体会过，他说像这种情况很多，在部队提拔的希望不大了，人际关系又处理不好，干得不顺心，所以想转业到地方工作"DB"说："其实，他还是年轻了，转到地方又能好到哪去呢？还不如在军校慢慢熬著，军校总比普通部队松散一些。"。（無論軍隊還是普通國企、國家部門、學校和醫院，人與人之間的關係说起來復雜，其實也很簡單，還有很多學者和專家说"中國是一個人情的社會"，然而，"人情"是什麼？说到底就是"利益"，請客送禮、行賄受賄之後，"人情"才會出現。那些自視清高，爲人正直的人，自然就會因爲没有"人情味"而步履維艱。那位教官想躲開當前的困境，也说明了他的純真，可他不想一想，到了社會上情况就會好一些？面臨的窘境就會減少了？）。

11.16，晴。

　　中午出门，不知不觉的就走到C公园去了，似乎对拍鸟产生了一种依赖性或习惯性。一路上重听钱穆先生的《中国历代政治得失》。

11.17，多云。

中午出门，走到D公园，看到几只戴胜，很慢很慢的靠近过去，拍了几张很清晰的片子，其中拍到一张一只戴胜刚刚飞起来的照片，双脚刚刚离开地面，两只翅膀完全展开，姿态很漂亮。

傍晚遇到公司另外一个车间的人，他住在我的隔壁，紧一个门临的门栋。记得三年前的一天，他突然敲我的门，进来后直接说"我没带钥匙，从你家里的窗户爬过去。"然后很快的走到我家客厅的窗户处，我还没反应过来，他已经拉开窗户，很快的就爬上我家客厅外的空调室外机上，接着就到了他家的窗户外的花架上了。我这才发现，我家客厅的窗户两扇窗中间的连接钩是坏的，从外面同样可以拉开，好多年了，因为我家的客厅的窗帘从来都是关闭的，也没注意到钩子是好是坏。第二天，我就到门窗修理商铺买了一套钩锁安装好。我以前在公司只见过他，但从来没打过交道，甚至不知道他的名字，他说话的声音像个女人，走路的姿势也像个女人。今天我就问他叫什么，他说叫"WGQ"，我说："这么近，怎么总遇不到你？"他说他平时在"DF雅园"那边住。我很想问他怎么对我家里的情况那么熟悉，但过去几年了，不好再提出来问。如果再有合适的机会，我还是要问问。

11.18，晴。

这两天又在"51自学网"上学习了几节PS课程，温故而知新，又掌握了一点功能和技巧，处理的照片效果更好一点。

还在"央视网"看几次13频道的新闻，了解一下疫情情况，中美关系等等，当听到"近年来，中国的社保基金有了较大幅度的增长"，心里感到比较踏实。（真不知道這個變化是怎麼來的，記得前幾年有報道稱社保基金缺口較大，尤其東北老工業基地，養老金需要從南方省份調劑。這兩年疫情，社保基金反而"較大幅度的增長"了，莫名其妙。眾所周知，中共發布的新聞可信度很低，他們經常爲了掩蓋某個真相，有針對性的發布假消息。）

晚上，"YHY"单独给我发了他拍的准备去的地方的照片，风景很有特色，我以为是郊区的溢积湖，他说是某县的"魂绕水乡"，我告诉他我现在不确定28号能不能去，下周有事要办，等下周四再定。

11.19，晴。

中午到了风华学院，枫叶林很大，山上山下，满眼都是红色的叶子，再然后，就是无处不在的妖艳的大妈们。

我邀请了两位女学生给我做模特，大概拍了一个多小时，其中一个女孩说有事情要去办，她加了我的微信，我说最好用邮箱把照片发给她，这样传的图片比微信传的好，她们同意了。

我把几张拍的好的片子发到摄影群，几个人都点赞称好。我以前也时不时的发片子，比如拍的鸟，从来没人理睬，看来今天的片子真的还不错。"GH"也问我拍的情况，我说我是就地邀请的女孩做模特，以前并不认识她们。这大概是他们想不到的，想到了，也难以做到，因为他们觉得如果被女孩拒绝了就很没面子，或者心里有其他的负担。比如，那个LZ就是如此，在C公园，他说去找女孩拍片子，等我主动询问女孩时，他却在一旁好像很懂礼貌的说："你都不知道别人有没有事就要别人做你的模特。"真是恶心的家伙，可当女孩同意以后，他又像很会拍人像的大师，动手动脚的指导女孩摆姿势。

　　天气预报说明天降温，刮风下雨，正好在家修片、发片。（这一句刚才加到了18号的日记后面。）

11.20，阴，雨。

　　在电脑前坐了几乎一天，将昨天拍的照片整理出来。昨天的光线比较强，拍出来的红叶偏黄，所以，每张片子都需要调色，一位女孩脸上的痘痘较多，而且她与其同伴拍的照片一样多，不甘示弱嘛，同伴拍一个姿势，一个场景拍一张，她也要拍一张，可她的同伴确实比她更漂亮一些，脸上也很光滑，没办法，为了尊重她的自尊心，还是将她的片子慢慢修出来，只去痘痘，并保持其面部皮肤的质感，如果图简单，将其面部整个虚化，再还原五官的轮廓，这样会简单很多，但面部就像个塑料娃娃，她看了也会不舒服。这两个女孩的片子最多，挑选出了22张发给了她们。

11.21，阴。

时间顺序又错了？看过以后才知道，11.18最后一段应该是11.20的事，干了一下别的事，转来再写的，没想到是11.18的日记界面，直接记录，结果搞错了。

今天仍然在家里呆了一天，看PS教程、选听布尔斯廷的《文明的历史》和张鸣的《历史与看客》。过的比较充实。

跟著新闻关注了一会"哀牢山搜救"的热点，打开"谷歌地图"，对著新闻的介绍琢磨。四个失踪的人都当过兵，年龄在25至32之间，都是体力充沛的小伙子。实在是不可思议，太奇怪了，四个大小伙子，还都放过兵。哎，想不通。（制造诡异事件，吸引民众注意焦點，也許是爲了掩蓋其他什麼事情吧。什麼事情呢？我覺得，最有可能是"彭帥事件"。國內媒體雖然始終沒有提及此事，但那麼多身在國外的人肯定會以各種方式告訴國內的親朋好友，而中共當局爲了把真相輿情控制最小範圍範圍，弄出一個四人詭異死亡的事故來，以分散民眾的注意力。）

11.22，晴。

天空很晴朗，但温度很低，不知不觉的又走到了C公园，T师傅和另外两个人也在那里，拍鸟、聊天，每次都是T师傅带著虫子，我打算再去时也买一点虫子，交给T师傅，让他往树枝上钩虫子，因为钩虫子时，要用铜丝刺穿它的肚子，它会流出一种白色的液体，我觉得很恶心，不敢动手。

晚上想再看看新闻，关心一下哀牢山搜救的情况，可网络没了，询问"长城宽带"客服，他说明天会修好，今年以来，已经记不清楚中断过多少次了。

11.23，晴。

前几天看CNN消息，得知国际体育界，尤其网球届对中国女网球明星彭帅的遭遇表示了极大的关注。可国内各种媒体完全没有一丝痕迹，似乎没有发生什么彭帅事件一样。

今天想再看看CNN，可网络仍然不通，上午打电话问客服，客服说同兴大道施工又将光缆挖断了，真是岂有此理。

上床前用手机做热点，在平板上看看哀牢山搜救情况，新闻已经成了旧闻，21号傍晚已经发现了三名失踪的人，第四人也在22号零点找到。具体死亡原因应该要等化验和尸体解刨之后才能知道，比如有毒气体或雷击，最有可能导致四人同时短时间死亡，而没来得及打开RTK设备。报道说"四人都迷路了"，这也是鬼话，使用罗盘是最基本的野外生存技能之一，四个专门从事野外工作的退伍军人，带着罗盘却迷路了，这等于在说一个笑话。

下午在C公园东门处的花鸟市场买了一两面包虫，带给T师傅，他不要，最后我走的时候还是给了他，他有一个瓶子刚好可以装下。

11.24，晴。

上午去了D公园，到那个小山上拍拍红叶，前两年的秋天也去那里拍过。与往年一样，很多大妈在那里摆弄风骚，更可恶的是有三个还放起了摇滚乐，她们要拍视频，制作"抖音"。实在呆不住，拍了几张叶子就去拍戴胜了，今天的戴胜很不给面子，看到我端著相机过去，三只戴胜一起飞走了，等了半个小时也没再飞落回来，很想拍到它们落地时头上的羽毛打开的模样，哎，这大概也是要靠运气的事，碰上了就可以拍到，碰不到，干等也没用。

网络还没有恢复，他们说明天可以修好。

11.25，晴。

C公园拍鸟时，T师傅说对面亭子里的女孩不错，可跟她妈妈在一起，我远远的拍了一张，发现女孩还比较漂亮，他们也都拍了，也觉得不错，"DB"要我喊话，让女孩的妈妈让开，我说那太没礼貌了，怎么喊得出口，我打手势示意要女孩坐到亭子的另一边，说这边的光线很好，女孩还真的响应了，几个人都对著女孩拍了几张照片，P很有经验，他让女孩把手中的书拿高一点，这样，书就起到了反光板的作用，虽然是逆光，但女孩的面部足够亮了。

我把拍的照片转到手机里，过去问女孩是什么手机，她说是苹果的，问她妈妈的手机呢？她说是老年机，没有蓝牙功能，她加了我的微信，我将照片用原图传给了她，她非常开心。

11.26，晴。

听了郭德纲的一段相声，他说老话说到“穷生奸计，富长良心”。这很有意思（富人就自然而然的有良心了？多年以前媒體和一些專家學者大力提倡“高薪養廉”，結果怎樣呢？郭的“箴言”無論是否合乎邏輯、合乎事實，他以油嘴滑舌的聲腔表達出來，權貴們喜歡聽。但是，托爾斯泰一定表示不同意。）

下午与“ZY”、“DB”、“YG”和“MX”等一行人去府河拍大雁。

我的镜头太短了，大群大群的大雁远远的歇在水面上，偶尔有几只飞起来，我拍的算是有那么点意思，效果很不好，那也没办法。天色渐暗，更不好拍了，“ZY”、“DB”和另外一个大妈，也都觉得再等也不会出好片子了，便各自收拾起相机（他们还带著三脚架），乘车返回了。

在外面吃了晚饭，8点多钟才回到家里，联系那位C公园认识的女孩，约她明天上午9点到D公园大门口碰面，她答应了，我又通知“YG”和RF，他们也答应了。

将拍的几张大雁的照片发给了前妻，还找到“新浪网”转载“中新网”的图文消息，说武汉府河成了天鹅湖，告诉她网上报道错了，不是天鹅，是大雁，她看了我拍的照片，给了一个大拇指，又问：“天鹅都是白色的吧？”我告诉她也有黑天鹅，汉阳动物园就有黑天鹅。

11.27，晴。

上午去D公园拍美女，途中"ZY"微信问我几点钟拍美女，我告诉了时间。

女孩姓欣，很高兴有人给她拍照片，"YG"、"YF"和RF都来了，他们很会找场景，也很会设计姿势，一会，来了7、8个摄影师，"ZY"也来了，一群人拍小欣，主要是"YG"教她在不同的场景摆姿势，"YF"的主意也很好，小欣也很耐心，摆出一个姿势，等大家选好了机位，或换著机位拍完了才移动。她时不时看看大家拍的效果，看完很开心，连连说拍的太好了。

拍了两个多小时，"ZY""YF"他们说下午要打麻将，中午要先回去吃饭，小欣也觉得拍的够多了，要走了，她加了他们的微信，要他们把照片传给她。

下午去C公园看看，那里除了T师傅，另外三个人我都不认识。看来那地方马上要施工了，周围堆放了很多建筑材料，翠鸟不来了，其他的鸟也很少了，等了一个多小时，北红和红胁蓝尾也都不见踪影，我走到东边的树林旁，倒是拍到一只公北红，它比整天在这里的母北红漂亮多了，可它一会就飞得无影无踪了。

11.28，晴。

一觉醒来，已经是上午10点半了，整天在外面走动著摄影，还是很累的。

看到小欣在微信朋友圈中晒出了六张照片，其中有两张是我拍的,她还留了几个字:慌张忙乱不影响我的小日子过得有滋有味。她说的别有意味,昨天一开始她很活泼,时不时的害羞,拍了几张之后,"YG"单独给她在相机里看拍的效果,之后,她的眼神总是游移不定的了,也没了刚碰面时的天真烂漫了,虽然还是拍了两个小时,但再也没有那自然纯真的笑容了。我早就觉得不太对劲,但只能猜测,大概"YG"说了什么让她感到紧张了。

看了她在"朋友圈"的以上留言,我点了赞,也留了言,向她推荐了三本书:《苏菲的世界》、《形式逻辑》和《乌合之众》,还说"看完这三本书,看懂了,你的一生就不会慌乱了。"过了一会,她回复说:"谢谢推荐,一定去看。"又回复介绍了她上周四在C公园手机拿的书是"九州(什么)商博良",我以为是法国近代著名的学者"商博良",可"九州(什么)的商博良是什么意思呢?百度一下,才知道这是本国内的武侠小说。算了,我没有再接著向她说明两个"商博良"的区别了。

还是少与那些人来往,记住罗兰夫人的话"认识的人越多,我越喜欢狗。"

11.29,晴转多云。

桃花岛景区,游人很少,一群大妈格外显眼,放著小扩音器,跳著不伦不类的舞拍视频。怎么哪里都有这些大妈呢?又联想起昨天看的梁文道介绍《牡丹亭》的视频,汤显祖认为女人与丈夫的亲情重于父女亲情，即小家庭的伦理应该重于大家庭的伦理，女人在稳定家庭起著至关重要的作用，而稳定的家庭又是良好社会道德的基础。托克维尔在《论美国的民主》中也认为一个社会要建立良好的道德氛围，关键在于家庭，而家庭维持好良好的道德风气，关键在于妇女。现在的中国满眼都是疯癫威武的大妈，社会道德也就难怪一天天的沦丧，原因到底在哪儿呢？

（1949年以後，民眾經歷了中共喪盡天良的幾次政治運動，兩、三代人之後，大多數中國女人變成了世界上最不溫柔、最無羞恥感的一群人。）

11.30，晴。

今天气温到了零度，9点多钟出门，能见度特别好，阳光通透，晒得人暖洋洋的。

图书馆大门停满了共享单车，里面很暖和，虽然不像疫情前那样一座难求，人还是比较多的。大家基本上都"全程戴口罩"，偶尔也能看到把口罩扒到下巴处的人，我是其中一个。

看了一会布尔斯廷的《文明的历史》和索维尔的《知识分子与社会》。想找布罗代尔的《世界文明史》，查无此书。不想在检索的电脑上留下查《论政治》的记录，所以，没有查这本书。

在图书馆六楼看到一个人在看一份2013年4月10日的《武汉晚报》，大大的黑体字很醒目"朝鲜提醒在韩国的外国人离开"，我浏览了一下，大意是"朝鲜准备打一场热核战争，不想殃及在韩国的外国人，所以提前奉劝他们离开韩国"。报道的副标题是"日本称已经做好了反导武器的准备"。有意思。

12.1，晴。

经过省高等法院大门时，见一个老者坐在大门边的路沿上，地上铺著两张"伸冤"的纸，没有多看，只看到用红色的字写著"共产党内部的匪徒"，下面的字小了很多，就来不及看了，再看就要停下来，不想惹事，继续走自己的路了。

在图书馆还是看的《知识分子与社会》。

晚上回家后在电脑里看央视13频道，外交部发言人向日本提出交涉，警告日本干涉中国内政，触碰中国的底线，将被碰的头破血流。原因是日本前首相安倍晋三声称台湾有事，就是日本有事。接著看CNN消息，也有相关报道称"日本前首相称中国大陆入侵台湾是对日本的极大威胁"。严格的说，安倍现在不是日本首相，也不是政府高官，仅就他个人言论向日本政府提出警告似乎不妥。愚蠢的玻璃心。

还有消息报道，法国议会呼吁政府促进台湾加入一些国际组织，中国驻法大使就此也向法国议会提出抗议。

与一系列发达文明国家发生矛盾，却低三下四的与非盟表示友好，就因为他们不"干涉中国内政"？中国近二三十年来的高速发展，难道是因为与非盟国家友好的结果？岂有此理。

打开手机浏览器，满是"我的国很厉害，俄罗斯很给力，欧美日澳很害怕"之类的消息，这样至少有两个用处：一是忽悠多数人，一是恶心少数人。

12.2，晴。

中午出门准备再去图书馆，刚走到车站，来了一辆去汉口的公交车，突发奇想，何不去汉口江滩看看呢？

骑共享单车到二桥下的江滩，前段时间展出的菊花都没了，游人也少了很多，倒也安静了很多。沿途拍了几张美女照片，她们要片子，回家后稍做处理用原图传给了她们，她们都说太好看了，大概她们自己也没想到会有这么漂亮的照片。

一个下午，边走边拍照，还边听《共产党宣言》，居然听完了，可能是精简本吧。按照阿兰·瑞安在《论政治》的介绍，马克思认为社会主义将率先在法国获得成功，可《共产党宣言》中却认为是将在德国首先获得成功，我想，阿兰·瑞安一定读过《共产党宣言》这本小册子，它虽然小，却是无产阶级革命运动的重要文献，瑞安怎么会搞错呢？还是"喜马拉雅"播音者读的精简本出了问题？

晚上还是在"盛哥"吃饭，旁边的"嘉嘉锦绣"东区和西区大门的高音喇叭不停的反复提醒过往的人"防范疫情"、"注射疫苗"，音量虽然不是最大，但是声音很尖锐，所以非常刺耳。

12.3，晴。

中午出门，去了"群光"广场。前段时间拍鸟时，有个人说"群光广场"有一个二手摄影器材店，可以去那里看看有没有200-600的好镜头。转了一次车，到了"群光广场"，进门想问一问总服务台的人二手摄影器材店在几楼，一楼全是女性护肤品和化妆品，而且绝大多数都是外文字母，问了一位卖化妆品的女孩"服务台在哪里"，她指著后面说在中间，我往里面走，转了一圈没看到服务台，后来通过观察一个柜台里与柜台外的人交流的动作，估计服务台，我问服务员"精典摄影器材"在几楼，她告诉了我。我说"走进这里，好像到了外国的商场，你们的服务台应该用汉字嘛"，两个服务员都说是用的汉字啊，我要她们出来看看，哪有汉字，另外一个顾客也围著转了一圈看，说真的没有汉字，一个服务员还是不信，自己出来也转了一圈，然后望著另外一个笑了。我说："你们也太崇洋媚外了吧？"

无论主流媒体如何自嗨，如何贬低欧美日，通过这里就可以看出民众的普遍心理倾向。（這裏還反應出商場的公共服務意識存在問題。）

12.4，晴。

小区南面面临同兴大道的一个铺面挂出了一个招商的牌子，还摆了桌椅，坐著一个人守候著。这个铺面以前是一家清真餐馆，取了一个西洋名字"凯撒庭"，大概十年前开张的，四、五年前门面退出了一部分，但仍然维持著，今年初就彻底关门了，这里就一直空著，十来个月过去了，没有"愿者上钩"者，庄家可能坐不住了，终于放下身段"旺铺招商"了。

晚上浏览"喜马拉雅"首页，看到"中国近代史"，突然想起"第二次鸦片战争"这个概念来，遂进入"武汉大学"官网历史系，查看教授、老师的介绍，看中了一位年龄与我相近的叫陈峰教授，给他发了一封邮件，请教"第二次鸦片战争"这个概念是怎么来的，因为蒋廷黻、徐中约和张鸣先生所著的中国近代史都没有使用这个概念。但愿他能给我提供一条思路。（始终没有收到回复）

12.5，晴。

中午出门去了昙华林，几年没去了，变化有点大，原来一直封闭的"基督教瑞典教区"建成一片错落有致的小建筑群，但没有教堂的影子了，主建筑还保留着欧式风格外观，里面成了历史展览馆。游人很多，可惜也找不到几处值得拍照留影的景观。

往街道里面走，就基本没什么变化了，还是那些小资情调比较浓的小店铺。游人也还是很多，大概都是慕名而来的，多半是青年学生。听到一个女生拿着手机对正准备照相的中年女人说："我马上要期末考试了，十几门课啊，你还要拉我来不停的给你照相，气死我了。"女人憨笑着，仍旧摆出姿势等着拍照。

这两天每次打开"喜马拉雅"，就弹出一个广告，一个很漂亮的少女，很萌的表情，字幕显示"交友"、"相亲"。

晚上下围棋，发现前天删除的"欢乐斗地主"，自动跑出来了，"围棋"和"拖拉机"下方跟有一个"荐——欢乐斗地主"的图标，而且删除不了。实在太流氓了，但也没有办法。

12.6，晴。

在太阳下坐了两个多小时，前妻又教我怎么在"支付宝"里摇红包，攒积分，还介绍她是如何如何用积分换商品，如何如何便宜，我对这些虽然不感兴趣，但还是认真的听，跟着她操作手机。但我觉得如果为了完成"支付宝"的设计，要想捞点钱，那么，整天就泡在手机里了。

然后，我还是从各方面劝她重新考虑家庭的事，她这次说："我一个人过还没过够。"这句话让我想起MLZ和C老师的话（M是我的一个高中同學，曾擔任CL區電視臺臺長，後升任"XXXX電視臺黨委書記"。C老師是"實驗中學"的老師，她兒子比我兒子小兩屆，也是通過數學競賽保送北大，她準備送兒子去報道時，向我詢問過幾次北大周邊的住宿情況，後來就熟悉了。當我焦頭爛額的時候，也經常找她聊聊，吐出心中的不快），他们都说过："说不定前妻一个人什么时候觉得一个人过够了，又会重新回到家庭生活呢？"他们早就知道有这样的情况？而这种出现情况的前提是我必须坚守这个家的信念。

12.7，晴转多云。

吃完早饭就开始继续修前妻的照片，觉得没什么问题了就发给了她，过了一会，她将裁剪的效果片发给我，但是不好，横拍的照片被她裁成了竖直的片子，她说主要就想突出头和面部，可拍的是侧面像，她那样一裁，面部就到右侧的1/3的位置了，我有重新修改了一会，将她身后的部分裁剪了一些，又在面对方向加了一截，好在加的一截主要是夜间窗外的景物，很模糊，又很黑，加一截也不难。再发给她，她表示满意了。

然后，我又找出很久以前用第一台数码相机（奥林巴斯）拍的一张照片，那是她和儿子靠在床上看电视，儿子手里还拿著一本网页制作的书。前妻笑得很自然，儿子紧闭著嘴，努力控制著已经露出的笑。这张照片拍的很好，很温馨，色彩也很好，简单的修了一下就发给前妻了。她很高兴看到这张照片。

12.8，晴。

主流媒体报道：英国作家、政治评论员，世界"拒绝冷战组织"创始人之一卡洛斯·马丁内斯。赞扬中国的"全过程人民民主"，批评美国的"民主峰会"。（羅伯特·達爾在《論民主》中説到：獨裁的領袖有時會宣稱他們的體制是一種獨特的"民主"形式，優越於其他類型。當獨裁者宣稱他們的民主是真正的民主的時候，我們會因爲害怕而照單全收——條眼鏡蛇，不會因爲它的主人説它是鴿子，它就真的變成了鴿子。這位卡洛斯·馬丁内斯可能没看過這本書吧。）

"2021·南南人权论坛"今天在北京举行，"100余个国家和国际组织的高级官员、专家学者、驻华使节等近400人以线上线下方式参会"，这与美国搞的"民主峰会"形成对比。（真是"战狼"的面孔啊。）

昨天将周一晚上拍的前妻的照片发给了儿子，顺便问儿媳是否回到巴黎，他回复说："回来了。特别忙，不想回复邮件"。对于我去他妈妈那里的事，他不与评说。

晚上看CNN消息，得知辉瑞的加强针对于抵抗"奥密克戎"有效。我屏幕截图后发给了儿子。不知道他们打了几针"辉瑞疫苗"，提醒一下总有好处。

12.9，晴。

中午出门，边走路边听阿克顿勋爵的《自由与权利》，不知不觉的往C公园方向去了。途中有一家煎饼店的煎饼很好吃，大概是父子俩，买的很比较多，每次都要排队等几个人才能买到，父子俩不停的忙着。

在C公园还是拍鸟，T师傅和P，另外还有两个不认识的人，其中一个问我用的"索尼A9还是A1"，我听着就觉得他口气很大，至少A1不是我们这种人用得起的。T师傅说这两款都是真正专业人员用的相机，我们没必要买那么好的，此话很有道理。

晚上看新闻，看到"太空教育"活动现场直播，小朋友向宇航员提问时用的是"您们"，记得教科书上专门提醒过，"您"这个字只能称一个人，不能称谓复数的人。

12.10，阴。

昨天和今天上午，小区喇叭反复通知：下午在小区中央广场举行"社区居民委员会选举"投票，希望居民踊跃参加。这两天大部分人都在上班，下午在家基本都是退休的老年人。也许明后两天还会继续搞投票活动吧，我没打算去投票，下午去了C公园。

去公园的路上，走到012街坊那家煎饼店，又买了一个煎饼，确认了一下，的确是父子俩。

阿兰·瑞安和雅克·巴尔赞都认为所谓的"巴黎公社"其实是一种暴民统治，起义的成员很少无产阶级或工人阶级，可在我们前几十年的教育中，将"巴黎公社"吹捧的不得了，还称之为第一个"无产阶级专政"的政府。

每天基本上是下午4点多往回走，出公园就是一个十字路口，正是下班时间，交通比较拥挤，所以，每天都有8个"志愿者"在路口维持行人通行，要求行人"红灯停，绿灯行"，他们都穿著一件红马甲，背后印著"我是党派来为您服务的"。

12.11，小雨。

傍晚去"盛哥"吃饭才出门，天冷了，店里很多顾客，很多农民工三五成群的围在一起吃火锅，喝酒，很热闹。

白天下棋、听书、打扫卫生，不知不觉时间过得还挺快。

今天没有听到小区的喇叭通知居民参加选举的声音，周六，显然比前两天在家的人多，反而不通知选举投票的事了，有点不可思议。

晚上听一位美国历史学家柯文所著的《历史三调：作为事件、经历和神话的义和团》，比较详细的介绍了义和团出现、发展和结局的过程。补充了唐德钢、徐中约和张鸣对于义和团的介绍，比如，后三人对于义和团的产生都没有一个说明，对于旱灾对义和团运动的刺激作用也没有讲明，而这本书却讲述的比较清楚：义和团起源于1895年的大刀会，而大刀会的出现又是因为"甲午战争"时，驻防山东的清军被调走了，大刀会是地方自保的民间武装，后因与教会、教民，以及披著教民外衣的土匪的冲突而逐步扩大起来；义和团兴起与当年华北出现旱灾也有很大关系，农田缺水灌溉，农民闲著没事就聚在一起惹事，天降雨水，农民就各自回家忙农活了。

这本书比较有意思的是，最后几章，将"文化大革命"与义和团联系了起来讲述。

12.12，小雨。

11点多到了省图书馆，星期天，很多大人带著孩子也来了，还有三五成群的一看就是初中生的孩子围坐在一起做作业，他们虽然也说说话，但都很小声，环境塑造人。（也可以认为管理塑造人）

看到一本很奇特的书《虚构的西方文明史》，作者是人民大学研究生毕业，留英的中国学者诸玄识。作者没有自序，有一位浙江大学的教授海清写了序言，我看了一会，再看了一遍目录，觉得这本书与作者的名字一样，有诸多的玄幻般的认识，他认为，所谓西方的文明全部都是借鉴的中华文明，绝大多数西方所撰写的文明史都是杜撰的，代为作序的海清先生也称之为"惊人的结论"，的确惊人，作者认为古希腊根本就没有文字，所有关于古希腊的典籍都是后人杜撰的伪历史。全书530页，售价86元，只有作者名，没有译者，也没有英文、法文或其他语言版的序言，这说明诸先生是用中文写的，专门迎合一些民粹主义者的胃口而写。

只想著想捞钱的文人，就是没有道德可言的文痞。（這種痞子比街頭的痞子、混混壞百倍，文痞是整體性的敗壞社會風氣，街頭痞子祇是非常有限的局部性小破壞。）

12.13，多云。

到C公园拍鸟，T师傅和"DB"已经在那里了，过了一会，又来了两人（其中一人戴著一顶黄色迷彩军帽，帽子上还有一个"八一"五星），这两人我没见过，但他们都认识T师傅和"DB"。在等鸟吃虫的时候，我旁边的"军帽"突然说："哎呀，昨天儿子来，我忘了要他给我买张卡。"我问什么卡（我还以为是公交卡或武汉市旅游年卡那种卡），他说每秒256M的卡，我说："储存卡啊，在网上买也可以，比实体店还便宜点。"他在手机上翻了一会，找到一张图片给我看，说："就是这种卡，128G，每秒256M。"我问："那么快？我看看。"我伸头去看，他把图片拉得很大，看到了排头是几个英文字母，然后下面有128G和"256M/秒"这两个参数，都是白底黑字，他很快就收起了手机，说："还是国产的。"我问："国产的？"他说："嗯。"我再没多说什么了。我很怀疑，回到家，我在电脑上查了一会，找不到有这两个参数匹配起来的储存卡。

还是在等鸟的时候，我收到短信，一看，是工资到账了，我自言自语的说："今天几号啊？""军帽"说今天13号，是公祭日，我想起来了，说："难怪早上看各网站主页都是灰色的。"另一个人嘴巴很臭，先前一起聊鸟的习性时就脏字不断，现在又骂起日本人来了，"军帽"说今年也是日本偷袭珍珠港80周年，他们又扯到美日关系上去了，我没打断他们，T师傅正好说起什么事，我接过他的话走开了，那两个家伙也没谈他们的话题了。他们不是善类。（他們最有可能的就是明朝"東廠"之類的家伙。）

晚上听《历史三调》，柯文先生将人类学、社会心理学和个性心理学知识用于到对义和团的分析上，还比较了世界不同地区和时间类似事件，这很有启发性，也显示了柯文先生对于义和团事件的客观观察与评述，其中也表现出了他对于义和团极其民众的同情和叹息。

柯文先生说义和团，乃至中国的民众对于宗教崇拜是实用性的，有个现象可以证明：当人们摆出龙王求雨而仍然不下雨时，经常怪罪龙王没有尽责，就把龙王摆到太阳下暴晒，以示惩罚。这对于西方人来说是不可想象的事情，西方人向上帝求雨，仍然不下雨时，反而更坚定了人们对上帝的崇拜。

12.14，多云。

中午去了宝通寺，里面有一颗很大的银杏树，由于周围都是较高的房屋或高楼，这颗树的叶子还很黄，也很齐全，来这里摄影和照相的人很多，当然少不了一大群大妈，只是可能因为佛门之地不得喧哗的缘故，她们没有播放音乐。也有很多俊男靓女，多数是俊男给靓女照相，先后看到几个比较漂亮的少妇和几个美少女，我邀请她们中的一人给我做模特，她们一般都很开心的同意了，最后，她们加我的微信，我答应修好图就发原图给她们。

看到一个胡子拉碴、满脸皱纹的老和尚在点一小杯蜡烛，他已经点了很多杯蜡烛，这一杯的蜡烛，从他手上沾满的蜡烛可以看出，他是用其他杯洒落出来的零碎的蜡烛填满的，所以加了捻子后不容易点著，他很小心，很认真的呵护著微弱的火苗，我赶紧拍下了这幅画面，照片拍的很好，很有意境。

澎湃网消息，国家卫健委发布的数据显示，截止13日，全国累计报告接种新冠病毒疫苗26.2119亿剂次。但是，没有注射两剂和三剂的分类数据，如今，这种分类统计是很容易做到的，为什么不公布呢？

12.15。雨。

CNN消息"前审查官说，在中国讨论审查制度非常严格"。该消息是因"新浪微博"网站违规，造成了非常不好的影响，被国家有关部门处以几十万美元的罚款。该消息还称中国对网络出现的色情、赌博和诈骗也控制得非常严格，涉及政府政策的议论则更加严厉。而有时候有的网站往往引出话题让民众议论，然后有关部门再对议论者给予处罚。（其實，CNN不清楚的是，除了"涉及政府政策的議論則更加嚴厲"是真的，色情、賭博和詐騙的管制祗是表面文章。而後三項正是中共"有關部門"操作的，比如，在網上在綫閱讀《利維坦》，每一章節頁面的頂部和底部都是色情 gif 圖片。）

下午修完图，边下棋，边听《历史三调》，当义和团起事的局面开始激烈以后，柯文引用了很多中西方人士日记的记录，义和团杀洋人、教民及和儿童，外国人杀义和团民、强奸妇女，其残忍惨烈程度使我不知不觉的落下眼泪，中国民众要经历多少苦难才能真正进入智慧的大门呢？

12.16，阴。

晚上看CNN消息，得知那个很爱国的《环球时报》的主编胡锡进辞职了，他还表示，他将继续为报社做出贡献。有意思。

12.17，晴。

阳光明媚，而北风较大，出门都不愿把手露在外面。

T师傅一个人在那里拍鸟，虽然光线很好，但气温很低，大概接近于零度了吧，其他人都不愿意出来了。看到我来，他很高兴，边等鸟边向我说他一些拍鸟的趣事。他设了两个诱鸟桩，隔着一条水沟，一边是伯劳，一边是北红，拍了好几张漂亮的照片，不过都有一点过爆。难得的是，拍到了两只鸟在同一和场景中，相隔不到一米五。这说明两只鸟都饿急了，因为北红是不敢接近伯劳的，暖和的时候，到处都有虫子，见到伯劳，北红就飞走了，伯劳属于猛禽，老鼠、青蛙、小鸟和蛇都吃，大概现在看著有现成的虫子挂著，它也不想费力的追逐北红，北红也饿急了，看著虫子不舍得放弃。这证明了"填饱肚子是硬道理"，可它们是飞禽啊。

12.18，晴。

上午边吃早点边看新闻，"新浪网"消息：《中国取代美国成为"新科技中心"还需几年？商务部原副部长透露时间点》，文中认为世界的科技中心每一百年就会转移一次，上一次是美国，时间是上世纪四十年代，现在已经过去了80年，按照一百年计算，还有20年科技中心将会转移到其他国家，那么，哪个国家能担起重任呢？原商务部副部长魏建国给出的答案是：中国。（中共治下，衹需要政治正確，不需要常識，更不需要邏輯，形式邏輯是中共的主要敵人之一。）

有人在群里发了一张拍的红头山雀飞翔的照片，姿态很好，只是不够清晰，但也比我拍的那些呆红头有意思，我给他点了赞。"GH"要我今后经常与他一起出去拍鸟，我说我没有长焦，他说反正不是专业拍鸟，没关系。我说明天见面再聊。明天他也要去参加"YHY"组织的"仙女主题"摄影活动。

《历史三调》听完了，柯文先生关于政治观点与历史真相的关系的观点值得思考，但这样一个现象他没有说透彻：如果以政治观点为出发点，或者为了达到某种政治目的，历史事件常常被人为的包装成神话。结合古斯塔夫《乌合之众》的分析，民众需要神话，越具有神话色彩，越容易调动民众的情绪，因为，就整体而言，民众是没有理性可言的。（這就給了一些陰險的政客設計、制造有針對性的歷史事件，以便制造神話，蠱惑民衆、煽動民衆的機會。）

我们成长过程所受的教育，经常将旧中国民众的愚昧无知、落后和非理性归咎于外国的军事侵略和外国资本的剥削，《历史三调》中介绍了陈独秀、鲁迅和胡适等人的观点，尤其是陈独秀认为，外国的侵略和压迫是结果，原因是中国民众的愚昧无知和非理性。而著名的"胡梁之争"，胡适正确的认为避开政治制度这个最重要的因素不谈，指望民众能自己觉醒，是一种天真的妄想。所以，根本的原因正如孟德斯鸠在《法的精神》中所指出的："当人民所信任托付的人试图掩盖自己的腐化，而又企图腐化人民的时候，人民便陷入了这种不幸之中。他们奢谈人民的所谓伟大，用来掩盖自己的野心；极力地奉承人民，为了不使人们察觉他们的贪婪。"（這段話非常適用于毛澤東在天安門城樓上高呼"人民萬歲"時的場景。）

12.19，晴。

中午12点15分就到了规定的集合地点"GF大街E出口"，提前了45分钟，看了一下街景，与在"百度地图"上的"全景图"差别很大，四周转了一圈，到一个阳光很好，又有座椅的小区里坐著边晒太阳，边吃面包和鸡蛋，很惬意。

到了集合时间走到集合点，人基本上已经到齐了，"YHY"安排人员拼车，我和一个叫"小朵儿"的大妈乘坐

"大壮"的车，看来驾车参加的人不少。车子大约行了30分钟就到了摄影点"惠湾"，三位模特更衣化妆，然后开始在"YHY"的指导下，拍摄"仙女下凡"的传说故事场景。两位小青年都是在校大学生。二十多个摄影师，角度不一样，所以，模特要保持姿势转换方向，以便尽量满足大家的要求。不容易。

还不错，拍了几张满意的片子，回来后粗略的浏览了一遍，选了一张三个模特同镜，表情也能体现故事场景的图片发到了今天的临时群，我一看我是第一个发图的，说明了一下"抛砖引玉"。不久，大家也纷纷开始发起自己满意的图片来了，一位叫"YH"的人拍摄和编辑的视频很不错，高手。

12.20，晴。

昨天在群里发了两张照片后，我就没有发图片了，因为大家都拍的同一个场景，拍出来的效果也不会差得太多。今天很多人都发图片，还是有很会修图的，把背景模糊的很好，而又不伤到发丝，这是高水平。

去D公园拍了几只鸟，有四种鸫，名字一下也记不起来了，都是在地上，不是很好看，它们总在灌木中跳来跳去，拍不到飞翔的姿态。

约"GH"一起去博物馆看看，他很乐意的答应了，还说要带两个定焦小镜头，轻装上阵。约的上午10点半在博物馆大门见面，我要起早点了。

12.21，晴。

10点半到了省博新馆，人不是很多，当场预约就进去了，展品多了一点，并不像宣传说的"80%都是第一次展出"的那么多。"GH"也去了，我们两人一起把展览馆走了一遍，拍了一些最珍贵的文物，12点多，他说要回去了，他说他每天很早就起来了，所以必须睡个午觉，我陪他出来，他乘地铁回去了，我先打算去东湖转一转，但突然想起，好久没去汉街了，便也乘地铁转到了汉街。

出了地铁，往汉街走的时候，发现紧临汉街的那个外部装饰非常华丽的"万达广场"正在被拆除，与汉街相连接的通道也堵住了。不过，街面上来来往往的人还比较多，一些小吃店生意也还不错，我坐下来拍一个戴著眼镜的女孩，她很漂亮，手里拿著吃的、喝的，一个人在转悠。她发现了我在拍她，便走过来看我拍的怎么样，她很高兴我拍的片子，我问："你有没有什么事，如果没啥事，就在这里多拍几张，然后加微信，我会用微信发原图给你"，她同意了，这样边找场景拍片子，边聊天，得知她是华中师范大学大四的学生，而且是公费生，来自成都，学的数学专业。最终，拍了16张照片，她说要走了，我答应她最晚明天会将照片发给她。

分开后不久，她发微信说她叫DJH，以后就叫她小D就行了，我也做了自我介绍。

12.22，晴，雾霾。

上午把昨天拍的那个女孩还没有修的照片处理完，发给她后，等她保存完了就把她从微信里删除了。

到C公园，T师傅和几个人还是在那里拍鸟，我没带长焦镜头，我说出来转一转，只带了一个20的广角和一个85的镜头，与T师傅聊了一会，发现远处"YHY"正在给几个打扮成欧洲贵妇的大妈拍照，我走过去想看看，虽然我从来不拍大妈，但看看"YHY"如何设计场景和姿势也还是不错的。

12.23，晴。

天气预报说明天开始大幅降温，央视网新闻也一再提醒寒潮消息，江南一带将降到零度。趁著今天还暖和，下午出去找了一个烟花女，是个少妇，但比较漂亮，皮肤和身材也不错。最后，我说："过几天我再来找你。"她笑著说："过几天我都不知道我会去哪里。"我问："你们是不是轮换著地方住啊？"她一愣，说："不是，我是说我们这里是刚开的店。"她并没有回答我的问题，新开的店，与她可能会离开一点关系都没有，我没再多问了。

《历史三调》又听了一遍，柯文先生对于历史研究与政治观点的关系做了精辟的论述。这种论述比起张鸣和唐德钢先生的书更具有学术性。

柯文先生没有说透义和团最终成为清庭的炮灰的真正原因，

即慈禧太后为一己私利，给义和团的胡作非为推波助澜。这个因素要结合张鸣先生的《重说中国近代史》和唐德钢的《从晚清到民国》。

12.24，阴。

中午去了大商场，想买一件那种像被子一样大的羽绒服。网上看"天猫"和"京东"都没有提到"平安夜"、"圣诞节"优惠活动，商场里的节日气氛还是很浓的，各个店铺门口都放著一个小圣诞树，也都纷纷打折促销，商场的喇叭里反复播放著"铃儿响叮当"的英文歌曲。

转了半天，好一点的羽绒服打折后也要7、8百元，还是觉得有点贵，在试一件"乔丹牌"的羽绒服时，旁边一个大妈说："你身上的这件比手上拿的还好一些。"她哪里知道我身上穿的是几年前在网上买的，两百多元，说是羽绒，其实大部分是中空棉，不够暖和。不过，她的话使我想起，我还有两件羽绒服，就是比较短，风大的时候就觉得不够暖和了。我最终还是没有出手，想著反正最冷的时候也就那么几天，就穿原来的羽绒服，再贴上两张"暖宝宝"就足够暖和了，三年来都是这么对付的，效果也还很好。

12.25，阴。

阴沉沉的一天，上午还下了一会像芝麻粒一样的雪，然后就没了。吐出的气可以看到，温度似乎到了零度，不过，不像天气预报讲的那么让人紧张。

去图书馆的公交车上本来听著阿兰·瑞安的《论政治》，一会看到"喜马拉雅"首页推荐一本《思维简史》，印象中以前知道这本书，所以就改听这本书了。不错，很好的书，值得听几遍。

这几天全国研究生考试，图书馆的人明显少一些。

晚上给儿子发了封邮件，介绍了《枪炮、病菌和钢铁》和《思维简史》的作者，两个人都是研究自然的科学家，但他们的知识面相当的广，两本书所涉及的人类文明演进的历史，讲的有理有据，生动有趣。

12.26，阴。

然后去大商场，边听《思维简史》，边四处走走看看。"海王星辰"药业公司在一楼做推销新产品"小柴胡颗粒"的活动，很吵闹，还请了一批大妈大叔跳舞，围观的人很多，大多是为了得到免费的礼品。

不知道是作者的问题，还是译者的问题，在讲述苏美尔的法律时，其中有一条规定：谁的防洪措施没做好，导致了洪水泛滥，他要赔偿损失的每一粒玉米。玉米是哥伦布发现美洲以后，从新大陆引进到欧亚大陆的农作物。这里出错了。

气温比较低，但也不至于新闻里说的到了"蓝色预警"的程度，如果这种变化也需要预警，那么预警还有什么意义呢？小时候就听过"狼来了"的故事。

12.27，多云。

准备用平板浏览器百度"新冠特效药"，搜索栏下方出现一条消息：1984年张爱萍上将访问美国，大闹国务院，回国后直接递交辞呈。（这样的打鸡血的文章充斥著各种浏览器的首页和非主流官方网站，就像街头小报一样，但你不买街头小报就不用看，而在手机里，你不看内容，那些"扬眉吐气"的标题也会展现在你眼前。）

上午去兴业银行了解了一下那里的理财产品项目，觉得其中一个比较高，年化利息4.09%但不保本，客服说"现在都不会承诺保本，这是央行的要求，不过放心，不会出现亏本的事，至少目前从来没发生过，只是利息可能不如承诺的那么高，但也不会差很多。"我想即使明年的经济状况不会很好，但年初几个月大概还不会出什么问题，不然，后面的业务就不好开展了，于是，我将昨天在交通银行买的二十万的理财项目退掉，买了兴业银行的这个项目，29号开始计息，明年3月30到期。

明天去图书馆，看看《思维简史》的书。

12.28，晴。

上午7点钟就醒了，直接起床，吃了早点就去图书馆，巧的是刚走到车站，795路就来了。

在图书馆的电脑搜索，有三本《思维简史》，其中借出去了两本，一本在四楼，属于保存本，不外借。于是到四楼看书，大概看了三个小时，将这几天听过的内容浏览了一遍。

中午在图书馆一楼吃了一个面包和一包快餐面，算是解决了肚子问题，下午有点困，到六楼大概睡了一个半小时，六楼最暖和，热空气往上聚集嘛。

12.30，晴。

经过一个小区时，看到出现了两个白色的临时搭建的房子，挂著动员居民接种疫苗的红色宣传带，里面有医生给人接种疫苗，另一间房是接种完疫苗的人半小时观察的地方。这是第一次，原来只能在医院或街道卫生服务中心接种疫苗，现在进了居民区，大概西安的封城让全国各地都感到紧张了吧。

摄影群里有一个叫"阿明"的人发了一个链接，不是以往那种有图标或汉字标题的链接，而是全部是英文字母、数字和符号的网址的链接，不知道是什么内容，好奇，点击看看，才知道是短视频：全国最大的毛泽东塑像。那是位于长沙橘子洲头修建的一座超大型塑像，想继续看看雕塑的具体尺寸和材料，可出现了下载"快手"APP的提示，我随即关闭了这个链接。"快手"与"抖音"一样，绝大多数都是一些庸俗无聊的东西。毛泽东如果知道有人将他的形象作为广告的幌子，他老人家一定会再发动一场运动将这类人打翻在地，再踏上一只脚。（所謂的"毛派"實際上知道自己的倒行逆施是不得人心的，所以才采取這種偷鷄摸狗的方式来恶心他人。）

12.29，晴。

去图书馆又看了一会《思维简史》，上次听到的关于古巴比伦《汉莫拉比法典》中对于赔偿玉米的问题，书上正是这么写的，至少，翻译出错了。

翻阅了王造时的《中国问题的分析》，此书是王先生上世纪三十年代所写的文集。可以看出，王先生对于中国当时的国情、政治和民风给予了极大的关注，爱国之心清晰可见，他还对于国民政府实施的"攘外必先安内"的政策进行了指责，呼吁国民政府停止对共产党红军的围剿，团结一致对抗日本的侵略。然而，就是这样一位有爱国情怀，有正义感，敢于挑战权威的著名学者，却落得了悲惨的下场，包括他的子女也未能幸免。王先生在谈到当时一些人打着"爱国"的旗号胡作非为时，以罗兰夫人的名言为范本说到"爱国心，爱国心，多少罪恶假汝之名"。（也许，还有一些罪恶也是以光鲜的名义大行其道。）

在历史类的书架里，看《三国志》的版本很多，有几种被翻阅的很烂了，联想起几天前在大商场的书店看到进门处摆放着图画版《三国志》和《水浒》，没有《三国演义》和《西游记》，这很有趣。

摄影群里有人发了几张照片，说明是拍的西安正在做核算检测的几个小孩的表情，有人在群里问生活方便吗？回答买菜不方便，经常没有青菜，政府正在组织外地的青菜进西安。而前两天的"新闻联播"就报道了：西安封闭管理期间，居民生活有保障，物质充足。

在"网易"首页看到一条消息《日本人悄悄拆了辆中国神车，有点慌》。厉害了，我的国。

12.31，晴。

今天乘一趟开通的地铁5号线去了昙华林，看新闻介绍，5号地铁是世界首条无人驾驶、全自动有轨列车线路，途中在昙华林正好有一站。

进了地铁，人不是很多，我到车头可以看见隧道向后飞奔，感觉不错，拿出手机拍了一段视频，发到了摄影群里，还留言"世界首条……"，又发给了前妻、妹妹和亲家，摄影群没人理睬，前妻和妹妹也没理睬，亲家回复说"中国的轨道交通趋世界领先水平。"然后给了三个大拇指（看来他真的屬于那種小紅粉一類的人。2020年，兒子在女方家鄉辦婚禮，我前往那裏的火車上，兒子給我發來短信，説他的岳父是個老黨員，洗腦嚴重，又愛喝酒，且酒後話特別多，兒子提醒我不要與他喝酒，也不要與他爭論）。

夜里11点35分，我给儿子发了邮件，提前送给他们新年的祝福，还多说了几句，大意是要儿子买帽子戴，可以保暖，说得多的是要儿媳动脑筋拍好照片，增加艺术修养，为了充实自己，也为了你们今后的孩子，多读书，读好书，勤思考。

日记　2022

2022.1.1，晴。

祝自己新年平安快乐。

上午S在小群里发了一个图片，祝"元旦"快乐，没人接茬，我看了一下就删除了，后来也没再出现。上次骂了他"无聊、无耻"之后，"国庆"节我就没搭理他们的聊天了，FK委婉的推脱了S提出的聚会的提议，这次F氏兄弟都没接茬，他们两总算还保持了一点无赖所没有的尊严。

下午出去转了一大圈，发现旁边012街的临街大门仍然关闭着，好像去年发生疫情之后就没打开过了。这个通道里面有一个较大的天井似的场地，四周都是5、6层的楼房，场地里有很多买小吃的排挡，另外，四周楼房一楼至少有9家快餐店和一个"兰州拉面馆"。以前，妈妈也经常到这里吃快餐，沿街很多商店的人都到这个天井来吃午饭和晚饭，另外还有两个小副食店和一个二手手机及修理店。这个临街的大门一关，里面的店铺也就全部关闭了，那些挣点辛苦钱的人只能另寻生路了，而周边商店的上班的人吃饭肯定也没以前方便，住在这里几栋楼的人要绕一大圈才能到近在眼前的公交车站和"强盛"超市。

前几天在药店买了一瓶医用酒精，今天往小瓶里灌一点，想着先试一试效果，往小碗里也倒了一点，然后用打火机点火，结果没点著，以为是气温太低的原因吧，又烧了一张纸放进去，结果烧著的纸很快就灭了。60度的饮用酒都可以用打火机点著，这个标记为"75%医用酒精"的居然还点不著，实在是无语啦。

1.2，晴。

中午去汉口里参加摄影活动，很不错，很开心，"YHY"这次安排的很好，也得益于模特比较多，分成两个场景，摄影师也分成两组，摄影师们拍完一个场景就换一个，避免了因为人多挤在一起扯皮，可还是有两位摄影师争吵了几句。

主持开幕式大妈还是有点口才，出口成章，虽然都是套话，可普通话很好，吐词清晰，仪态也比较端庄，可能年轻时就是搞文艺宣传工作的人。

有位师傅将集体照发到了群里，集体照是在一处台阶上拍的，站位按报名的顺序，我站在前两排的中间，表情很自然，感觉不错，就发给了前妻，她也觉得不错，给了一个大拇指，还说："站的还是C位啦"，我说是按报名的编号站的。

1.3，晴。

到C公园转转，T师傅不在，只有一个不认识的人在那里拍鸟，他用的是尼康半画幅、镜头140mm的设备在那里等鸟，他离诱鸟桩太近了，小鸟根本不敢过来，伯劳胆子大，可也是像风一样飘过去，他说先前有一个人拍了几张就走了，大概也是觉得他太近了，也不好说，干脆走人了。

听阿兰·瑞安的《论政治》，与其他哲学家、历史学和政治学家一样，他也描述了古希腊的公民社会，民主政治，公民参与政治的情况，而外来人员和奴隶没有参与政治的权利，在法律地位上，公民也比外来人和奴隶优越，然而，在介绍女性问题时，他们都讲到古希腊女性没有参与政治的权利，可都没有介绍女性的法律地位，记得有的学者介绍了古希腊的女性在家庭财产处置权上有著与男性公民相同的权利，但在其他法律地位上，比如对于处罚问题上，她们是否与男性公民一样有著高于外来人和奴隶的地位呢？都没说。

晚上看到儿子发来邮件，他要我去办理我的出生证明书，而且还需要公证，他"后面会需要"，他说："具体怎么办问妈妈"，我都快60了，这怎么办我还真的不知道，我回复说："我问妈妈，同时，明天我也去民政局问问。"

我问了前妻，她要我去公证处咨询，我说我还是先去民政局问问，如果那里有历史记录，可以作为公证的凭据。

明天下午去民政局。

1.4，小雨。

下午去了CL区政务中心，询问了一下办理出生证的手续，一位四十来岁的女警官说："我这个年龄的人都没有出生证，您就更没了。如果要出生公证，拿著户口簿直接去公证处就行了。"我没带户口，又下著雨，今天就不跑了，等明天再去公证处。

接著去了大商场，里面还比较暖和，这里喇叭的音量比广兴城低一些，不那么刺耳。书店的门口前些天摆著的《三国志》和《水浒》的图画书，换成了文字版本的《三国演义》和《水浒》。

里面一家经营了好几年的宠物店撤走了。

1.5，阴。

上午去了公证处，咨询台的人问明我的来意，要我直接去编号为1的办公室，不用去拿号排队，那是专门负责涉外公证事务的，所以人少，我进去就开始了问答，工作人员给我写了一份需要的材料，还专门问了办理公证的目的是"移民还是定居"，我回答"定居"，她都写在提示单上，让我回来准备。

我将提示单拍了照片发给了前妻，还进行了说明，她认为还是应该问问儿子到底是什么目的，我也觉得应该搞清楚。回家后给儿子发了邮件，也把提示单的照片发给了他，要他决定公证的"目的"填写什么，我虽然说的是定居，但写进公证书后会不会影响他后面将要处理的事情呢？所以，我建议他问问有关人员，不久，他回复："好，我问一下过几天告诉你"。

没事看了看手机里我用于下棋的QQ号，我的这个号的名字与微信号一样。很早以前，我用这个号进过几个摄影群，这几个群都是一些广告，摄影的内容完全没了。还有一个"武汉小毛驴户外29群"，这个群经常发一些武汉周边景点的活动及其费用通知，我慢慢看，发现去年的11月6日18：58，我居然发了一个小朋友点头的表情包，文字是"知道了、知道了"，这是怎么回事？我没在群里与人交流，怎么会出现这个显示呢？很奇怪。（微信、QQ都是中共用来監控民眾的工具，必要的時候，它們還會成爲騷擾、引誘民眾的工具。）

看到"hao123"首页出现一篇带图片的文章《心理学家：永远不要帮助一个，落难的朋友》，配的图是两个人面对面的用匕首暗地对著对方。

1.6，阴。

"优酷"电影栏首页，出现了一批上世纪六七十年代的电影，而且都是战争片，如《地雷战》、《地道战》、《南征北战》、《英雄儿女》、《渡江侦察记》、《三进山城》等等。（"戰狼"已經不足以表達某些人的亢奮了，他們還要借屍還魂，重新集合起一大群當代"義和拳"民和"紅衛兵"。）

"澎湃新闻"图文消息《钟南山：中国理论上已实现一定程度的群体免疫》。他在接受中新社记者时表示"疫苗充分地注射到一定比例的人口能达到群体免疫的目的，基于目前中国的新冠疫苗注射率已超过83%，根据评估，中国理论上已经实现了一定程度的群体免疫；并呼吁民众接种疫苗加强针。"

晚上在"优酷"上查找"哥贝克力石阵"和"恰塔霍裕克"的视频，都比较简单，基本与蒙洛迪诺在《思维简史》中介绍的一样。从这两处遗址所反映的史前人类行为看，其社会性并不像霍布斯所认为的是一个"所有人对所有人的战争"那样，这两处遗址都还没有文字，所以如果有所谓的"契约"存在，也只是口头上的约定。很难想象，两处遗址的社会组织形式是怎样的，建造石阵必须有发起者、设计者、指挥者和后勤保障，不然，那么巨大的石头和石墙怎么可能树立起来呢？"恰塔霍裕克"一起居住的人数高达8千人，没有社会等级、没有社会分工、没有社会管理者和协调者，那就更不可思议了，也许那里就是后世传说中的人间天堂。所以，卢梭认为"科学和艺术的进步导致了人类社会道德的败坏。"这个观点很对。恰塔霍裕克的人一定很矇昧，但不能说他们不文明。

1.7，阴。

今天，那个叫"阿明"的人发了一个短视频，大声叫嚷着将全国各地的疫情说了一遍，多次说到进口水果查处病毒，又一再重复要大家转发给朋友或其他微信群，唯恐人们不紧张。

中午给儿子发了邮件，说办理公证的目的可以直接说明是准备给孩子办理移民，我将他们现在的情况比喻成大海上漂泊的小舟，他们的孩子应该有一个稳定的居住地，这是孩子的权利，也是他们作为父母对孩子应尽的责任和义务，同时，我也说明了他如果不改国籍，将来回国可能会遇到一些实际的问题，如人际关系处理能力、各种社会保险和医疗保险问题等等，最后，我告诉他："改变国籍不等于不爱国，也许，会更爱祖国和故乡。"不知道他会怎么想。（**其實，就算在中國，中共根本不在乎國民愛不愛國，他們祇在乎民眾愛不愛黨。**）

"搜狐"和"网易"都报道：西安出现市民就医难的问题，甚至有孕妇流产而被医院拒绝的事件发生，西安官方两次向市民道歉。看来，事情不是一般的严重。前年武汉封城，从全国调集医护人员支援武汉，这一次却没有支援西安的报道，是防疫有经验了？还是因为有了治疗新冠的药？还是虽然感染人数不少，但病情严重的不多？可为什么会影响市民的正常就医呢？不懂。

1.8，阴。

上午看了儿子回复的邮件，我昨天将说的话做成了图片文件发给他的，结果被认为是"垃圾文件"。他的回复还是不很清楚，但却很清楚的要我不要白操心，说我对两边的体制都不了解，说那些话徒增风险，接着又说他这几天很忙。我还是回复问他，"目的"到底该怎么说？需要几份公证书？到了现在，他也没有回复。

晚上下棋，突然弹出一个广告《原始传奇》游戏界面，没有关闭的按钮，在右上角点了似乎是关闭的按钮，就出现安装游戏的界面，我赶紧关闭安装，结果没有用，它直接安装完成，然后弹出进入游戏的界面，同样不能关闭，在QQ游戏主界面也不能删除这个《原始传奇》，提示"该游戏正在进行，请退出游戏"，可界面里没有退出游戏的按钮，只好直接重启电脑，再进入主界面删除这个游戏。流氓。

1.9，阴。

一觉睡到10点半，吃早餐，看邮件，儿子说等他下周问清楚了再告诉我。还说新的变种病毒迟早会蔓延开，要我囤点食品，以防出现西安的情况。

听了一会《余秋雨：中国文化必修课》，听得很不自在，他不仅太爱炫耀自己了，还说些不靠谱的历史，将不靠谱的考古遗迹加进中国文明的起点中，他只说中国文明开始于距今4200年，可没有具体说证据，只说出现了青铜器。而查"百度百科"，介绍中国最早的青铜器发现于甘肃的马家窑，一把青铜刀，距今五千年。另据易中天和张鸣，以及北大讲授科技史的教授都认为，中国文明确切的起点在河南的"二里头"遗址，距今3700年。

在讲述汉武帝的功过时，他将"罢黜百家"列为功绩，原因是其固定了中国文化的框架，他只将处罚司马迁列为汉武帝的罪过。这与其说是余秋雨思想保守，不如说他是迎合政客的，被阉割了的读书人。近代中国之所以被外邦欺负，汉武帝给出的这个框架，就是最主要的原因，文化是人的思想的产品，给出一个文化的框架，其实就是给了人们加了一个思想的牢笼，思想被禁锢，精神也就萎靡不振，成为任人宰割的羔羊。我非常赞同于佑任先生对汉武帝的评价——百家罢后无奇士，永为神州种祸胎。

晚上Q前妻，明天去她那里的地铁站碰面。

1.10，阴。

前几天一直预报的今天有小雨，可没有下，虽然天色是阴沉沉的，但既无雨，风也很小。去了之后，前妻说："是你祈祷不下雨的吧？"我说："这是老天对我们的眷顾。"然后，我们在地铁站周围边走边聊。她说儿子刚去法国时，办过他的出生公证，不记得有没有注明"目的"和用什么语言了（儿子2011年读大三时赴巴黎考上"巴黎高等师范学院"全额奖学金研究生）。

前妻以前在居委会给人开证明时注明"目的仅限于"什么事，那是证明，但这是公证书，只证明出生就行了，应该什么目的都可以用。她又说，儿子担心的是别人知道他移民后会带来一些不必要的麻烦，在还没有办成，而又需要回国时，可能遇到一些意想不到的阻力。我觉得儿子这种担心虽然也可以理解，但是，从现在疫情的情况看，一两年内，他完全没必要回国，在法国就行了，等办完移民手续，完成国籍变更，所有相关方和人自然也会知道了。前妻说："儿子说还有半年疫情就会好转了。"我没说什么，他们不懂中国国情，不懂历史，所以才会天真的这么认为，我不想向她解释，因为很可能解释了她也不懂。（2022年，中國最大的事是10月份的"二十大"，在這之前，中共不可能放鬆疫情管控。）

回来后，我查看了儿子的出生公证书，上面简单明确的说明儿子的出生时间和地方，以及我和前妻的名字就完了，没有别的什么内容，中英文双语。

明天去公证处再问问情况。

1.11，多云。

上午边拖地边考虑到公证处如何向他们表达，突然想到，如果我这里与他们沟通好了，而与儿子在法国得到的意见不一致，那就又多出一次麻烦，所以，还是应该等儿子在那边落实了情况再说，反正他好像也不是很著急。

打扫完卫生，去退休办领春节物资票，CBN负责发票，另一个LN主任（原来是一个车间的党支部书记）给我在一份"警惕诈骗告知书"上签字，虽然不懂有什么必要签这个字，我还是签了。

接著乘车去了图书馆，车上继续听《政治论》。在图书馆翻阅了几本介绍民国时期社会情况的书，又找了几本几本介绍"三星堆"遗址的书，都很有意思。

阿兰·瑞安称霍布斯不仅是近代政治思想的明灯，而且一直影响著现代政治，这个表彰完全正确。可惜，如今欧美日等发达国家的政治、军事、商业的精英们忘记了霍布斯的话——我们不能与野兽订立契约，因为它们不懂的我们的语言。（霍布斯的觀點是一種常識性的比喻，他沒有考慮具有野獸性情的人這個層面，這類人，雖然懂得人類的語言，可它們的靈魂卻比野獸更加凶殘，與它們訂立的各種條約、協定、規則、基本法等等契約，成了人類自我約束，而助長獸類狡詐凶惡的工具。野獸不會貪得無厭，人形野獸的邪惡欲望永無止境。人類歷史一再證明：野獸對人類的傷害遠遠小於具有人形的獸類對人類的傷害。）

1.12，多云。

上午将儿子的出生公证书（共三页）拍了照片，再横著拼接在一起，压缩成一个不足1M的图片文件，打算发给儿子给他作为参考，发之前问前妻行不行，她急了，说不能发给别人，到时候在公证处只给他们看一看就行了，我说是发给儿子，她才说："可以。不过儿子有一份出生证明，几年前我还看到过。"我想那就算了，他应该会找出来参考著看看。前妻接著说："指点你一下，不要老是去打扰儿子，他很忙。"我回答说："好的。"这是她第一次提醒我，而我周一与她见面时说了上周我与儿子频繁交流的情况，她似乎不希望我与儿子有太多的联系。

1.13，晴。

中午走到C公园，见早先架设了鱼缸的那个水塘边有很多摄影师，用的最起码的是400mm的镜头，好多都是600的定焦，拍翠鸟。T师傅也不在公园里，都拍翠鸟去了，他不来，没人理睬北红、红胁和伯劳了。

1.14，阴。

早上被电话铃吵起来了，是亲家打开的电话，他要我的地址，将照片U盘快递给我，我谢谢了他。再看微信，他给我发了微信，见我没有回复，所以就直接打电话了。

去公证处再多了解一下情况，办理涉外的还是那位女士（戴口罩，看不出她的年龄，大概三十多岁吧），我问她："人的想法会因为各种条件和环境的变化而变化，如果现在的目的是定居，但以后情况发生了变化，比如有了小孩，就可能会有移民的想法，那这个公证书还有效吗？"她说公证书里不会有"目的"这个问题，所以，以后用也是有效的，然后，她将范本找出来要我拍照，我看了一下，比儿子的出生公证书多了一项身份证号。她接著说，她问"目的"是要做记录，填写表格中的栏目，另外，她又强调法国现在要求这类公证书必须用使用法语。

晚上将拍的照片发给了儿子，再将情况简单的介绍了一下，确认使用什么语言，需要几份公证书，搞清楚了，我下周就可以开始办这件事了。

晚上看微信，见最下排的"发现"出现红点，很奇怪，因为我将所有的微信好友的"朋友圈"都设为"不看ta"，怎么会有红点呢？我打开来看，原来是"视频号"有了新内容，再看，是报道"1月13日，武汉一医院发生砍医生事件。一个姓张的人砍伤一名医生，医生无生命危险，嫌疑人张某58岁，已被控制。案件正在进一步调查中。"这种新闻有多少可信度呢？"一医院"是什么地方，武汉市大小几百家医院。其他的网络媒体也没有出现类似的报道，编写这种消息的人与病毒一样，故意造成社会的慌乱和人际关系的紧张。（在澳大利亞用"谷歌"搜此案件，才知道這個事件發生在武漢市兒童醫院。看來是真的。又一個倒霉的醫生，又一個可憐的凶手。）

1.15，阴。

上午，亲家发来的快递就到了，真是快啊。他发了两个U盘，一个是婚庆公司制作的视频，一个是照片，又分为原始照片和选修过的部分照片。这一天就看视频，看照片，还选一些照片发给了前妻，将有趣的视频部分用手机录制，再转发给她，她觉得很好。摄影师用的相机是"佳能1DII"，好相机，但应该不止一个摄影师啦（真后悔，我当时带著两部相机，应该要妹夫也拍点从武汉去的人的照片和视频。），而且摄影师拍的照片一般，后期处理也比较马虎（这可以理解，照片多了嘛）。我选了摄影师修过的一张儿媳的人像照片，又仔细的处理了一番，效果好些了，发给了亲家。

1.16，晴。

中午出门走到C公园，看到P正和几个人拆除水塘中的鱼缸，他们说有人发微博，说我们这些拍翠鸟的人在伤害翠鸟，还找了几张翠鸟受伤的图片贴出来，这显然是张冠李戴的污蔑我们这群拍鸟的人。公园的人说不能拍了，要我们拆除诱鸟的鱼缸。真是岂有此理。离拍鸟不远的小树林里，总有几个中年人在那里用弹弓打鸟，没人管，这些用相机拍鸟的人明明被诬陷了，却毫无办法，公园的人说他们也是按上级的要求办，他们也没办法。我虽然没在那里拍过鸟，但也为他们不平。

到T师傅拍鸟的地方，有三个人守候著北红，他们都说拍翠鸟的地方被一个想成为网红的年轻人说成了伤害翠鸟，有关部门就立马禁止了拍鸟活动。

晚上回来修了两张图片，分别是儿子、儿媳与双方父母的合影，发给前妻，她看了很满意，又感叹老了，要通过电脑才能让自己好看一点，又说"岁月是把杀猪刀"，我说她不老。

我又将昨天修的儿媳的单人特写照和今天修的两张，一起发给了儿子，并说我自学了PS，我的想法是要儿子引导她学会PS（儿子初中的时候就自学过一点PS）。只要儿媳养成学习和琢磨的喜欢，她就会成为一个爱学习、勤思考的人。

1.17，晴，雾霾。

中午出门准备去图书馆，到了车站想起今天是周一，图书馆闭馆，便去了汉街。

不是周末，人不多，但是很热闹：整条街都播放著音乐，每个商店还各自放著歌曲或音乐，汉街有一个舞台，大屏幕滚动播放著几种商品的广告，其喇叭的声音也不小，还有，那栋"万达商场"大楼正在拆除，破碎机、切割机的声音更是压倒了汉街所有的声音。真是短命的华丽，不到十五年，曾经是一道靓丽景观的商场就成了现在的残垣断壁，是因为我们国家太有钱了吗？

晚上看新闻，正好看到元首在作演讲，前两天就见过新闻预告，元首将在世界经济论坛上发表演讲，这一次用的词还比较低调，没有用"发表主旨演讲"这个说法。今天的演稿写的不错，不愧是清华毕业的高材生。（元首不僅會"撸起袖子"做事，還會寫文章，是在厲害。）

1.18，阴，雾霾。

上午Q问前妻"还记得社区的电话号码吗？"过了一会她回复告诉了我，电话打过去，对方说负责退伍军人工作的人今天休息了，明天再发来问问吧。

现在放寒假了，广兴城里几个校外培训机构都关门了，孩子们在游乐场所玩得很开心，大一点的孩子在打篮球。孩子们玩耍、打球当然比整天抱著书本好，至于效果如何，还得观察，如果孩子们减负导致整体学业难度降低，那就走到了另一个极端，同样对社会的未来造成消极的影响。

在大商场拍几个孩子练习打冰球，教练是两个俄罗斯人，其中一个在教的过程中滑出了一个漂亮的姿态，被我拍到了，另外也拍到几张孩子的运动姿态。等那个俄罗斯下来喝水的时候，我把拍的照片给他看，他很高兴，加我的微信，然后我把照片倒进手机，再直接传给了他，又把拍的另一个俄罗斯人的照片也发给了他，他用英语给我发了一句话，这时我已经走到三楼的书店里，我看不懂英语，就问旁边的一个年轻人，她告诉说是"非常感谢，朋友。"的意思，我打算要她帮我用英语回复"不客气"，转念一想，就用汉语回复吧，免得他以为我懂英语，所以就直接用汉语回复了他，估计他也能看得懂简单的常用汉语。离开大商场时，我将他从微信联系人中删除了。

1.19，晴，轻雾霾。

上午打电话问原住址社区居委会，打通了，可响了两声，传来"电话无法接通"的声音，然后就断了，过了一会，我又打过去，接电话的女人很生硬，我问她办理退伍军人登记的事，她问是哪里的，我刚回答户口在这个社区，她就问几门几号叫什么，我刚说完021街，她又迫不及待的问叫什么，我也不客气了，质问她："你怎么这么不耐烦啦？"她才不做声了，我说我昨天打电话来问过，你们要我今天再打来问，她说："办理退伍军人事务的人发烧，今天不在。"然后就把电话挂了。真是混蛋女人，既然不在，还问我一堆问题。

中午出门到D公园，有一些梅花已经开了，人也比较多，CL区一群摄影师基本上都到齐了，他们请了一个模样还不错的大妈做模特，我拍了两张就走开了，然后找形态和背景好的梅花拍，因为树都比较高，不容易找到合适的梅花枝。

遇到公司的同事ZJG，我鼓励他也玩摄影，他说不会，我说你买了设备就行，这里很多人都可以教你，我也可以教你，花6、7万元就可以买一套了，他说："这么贵？"我说："这对于你们还在上班的人来说，不应该太贵吧。"我这是第二次在遇到他，上次是一个月前我在C公园拍鸟时，景色也没什么好看的，花也早都没了，可见他一个人在公园里到处转，似乎在找什么。（ZJG是一个很老實的人，言語不多，工作很認真，前幾年在小區裏經常看到他一家三口快樂的在一起。小男孩3、4歲的樣子，ZJG牽著他的手，笑呵呵的，邊走邊甩，好溫馨的畫面。近兩年却總是衹看到他一個人在小區裏進出，孩子和女人不見了。可憐的人。）

1.20，阴。

上午给原住社区居委会打了好几次电话，都是"无法接通"，遂查到街道办事处的电话，经询问，得知的确正在重新登记退伍军人的信息，但是不急，这是为以后办理"优待证"做准备，带上身份证、户口和退伍证，直接去街道办事处就行了，不用往社区跑。对方很客气，我连声说谢谢。

不能一直呆在电脑旁，一方面不知不觉的抽烟较多；另一方面，抽烟又要打开排气扇，冷风首先对右胳膊有影响，右胳膊已经有一年不太得劲，洗澡搓后背时，总是很酸胀。还是出门走走吧，可外面还比较冷，走著走著还是去了广兴城，虽然很吵闹，但室内温度还是不错的。区图书馆还在布置，桌椅板凳都还没搬进去，书架还空著很多，大概还得一个月。这个图书馆建起来了，今年的夏天就好过了。

明天开始下雨了，打算去省图书馆呆著。

1.21，阴，小雨。

在图书馆先看了一会傅斯年的《现实政治》，又看了一会复旦大学出版社出的《乱世和末世的自我救赎　中国近代的知识分子》，作者是一名国家一级编剧，国家作协会员周树山。书中以中国近代以来康有为、梁启超、章太炎、严复、黄遵宪等人的经历，讲述了知识分子们为中华民族的出路不断探索、抗争、呐喊，却总是碰壁的曲折历程。在后记（跋）中，列举了"马戈尔尼使团、义和团"和同治年间的吴可读尸谏事件，从而得出了心灰意冷的结论。也许，作者正是试图以消极、悲观的情绪来激发读者的进取精神吧。

1.22，小雨一天。

中午去了图书馆，可能是下雨的原因吧，人明显的少很多。

在三楼小说区域旁的座位区，看到一个漂亮的女孩，口罩拉到了下巴以下，我在她斜对面坐下，用55的定焦拍她，她看见了，我小声说你看你的吧，我拍几张，然后可以把照片传给你。她同意了，摘下口罩，还涂了一点口红。给她拍了几张，我总觉得她心思比较重，虽然眉头不紧，但面部和眼神却是收缩著，没有放松。按道理，既然愿意让我拍，还专门画了口红，心情应该是愉悦的，表情应该很放松才对。我要她看著镜头微笑，她笑得也很勉强。拍了几张，我给她看后问她要不要，她说要，就加了我的微信，我说最迟明天把照片修好了传给她，她说不急，还连连说"谢谢"。我问她看的什么书，她说《平凡的世界》。

离开后，我看她的微信朋友圈，她没有发过一次朋友圈，却在个性留言出写著"保持礼貌，保持距离"。看来，她的经历比较丰富。

直到下午4点，我准备离开图书馆时，发现她一直坐在那里看书。

晚上修了两张图传给她，她表示了谢谢，但没有用表情包。我说我应该谢谢你给我做模特，我用了表情包，她回复不用谢，仍然没用表情包。过了一会，我将其中的一张照片用咖啡色做底色，然后叠加，再提亮一点，画面就偏暖色了，再发给她，问她觉得哪一张好点，她说还是先前的好（还是没用表情包），先前的一张自然、通透、明快。

晚上看央视新闻，报道美籍华人科学家陈刚被美国法院认定为无罪，而早前，中情局逮捕陈的罪名之一是他偷税。我突然间想起儿子曾经在国内的大学讲课，并收取了讲课费，是否交税他可能不知道，也不会在意，所以，我发邮件提醒他咨询一下懂法律的人，回法国后，这种收费是不是必须交税，以免后患。过了两个小时，他回复没有回答我的问题，而是要我们下周办他的"无犯罪公证"，用中英法三种文字。看来，尽管他没有直接回答我的提醒，我的提醒还是起到了作用。

1.23，小雨。

在图书馆又看了两个多小时的《中国乡村生活》，比较费孝通先生的《乡土中国》，阿瑟·亨德森·史密斯（明恩溥）的这本书写的更有社会学、人类学价值，他从所见到的乡村建筑、乡村规划和公共设施写起，介绍了乡村的世俗权力结构，还介绍家庭结构及生活、民俗、节庆等传统，最值得称道的是，明恩溥先生写了村民们一年中最关心的事，即农作物丰收在望，却时刻都担心着被他人偷走，而偷盗者经常是家族内的人。一本研究农村的社会学书，不写农民最关心的事，居然还被众多的学者捧为经典，真是怪事。明恩溥还有一点同样比费孝通先生考察的全面，即介绍了农村里普遍存在的地痞无赖的情况，甚至还提到了女地痞，这种人虽然是少数，但成为各地农村一个顽疾，这个观察点本就应该成为研究的方面，只有研究了地痞无赖的产生原因，活动规律，对乡村生活的破坏性影响，才能有针对性的进行规范，或者惩处。

作为一名传教士，明恩溥的目的是传教，通过将基督教引进中国乡村而改变农民的各种愚昧无知，其中有一段话虽然有点过激，但总体看还是对的：基督将赐福于父母和孩子，让他们建立起相互理解，相互支持的融洽情感，这也是中国家庭最需要的，基督将赐予父母们"管教"孩子的能力。三千年来，在管教孩子方面，绝大多数中国人从没有取得过丝毫长进。

1.23，雨转阴。

去公证处领到派出所出具儿子"无犯罪证明"的介绍信，其中要知道儿子是哪一天离境的。另外，儿子以前的出生公证书是中英文双语，现在，如果是在法国用，必须用汉语法语双语，我的也是一样，所以，回来后又给儿子发邮件，需要他离境的时间、近期的照片和确定用什么语言。在公证处，办理人员要我马上用微信联系儿子，教他如何在微信里查自己的离境时间，我说法国现在还没天亮，他还在睡觉，等下午再联系他，所以，在邮件中我要儿子加微信，以便于以后有什么事可以及时的、准确的处理，并保证不会用微信打扰他。晚上10点多，儿子只告诉了离境的时间，还是没有说明用什么语言，更没提加微信的事，这很让人不快。

下午和前妻聊了较长时间，先说去公证处的情况，原来，去年儿子离境之前在派出所开过一次"无犯罪证明"，没有公证，连照片都没有。问题还在于前妻借自己在居委会工作多年，与派出所交往甚多的便利，没用户口就给儿子开出了证明，这是不合程序的做法（我没直接说）。然后，她又拍了一张儿子的1寸的黑白照片，这肯定也不行，她还说到时候去跟别人解释，她以为公证处和认证处与派出所一样随便。

回到家里，我又给儿子发了邮件，再问语言问题，还把他的修好的照片发了一张给他，又将我的微信二维码发给了他，要他加我的微信，明天再看回复吧。

1.24，一天小雨。

中午出门，边走还是边听阿兰·瑞安的《论政治》。

去派出所办儿子的"无犯罪记录"证明。接着去旁边的街道退伍军人事务处办理登记手续，退伍证、身份证、户口一并交上，很快也办完了。

再经过派出所时觉得日期不对，截止日期还是应该写儿子离境的时间，我又进去说明情况，接待人员也明白了，重新填写了一份证明。

回来后将证明的图片发给了儿子，并再次询问需要用什么语言，需要办几份。我有点不高兴了，不愿加微信也就算了，可这两个问题一直没有给我一个明确的说法，在邮件中我说："这几天武汉的天气很差，冷风冷雨，后天还要下雪，再辛苦我没有怨言，因为我是你的父亲。但你爱理不理的对待我，对待自己的事情，这样对不对呢？"

接着我又向前妻说了开证明的情况，聊了一会，她说儿子说过他要中英文和中法文各一份，我重新看邮件，是的，他说过一次，我没注意到。接着我准备给儿子发邮件，见他已经回复了，说清楚了语言和份数，我还是表示误解他了，并说"对不起"。又问他"无犯罪记录"证明有没有必要用中英文的，因为，这个证明上注明了"仅限于持有人用于法国定居使用"，不久，他又连回了两封邮件，先说还是办一份中英文的，认证处可能需要，接着又补充一封邮件说"这样保险一些"。我回复他说"好的。"

1.26，雨。

下午去公证处，比较顺利，办理人员是位姓N的女士，这几天给她的办公室打了几次电话咨询，她都很耐心的解释，这次也一样，交给她所需要的资料，她进行登记、复印。我只是忽略了一件事，即办理儿子的出生公证，还需要前妻的身份证和户口，我马上用QQ的语音通话联系她，她发了身份证图片，可户口图片她说发了好多次发不出来，就要我加她哥哥的微信（她哥哥虽然不在了，但手机号一直保留著，微信也保留著），我加了以后，她用微信发来了。这样，资料算是齐全了。最后N女士问我是由他们用快递方式送到认证处，还是我来取，我选择了自己来取，我准备取到公证书然后直接送到认证处去。

出来以后我告诉了前妻，她说她也到这个公证处办算了，这里已经了解我们的情况了，办起来会快点。可她那里的照相馆关门了，便将照片发给了我，发的是登记照的手机截图，要我修出来拿去打印。我修完照片，拿去附近的照相馆，很快就打印出来了，她很高兴，约好明天在公证处附近碰面，然后一起去办理她的公证手续。

晚上将情况简单的告诉了儿子，不久他就回复了"好，办完了保存好，等有什么需要再联系你"。这还不错，响应很快。昨天说了他一句，真的有所改变。

1.27，雨夹雪。

上午11点与前妻去一起去了公证处，出了户口，她缺少一份与她父母关系的其他材料，需要从她的档案中查找，所以她又联系CL区社保局，最后从她的档案中找到一张表格，有她父母的记录，然后复印、盖章，我拍照传给了公证处的吴女士，她说可以，等我去取公证书时将复印件给她就行了。

接着又给儿子发了邮件，通报了今天办公证的进展。然后，介绍了明后两天武汉要下大雪，我们这些摄影人都盼望著下一场好雪。我给他发了一张2018年12月拍的一张照片，红色的枫叶上堆著厚厚的雪花，很美的一张片子。被"新浪爱拍"收入"每周佳作"，新浪网一直保留著这些美图，还配有文字说明"每一张佳作都值得永远记住"。我还在网页上截图"新浪爱拍"中我的这幅作品，也发给了儿子，并告诉他，这张照片就是用我送给他们的相机和50mm镜头拍的。

1.28，小雪转阴。

上午下了一会雪就停了，看著窗外越来越小的雪，感觉很失望，这场雪下不来，这个冬天可能又见不到好雪景了。

　　快到中午，公证处打来电话，通知我今天可以取公证书了，顿时兴奋起来，答应下午1点半他们上班后我就去取。

　　在认证处拿出所有的公证书，可经办人说只办理中法双语的认证，即中英语的公证书没用，我问中英语的拿到英国大使馆认证不行吗？她说英国不需要认证，前妻Q要我问"美国呢？"，她说美国也不需要认证。她还说，每项办理一份就够了，多的用不上，认证费是按份数收费，一份就要410元，我们有四项，没必要多浪费钱了。我与前妻商量了一会，她说先认证一份，不行后面接著再办。于是，每项办了一份。再问需要多长时间，经办人说2月7号以后，20个工作日，即二月底至三月初会短信通知我去取。

　　晚上，我将情况向儿子作了简洁的通报，提醒他如果觉得一份不够，就在今天（巴黎时间24点前）通知我，我明天再送一份去，他很快回复说："行，先办一份，以后有什么问题再补充。"我接著提醒他，有问题也要在5个月内遇到，因为办理和邮寄需要时间，而时效只有半年。结果，他回复说"知道"，可又抱怨我打扰他工作了。真是没办法，我明明要他巴黎时间24点前回复我，他自己却在工作时间回复我。哎，还是不够稳沉，算了，不与他争辩，免得耽误他的工作。

　　忙了好几天，这件事终于告一段落，虽然吹了点寒风，淋了点冷雨，总算将公证书交到认证处了，心情很舒畅。

1.29，小雨，阴冷。

听"喜马拉雅"的《杨宁老师 美学原理》，听到他讲张艺谋的《大红灯笼高高挂》主要是为了迎合西方人对传统中国的认知，愚昧落后，男权意识等等，他还建议学生们看看这部电影。我昨天和今天在网上把它看完了，我倒认为，这部电影正是那种"宫廷内斗电视连续剧"的缩略版，只是采用的直观表现形式更加夸张。这部电影可以说是有毒的电影，只会教人如何取悦主子，说真话、善良和有反叛精神的人死路一条，两面三刀，笑里藏刀的人却如鱼得水。所以，这是一部教人如何做一个好奴才，如何做一个心狠手辣的人的电影。也许，说起来是揭露旧中国的黑暗面，而这样的剧情，结合当今的官场和职场，谁会从中受到正面的教育呢？

1.30，阴，阴冷。

在图书馆，找到《乡土中国》和《中国乡村生活》对比着看，又在手机"百度"查"明恩溥"，才知道，这位传教士原来曾经对中国人民有恩，是他竭力呼吁美国将"庚子赔款"的一部分用于为中国办教育，由此便有了"庚子留学生"。他还写了几本关于中国百姓日常生活的书，多善良的人啦。他的《中国乡村生活》朴素平实，没有费孝通那样的矫揉造作。

1.31，阴。

昙华林和户部巷冷冷清清，没几个人，大多店铺也都关门了，生意人辛苦了一年，给自己放几天假，与亲朋好友团聚团聚，也在情理之中。

接著回到大商场，负一楼超市人还是比较多的，很多人大包小包的提著不少东西，这大概都是要走家串户拜年的人，拜年总不能空著手吧。

晚上回来，看到儿子给我发来了新年祝福，我想我还是晚一点回复，估计他们吃晚饭的时候发，也就是23点多，巴黎时间晚上6点多发。找了两张拍的不错的在雨中拍摄的月季花和海棠花照片，再配上文字"祝你们新春平安快乐！"。月季花上有很多水珠，还有一只蜗牛，很有趣，儿子从小喜欢小动物，他也会觉得很有趣的。

阿兰·瑞安介绍，熊比特给民主下的定义是：民主就是争取获得多数选票的过程。很简单，但是说到了关键。

2.1，阴。

下午出门想去20街吃"兰州拉面"，可他们关门了，可能顾客太少的原因吧。又走到"麦当劳"，喇叭太吵闹了，去"肯德基"，倒是很安静，可人很多，十多个人在排队等餐，看食品屏幕，想吃的几种汉堡和炸鸡翅居然显示"已售罄"，看来，喜欢安静的人还是多。我不想等，乘车去了"广兴城"，小吃店铺大多还在营业，在那里吃了一顿小火锅，味道、品种还不错。

听杨宁老师的《美学原理》，他讲到了后现代的颓废艺术（尽管他没有用"颓废"这个词），其中讲到英国的达明·赫斯特用一个生满蛆虫的牛头做艺术品，很恶心。他说据科学家称，看这种图案时间长了，人的会增加体内的癌细胞。不知道有没有确凿的科学依据，不过，看了这种恶心和晦暗的图案，让人很不舒服，情绪极度低落，这是真的。（在瀏覽網頁時，經常看到一些非常惡心的gif圖片，我相信這是故意的，它的目的是通過暗示，使人經常處於惡心、陰森、壓抑的恐懼中，久而久之，人的心理一定會出現不好的變化。）

2.2，小雨。

昨天国足1-3输给了越南，网上有人说9年前范志毅的一句话一语成谶，当年他说"再下去要输越南了。"23年前，当越南在南海、日本在钓鱼岛与中国发生争端时，恰好也是国足逢日韩必败之时，也是"冲出亚洲"叫得很响亮之时。那时单位的小青年们喜欢踢足球，也很关心足球比赛，那时我就说，国足什么时候能战胜日本和韩国，南海问题、钓鱼岛问题就都不是问题了，小青年他们不懂，认为只要有钱奖励球员，再请好教练，就能冲出亚洲。二十多年后，国足越来越臭，臭到真的输给越南了。

晚上微信找ZXC聊了一会，她自己说出了她已经办理了"协解"手续，马上就要离职了，我说开玩笑的说"协议解放自己？"她说是得到一定的补偿后协议解职，然后以工人的身份退休，我说补偿的钱肯定比你再干两三年拿到的少一些，她说："是的，但自由了"。想起她以前曾经拿一部"莱卡"单反相机和一个变焦镜头到厂里，我要她也加入到摄影行列里，她说那也要等小孩高中毕业以后。我又给她发了几张拍得比较好的人像，她说喜欢虚化效果好的照片，我发的几张背景虚化都很好。

2.3，阴。

央视"劲酒广告"，年轻人祝老年人"生活快乐"，老年人祝年轻人"身体健康"。怪哉。

上午去了图书馆，继续看《中国乡村生活》，明恩溥所介绍的是山东西南地区的乡村状况，涉及乡村的方方面面，但篇幅最长的关于乡村的学堂和乡村的教书先生的情况，也许过于片面。不过，从最先闹出"义和团"一事来看，当时的山东普通平民的教育情况的确很糟糕。

下午，F直接打来电话，说四个人聚一聚，我说不想参加，他说"你一个人在家有什么事嘛，出来一起聚一聚，聊聊天天。"我说"没意思，也没什么聊的。"他把上面的话又说了一遍，我说我有很多有趣的事要做，对聚会一点兴趣都没有。他咕噜著："那就算了吧。"真傻？还是装傻？还是故意刺激我？**（我從來没有對他們説過我離婚了，他怎麽知道的呢？最大的可能就是妹妹告訴他的，他們以前在一個班組工作。）**

在车上听了一会钱穆的《中国历史精神》，在第一讲中，他想先端正受众的历史观，讲了"史学精神和史学方法"，讲的

不好，比如，按照他一贯的观点，中国两千多来的历史，并不是
“专制”那么简单，但他的论证过程很马虎，很不严谨。还不如
发挥自己的特长，即历史知识丰富，直接讲述历史就行了。大概
钱先生不甘做一个讲故事的人，非要弄出一套理论来，才觉得是
个真正的学者。学究气。

2.4，晴。

今天见到了太阳，出门也不是很冷，阳光下走十来分钟，感
到身上暖洋洋的。大年初四，据说是拜财神爷的日子，很多香客
为了烧头柱香早早的就守候在寺庙大门，还常常拥挤得不得了。
我以为下午总还是会有一些人去寺庙烧香拜神的吧，去了宝通
寺，可门口立著一个大牌子，疫情期间，为了避免人群聚集，宝
通寺和另外几个寺庙和道观全部关门避客，春节过完后才开门。

在网上看央视，离冬奥会开幕还有两三个小时，正好看到
记者采访技术人员是否已经准备好了，其中，后者介绍说“鸟
巢”的地面全是LED屏幕，也是世界上最大的LED屏幕，他没说
具体的面积。看开幕式后才知道，那至少是一个标准田径赛场的
面积，而且，那位技术人员说，整个开幕式过程采用16K高清技
术，即地面那块巨大的LED屏幕的显示效果是非常高的，这种屏
幕中国能生产吗？不是一直说办一个“简约”的冬奥会吗？冬奥
会完了，这块巨大的屏幕还能有其他用途吗？

运动员入场式中，各国运动员几乎都没有戴口罩，只看到有
一个人把口罩拉在下巴以下，是位伊朗的女运动员。

2.5，阴。

中午出门，去"强盛超市"买了一包面包，然后到对面乘地铁。车站旁有一个按摩店，我到门口看了一会，里面一个少妇带著一个小女孩在玩游戏，见我到了门口，少妇对我说："你好，要进来做服务吗？"我问"那你的小孩该怎么办？"她说"她自己玩她的呗。"我摇摇头，转身回到了车站。

下午在风景区参加摄影群的活动，模特穿的又是古装，装扮成男女青年侠客。男青年不像侠客风里来雨里去的侠客，倒像个弱不经风的白面书生，女青年还有点舞刀弄剑的习武之人。

明天还是去图书馆吧，继续看《中国乡村生活》。

2.6，阴转雨。

中午去了图书馆，将《中国乡村生活》基本看完了，最后是明恩溥先生作为一名传教士的观点，即讲述将基督教引入中国将对中国乡村，乃至中国社会起到的积极意义。又把乡村里的恶人这一节认真看了一遍，据他描述，给村民带来最大害处的是两类"痞子"，一种是"文痞"，一种是"女痞子"，两类"痞子"的行径写得很生动，至今的中国社会仍然随处可以看到他们的影子。还有一种能人，虽然不一定有文化，但只要是口若悬河，夸夸其谈，就会被认为是有本事，有能耐的人。这也是当今社会仍然普遍存在的现象。

今天是春节长假最后一天，图书馆的人很多，三楼的座位基本都坐满了，有中小学生，也有准备考研和公考的年轻人，也有在图书户在书中寻求生活答案或方法的人，我坐的对面，一个大妈正在看《投资的套路》。

2.7，雪转阴。

下雪了，楼下的树枝都压断了一根。群主邀请大家到东湖梅园活动。

一路比较顺利，很快到了东湖梨园，出地铁站正好又有一辆出租车，直接送我到了梅园。"YHY"带著一群人已经开始拍照了，我赶紧取出相机加入了进去。

模特是一位少妇，模样还不错，她穿著不厚的红色的汉服，看起来都冷。她以前曾做过我们这个群的模特，不过上次我没去。她在群里的名字叫"千面猫"。从上午10点半左右开始，一直拍到下午近3点钟，她能坚持下来，实在不容易。回来后整理照片时发现，有几张她的表情显然很冷，两只手抱著很紧，眼神也是呆滞的。最后"YHY"宣布结束后，我说对他说我先走了。走出梅园不远，出来正好遇到模特与另外三个摄影师一起往停车场走，我问一个比较熟悉的摄影师是不是乘车，能不能稍上我，他说可以，真是太好了。

在车上，车主说他要先送"千面猫"去光谷广场，问我们几个各自到什么地方，我与另外一位都可以在梨园那里乘地铁，"千面猫"说她可以随车主过江，她要去汉阳一个地方参加朋友的棚拍，并问我们有没有人愿意一起去，我们都说不去了，今天拍的已经比较多了，整理片子都要很长时间，这时候车主说去汉阳你也可以乘地铁转，那就把你们都送到梨园地铁站就行了。这样，很快就到了地铁站，放下我们三人，车就开车了，我们三人乘地铁各自回家。

与他们都分手后，我查看了"千面猫"的微信朋友圈，她在"个性化签名"中说到"爱唱歌跳舞的女孩，半世姻缘半世仇，你伤我十年，我还你半世"，这是一位有故事的女人。

乘地铁一直到C公园出来，到广兴城负一楼吃转盘火锅，那里味道不错，也不贵。就在涮火锅，慢慢吃的时候，我发现斜对面不远处一个长得很漂亮、很白净，穿著也很体面的少妇总是自言自语的说著什么，还时不时的绘声绘色的边打手势，边咕噜著什么，我问服务员："她经常来这里吃吗？"服务员说："是的。"我问："她大脑好像有点问题。"服务员笑了笑就走开了。这又是一个有故事的女人。

2.8，阴。

记得以往的年份，只要下了大雪，第二天都是大晴天，可昨天和今天仍然是阴沉沉的，温度也不是很低，因为地面没有结冰，但湿冷同样感觉很冷，在家坐著，膝盖和胳膊肘各贴一个暖宝宝，身上很暖和，可脚却冰凉冰凉的，不想再贴了，全身有一个地方冷不一定就是坏事。

入冬时买了一箱（100个）暖宝宝，今天发现所剩不到十个了，浏览了这个月的天气预报，大多是，阴雨天，气温也在10度以下，于是又买了一箱，这个冬天用不完，年底的冬天还可以接著用。去商场准备买一套秋衣，发现比原来便宜了二三十元，只要59元，但没有合适的尺码，到一家小店看，55元，有合适的，买了一套。这很奇怪，秋衣居然还能降价。

2.9，阴。

中午到医院，一是开"安定"，二是想看看右胳膊，几个月了，总是酸胀，尤其在洗澡时，酸胀得很厉害，打算请康复科的医生治疗。医生问了病情后，要我先做个"核磁共振"，我说我不想做这个，他说不做怎么能看出毛病出在哪里呢？我坚持不做，他说"那好吧，就直接做理疗吧。"我问要做多长时间，他说"时间可能比较长，先做一周，看效果。"我问"现在做会不会比较冷呢？"那是有可能的，我说干脆过一段时间，天暖和了再来做，他说："那也可以"。

2.10，阴，

买了一件"佐丹奴"的深灰色羽绒服，很暖和，也比较贵，799元，不还价。

前天买的"暖宝宝"到了小区的快递超市，去取件时，询问"顺丰"发不发国际邮件，他说"顺丰"一般发港澳地区，国际邮件不知道发不发，正好有一位邮政快递员送包裹到快递超市，他接过话说邮政可以发，我问价格，他问发什么地方，发什么东西，我说法国，发送的是文件，他说好像是280元，超过一斤

（500克），加收75元，又问我什么时候发，我说这个月底或下个月初，他给了我一张名片，到时候可以联系他。不过，到时候我肯定会专门去邮局发送。

2.11，阴，阴冷。

中午10点出门去了图书馆。

在电脑上搜索《知识分子与社会》和《思维简史》，用手机分别拍下编号，可两本书在编号相应的位置找不到书，在仔细看书的状态，显示的两本书都是"在馆"，便问工作人员，他说找不到就不在，我说："显示的是没有外借啊。"他说显示的不一定准确，有20%的误差。居然还有这种误差，怪事。

又把《中国乡村生活》找来浏览了一遍，然后去买了个面包和一个卤鸡蛋吃了。上下转了一下，发现5楼的西侧开放了，遂进去看了一下，这里是省政协的藏书，大多是上世纪五十年代以后的书籍、书籍目录汇编以及湖北省地方志之类的书（古籍在5楼的东侧。）

《知识分子与社会》中，索维尔说到：马克思在《哲学的贫困》中已经提出了由国家主导的计划经济不可行，恩格斯后来也提出了同样的观点，但在苏联时期，一些知识分子却故意忽略了这一点。当列宁发现取消市场经济带来的"只有废墟、饥荒和毁灭"后，于1920年的苏共代表大会上提出了恢复市场经济的想法，随后，苏联的经济活力得到了一定的恢复。这很有意思。

（就在疫情三年期间，借著經常出現整片區域封閉的狀況，一些媒體鼓噪恢復集體所有制，還報道一些地區開始實行農村集體食堂、街道集體食堂。實際上，這并非因爲疫情，而是毛時代的陰魂一直徘徊在各種場合，人民幣所有紙幣統一印成了毛澤東的頭像，金錢崇拜、偶像崇拜和權力崇拜被無恥的集合在了一起。）

2.12，阴。

中午到了图书馆，上三楼准备搜索《知识分子的鸦片》，见一个男孩在电脑上搜索，旁边的中年男子手中拿了几本书，面上的一本是《刘邦》，我说："呵呵，刘邦是个大流氓。"男子扭过头对我说："是的，你说的没错。"我说："那你还让孩子看这种书？"他说："孩子看看有好处，以后知道怎么在这个社会上生存。"我又笑著说："你这是对我们社会的污蔑啦。"他看著我也"呵呵"的笑了。

这么一交流，我觉得还是应该再看看《中国乡村生活》，另外还记得《华北乡村民众——视野中的社会分层及其变动》（副标题记不住了，找到书后用平板拍下了封面），把两本书结合起来看，觉得收获很大。

晚上回来在网上找到了《知识分子与社会》和《知识分子的鸦片》两本书的在线阅读网站，还发现在手机上可以找到同一个网站，前者可以在手机上下载，后者不能下载，提示"下载"收费12元，用支付宝缴费后，却是在线阅读，不能下载到手机里。也行，就在手机上看吧，也比去买一本合算。

2.13，阴。

　　中午去图书馆的"读者餐厅"吃饭，餐厅里有免费的紫菜鸡蛋汤，一个小伙子正准备打汤，我说捞点内容起来，他说"那怎么可能呢？"他捞了两下，只有零星的几片紫菜和蛋花，然后就把勺子递给了我，我说"要有耐心，需要有沉淀的时间，然后再慢慢的捞，就会有内容了。"我边说边慢慢的捞起满满两勺紫菜和蛋花，然后将勺子递给了下一个排队的女孩，女孩也学著轻轻的将勺子沉到底部，满满的捞了一勺，旁边等候的小伙子也没说什么，大概也会这么接著做吧。我边吃饭边回味刚才说的话，似乎有点意思，何止是打汤这件事，人生的很多事都需要时间的沉淀，再慢慢（认真的）琢磨，一定比鲁莽行事，不假思索的过日子收获更多。（人類的歷史事件同樣如此。比如，對于周恩來的認識，我以前與絕大多數國人一樣，認爲他是一個正人君子，不同的是，我一直也有個疑問，即周爲什麼要立遺囑將骨灰撒掉呢？尤其是後來看到鄧的骨灰也撒了之後，這個疑問更是加重。直到2023年10月底到日本住了一周，時值李克强突然離世，Google和Youtube充斥著各種國內不可能看到的新聞和視頻。擴展查閱時，才知道周恩來是劉少奇和賀龍之死的主要推手，這就解開了一直困擾我的疑惑。周與鄧、江一樣，知道歷史的真相經過時間的沉澱，最終將呈現普通民衆之前，他們擔心民衆認爲自己受到愚弄，然後憤怒的將他們挫骨揚灰。不過，有的歷史事件也許就成了永遠的謎，比如；雷鋒之死，以及不久前的李克强之死。"卡廷"慘案、劉少奇之死，有斯大林和周恩來簽發的文件被保存了下來，所以沒有成爲懸案，假設衹是口頭命令，或某種口頭暗示，執行者在當權者的壓力下爲了自保而將目標殺之，這就成爲了歷史懸案。然而，少數懸案不能掩蓋特定歷史時期的整體狀況，比如：無論雷鋒怎麽死的，都不能掩蓋他成爲了耶穌，毛澤東成爲了上帝這個造神運動之歷史大事件。）

2.14，阴。

看"澎湃新闻"，看到一条11日的消息《瑞典：新冠将不再视为社会危害，取消防疫措施限制》，可在"新浪"、"搜狐"、"网易"和"新华网"、"央视网"首页都没有看到。早上看"央视网13频道"还在报道美国旧金山疫情爆发以来，很多人流落街头的消息，而且还有央视记者现场实况录像。

疫情爆发后，据国内媒体报道，瑞典是最先提出"全民群体免疫"的国家，现在，它又最先藐视新冠，取消防疫措施。显然它的国民已经率先战胜了新冠病毒。是因为瑞典人口不多？还是因为它的科技发达？还是因为它的国民理念先进？

春节期间，媒体报道英国王子查尔斯和夫人与华人一起共庆虎年来临，从连续几幅照片看，人们都没有戴口罩，前两天好像还报道查尔斯王子再次感染新冠病毒，正在自我隔离。

晚上看"新华网"报道：台湾入境检疫将调整缩短为10天，还将放宽商务人士入境许可条件。在新冠病毒面前，是台湾人更有信心，还是他们更注重自由呢？

2.15，阴。

去年各个小区大门安装的磁性门都没有用了，浪费。

晚上看央视网13频道，一个多小时都是关于冬奥会的报道，比赛情况、拿了金牌的运动员谈感受、外国运动员对冬奥会赛场依依不舍的场景，既没有国内外疫情方面的消息，也没有乌克兰局势的报道。遂转看CNN，才知道俄罗斯宣布完成了军事演习，部队回到各自回到了原驻地。

图书馆、各个商场、DF丽景和DF雅园四个小区门口，仍然有喇叭不停的反复播放防疫措施，但只有图书馆还在认真检查，其他的地方，守门的人和吵闹的喇叭都成了摆设，人员进出都没有扫码、测温。

今天在图书馆看到了《知识分子与社会》，浏览了两三个小时，《知识分子的鸦片》没有找到，三楼外借部和四楼馆藏图书部都没有找到，《思维简史》也没有找到。

又看一两个小时的《华北乡村民众——视野中的社会分层及其变动》，在"地方绅士"的介绍中，看不到宗族势力的影响力，这大概是清末民国时期北方与南方乡村的不同之处。

2.16，阴转雨。

下午出去走路，一直走到邮政局，询问发国际邮件的情况，以前很大一个营业厅的邮局，现在压缩得很小了，面积大概只有原来的1/5。邮局的人说，寄往法国的邮件，280元起步，超过一斤加75元，我问大概要多长时间，她说运气好15天就可以到，运气不好就可能要一个月，我问怎么要这么长时间，她说在省内和国内都要分拣，还要有合适的航班，到了国外，别人也要分拣，不可能一趟邮差只送你一个人的东西吧。有道理，我还能说什么呢？

今天的新闻有点怪，元首与马克龙通电话的消息，"新华网"、"人民网"和"央视网"首页都没有显示，而"新浪"、"搜狐"、"网易"首页却进行了报道，不过，在"元首与马克龙通电话"这条消息的同行，接著是"元首书信第一卷出版"的消息。好像两国领导人通话内容是探讨"书信"的问题。有意思。（近幾年，"元首"這個詞頻繁出現在各種媒體，以前看到這個詞祇會與希特勒聯系起來。"元首"這個職位有沒有任期限制呢？我不知道。現在的元首能成爲希特勒嗎？倒是可以比較一下。就個人品德而言，希特勒是一個勇敢、自律的人，我們的元首呢？記得在臺灣旅游大巴上，播放的關於習近平年早年生活、工作經歷的錄像中，介紹過他下放農村插隊時曾因爲忍受不了艱苦曾一度當逃兵，私自跑回了北京。可這麽一個逃兵怎麽又能成爲當地的一個黨支部書記呢？更有趣的是，2008年，"百年奧運"在北京舉辦，劉翔當逃兵時，前一個逃兵已經成爲了國家副主席，并在中共第一大報上頭版署名刊文向運動場上的逃兵表示慰問，展示人文關懷，很難說這個舉動不是爲他曾當過逃兵的圓場。然而，同一年發生的"汶川地震"，現在的元首，當時的國家副主席卻沒有到灾區向灾民慰問。2023年，成爲元首的元首，也没有到北京郊縣和東北的洪灾地區向灾民進行慰問。記憶中，元首好像從没到灾區現場看望過灾民，顯然，他在學習毛澤東。）

2.17，阴雨。

下棋、听书、看书，一天过得很快。晚上又看了两集梁文道主持的《一千零一夜》节目，《文学改良刍议》和《坂本马龙》。仔细思考了一番"明治维新"时代的日本社会，正是因为存在著大批具有正义感和高度的荣誉感的武士和浪人，才会出现被威尔.杜兰特和另一位美国历史学家给予高度评价的"明治维新"时期那些品德高尚的政治精英。由此看来，尽管幕府时期也闭关锁国，但在国内并没有采取极端的集权和弱民措施，所以，"明治维新"的成功是一个顺理成章的奇迹。

白天听了几章《奥斯曼帝国六百年：土耳其兴衰史》，拜占庭晚期，内部权力争夺、官僚腐败，对外还不守信誉，惹怒加泰罗尼亚人、欺骗准备回归故乡的土耳其人，不亡才奇怪。

天气预报明天温度更低，只要雨不是很大，还是去图书馆比较好。

2.18，雨雪阴。

上午去了图书馆，看了一会王造时的《中国问题的分析》，收到省外事办的短信，两份认证都已办妥，提醒我尽快去取。一看时间，已经10点多了，可取证的凭据没有带，还得回家一趟，赶紧乘车返回。吃了十多个汤圆，又带上中英文的公证书，好一起拿去扫描。

到了地铁站，雨停了，开始飘落起雪花。寒风吹得鼻子和耳朵冰凉，戴上口罩和羽绒服帽子，感觉好多了，身上似乎还有点热，可能是好心情所致吧。

到了省外事办很快就取到了认证书，仔细核对了一下，一份4样，2份。所谓"认证"，就是在公证书最后盖上中国外事部门和法国（武汉）领事馆的章，认可公证书的真实性。看了一下认证章的日期，中法分别是2月7日和2月8日。

夜里23点12分给儿子发了邮件，将扫描的认证书和公证书，另加上我以前上班时扫描的儿子读大学的录取通知书、毕业证和学位证，还有巴黎高师的录取通知书一起打包压缩发给了儿子。还要他告诉我他的收件地址、邮编和电话号码，用中法文传给我，我明天就可以去邮局发EMS了。

2.19，阴，寒风。

上午起来首先看邮箱，儿子将地址、邮编、英语名字和电话号码发给了我。先前我还以为他会要我将文件交给前妻，让她邮寄，我多虑了，看来儿子会体量他人的感受了。不错。

中午去邮局将中法语认证后的公证书和中英语的公证书交给了工作人员，他说5天左右就可以送到，而且，本人可以通过邮件的编码跟踪邮件。我拍了一张填写的邮单，交了249元，他说先收这么多，具体该收多少要等专管收费的人来了才清楚，他加了我的微信，说到时候多退少补。大概过了两个小时，他说收费没有变动，将多收的25元用微信红包退给了我。

晚上用电脑查看邮件情况，已经到了"武汉国际转运中心"，我进行了屏幕截图。我把情况和截图Q告知了前妻，并说当跟踪到邮件上了飞机，就可以发第二封邮件了，她回复说"行"。23点我又将截图和中午拍的邮单一起发给了儿子，要他核对一下填写的英文地址、邮编和电话号码，并告诉他大概5天就可以到，当跟踪到邮件已上了飞机，就发第二封邮件。

土耳其穆罕默德二世凶猛、好战、残暴、诡计多端，又善纳能工巧匠，采用当时最先进的武器和技术，为奥斯曼土耳其扩张了大片领土，征服了众多大小国家，还占领了君士坦丁堡，而在恢复、规划和建设君士坦丁堡方面也展示了一位卓越君主的才智。尤其在征服希腊后，能出于对古希腊文明的敬仰而免除雅典人的赋税，更表现出了他的对于古代先贤心悦诚服的崇拜。虽然他是一名穆斯林苏丹，却能包容不同文明和信仰的民族，这为后面几个世纪君士坦丁堡成为世界最繁华的城市打下了坚实的基础。

2.20，晴。

上午见到了久违的阳光，心情很好，拉开窗户，一股寒意扑面而来，气温还很低。

边吃早餐，边打开电脑查看邮件的行程，还在武汉机场，准备发往广州，这说明因为疫情，取消的武汉直航巴黎的飞机仍然没有开通，邮件要从广州发往法国。下午2点多就到了广州，直到夜里，还没有离境，也许要等到明天的航班了吧。

下午下棋，没做什么正事。

傍晚Q前妻，她同意了我明天去。

2.21，多云。

直到刚才看EMS行程，现在还在广州机场，一天半过去了，停的时间这么长，也许，广州到法国也不是每天都有航班吧，明天会不会上飞机呢？不知道，明天再看吧。

下午去了前妻那里，和她聊了几个小时，所有的话题都聊得很愉快，她的话也很多，到了谈起重建家庭，她就变得冷淡了，还是那些理由，什么不想过家庭生活了、现在这个局面很好、一个人过的很轻松很好、我们只适合维持目前这个状况等等，我还是劝她想一想更好的可能性，对生活要有更美好的憧憬，无论从形而上还是形而下的方面看，重建家庭肯定比一个人过日子更好等等。她仍然不为所动，没办法。

苏莱曼对匈牙利吞并和对奥地利的围攻，在很大程度上对马丁·路德新教改革的成功起到了很关键的辅助作用。历史实在太有意思了，正是基督教新教在广大地区的推广，促使了后起的英国和荷兰取得了对天主教的西班牙和葡萄牙的胜利，推进了资本主义工业的高速发展，而由此带动了西欧整体在文化、科学、工业、经济和军事超越了奥斯曼土耳其，并最终肢解了这个庞大的帝国。

2.22，阴。

俄罗斯普京承认东乌两省独立的同时向这个地区派出了"维和部队"，这说明近来美国和欧洲报道的俄罗斯军队很可能入侵乌克兰是真实的消息，可国内媒体却一直帮俄罗斯进行有意无意的掩护，指责美国故意夸大战争风险，搅乱欧洲与俄罗斯和乌克兰的局势，从而获取自身利益。即使已经发生上述重大事件，夜里10点半的央视新闻评论，嘉宾还在指责是美国挑动的结果。实在不懂，挑动乌东两省独立显然是俄罗斯挑动的结果，怎么还要指责美国呢？其中一个嘉宾说"俄罗斯希望建立一个欧亚经济联盟，这是一个包括乌克兰、白俄罗斯和中亚国家的经济体"，乌克兰愿意加入这个经济联盟吗？不愿意，就挑动乌东地区独立分裂乌克兰，这不是霸权还是什么？这种愚蠢的专家怎么不想一想，乌东两省宣布独立，现在只有俄罗斯承认，但是如果类比一下，台湾宣布独立，那将会有一大批发达国家承认，能指望俄罗斯帮中国一起同时向美日澳欧洲挑战吗？肯定不能，同为"集安组织"的亚美尼亚2021年损兵折将吃了败仗，俄罗斯都没有出手，它怎么可能为中国出头向美日叫板。更何况，长远的看，一个分治或分裂的中国，只会有利于俄罗斯远东地区的完整和稳定。

2.23，晴。

才看了邮件的状态，还在广州"国际邮件交换中心"，三天了，不懂。傍晚时邮局的收件员朱先生还主动打来电话，向我通报邮件的位置，说"可能是防疫、检疫方面的原因，只要没有退回来就问题不大。"

一边听《奥斯曼帝国六百年：土耳其兴衰史》，一边走到D公园。梅花开得很好了，游人也比较多，今天很安静，既没有拍"抖音"的大妈，也没有吹拉弹唱的"音乐爱好者"，人们各自找喜欢的角度照相。

经过一系列失败，十九世纪的前1/3时间，土耳其马哈茂德二世已经开始行政、法律和军事改革，甚至消灭了为奥斯曼帝国的强大作出过巨大贡献、而又变成了帝国的毒瘤的"近卫军"，可最终没有挽救颓废的帝国。为什么？今天还没有听到原因，不过，值得多问两个为什么，为什么清朝的洋务运动和戊戌变法也没有成功？为什么亚洲只有日本改革成功了？

2.24，晴。

今天的阳光很好，到C公园看到T师傅和好几个人在那里拍红头山雀，他们架了诱鸟的花枝，上面还涂抹了蜂蜜。去年11、12月份就拍过红头山雀，可一直没有拍到它飞行的姿态，今天终于拍到了，漂亮，很高兴。

邮件还在"广州国际邮件交换中心"，四天了，没动静，是不是要到有等足够多的邮件了才会上飞机呢？不懂。

马哈茂德的一系列改革，只起到了稍微的进步，然而没等改革取得成果，他就发动了对外战争，本来改革的许多措施受到宗教势力和旧有习俗的阻扰，战场上的失利更加引起了大众对改革的怀疑和反对。后继的苏丹虽然仍然推进改革，可宗教势力极力维护对于民众的影响力，尤其在教育方面，决定性的将民众置于矇昧状态，教育，在当时的土耳其仍然是人们思想上的枷锁。而相反的是，欧洲的宗教权力和影响力正在变得越来越小，人文科学和自然科学的教育内容已经成为启迪人们思想的工具。

2.25，晴。

邮件还在广州机场，五天了，没动，不懂。查了一下广州飞巴黎的航线，与疫情前武汉飞巴黎的航线一样，也是从俄罗斯上空经过，是不是受目前俄乌局势的影响呢？晚上的央视新闻说中国准备包机将在乌克兰的中国人接回国，这会不会影响到飞机的飞行计划呢？不懂，也没办法，只能耐心的等待。

2.26，晴。

给儿子发了邮件，告诉他邮件还在广州，很可能受战争的影响，还发给了他广州-巴黎的航线，其中包括俄罗斯和白俄罗斯，如真是因为战争，那就属于"不可抗力"，就算超过了规定的6个月，责任也不在我们，我要他别担心，大不了重新认证一次。

2.27，晴。

今天很暖和，在户外可以不穿羽绒服了。

邮件还在"国际邮件处理中心"，在网上查了一下，发现有很多人都在发牢骚，有的说在邮件呆在那里十多天都没有动静。看来，拖十多天是常有的事，与乌克兰战争没关系。儿子回复说先观察几天，不行的话就给我一个美国的地址。大概是想绕过俄罗斯和白俄罗斯吧，可绕道美国会不会时间更长呢？

当土耳其在保加利亚进行了野蛮的大屠杀之后，再与俄罗斯发生冲突，英国就没有像"克里米亚战争"时那样支持土耳其了，苏丹因此将失败的原因归罪于英国的不参战。愚昧、自私和贪图个人享乐的人，哪怕他是一国之君，大概都是这样——自己出了错误，总在别人身上找原因。土耳其如此，晚清也如此。

3.1，晴。

昨天心情不好，因为我告诉儿子，要他空闲时向我说说他的生活与工作情况，可他没有回复。晚上边下棋，边听央视关于乌克兰局势的报道和分析，逃避烦恼的情绪。结果，一直下到半夜3点多，日记也没写。

今天上午前妻发来一条消息，说武汉市现在有157个社区进入封闭管理状态，还有说明了一些风险较高的街道，如去过那些地方，刚好又有感染者，"健康码"将会变成黄色，那就要隔离了，我说我就呆在家里。

3.2，晴。

今天没有长时间下棋，保持节制，即是美德，也有益于身体健康。

下午背著相机出门，在小区的中心小广场看到很多排队正在进行核酸检测，我过去问："居委会怎么没有通知啊？"，"志愿者"说："你想做现在可以排队。"她没有回答我的问题，我说："我现在出去有事，回来再说吧。"用手机拍了现场照片，发给了前妻，她说："是的，很多小区都在进行全员检测。"

在南泥湾公园转了一大圈，边听《奥斯曼帝国六百年》，边观察值得拍的景物，实在找不到可拍的，又骑车去了D公园。

邮件还在"广州国际邮件处理中心"，9天了。

3.3，晴转雨。

昨晚给儿子发了邮件（标题是"不必紧张"），告诉他不要担心当前的乌克兰战争，战争不会扩大到西欧。要他过好自己的生活，做好自己的工作。还说我发了两封邮件关心他的身体和生活，都没有收到回复，并加粗了这几个字。

邮件还在"广州国际邮件处理中心"，10天了。

《奥斯曼帝国六百年》听完了，书的最后，总结性的高度评价了穆斯塔法·凯末尔。想接著听《知识分子的鸦片》，但找不到先前听过的那个音频了，只有几个要么声音很小、要么背景音乐很吵的音频。只好重听《知识分子与社会》。

在"盛哥"吃晚饭，有个中年男子已经变得很熟悉了，他曾自我介绍："是大公司二级厂的一把手"，有一次我问他："听说大公司要搬迁，是真的吗？"他说："可能要搬到郊县去。"

这就证明他在说假话，他不是什么"处级干部"。今天他又坐到我的对面来，问我："那个老头怎么好久没看到了，是不是死了啊？"我问是哪个老头，他说"就是那个……"，结果也没说清楚，我说"常到这里来吃饭的有好几个老头，不知道你指的是那个。"莫名其妙。我问他怎么看乌克兰战争，他说"俄罗斯肯定赢。"我说战争还没有结束，哪里知道最后谁会赢。他如此轻率的回答，更不像一个处级干部的言谈。（後來想起來了，他说的"那個老頭"大概是指機修總公司的那位老知識分子——黃師傅吧。可是我與黃師傅交談時，從没見過這個"一把手"，他在暗地監視我們？）

3.4，晴。

上午小区喇叭通知做核算检测，考虑了一下觉得还是去做一个比较好。前妻正好发来一张照片，说他们社区有一个门栋被封闭管理了，我说我正准备下去做核算检测，她要我注意保持距离。

毛衣也可以不穿了，走到D公园还出了汗，湿冷的冬天总算结束了。

公园里的人很少，一半的梅花已经蔫儿了，那几个吹拉弹唱的人也没在，他们就是凑热闹，什么时候人多，他们就出现在哪里。真好，很安静。游走在公园里，听了一会《知识分子与社会》，又在线看了一会《知识分子的鸦片》，很惬意。

3.5，晴。

中午出门到解放公园拍郁金香，那里的品种和花色也很多，游客也很多，拍了几朵背景好的郁金香，还分别邀请了几个漂亮的女孩做模特拍人像。稍微漂亮一点的年轻女孩怎么拍都比大妈们使人愉悦，而且后期意图也少很多麻烦。她们加了我的微信，晚上修了一些，分别发给了她们，还剩一个，明天再修。

听了一会钱穆先生的《中国历史与中国的国民性》，在序言中，他认为政体形式对中国文化的传承影响不大，这是一个错误的认识。

3.6，小雨。

看央视节目中的主持人说"亚速营"干扰平民撤离，说明打了十多天了，俄军还没有战胜他们。嘉宾也介绍说明俄军没有下狠手，还是在尽量保证城市建筑。这话很值得思考。

真是不懂，作为一名大学者，钱穆为什么坚决认为中国历史上的君王没有实行专制呢？他还举了好几个例子，还举例汉武帝怎么听取大臣的意见，他怎么不说汉武帝为什么阉割司马迁呢？他难道不知道朱元璋的大臣们每天上朝前都要与家人诀别呢？他甚至说中国人历史上信服儒家学说是自愿的，中国古人是自由的追捧儒家学说，这实在是太离谱了。

3.7，晴。

下午邮局EMS收件员发来消息，要我也问问EMS客服，怎么这么长时间还在广州机场，并称前年疫情期间也没遇到过这样的情况。我接著打电话询问客服，他说："接到承运商的通知，由于疫情影响，运力不足，邮件正在排队，疫情属于不可抗力，我们也没办法，邮件大概需要4周发出。"我告诉了前妻，要她也催促一下，她问过之后告诉我说"邮件26号前可以上飞机"，这也就是"大概4周"了，因为3月1号就转到了承运商那里。

看央视新闻，没有关于乌克兰战争的更新的报道，最多的还是"北约和美国都表示不会在乌克兰设立禁飞区"的报道和嘉宾评论。看到"网易·军事"栏目有篇文章分析乌克兰的战况，标题是《俄罗斯永远都为我们提供经验教训》，文章在分析俄军进展缓慢时，认为俄罗斯顾及伤及平民是为了国际声誉，这是机会主义的表现，作者提出了"是要资本主义的大楼，还是无产阶级的战士"的问题，并配了一张某部电影（或电视剧）的截图，画面中，一名解放军战士问（中文字幕）"你们敢下开炮的命令吗"。看来，作者的分析很有道理，很有理性（**這種理性反映的是作者的凶殘與人性的泯滅**）。

晚上将下午资讯EMS的情况向儿子进行了通报，要他不著急，先忘掉这事就行了，我们一直在关注。

3.8，晴。

儿子回复了，说："不要紧，不差这一两个月"。很好。

中午到D公园转转，发现今年的白玉兰开得比往年小，而且时间也早了一点，因为，往年玉兰花开得时候，一些海棠花也开了，而今年的海棠花树连树叶都还没有。

3.9，晴。

上午，小区的北门又被锁住了，可出入南门也没有人看守，也就不需要扫码。喇叭通知居民再次进行核酸检测，我去问"志愿者"前几天刚做过，还需要做吗？他说要做，这次做了以后，如果没问题就会发一张小卡片，以后进出小区就凭卡片了。我想那就必须再做一次了，可在我的口腔取完样之后，接着就发给我一张卡，不是还没进行化验吗？相当于这张卡只能证明我很听话，是一个很配合检测工作的顺民。

3.10，晴。

今天才知道，学校都关闭了，学生在家里上网课。但媒体通报的是武汉有37名确诊患者，这里面还包括无症状感染者，而且，已经连续三天无新增病例了，如此大动干戈有必要吗？当官担心的是万一扩散，官位不保。可小区的北门今天打开了，其他的小区除了大门摆个小喇叭反复宣传外，也是自由出入，并没有安排守控人员。不过，那些"棋牌室"、"足疗保健"和"盲人按摩"都关门了。

去广兴城看看图书馆的进展，变化不大，摆进去了一些桌椅沙发，乱七八糟的堆放著，零星的多了几台电子设备。至少还得一个月才能开放。

傍晚看邮件的位置，发现"FR安排投递"，说明邮件已经到了巴黎，这很意外，也很高兴，告诉了前妻，她说儿子最近很忙，即使邮件到了，他可能也没时间取，还要我不要打扰他，过了一会又要我把截图传给儿子，免得他等著心烦。

晚上准备把截图发给儿子，发现他发来邮件，还有手机截图，说邮件已经到了，他本周在瑞士访问，回去再去取。

我接著说："太好了，我明天去发第二份。"

3.11，晴。

早上看邮箱，儿子说先不发第二份邮件，等他回去取了邮件再看情况，还说："现在寄说不定寄不过来，也不一定需要。"夜里我回复他说："好的，等你的通知。第二份本来就是预备性的，如果一份能办妥，那就再好不过了。"不过，我没有问"现在寄不一定寄得过来"是什么意思。俄罗斯没有禁止欧盟的飞机途径领空，他可能听错或者误解了吧？他没有时间专门关心战事，误解是有可能的。

小区旁的中学仍然在上课，学生不能出校门，一些小贩和外卖隔著栅栏给学生递食品，记得疫情并不严重的时候也看到过这样的情景。

火锅、烧烤一条街的生意还是非常好的，临街摆的圆桌都坐满了食客，根本看不出疫情有什么影响，这与关门的休闲娱乐门店形成了明显的对比。

移动公司10086每天发来短信，宣传防疫"目前流行的奥密克戎和德尔塔毒株，潜伏期更短，传染性更强，传染速度更快，多数人症状不明显，隐匿性强……"，这与前段时间媒体上介绍的"奥密克戎毒株时隔二十多天才检测出来"相矛盾，而且，既然"多数人症状不明显"，即感染者并无不适的感觉，那为什么还要采取那么强制性的措施呢？央视前段时间播报的消息，中国的疫苗接种率早已超过了80%（近几天通报各地疫情时，再没有通报疫苗接种的剂次了），为什么还要如此草木皆兵，大动干戈呢？为什么对餐饮业又放任自流呢？不懂。

3.12，晴。

小区里的两颗樱花树开始开花了，这两天温度达到了30度，D公园的樱花也该开了吧？背起相机包，骑车去看看。

人很多，可樱花开得不成景观，找了两个互相拍照的女孩搭讪，她们同意给我做模特，正考虑要她们摆什么姿势时，两个专拍人像的摄影师凑过来了，原来他们也一直在观察这两个女孩，只是没有主动找她们。有了他们的指教，选择的场景和女孩摆的姿势的确比我构想的好。

从公园回到吃晚饭的"盛哥"，时间还不到5点，便在附近的街面转了转，发现那家清真餐厅关门了。大门贴着"门面招租"的广告。我对这个餐厅印象比较深，我喜欢喝羊肉汤，这家餐厅叫"福羊林鲜羊汤"，开张不到两年，我进去看过一次，价格比较高，我没有消费。看著大厅里挂著大幅红底的元首的头像，还配有宣传各民族大团结的口号，觉得很有趣。（政治正確並不能拯救這個普通平民開的餐廳。）

今天好几个媒体都报道，泽连斯基称乌克兰战场已经迎来转折点。拭目以待。

3.13，晴。

今天，公园的樱花明显比昨天开得好多了，一夜之间，完全可以用"盛开"这个词了。游人很多，那些用手机拍照的人根本不可能找到画面中没有其他人的地方照相，我们这些用相机的人基本都是大光圈拍半身照，拍了几个美女，她们都觉得很好。

《世界的演变》介绍，落后的国家和地区，如奥斯曼、满清、印第安部落、澳洲土著（尤其是塔斯马尼亚）向著衰败和消亡演变，在西欧和美国的扩张中，俄罗斯向著逐步现代化演变，实现了质的快速现代化演变的国家只有日本。中国早就有"见贤思齐"的古训，可当《西海纪游草》、《海国图志》和《瀛寰志略》出现在中国人面前时，从朝廷大员，到地方官吏，却仍然在"中央大国"的概念中自嗨，普通民众就更谈不上有"外面的世界很精彩"的想象了，很多到海外做苦役的华人赚了一点钱后还是想方设法回到家乡。可悲。

3.14，多云。

摄影群有人通报，今年武大的樱花不对外开放。难怪预约找不到入口。下午乘地铁去武大两个校门看了看，果然外人不能进，校内学生和老师等都是刷卡进入，广埠屯的校门完全封闭了，人员和车辆一律不能进出。华中师范大学也是一人一张卡进入，刷卡机旁还站著保安。

看央视关于疫情的报道，有多地的学校改为线上教学了。而前些天报道的香港方面的情况，只说了内地支援香港抗疫情况，没有介绍是否对香港实施了封闭管理、学校是否关闭、文化娱乐场所是否关闭等具体措施。

不知道儿子回到巴黎拿到邮件没有，夜里给他发了询问邮件，并嘱咐他保管好。

3.15，晴，多云。

下午骑车去桃花岛，很热，到了那里，上半身全汗湿了，在一个宽敞的草棚休息区里坐下来凉快。毕竟不是夏天，小风一吹，吹得衣服凉飕飕的，直到汗水和衣服都干了，才又骑著车在景区内转悠。

不愧称为"桃花岛"，桃花开得十分灿烂，而且，桃树不像樱花树那么高，许多桃花只有半人高，很适合摄影，拍了几枝背景不错的桃花。

转了一圈，又回到草棚里休息，听书，靠著柱子感到疲乏了，正想著小睡一会，来了几个大妈，打开手机音乐跳起舞来了，实在可恶，只好背起包另找地方休息。

可能在草棚里吹感冒了，晚上不停的流鼻涕，明天还不敢随便去看病买药，怕惹出麻烦来。喝点热水，早点睡觉。

3.16，阴转雨。

晚上下起了大雨，估计那些樱花、桃花会被雨水打得七零八落了，幸亏昨天去了桃花岛拍了几张比较满意的片子。

央视前天报道，元首向韩国新当选总统发了贺电，今天又报道杨洁篪在罗马向美方代表沙利文重申了中方关于中美关系的立场，并就俄乌战争进行了对话。有意思的是，两篇报道都没有提到对方的反应，这与前几天中法德三方元首会谈的报道情况不一样。

在评论当前的战争局势时，主持人引用了美国官员的说法，称俄军已经出动了战前集结的全部部队，主持人问嘉宾"这是不是说明俄军马上要对基辅和一些主要城市进行总攻？"嘉宾没有直接回答是与否，只从当前整个战场态势进行了讲解。但是，他们都没有提到美国官员的消息，指俄军已经动用了这场战争的预备队，这说明俄军打的很不顺利。

3.17，

每次看完一些微信公众号后就将它删除了，今天微信公众号"健康武汉官微"出现更新，标题是"最新版诊疗方案公布"，点开后发现还有一个标题是"中国最新癌症报告发布"。真是无处不在的套路、滑头？（制造恐怖氣氛，使民衆人人自危，没事就到醫院檢查身體、看病，而檢查身體就要用上那些高昂的設備，以榨取民衆的血汗錢。）

夜里在电脑上查不到EMS邮件信息了，手机上显示的是英文，最后日期还是3月10日，用电脑翻译后显示"投递失败；59/下一个工作日再投递。"不懂这个59是什么意思，出了邮政编码，儿子给我的地址只有55这个数字，再则，他上周说这周（从瑞士）回去后去取，可今天已经星期四了，还没有动静，我不放心，给他发了邮件询问。

3.18，阴。

早上看到儿子发来邮件说他昨天（17号）刚回到巴黎，去邮局取到了邮件。很好。

下午，那个神秘的微信"好友""坚定不移"突然发来消息问好，我问ta怎么想起我来了，ta说"看你有没有？"我问什么意思，ta没有正面回答，倒是说："儿子结婚了吧"，没用"吗"，也没用"？"，我说："结婚了。你是神啦。"ta说："我是算命的"，接著又问："老婆回来了吗？"，我说没有，ta说："说明你还不够努力。"我说我很努力了，ta说："祝你好运"。晚上看到ta又发来消息："晚上好。"我说："我正在下棋。"ta说："好，不打扰你了"。（這個"坚定不移"是我通過"微信"中的"漂流瓶"認識的。2015年前妻失踪後，爲了遣散心中的烦闷，躺在床上玩"漂流瓶"，這是個隨機結識朋友的游戲，結果就認識ta了，後來在聊天過程中，ta居然知道我什麼時候去醫院開了藥，什麼時候該吃藥了，是不是很刺激？是不是很恐怖？）

3.19，阴。

昨夜睡得太晚了，白天一直感到困，正想小睡一会时，楼下响起了打草机的突突声，倒霉。

昨天和今天都去一家按摩店做按摩，只做右肩夹骨周围的部分，而且我是坐著的。师傅要我趴在按摩床上，我没同意，因为几年前我做过一段时间，就是趴在床上做的，结果效果很不好。这次想了一下，趴在床上之后，肌肉连同神经自然下垂，结果只是按的骨头，我自信骨头没有问题，问题在于长时间使用电脑，右手保持一个姿势久了，肌肉和神经出了问题，所以，按摩的时候，我应该还是像使用电脑的姿势一样，再对肌肉和神经进行按摩。果然，效果不错，抬手和脱毛衣时感觉轻松一些。坚持做15天，再看效果。

3.20，小雨。

小雨一天没停，气温只有5-7度，又回到冬天了。

中午还是去做了50分钟按摩，感觉按的过程中没有昨天那么酸痛了，明天继续。

"hao123"首页图片新闻消息，英国全面解除防疫措施。看央视网报道"匈塞高铁塞方部分通车"，塞尔维亚武契奇和一些政府官员参加通车仪式，现场除了中方人员，塞方的官员和工人都没有人戴口罩。

看央视报道的国内疫情，长春和上海情况比较严重，控制措施也比较严格，虽然没有全区域封城，但采取了市内局部封锁管控的措施。

躺在床上用平板看新闻，"搜狐军事"栏目，在军事新闻和评论中，安插著一些"同城离异交友"、"武汉再婚相亲微信群"、"离异微信群"等等广告。

3.21，阴雨。

中雨、小雨下了一天，直到傍晚才出门吃饭。

白天看"优酷"里的"老何刷三观"节目，主持人讲了很多史前文化方面的知识，还讲了苏美尔楔形文字与中国甲骨文之间的关系，对于我来说，他讲的是不是绝对正确不是很重要，重要的是知道他从哪些方面和证据来证明自己的观点，从那些证据中也可以了解很多以前不知道的知识，这也就达到了他所谓的"刷三观"的目的。

吃完晚饭，还是去做了按摩，效果不像第一天那么明显，再坚持几天观察一下吧。

下午2点15分，东航一架从昆明飞往广州的飞机在广西藤县坠毁，机上共132人。据报道，飞机几乎是垂直角度冲向地面。坠机现场发现了飞机残骸，但没有发现人员遗体。

3.22，阴。

阴冷，气温只有5-7度。

一天过去了，各媒体关于空难的消息没有进展，报道的多是有关领导、单位、部队如何重视，反应如何快等消息。从播出的视频和图片看，一直出现飞机的大型部件，全是残骸碎片，央视现场报道员和"人民网"记者却都说是在事故核心区域拍摄的画面，可看不到飞机的机舱、发动机残骸，甚至连稍大一点的机翼都没有。报道都说尚没有发现遇难者遗体，也没有发现幸存者。黑匣子也还没有找到，央视连线南京航空航天大学副教授盛汉霖，他说"黑匣子的电池能够使用30天左右，在这期间，它会不断地向外界发送信号。此次飞机失事的位置，主要还是依靠人的目视来进行找寻，找到残骸之后，就要利用黑匣子外表明亮独特的这个颜色以及反光的标识来进行搜寻。"这段话让人费解。一天了，可动用多少无人机，甚至直升飞机进行搜寻啦？可飞机残骸都还没找到，怪事。

媒体称波音公司表示将积极配合中国进行事故调查。也许，现场搜寻人员已经找到了残骸和遇难者，但场面大概过于惨烈，有关部门不允许将现场画面公布出来，以免造成人们对于空难的恐惧，因为恐惧将造成今后航空旅客大幅度减少；也许还有一方面考虑，不让遇难者家属看到惨烈的现场，以减轻他们悲痛的程度，尽管家属们已经有了思想准备，但没有亲眼看到亲人的惨状，心情总还是要平静一点。

3.23，阴。

今天下午的央视报道，东航空难飞机的第一个黑匣子找到了，并配有现场找到的视频"两个人蹲在地上，一个人拿著塑料袋，另一个人将沾满泥土的橘红色的圆筒状的东西往塑料袋里放。"满屏基本就是两人的画面。现场依然没有看到大型飞机残骸。据报道，飞机残骸撒落的区域有2万平方米，可这两天的画面总是那块不到1千平方米的区域，可报道说"这就是事故现场的核心区域。"

看CNN关于乌克兰战争的报道和新闻图片，不知道是不是嫁接的别的战争场面，乌克兰的城市遭到了非常严重的破坏，整栋整栋的大楼被战火或摧毁，或成为黑黑的空骨架。一个多好的国家，工业基础雄厚，又号称"欧洲的粮仓"，现在成了战火四起的焦土，实在是太可惜了。

3.24，阴转雨。

东航空难的搜救工作仍然在进行，第二个黑匣子还没有找到。今天官方发布的消息说失事飞机扎进了地面一下20米，说明现场很惨烈，但也说明机身的大部分仍然在地面，而三天来，仍然没有大型残骸的画面，仅在今天发布了一段机翼的照片。发布的消息称发现了部分飞机残骸和人体组织碎片，说明其他的发型残骸很可能附著著惨不忍睹的人体组织，这的确是不适合发布的，尊重死者，体谅家属的感受，尽可能使民众对于航空业的恐惧减小到最低程度。

3.25，雨转阴。

东航空难救援没有新的进展，第二个黑匣子还没有找到。第五场新闻发布会称为了尊重遇难者的隐私，未得到家属同意前不会公布遇难者名单。今天的搜救现场画面里，所有人员全部穿著白色的防护服，戴著口罩。可以想象，当地刚下了两天雨，气温在20度左右，那些干体力活的搜救人员会多么难受。

右胳膊的酸痛有所好转，晚上继续去做按摩。

3.26，阴。

央视嘉宾，清华大学俄罗斯研究院副院长吴大辉在介绍泽连斯基向“北约”和欧盟进行的演讲时，将泽连斯基的一大段原话读了出来，除了向“北约”要武器支援外，有一句，泽连斯基说“我们有共同的价值观”，主持人打断了吴大辉的话，只点评了“北约”向乌克兰输送武器其实就是拱火，然后就说：“好，我们先看一段广告，然后继续”，再然后，这两天都没有看到吴大辉露面了。宋晓辉女士和藤建群先生还在讲解俄乌现场局势。（尼爾·波兹曼在《娱樂至死》説的“躲躲猫”是指美國的各種電視新聞信息雜亂無章，讓人眼花繚亂，造成知識零碎、思維混亂。我們媒體的“躲躲猫”大概是故意制造假信息，達到欺騙民衆的目的）。

东航空难的第二个黑匣子还没有找到。从现场记者发布的视频看，现场非常泥泞，的确给搜救工作带来了很大困难。

3.27，阴。

空难飞机的第二个黑匣子找到了，那种泥泞的山坳里寻找了6天，实在不容易。

央视报道今天应届大学毕业生达1千万，教育部、人社部等不能要求各高校校长和书记要亲自抓毕业生的就业问题，亲自到市场公司、厂矿联系就业岗位。还报道，教育部和各高校在全国研究生招生考试和复试过程中，既要做到公平公正，还要严格做好防疫工作。看来，学生和校方都很难受。

3.28，晴。

上午看手机"百度"首页，一篇文章很抢眼，《日本，还想再吃核弹吗？》显示是转载"海峡快讯"的文章。内容无非是因俄乌战争，日俄关系紧张等等。

下午去了前妻那里，在地铁站旁的"卤肉馆"坐著聊，她时不时的按右边的头部，我知道她有偏头痛，我问她是不是头痛，她说有一点，并说是那年车祸以后留下的隐患。我接机向她说重建家庭的好处，说了几句，她仍然说一个人过很自在。趁她又按头的时候，我走过去给她做了一会头部按摩，她觉得很舒服，我边按边说，重建家庭，我每天给你按半个小时，坚持半年，你的头痛问题就会解决的，她没有说别的了。

3.29，晴。

央视新闻报道，长春市政府副秘书长就疫情期间部分市民买菜难的问题，向广大市民表示深深的歉意。这种姿态很罕见啦。

今天去按摩，前天按摩的时候，我说我准备在网上买"活络油"，涂上它后按摩的效果会更好一些，那女按摩师说她有一种很好的按摩油，有利于活血化淤，然后拿给我看，只有一点了，她说以前她还专门买过这种油，现在用来给客人按摩。我说你这只能按一两次了，她说可以按两次，多收你三十元钱就行了，我说我来你这里已经花了几百元了，我还说了要按二十天的，所以后面还会来，让你赚一千元，这点药你还要收我的钱？她说这种药很好的，多收一点，你的病会好的快一些。我说你这人真没意思，脑子里除了钱就没有别的东西了，每天让你赚50元，你都没有一点感谢的意思。算了，不去那里按摩了，等买的"活络油"到了，另找一家店子按。

3.30，阴转雨。

于尔根·奥斯特哈默的《世界的演变：十九世纪史》，在"贵族的缓慢衰亡"中，认为日本武士相当于欧洲贵族，同时还介绍到这些武士是控制日本各地的260个大名的护卫。这是一个明显的失误，如果将日本的大名与欧洲的贵族归为同类，将武士与骑士归为同类，这就对了。

自从俄乌战争爆发以来，无论是外交部发言人，还是央视的新闻评论，都将欧美向乌克兰提供武器说成是"拱火"，这很不可思议，难道让俄罗斯在乌克兰的领土上为所欲为就不是"拱火"了，乌克兰人保卫自己的国家难道就错了？支援顽强抗击侵略的乌克兰人民就是"拱火"？那么，俄罗斯援助叙利亚是不是"拱火"呢？（抗戰時美國人組織的"飛虎隊"來幫助中國，是不是"拱火"呢？中國大規模派出志願軍赴朝作戰是不是"拱火"呢？上世紀七十年代的"抗美援越"是不是"拱火"呢？央視爲什麼能如此反歷史、反邏輯的制作這種節目，憑的是多年來對廣大民衆進行的愚民宣傳教育，憑的是當權者掌握著絕對的話語權。）

3.31，阴。

前两天看CNN，有报道称上海市封闭了半个城市，我还以为是假消息，因为那么大的城区，封闭半个城市也是很可怕的事，何况当前的"奥密克戎"对人的伤害远不如起初的新冠，不至于把那么多人都关在小区里吧，记得华春莹说过一次：做人不能太CNN。今天的央视关于全国各地的疫情报道，上海真的有一半的城区实行了封闭管控。想想都觉得很恐怖。

4.1，多云。

下午去给父母扫墓，乘地铁到"武汉东站"，一看时间还早，试著用"高德地图"查一查骑车去陵园的距离，发现只需要17分钟，便扫码一辆"哈啰单车"，按著地图的导航，骑车16分钟就到了，然后告诉了妹妹。

扫完墓，她要我去她那里吃鱼，说是朋友的老公从丹江口水库买的大白刁，很大一条，一个人吃不完，也不会做。我答应了，去了一看，果然是一条很大的刁子鱼，两个人也只能吃一半。鱼已经打理的很干净，用真空袋装著，还是冰冻的。我将鱼分成了两半，然后说简单的用清蒸的办法，保证好吃。我以前这样做过，前妻也觉得好吃。

妹妹说那就和红薯一起蒸，别人从海南快递送给她的，也行，那就不用做饭了。

吃完鱼和红薯，她给我讲了她与小区一个人的纠葛，那人很无赖，想搅散妹妹组织的合唱团，甚至串通物业管理的经理不给妹妹她们提供电梯，没成功，又要厚著脸皮参加合唱团，还要跟著妹妹学钢琴。那人与物业经理是地下情人关系，所以，妹妹不好过于得罪那人。我没认真听那些婆婆妈妈的事，不知道她怎么又扯到录像的事，她与那人一起去小区录像室对质，她还得意的说她这个过程她进行反录像（其实是对这个过程的再录像），并告诉了那人和物也经理。然后，她把这件不愉快的事告诉了老公。妹夫要妹妹把录像给他们算了，免得他们那种关系让那人的老公知道了，他们会怪罪妹妹，进而加害于她。（這是不是在威脅我呢？因爲她曾两次要我一起害死媽媽，第二次時我进行了録音，并向她老公进行了通報，以告誡他們不得有這種喪盡天良的念頭。她現在扯出這樣一個話題，是不是暗示我要我毀掉録音呢？其實，我早就在電腦中删除了。因爲我那两年活得非常艱

辛，前妻失踪了、兒子也不理睬我，我仍然每天堅持上班，去面
對那些有意或無意的刺激。我開始安靜的檢討自己的所作所爲，
覺得自己不應該關心那些政治上的事情，也覺得不應該對妹妹説
的話録音，我也知道我們的電子産品都被國家有關部門監視著，
尤其像我這種關心過“6.4事件”的人，更會成爲監控對象，
所以，將那些内容全部删除了。但是，我的電腦有三塊硬盤，
“6.4事件”的圖片分别存了三個盤裏，而關于妹妹的録音祇
存了一份，所以，删除了兩塊硬盤後就以爲電腦裏再没有“對
社會不利”的資料了。可過了一段時間，發現還有一塊硬盤裏有
“6.4事件”的圖片，覺得還是應該保存下來，便轉存進了一張
SD卡後删了電腦裏的内容，關于妹妹的録音却已經没有了。
我知道可以恢復磁盤數據，但是不敢啊，手機和電腦的網頁上經
常出現恢復電腦磁盤和存儲卡數據的廣告，那就是個陷阱。也就
是從那個時候起，我開始留意各種可疑的圖文資料、對話，采取
了截圖、録音的方式進行保存，且專門買了一張“三星”的固態
磁盤，單獨安裝系統，然後編輯文件、轉存資料，完畢後再低格
固態磁盤，并取出另行存放。）

　　然后，妹妹又很快的转到学钢琴的事上了。

4.2，晴。

　　准备吃早餐，发现没有馒头了，昨天忘了买，只好出去吃
了。到小区对面的一家面粉馆去看看，有我喜欢吃的肥肠面，听
老板的口音是四川或者重庆人。买了一碗肥肠面。这家的肥肠做

的很讲究，他们把肥肠里的肥肉都清除掉了，这比其他店子做的都好。肥肠卤得也很烂，味道也是川渝的口味，微辣，还带点花椒的麻味。不错，以后可以经常来吃。

4.3，晴。

昨晚给儿子发了邮件，今天看见他回复，说这段时间很忙，文件还没有交到有关部门，这周看有没有时间。同时还说到"据说上海准备与新冠共存，最好准备好一两周的粮食。"不知道他从哪里听到的，上海已经实行了封闭管控，"澎湃新闻"还有一段题为《这还是你爱的上海》，各条主要公路和外滩空无一人，这不是与病毒共存的做法。可他为什么又提醒我准备储存一两周的粮食呢？不懂。

"人民日报客健康户端"报道《多省市已用上辉瑞新冠药，患者病毒载量明显下降》，称深圳市第三人民医院以2300元一盒的价格采购了1000盒。一个疗程5天，但没有说明一个疗程需要几盒。另外还报道3月17日，有2.12万盒辉瑞新冠口服药从上海入关。报道还称，截止4月1日，全国确诊病例27128人，其中重症病例58例。（重症率只有0.2%）

4.4，多云。

现在周边的小区已经完全没有了防疫措施，自由进出，"DF雅园"和"DF丽锦"属于洪山区，也是流于形式，在大门口摆个小喇叭反复宣传防疫，可值守的人也没管进出的人是否戴口罩，是不是本小区的。但是，D公园却一本正经的把其他的通道都封闭了，只留下正门进出，进去时要扫健康码。公园里人员的密集程度，远不如"好吃街"，真是"民以食为天"？

白天看新闻，下棋，傍晚出去沿著"好吃街"慢慢走了一圈，大家聊的都是家长里短的事，也总有一些嗓门很高，知晓天地一切的健谈者，但是，没有一桌聊疫情封控和俄乌战争。"莫谈国事"。

4.5，晴。

又搞错了。为什么每次打开"备忘录"不是空白页呢？为了提醒？怎么又是4.3的页面呢？苹果手机也不人性化。

4.6，晴。

三星手机和平板自带的浏览器不能打开默认首页了，显示为404。设置首页为"百度"，然后打开，搜索栏下方是各种消息，置顶的当然是正能量，接著就是与已经过去了好几天的新闻热点相关的消息。今天又看到一条很高亢的消息《拜登要把台湾弄进联合国？美国彻底违反对华承诺，汪文斌表态引爆全球，中国不忍了》，这类霸气十足的标题很多，看到标题就已经很亢奋了，我担心再看内容热血澎湃会造成脑溢血，所以赶紧关闭页面了。

今天的疫情通报，全国进行了全程疫苗接种的人数比例已经达到了88.18%。

4.7，晴。

央视现在经常播出一段公益广告，最后两句是"创新是引领发展的第一动力，保护知识产权，就是保护创新。"中共大概喜欢用"第一"这个词，在他们的意识里"第一"才是最重要的，它隐含著"老子天下第一"、"唯我独尊"和"成王败寇"的思想。

4.8，晴。

D公园游人不多，边转边听茨威格的《良知对抗暴力》，"引言"部分就很引人入胜，写得太好了。（我深爲卡斯特利的勇氣和執著所折服）

前几天给儿子发了邮件，随便聊聊俄乌战争的情况，他今天回复，说吉林因疫情影响，粮食作物播种面积较小，要我准备一些粮食。这个问题早些天他就说过，我说有一些大米和食用油。怎么又提这事呢？也许他也关心俄乌战争的情况吧，毕竟，他小时候看过很多美国大片。

4.9，晴。

"百度百科"介绍的茨威格，没有出现《良知对抗暴力》的书名，没有出现《异端的权利》，用的是《卡斯台里奥反对加尔文》这个书名。在最后的茨威格的主要作品列表中，也没有《良知对抗暴力》和《异端的权利》。再百度搜索"卡斯特利奥"，

"百度百科"没有介绍，在"360百科"里有该词条。既然如此忌讳，为什么在"喜马拉雅"里又可以听到这本书的音频呢？主播是一位叫"向啥啥红"女士，她以前播的《新教伦理与资本主义精神》、《从卢梭到尼采》和《思想史——从火到弗洛伊德》都已经下架了。

浏览了一下以往在"喜马拉雅"听书的目录，发现《历史的终结与最后的人》和《剧变：人类社会与国家危机的转折点》也下架了。

4.10，晴。

不知道为什么"向啥啥红"播的《良知对抗暴力》音频没有第二章内容（也許是主播女士對内容太過專注，跳過了"第二章"。記得在她朗讀《從盧梭到尼采》時，當讀到書中抨擊自命不凡的"科學的、先進的"思想時，曾不由得情不自禁的自述道"講得太好了"），第三章详细的描述了加尔文专制下的日内瓦民众生活和恐怖统治情况。加尔文统治了1/4个世纪，但使得日内瓦在两百年的时间里死气沉沉，没有出现过一位有才华的艺术家、音乐家和思想家，直到卢梭的出现。（不过，卢梭的言论也不是在日内瓦发表的，）在这种背景下，更显示了卢梭思想的伟大。我认为，从小在那种被名目繁多的法律和条例约束，人人自危，整天在担心被告发或被关进监狱的生活环境中成长，对卢梭晚年所患的受迫害妄想症和精神分裂有相当大的影响。

4.11，晴。

小区的北门又被锁上了，可南门并没有人值守，人员自由进出。社区居委会的人也疲倦了，锁上北门是给上级看的，给居民却带来了不便。

夜里又向儿子发了邮件，以提问的方式介绍这场战争，"欧盟为什么要跟著美国对付俄罗斯？"，我很简单的从一战讲起，一战伤亡人数巨大，"欧洲和平"是当时英法的政治正确，而德国弄出一个"苏台德"地区问题，又先后吞并了"苏台德"地区和捷克斯洛伐克、奥地利，英法却一再妥协……。这场战争很容易让欧洲人想起这段历史，尤其是波罗的海三国和波兰，它们既是欧盟成员国，也是北约成员国，而欧盟成员国必须保持一致才不至于解体，所以，法德意等西欧大国也必须采取一致行动对付俄罗斯。

我想，儿子是个学者，也是一个男人，对于这场战争一定也是比较关注的，知道这些历史背景，在与其他无论是欧洲人还是华人聊起这场战争时，也可以有一点自己的观点，至少可以复述我的观点。

4.12，晴转雨。

央视报道，据"环球时报"组织的关于"俄乌冲突"的民意调查显示，近9成的受访者认为美国在乌克兰问题上的立场不是公平正义，而是霸权欺凌。外交部发言人就此表示，相关民调反

映了大多数人的正义呼声。（這是有可能的，絕大多數國人沒有
其他的信息來源，整天祇是通過國家控制的媒體了解這場戰爭，
更由于理性思維的欠缺，理所當然的就成爲了那"近9成的受訪
者"。當然，有沒有這樣一個"民意調查"也值得懷疑。）

"澎湃新闻网"消息：4月11日，四川成都。多名网友反
映，四川航空公司一名飞行员曾发布极端仇恨言论。四川航空微
博凌晨回应，此人确为公司员工，言论发表于其大学期间，已停
职接受调查。

另据"中国新闻网"消息，4月11日，民航局召开发布会，
会上回应近日境内外有传闻说"东航飞机失事锁定副驾驶"等传
闻：谣言，已报警。

4.13，晴。

预报有雨，可中午以后却阳光灿烂，只是北风比较大，凉凉
的，却很舒适。

今天的新闻说今年全国将有1075万高校毕业生要就业，这个
压力真是足够大了，疫情控制又这么严峻，那些辛辛苦苦读了十
几年书，盼望著早日工作的年轻人心情一定很沮丧吧。

4.14，阴。

"百度"搜索栏下方的新闻，《果然，泽连斯基"不要脸"
地开口了》，文章转自"海峡快讯"，介绍泽连斯基向韩国请求
武器支援不成的情况，标题用了引号，内容中的"不要脸"没有

用引号。文章结尾注"部分内容来源：环球时报"，是的，的确太不要脸了。

4.15，阴雨。

下午，H发来消息，要交今年的工会会费了。我与他聊了一会当前的俄乌战争，他嘲讽的说："当年普京还曾说，给我二十年，我给你们一个强大的俄罗斯。"这场战争暴露了普京不过是一个极其愚蠢的自大狂。

在家里呆了一天，傍晚出去有了一圈。小区的北门仍然锁著，而北墙的最东面有一处栅栏被人拆了两根钢筋，可以从那里穿过去。小区的东面那几栋楼，一楼的门栋的电磁门都是敞开的，门的下方都用一块水泥块挡住了，居民们都很讨厌装这道电磁门。

4.16，阴。

"搜狐"新闻报道，4月14日上午7:58，甘肃岷县发生一起故意伤害案件致7伤，其中5名为孩子。（此消息，前两天没见到所有主要媒体。）

今天在D公园看到两个人在争论真神的问题，一个是拿著厚厚一本英语词典的老汉，一个是大妈。大概是这个大妈看到老汉在看厚厚的英语书，以为是《圣经》，就与他聊了起来，哪知道老汉对宗教问题不太懂，却有有一股学究气，大妈坚持说上帝才是唯一的真神，而老汉说佛教有佛教的真神，大妈说佛教所指的天堂有一个，但佛教的神不止一个。两人纠结了一会，谁也说服不了谁，我没有参与其中，只是问大妈："明天是什么节啊？"她说："复活节啊。"我说："嗯，看来你是个基督徒。"她马上给我竖起大拇指，问我是不是基督徒，我没有回答，转身走了。

4.17，阴。

下午发现手机里的健康码变成了灰色，现在，进公园、商场、地铁和公交车，都要有48小时的核算阴性检测结果。回到小区询问，得知明天就可以做核酸检测了。Q告知前妻，她说她那里天天都可以做。

退回网上买的茶叶，已经过去10天了，今天接到一个电话，问茶叶有什么问题，我说了茶叶情况，对方很客气的说可能是发货的人发错了，我说算了，我不在网上买茶了。当时买茶的时候我在咨询对话框里说过，如果茶叶不好，我会退货，还要在"评价"给你们差评，但是，我退了货，他们随即将钱退给了我，我也就没在"评价"中留言了。

4.18，晴。

上午7点半就吃完了早餐，赶著到小区中心小广场做核酸检测，人不多，一会就完了，发现居休办主任也在现场干"志愿者"。

接著骑车去D公园，公园大门要检查健康码，我是灰码，不能进，但可以从不远处旁边的门进入，很高兴，还从正门开始到旁门拍了一小段视频，发给了前妻。

在公园边走边听福山的《信任：社会美德与创造经济繁荣》，他通过比较美德日三国与法意韩等的发型企业的形成途径，分析各国文化差异。

中午回来吃了点东西，小睡了一会，下午3点又骑车去D公园。经过21街的时候，听到一个小喇叭在叫"好消息、好消息，做核酸不排对了啊！"，实在有意思，做核酸好像成了一门生意（事實證明它就是一門生意。全面解封後，果然有一些文章和視屏爆料，核酸采樣點是由醫院意外的第三方操作。既然有利益，這些第三方當然希望疫情永不結束，永遠落實"動態清零"的方針）。到了公园门口，见几个工人正在用铝合金板堵旁门，趁还没完全安装好，我赶紧从这里进去了。（上午才給前妻發了這裏的短視頻，下午就來人封堵了，真快。）

4.19，晴。

在DF丽锦旁的"一朝鲜"吃晚饭，两个人在谈做核酸检测的事，说"今天必须做一次核酸检测，不然明天哪里都去不了了。我们其中一个，上班时要检查健康码吗？他说要检查，不然不允许进厂区。"饭馆不远处，排著两条长长的队，都是等著做核酸检测。我还担心今天没做会不会出什么问题，可回到小区，没有进行核酸采样的人员。大概洪山区与CL区的要求不一样吧。

福山在《信任》中认为，美德日三国之所以有大型企业，与民众相互信任度有很大关系，相比之下，华人圈，意大利和法国等多半是以家庭、家族关系为纽带，对外人的信任度很低，所以，很难组织起大型的企业。这有一定道理，但这也只是表象。应该还有其他原因，比如，德日两国民众对于国家的官僚机构的信任度高，国家对民众群体的信任也高，而美国却不是这样，美国为什么大型企业对多呢？美国对于个人自由的关注远高于尊重国家官僚机构，对于自己所属的小群体的信任，也不会逾越对于个人自由的关注。我认为，这三国最大的共同点是对于个人诚实的自律和他律，而这一点很大程度又与民众的对于英雄好汉式的自律有关，正如杜威所认为的"好汉鄙视撒谎的行为。"

4.20，阴。

上午去了核酸检测。接著去买馒头，那家馒头点在街道卫生防疫服务中心旁边，见有很多人排队，上前询问，得知也都是做核酸检测的人。我问今天能不能打疫苗，志愿者说周五才能打。

前妻说她没有打第三针，因为儿子告诉她打了没用。我考虑一番，觉得我还是去打第三针好一点，以防万一。

4.21，晴。

下午去C公园，人很多，大妈和女孩都多，很多还带著用于摆造型的道具，一个地方都要拍好久，那个具有欧式风格的长廊，开满了蔷薇花，她们就排队等著在那里拍。

我找到两个学生模样的女孩，她们在用手机互相拍，我过去表示我可以给她们拍，她们很高兴，其中一个加我的微信，一看她的名字，我心里有点不快，她的微信名叫"静静的顿河"，我说："你怎么喜欢俄罗斯呢？俄罗斯最坏了。"她问怎么坏了，我说："俄罗斯侵略乌克兰还不坏啊？"她说："那都是美国从中搞的鬼。"我说："顿巴斯地区是乌克兰的领土，俄罗斯鼓动那里的人闹独立，乌克兰想寻求北约的帮助。"她说："顿巴斯有很多俄罗斯人啊。"我问她："中国有一个延边朝鲜族自治州，也有很多朝鲜族人，如果朝鲜足够强大，也鼓动他们闹独立，是不是很差劲？"她愣住了，呆呆的看着我说不出话了。我想，她现在应该知道新闻报道的偏向性和欺骗性了。

4.22，阴转雨。

夜里看到儿子发来邮件，要我现在不要买股票，他的几个国内的朋友亏了很多钱，有的甚至亏了几百万，他要我就将钱存在银行里，通胀带来的损失，也比买股票的损失小得多。我告诉他，自从经历了2015年那几天魔幻般的K线后，我再也没碰股票了。

4.23，多云。

前天准备去打第三针疫苗，结果卫生服务站的人说都去忙核酸检测了，明天上午在来吧。今天上午8点一刻我就去了，还是被告知现在的工作重点是检测核酸，所有的人都去忙这件事了。我问什么时候可以打，她说不知道，等这段时间忙完了再看吧，我问那疫苗会不会失效啊？她说疫苗都放在冰柜里，不会失效的。

央视报道说，今天是世界第27个阅读日，自全国全民阅读活动以来，阅读总量不断增加。我在省图书馆看到的确有很多人在那里看书，有意观察了几次，大部分是年轻人，而绝大多数年轻人看的书是两种考试的书，一种是考研的辅导书，一种是公务员考试的指导书，从书的破损程度也可以看出这两类书最多人看。其他类型的如两次大战的书也比较脏乱了，世界历史书类的书籍，从破损程度看，阅读最多的是雅克·巴尔赞的《从黎明到衰落——西方文化五百年》。

下午又去了C公园，周末，人非常多，大妈比年轻人多，又有两个放著小喇叭吹葫芦丝的人，够吵闹了。

4.24，晴。

央视报道，中央联防联控指挥部提醒各地，防疫工作既要坚持"动态清零"的总方针，又要杜绝层层加码，要尽量避免给人民群众造成生活与就医的不便。想法很好，执行起来却总是走样，作为基层领导，宁愿管控严格一些，也不愿因发生疫情被上级归咎于管控不严而丢点乌纱帽。在乌纱帽与民众是否方便的选择上，乌纱帽当然更重要。

4.25，雨。

稀稀拉拉下了一天的雨，直到傍晚才出去走走，吃晚饭。前几天在公园拍了好几个女孩，今天就在家里修图，然后把照片发给她们，有个女孩的牙齿很难看，修补牙齿很花时间。

小区南门那个关闭的清真酒店还没有人接手，那么大个营业面积就这样荒废著。小区北门的那些"棋牌室"仍然不许营业，麻将爱好者们大概只能在麻友家中战斗了。

可那些小火锅店的生意仍然很红火，几个人围坐一桌，一桌一桌沿著马路两边摆开著，有点雨也没关系，每家店子都准备有一个个防雨棚。

4.26，多云。

傍晚去小区中央小广场做核酸检测，完了看了一下时间，6点39分。回家后看了一会新闻，到6点56分，又看了一下健康码，发现已经变成绿色的了。这么快？我不敢相信，通知的是晚上6点到7点半做核酸检测，我做完的时候，后面还排著三、四十人，检测结果十多分钟就出来了，效率实在是太高了。

4.27，阴。

下午又去了C公园，月季、玫瑰和蔷薇花开得越来越好了。人很多，大妈多，女孩少。对于大妈们来说，手机最大的好处恐怕就是可以随时随地的拍照和摄影了，加之"微信"和"抖音"

的配合，她们进而可以将各种风姿随时传到网上，成群结队的拍摄小视频传到"抖音"里，热闹非凡，乐此不疲。大妈们还有一个响亮的口号"抓住青春的尾巴"，其实呢？满脸的皱纹，一身的赘肉，青春早已远去了。

据出租车司机说过，CL区的红绿灯最多，因为CL区是上世纪五十年代才发展起来的新城区，以前都是四四方方的街坊，所以，十字路口很多，红绿灯也就很多了。从C公园出来，有一个路口不到五十米的距离，就有一个红绿灯，这是一个丁字路口，从旁边插进来的路是一条很窄的路，为什么不将这条路设为单行道呢？大概的原因是这条路里有中共CL区委党校，还有一个小区，里面住的都是CL区的官僚们，MLZ以前就住在这个小区里。（該小區後來在嚴格落實"動態清零"時被封閉管理，有吃瓜群衆爲此叫好。）

4.28，雨。

下了一天雨，傍晚才停，正好出去吃晚饭。天还是阴沉沉的，不想走远，便到北门的好吃街找个地方吃。见到一家川味馆，招牌上写著"来自宜宾"，行，进入尝尝老家的味道。

与周围的火锅店不同，这是一家小菜馆，只有6张大桌子，都坐满了，看来生意不错，刚好还剩一张两人坐的小桌子，我坐下后点了一个"麻婆豆腐"和一个"鱼香肉丝"。味道很好，价格也不算很贵，加上一听啤酒和一份饭，共51.5元。

记得前几天看到过关于东航坠机事故的新闻发布会，称机组成员身体和精神都正常，飞机的维护和保养也没问题，所以，事故原因仍在调查中，两部黑匣子都损坏严重，需要修复数据后，才能了解真正原因。至今仍然没有后续的报道了。

听了福山的《信任》中列举的案例，知道了，正如他所指出的，一般认为的美国人都崇尚个人自由，提倡个人主义，这是一种误解。美国人相互间的信任程度虽然不及日本和德国，但是，美国人有很多个人自愿加入的各种社团，由于多数人对所属社团的信任，所以，社团成为了人们相互信任的一个纽带。（但在中共治下，因爲"四個自信"，所以禁止"結社自由"。）

这两天央视报道的国际疫情方面的消息，法国、德国、韩国、泰国、马来西亚都取消了防疫措施，泰国对于注射了两剂疫苗的游客免除观察期。另外，所有报道俄乌战争所呈现的画面，没有一个戴防疫口罩的人。

4.29，阴。

早上看新闻报道，国家卫健委医政医管局监察专员郭燕红通报全国防疫情况，并对医院兼顾诊疗其他病人时，作出"首诊负责制"，乍听起来还以为是"首长负责制"。

出去吃早餐时，发现小区又在摆摊进行核酸检测，只有一两个人，我也去做了一个，扫码、取样，不到一分钟就完了。

下午出去买馒头，回来时还有做核酸检测的人。遇到公司退休的LGG，聊了几句，他说他只去扫了一个码，没去做取样，我说"那有什么用，不取样，就不能检测结果。"他说"采样瓶是十个人一组，他们哪里那么认真，搞得那么清楚。"他倒是看的很透彻。

4.30，阴。

小区北门仍旧是锁闭著，街两边的棋牌室却可以营业了，打麻将的人很多，棋牌室的生意很好，也带著小饭馆的生意不错，他们要送餐到棋牌室去。

5.1，多云。

看CNN消息，才知道有一百人左右的贫民撤出马里乌波尔，目的地是扎波罗热，这就对了。在CNN还看到一条重要消息"美国国会众议院议长配洛西于4月30日访问了基辅"，她表示，美国国会将与乌克兰在一起，直到乌克兰赢得战争。央视所有新闻一直没有报道这条消息。

另外，CNN只介绍了顿巴斯地区的激战，没有提到敖德萨和俄军高级指挥所被打击的消息。

5.2，晴。

下午去C公园，经过盛风大酒店时，看到有二十来人在排队做核酸检测，我下意识的看看我的健康码，已经是灰色的了，我也开始排队等著，过了一会，后面的人越来越多，大概有近两百人了，我庆幸做对了。虽然不是自己的小区，志愿者扫我的健康码时确认名字，我说是的。做了核酸检测，过马路就是广兴城，过了广兴城就是C公园，我再看健康码，变成绿色了，真快。

今天报道法国各地昨天举行了"五一"游行，发生了小规模骚乱。我就这个问题向儿子说了法国的国民性问题，列举了几个法国著名的大规模群众性事件，并简单介绍了《乌合之众》这本书。

5.3，晴。

想再听一听"喜马拉雅"中"马不停醍　美国史"，再了解一下法军在美国独立战争中的作用，但是，找不到这个音频了，再找"马不停醍　日本史"，也没有了，都下架了。（整天高喊"文化自信"，却不停的屏蔽"非我族類"的知識、文化。讓民衆成爲井底之蛙後，"文化自信"就建立起來了）。

中国现代国际关系研究所非洲所副所长黎文涛在央视做嘉宾时，说美国在乌克兰其实是在对俄罗斯进行一场代理人战争，他接著说，冷战时期，美苏搞了多起代理人战争，比如在非洲、在东南亚，发展中国家是最直接的受害者。这很奇怪，他所说的东南亚就是越南战争嘛，中国不是也向越南提供了大量的装备和粮食援助吗？那么，当时中国是不是也是在"拱火"呢？哎，这些专家、学者脑筋有毛病。（或者，他們認爲自己可以胡説八道的底氣在于他們擁有話語權，而那些没有與他們保持"思想統一"的少數人没有話語權，他們祇需要欺騙大多數的"人民"就可以了，少數不服的人祇能憋著。）

5.4，晴。

在家里呆了一天，把前几天拍的照片修了大部分，发给了照片的主人。

5.5，晴。

下午出去走走，看到南泥湾公园边有一处核酸采样点，我记得我还是2号做了一次，今天是第三天了，应该做了，看排队的人很少，也跟着做了一次。

将近4点才去C公园，发现人很少，问了别人才知道，今天开始上班、上学了。还是邀请到了两个美女，拍了几张不错的片子，其中一个是5点半左右拍的，光线很好，光影效果不错，女孩也很漂亮，片子看起来赏心悦目，很满意。

5.6，晴。

天空太晴朗了，阳光强烈，直到傍晚才出去走走。白天把所有要发出去的照片都修完了，分别发给了主人，她们很高兴，也表示感谢。

看了一条关于中国的消息，称国家对质疑"动态清零"者发出严厉警告，看来，CNN也是不靠谱的，反正我所遇到的人，以及道听途说之言论，没有出现过质疑目前的防疫管控措施的。（主要是两個原因：1、對疫情的恐懼，就像電影《逃出克隆島》裏的"人"；2、敢怒不敢言。）

5.7，晴。

俄罗斯官员又提出了使用小当量战术核武器的威胁，欧美也有小型核武器，而且一定比俄罗斯更先进，更容易发射，如果交给乌克兰使用，那么，整个顿巴斯地区将变成第二个切尔诺贝利地区。普京不仅没有成为彼得大帝，反而会成为全人类，包括俄罗斯人民唾弃的疯子。

上帝保佑，让愚蠢的普京还能保存一点理性。

5.8，多云。

手机浏览器原默认的首页没有了，点开浏览器，只有"百度"，而搜索栏的下方就是各种消息和文章。下午看到一个名叫"浪子豪华"的文章《如果你是个普通人，尽量不要讨论国际大事，特别是乌克兰的话题》，主要观点是：近来一些关心俄乌战争的博主和自媒体都封了号；没有讨论国际和国家大事的证件，就不能向别人说自己的看法；普通人"莫谈国事"，该干嘛干嘛去，不要"咸吃萝卜淡操心"。（談論國際和國家大事還需要有"證件"，"文化自信"到如此程度？"思想統一"到如此程度？這個"國"是誰的"國"？是那些有證件、有資格談論國家大事的國？2023年9月30日，法國一個嬰兒因夜間急診室關閉而死亡，導致了數百人舉行的游行，游行者還用上了中世紀的拋石機。而中國呢？2004、2005年開始，每年都會發生多起校園或校門口砍殺學生的案件，媒體都是口徑一致，"案件正在進一步調查"之後，再也沒有了下文了，全國人民卻一直很平靜，似乎那些孩子的死傷不是國家大事，或許是國家大事，但"人民"沒有議論國家大事的證件，所以祇當那些孩子都是另外一個星球的人，如此冷血，上述文章標題中的"普通人"還是"人"嗎？正是有一批如此禽獸政客、文痞，才會有如此冷血的"人民"。）

　　傍晚Q问前妻，说明天去她那里，她同意了。她提醒要我带上她的那份"中法语出生公证书"。

5.9，阴。

　　上午去买馒头，顺便去街道卫生服务中心问问打疫苗的事，被告知每周六的早上打。

　　下午去了前妻那里，和她聊了3、4个小时，她对于俄乌战争也比较关心，每天也在看相关的新闻，但她明显的被误导了，我给她解释了几个这场战争中重要的为什么，不知道她的观点有没有改变。

5.10，阴。

　　下午去大公司体育中心获取工会发的"爱心卡"，登记之后，它就出现在手机微信里了。记得去年我当时就打7.5折卖给经常在那里打羽毛球的人了，所以，又去羽毛球馆，看有没有人愿意买，结果，想买的人说今年不行了，进球馆开场要实名认证，除非你每次都来这里给我们开场地，不然，我用你的卡（二维码）也不能开场地。岂有此理，五百元的"爱心卡"，除了打球，就只能在体育中心的商店里买体育用品，可那里的价格比商场里不止贵一倍，关键是我不需要那些东西，还美其名曰"爱心卡"，实在是"恶心卡"。算了，先留著再看情况吧。

回来经过广兴城，去看看图书馆的情况，得知明天开始试开放，要预约才行，但近几天的预约都满了。我打开手机一查，果然，直到周日显示的都"预约已满"，奇怪，它每天容纳的人是不是太少了呢？明天还是去看看，不行就只能等到下周再看了。反正离夏天还早，只要最热的7、8、9三个月能在里面呆著就行。

5.11，阴。

下午去广兴城看看图书馆的情况，结果，不用预约，可以直接进，只是还得走扫健康码、登记的程序。

从三楼进去，经过一个漂亮的旋转楼梯上四楼，主要的部分就在这一层。布置的不错，座位、桌子还比较多，灯光也很合适。毕竟是区图书馆，不具备省图书馆那种学科专业性很强、分类很细的藏书条件，这里陈列的图书都是大众化的。读者和观光的人不算多，往后知道的人多了，或者周末，人就会多一些吧。CL区的退休老人很多，这里是夏天避暑的好地方。

在图书馆边转边听"喜马拉雅"主播"知一悦读"读的《中国历史的底层逻辑》，其中介绍了毛泽东与黄炎培的"窑洞之问"，我还是第一次接触到这个词汇，查了一下，"百度百科"还有此词条，听到看到后，真是耳目一新，感想颇多。（這個詞匯衹能说明毛澤東就是一個徹頭徹尾的騙子。）

5.12，阴。

美国国务院官网删除了"不支持台独"的表述，央视主持人称这是在掏空"一个中国原则"。真不知那些专家、学者是怎么想的，自己的核心利益要美国予以尊重，却又在俄乌战争的问题上与美国唱反调，一个劲的指责美国向乌克兰提供援助。不懂。

很奇怪，国内的几个专家一直说美欧持续拱火，希望打持久战，可为什么不说俄军把乌克兰打得稀巴烂，普京应该适可而止，早点撤军，结束战争呢？（對于國際政治，我們這些普通民衆都不太懂，但是，懂得一般常識的民衆一定都懂人話。）

5.13，多云。

大商场三楼的"儿童乐园"也关闭了，前年和去年疫情严重的时候都没有关闭。那些关闭的店铺，打工者可以有足够的生活时间和空间了。

央视有一则公益广告一个奶奶模样的老女人指导一个五六岁的小女孩画水墨画，说到"画画要留白，人生也一样，不要把生活填得太满，多给自己留些空间。"一个五六岁的小孩，能懂多少人生呢？

央视还有一则公益广告，一个爷爷模样的老头，指导一个小七八岁的男孩写毛笔字，说到"这一笔一画里有我们做人的道理耶。"那么小的年龄，能从写毛笔字中悟出做人的道理？毛笔字中又有什么做人的道理呢？也许，由字看人有一定的道理，比如……（蔣介石與毛澤東的字。我曾在"凱迪社區"網站看到過蔣先生爲胡適先生寫的挽聯，以及他拘謹的與胡適坐在一起的合影，看得出他骨子裏是一個中規中矩的傳統文人，如果不如此，"西安事變"平息後，他就算不殺張學良，也可以出爾反爾，繼續執行"攘外必先安內"的方針，延續對中共的清剿政策；也曾在省圖書館查閱過幾天上世紀五六十年代的《湖北日報》，看到過毛爲北京大學"新校刊"題寫的"新北大"三個字，所謂的"毛體草書"的功底與社會上不學無術、游手好閑的混混的水平沒有區別。）

美国国务院新闻发言人又变态了，说美国不支持"台独"，总算让赵立坚可以坦然的直面那些讨厌的记者们的提问了。

5.14，阴雨。

浏览器百度首页文章《中国总资产600万以上的家庭有多少？答案来了，释放出什么信号？》，其中说到，据《胡润财富报告》数据显示0.5%的中国家庭年可支配财富在100万以上。当然，文章是为了指出国内存在的，贫富差距问题，最后的落脚点是鼓励人们努力工作，"说不定下一个进入《胡润财富》的人就是你。"（隱含的邏輯是：祇要你努力工作，就能富裕；你不富裕，說明你工作不夠努力。實在太無恥了。）

5.15，阴。

区图书馆的人很多，大多数是小朋友，所以，比较吵闹，不过，绝大多数家长还是在时不时的提醒孩子小点声音，很重要的一点是图书馆内没有喇叭声，就算是小孩，谁的声音大了其他人会看著他。所以，公共场所里的环境很重要，而是否能提供一个好的环境，则取决于管理者的水平。

5.16，晴。

黄仁宇先生的《中国大历史》，一方面说康熙、雍正和乾隆大兴文字狱，又说他们的统治是开明专制，这很难理解。他对蒋和毛采取的治理措施和理念的评价基本到位。

我的核酸检测超过三天了，可今天的健康码还是绿色的，左下角也没有时间显示了，取消72小时核酸检测了？（政策变幻莫测，同也给人造成恐惧）

CNN消息，中国取消了2023年亚足联的亚洲杯举办权，该报道称中国是出于防疫的考虑，同时还配发了一张习近平踢足球的照片，还介绍了一点中国足球事业的发展情况和球队的专业水平。

杭州的"亚运会"和成都的"大运会"都推迟了，而"亚洲杯"主办权干脆直接放弃了。也好，免得主场输球更难堪。

看来，今年的防疫一直都不会放松，至少要等"二十大"召开之后再看怎么样。

5.17，晴。

小区的北门打开了，在小区里做了一次核酸检测。

黄仁宇先生的《中国大历史》，在讲述土改时，引用了韩丁的《翻身》这本书里的资料。内容与张鸣先生和渠桂萍介绍的情况差不多。

黄仁宇对于由于1958年的经济政策失误，导致毛的影响力降到了最低点，可到了1966年毛却能发动"文革"这个问题感到很困惑，他认为一些后来人都认为是错误的事，当初为什么会发生呢？他解释为："文革"的参与者在当时不能了解其行为的正确性，"文革"的影响也超出了毛的预料。这其实并没有解释"为什么能发动"的问题。而且，这种"一发而不可收"的解释太简单，似乎就像法国大革命，由一群普通的贫民引起的骚乱，最后造成了整个社会的崩溃，自由民主走向了极端，即暴民统治，或多数人暴政。"文革"是这样的吗？它是毛盲目发起并失控的吗？（關於"文革"，其實就是毛澤東爲了切實的獨攬權力，經過精心謀劃發動的一場消滅一切覬覦、威脅和削弱其絕對權力的人的內戰。正如阿克頓勛爵所指出的"狂熱通過民衆表現自己，但民衆是極少狂熱的。狂熱所引起的罪行通常都是出於冷靜的政客的謀劃"。）

5.18，多云。

央视网首页有一段题为《揭秘中国首批禁止出国展览文物

——现藏河南博物馆》的16秒短视频，副标题是"云纹铜禁1978年出土于河南"，画面中远远的有一个青铜器，16秒的时间，根本看不清究竟是个什么玩意儿，背景音乐却像打了鸡血一样高亢，实在不像有教养的人制作的视频。

5.19，雨。

手机"百度"首页出现一篇文章：《"穷不可怕，心软才要命"，人到五十，在三件事上要不能软，要狠》，手机和网上经常有这类"狠"文章，不用看内容，标题已经足够"狠"了。

"澎湃新闻"网转引"法治中国消息"：五年来民警、辅警因公牺牲2100余名，负伤5万名。五年来，印象中，几乎没有看到发生重大刑事案件，特别是袭警的案件的报道。

央视的"法治在线"栏目，以及手机短信，经常看到防范针对老年人的诈骗案例和提醒，连江边的婚礼摄影场的喇叭里也反复播放着这类温馨的"友情提示"。

5.20，阴。

"盛风大酒店"一楼大厅中巨大的显示屏反复播放着《清明上河图》的动画。突然想起，小说《水浒传》讲的就是宋朝的事，小说中的人物都以"义"为行动指南，"义"也成为他们最重要的道德标准。《三国演义》讲述的东汉末期的故事，其中，对"桃园三结义"和关羽描写着重点也是一个"义"字，三国比北宋早9百多年，可施耐庵写《水浒传》时，笔下的108个人物怎么都没有提到《三国演义》中那么著名"桃园三结义"的故事呢？施耐庵与罗贯中属于同一个时期的人，前者在江苏，后者在山西，相距两千多里，元末明初的交通很不方便，书本的流传又大多是靠人工手抄，因此，两人几乎不可能相识，也不太不可能看过对方的书。正是因为没有借鉴和抄袭的可能，才会出现上述疑问。由此可以推论出"桃源三结义"只是一个文学故事而已，进而可以推论《三国演义》中那些阴谋诡计基本上都是罗贯中编出来的。可悲的是，那些阴谋诡计祸害了中国百姓几百年。

晚上试著不吃"安定"，结果翻来覆去睡不著，明明没有精神，就是不能入睡，难受。难受也不吃，看看天亮起来以后的精神状态怎么样。

5.21，多云。

昨天在广兴城负一楼的"五谷渔粉"吃的晚餐，老板与另外一个伙计说他去年做了一次手术，现在医保里的钱不多了。我问他做的什么手术，花了多少钱，他说肠子里面有息肉，割掉了，住了一个礼拜的医院，医保报销了七千多元，自己出了五千多元。我说肠子里长息肉，很少听说这种病，他说："是啊，平时没有什么感觉，是体检时发现的。我们饮食行业每年都要体检，免费的，化验血、透视、做肠镜、胃镜。"我问："只住了一周，那是微创手术吧？"他说是的，全麻，没有感觉，我又问，长了息肉痛不痛呢？他说不痛，也没什么不舒服的。我问"：既然没感觉，为什么要去割掉呢？"他说："医生说割掉好一些，免得以后息肉发生病变。"

几周前，退休办主任微信通知我今年的体检开始了，我没去，前几天去领"端午节"物资，他又问我去体检没有，我说麻烦，体检要起早床，还不能吃东西，我好几年没去体检了，他还是劝我去，说供应免费的早餐，抽了血就可以先吃早餐，然后再检查其他项目，我说算了，每次人都多，还要排队，麻烦。哦，我前些年随单位做过几次体检，没有"肠镜和胃镜"项目，也许餐饮行业与工矿企业的检查内容不一样吧。

5.22，多云。

今天的新闻、今日关注、环球视线大多是围绕拜登出访韩国和日本的消息，嘉宾们还分析了几天前美国举办的"东盟特别峰会"，美国企图围堵中国，害怕中国崛起，可单靠自己的力量又不足以遏制中国，所以，拉上日韩，还煽动"东盟"的恐中情绪，但是，"东盟"国家不会跟著美国的节拍处理与中国的关系，美国的企图注定是要失败的。嘉宾们不会放过任何一次打鸡血的机会。

下午去广兴城，图书馆外面拍了好长的队，多半是家长带著小孩。算了，不去凑热闹了。我拍了排队的照片发给前妻，她也说周末就让小孩子去，平时小孩不多时，退休的人再去也行。我回复说有道理。

5.23，阴。

英国博物学家约翰·雷因拒绝遵守教会提出的所有大学教职人员必须熟读教会制定的宗教书籍而辞去大学研究员职位，以便专心投入到自己热爱的博物学研究上，由于他的工作，为后来的林奈、步封、达尔文等人的成就打下了开拓性的基础（這説明消極自由同樣重要，"反右"和"文革"中，大陸的那些精神貴族就没有這種"不想做什麽就不做什麽的自由"，即便失去了這種自由，很多人仍然没有逃脱"無産階級專政的懲罰"，或者"自絶于人民"的命運）。

进入广兴城还是要扫健康码，我现在是每三天就要找个地方做一次核酸检测，保持健康码始终是绿色的。值守的人没有要求戴口罩，口罩也是拉到了鼻子以下。

在"五谷渔粉"吃饭，与老板又聊起他看病的事，我说："我们每年也做体检，没有胃镜和肠镜这两个项目，你们怎么有呢？"他说："去做体检时，刚好那几天胃不舒服，顺便做了胃镜和肠镜检查，我们的体检项目也没有这两项。"我这才明白，又问："那怎么检查出肠子的问题了呢？"他说胃也有点问题，慢性胃炎，可为什么要做肠镜呢？我没继续问了。

5.24，多云。

根据布尔斯廷在《文明的历史》中记载，公元64年罗马大火后，尼禄按照自己的意图重新规划了罗马的城市建设，还将自己的雕塑专门树立在一个石柱上。尽管没有确切的证据证明那场火就是尼禄放的，但综合他前后的言行，得出"就是尼禄放的"的结论，不能说是错误的推论。看过、听过一些书都介绍古罗马城发生过一场惨烈的大火，都怀疑是尼禄所为。当一件不明不白的事发生以后，通过与该事件有关的可靠的事件进行推理，所得出无限接近于正确的结论。（由此方法可以推論出雷鋒是被謀殺的，因爲，1、所謂的"三年自然灾害"使民衆普遍的對中共產生了不滿，需要有一個充滿真情的贊美共產黨、贊美毛澤東的人；2、毛澤東因"大躍進"受到了黨內少數實權派的質疑。戰爭時期，靠戰場上的勝利贏得軍心、民心，和平時期，靠不斷改善民衆的生活，提高社會發展水平贏得人心，可"大躍進"餓死幾千萬人，有的地方還出現了人吃人的慘狀，他擔心"遵義會議"的結果會在他身上重演，他需要一個贏得軍隊和民衆廣泛的崇拜；3、毛想成爲上帝一樣的神，需要有雷鋒這樣一個耶穌；4、雷鋒的身體條件不能當兵，當兵後的立功、嘉獎等榮譽卻奇迹般的接二連三的降臨在他身上；5、留下了大量不可理喻的擺拍照片和贊美中共的日記；6、雷鋒是孤兒，沒有至親的人刨根問底。神話雷鋒是手段，目的是神話毛澤東，而神話之後的毛澤東，那些黨內反對派、質疑派就失去了軍隊和民衆的支持。所以，雷鋒必須死，"文革"必須以慘烈的形式進行，不然，毛澤東的獨裁專制就不能如願。通過查閱《湖北日報》的歷史，可以發現，"文革"之前，該報的頭版都是關于湖北省經濟、文化發展方面的消息，中共和國家領導人的活動，以及國際上"民族要

解放，國家要獨立"的消息都在第四版（當時衹有四個版面）報
道，説明"文革"之前，大陸可以被認爲是中共的一個近似于元
老院或貴族集團在治理，而"文革"開始之後，頭版頭條不僅全
是毛澤東的言行，頭版的右上角還專辟一個方格，每天變換著
登載"毛主席語録"，這也就標志著毛澤東的凶惡的獨裁專制開
始了。關鍵還在于毛的手中掌握一支心狠手辣的黑手，能夠使
雷鋒"犧牲于工作中"。由此，進而有理由懷疑中共歷史上的王
左、劉志丹、項英、張思德、"6.4事件"發生前那幾個被殺害
的軍人、還有2023年的10月27日突然病故的李克強的死因。所
以，幾乎可以肯定，中共一直隱藏著一支殘忍的殺手黑幫，誰掌
握了這黑手，誰就能真正控制中共。胡温之所以"政令不出中
南海"、温家寶之所以親臨凍雨災區却找不到降落的機場、在全
世界的鏡頭前胡錦濤被"請出"黨的全國代表大會，其原因也正
是没有掌握這支黑手，因此，中共的統治本質上就是黑幫政治。
前段時間，公安部門威脅滯留在加拿大的香港"民主之女神"周
庭"在爲時已晚之前"回港報到，這表明，中共的這衹黑手已經
伸向了全世界，接著外交部又解釋性的威脅周庭"將終身受到通
緝"，CNN也報道了周庭表示很擔心。中共的暴政根本不是什
麽國家内政問題，而是關系到人類的良知的問題，關系到人類文
明是否能持續發展的問題。2023年5月25日，我在巴黎與兒子見
了一面，當我説到國内到處是特務，監視著每個人的活動，他説
巴黎也有，然後望著天花板説："我屬于法國的公務員，他們不
敢把我怎麽樣"，可見，這衹黑手早已伸向了世界各個角落，甚

至還計劃伸向月球！

　　當年美國政府如果采納了羅素的建議，用原子彈無情的消滅了斯大林的社會主義統治，就不會有中共的統治，世界各地也不會産生連鎖效仿。中共和毛澤東爲了向世界輸出自己"槍杆子裏出政權"的理論，慷大陸幾億民衆的生活之慨，至幾千萬餓死，幾億民衆饑寒交迫，營養不良而不顧，却每年向亞非拉開展民族戰爭的國家和地區給予海量的無償援助。如今嚴重的人口問題、難民問題、環境問題、氣候問題、防核擴散問題、極端宗教主義等等棘手的難題，無不與斯大林和毛澤東的成功有直接關系。人類祇有一個地球，地球現在已經經不起實驗了，地球的狀況已經不容自由主義和民主主義者們允許謬誤理論和實踐充分的發展，以灾難性的結果證明其的確是謬誤。文明世界既然已經認識到了中共的邪惡，至少就應該斷絶與其交往，也就是中共政府竭力反對的"脱鈎"，讓中共的黑幫政治在有限的地域内自生自滅，尤其當下的人工智能取得劃時代的進步之後，該領域的一切科技更應該將中共拒之門外，使其猶如晚清那樣，始終處于相對的原始野蠻狀態。孟德斯鳩有句話説的好"君主國毀于貧窮"，當中共因貧窮鋌而走險發動戰爭之時，文明世界就合力幫助它加速的它的滅亡。）

　　今天的"今日关注"和"环球视线"都是关于美日印澳四方机制的报道和评价，以及中国外交部的相关表态，另外单独报道了一则关于美国准备在丹麦的格陵兰岛建基地的事，称丹麦人以及都不知道这件事，美国并没有通知丹麦，报道还就此提出问题

"俄罗斯会这样做吗？"有意思，俄军的空降部队都闪击到乌克兰的首都了，还提出这样的睁著眼睛说瞎话的设问，简直是无耻至极。

5.25，晴。

下午去医院开内科"安定"，在诊室里等候时，H走到我面前了，他拿著两袋透视和CT的片子，我问他怎么回事，他说这次体检，医院说他的肺部需要复查一下，他挂的是旁边的专家门诊。我戴著帽子和口罩，不仔细大概很难看出来，他也戴著帽子和口罩，我进来的时候也许他已经在内科的大厅里了，只是我没认出他来。我穿著短袖短裤，他却穿著长袖衬衣和春装，我问"你不热啊？"他说没感觉热。

到了晚上，我微信问他复查的情况，他说"没事了。"

看来，我明年还是不要去参加体检，免得多些麻烦。

5.26，晴。

摄影群里有人发了一段小视频：几只大鼓、两只唢呐，唢呐前各放著一只麦克风，演奏者、围观者，人们的表情呆滞，麻木。

5.27，阴。

昨天晚上看关于俄乌战争新闻，乌军在北顿涅茨克的处境艰难，俄军已经在两三个点上突破了防线，心情不好。

转而下棋，结果，一夜没睡觉，到早上出去吃碗肥肠面，回来才睡了几个小时。

下午去图书馆，注意到一个老者总在那里埋头做笔记手边放着厚厚的书，今天过去看看他看的什么书，那么专注，原来是《雄企年鉴》，这是一套系列书籍，记录的当然是"雄企"的历史。等哪天有机会问问他做这些笔记干啥，最好能听听他结合雄企的历史对当前状况的看法。聊的时候多问，多听，不谈我的观点。

"澎湃新闻"消息，《河南商丘拟耗资1.35亿建永久方舱医院，能一劳永逸吗？》，文章记述"今年3月份以来，全国的方舱医院的建设进展得十分火热。据官方公布的数据，仅35天时间（3.22至4.25），已建成和正在建设的方舱医院就增长了300多家。"（"永久方舱医院"——这让人看着真是心灰意冷，真有绝望的感觉）。

"澎湃新闻"访谈——高昊：鸦片战争的起源与英帝国事业中的中国。文章就1793年马嘎尔尼使团到1840年鸦片战争这段时间英中两国关系的问题进行了分析，以图正确理解鸦片战争的真正原因。其中，在记述马嘎尔尼使团给清政府展示的各种器物时，引用了当时使团负责器物展示的丁威迪的看法，即精密仪器的组装和操作失误，没有使中国人感到震撼。而这也是清政府不愿与英国通商和互派外交官的原因之一。作者说想通过研究，找出英国最终决定对清开战的"想法"，以及这些"想法"是如何形成的。我浏览了一下全文，在1816年的阿美士德使团中，小斯

当东因为在1793年随父亲一起参与过马嘎尔尼使团，他坚称自己
非常了解中国，使用计策让阿美士德拒绝行三跪九叩之礼。为什
么一个小孩来了一次中国，然后成为了中国通，却极力反对中
国，那他为什么要学中文，研究中国？（假如，乾隆送给小斯当
东的是一把武士用的剑，而不是女人用的荷包，小斯当东对满清
会不会是相反的态度呢？）高昊没有深入研究，起码没有简单的
介绍一下。说明他没有从文化差异，和由此产生的精神上的对立
进行分析。按照蒙洛迪诺的观点，作者的大脑神经元联络不够强
大。对重大历史冲突事件的研究，仅从物质层面而不从文化背景
上找原因，其研究的水平一定不会高，抑或是为了政治正确的要
求必须如此应对采访，因为他没有"想不做什么就不做什么的
自由"。

5.28，阴、雨

左手大拇指指甲盖有一条宽约1毫米的黑灰色的条纹，不痛
不痒，它出现大概已经一个多月了，偶尔也想过一会，是不是饮
食方面有问题，缓慢的显现出来了。再观察一个月，看指甲盖会
不会恢复。

5.29，阴。

打扫完卫生，中午去了省图书馆，把《中国乡村生活》和
《华北乡村民众》取出来看了几个小时。

傍晚回来去吃"兰州拉面"，看到老板的两个小孩无所事事

的呆坐著，很惋惜，两三年前看到那个毛头小男孩，很可爱的样子，就对老板和老板娘说了，不能让小孩整天玩一些不动脑筋的事，四五岁的孩子可以拼"七巧板"了，可是，老板夫妻一直没有把我说的当回事，两三年来，经常看到两个小孩要么玩手机，要么就呆呆的坐著看著路上来往的行人和车辆。今天又是这样，我不禁联想起前几天摄影群别人发的那个小视频，呆滞、麻木的眼神和表情。记得有句话说"智力是天生的，愚蠢是教育出来的"，太对了。实在可惜啊，那个几年前活泼可爱的小毛头，已经开始变得不苟言笑了。老板夫妻俩从小受的教育，如法炮制再教育自己的下一代，其结果就是一代接一代的迷迷瞪瞪的活著，忙碌著，祖祖辈辈的喜怒哀乐的内容也没有变化，他们甚至都不会迷惑，他们大概从来不会想："我们家的人为什么不能像那些有知识的人一样活著？"（他們也許曾經想過，但由於知識儲備的局限，反思的結論大概是：1、咱們家沒有權勢；2、這是命中注定的。實際上，絕大多數國人都是這樣一個心理變化過程——由起初的怨恨官僚和富人，變成後來的宿命論者。）

5.30，多云。

手机浏览器"百度"下拉页面，出现一条消息，称一名英国议员的儿子本·格兰特参加雇佣军到乌克兰参战，还不顾危险救下了一名同伴。这很有趣，这大概就是英国的贵族品行。

5.31，晴。

看CNN消息，有报道称"中国与太平洋诸岛国的会议以分歧结束"，想点进入看看内容，结果整个页面变成了红色，提示"即将进入诈骗网站"，不敢选择"继续"，选择"返回"，结果直接回到了"火孤"浏览器首页。

洗衣机不能排水了，去"电器修理店"找那位小师傅，他说今天没时间，好几家的空调都要上门修理、加氟，他又问我是不是原来那部洗衣机，我说是的（他以前给我修过一次，那一次是洗衣机里面的电路板坏了），他说那好，以前的洗衣机质量还好一些，现在的很多洗衣机电机里面用的是铝线。然后指着门口放的几部洗衣机说"你看，那都是用了不到一年的，已经修了两三次了。"

6.1，雨。

央视网出现一段视频，题为《孔子"吃"出来的思想与智慧》，截取的是《舌尖上的历史-第二部-美食家孔子》，这是号召全民成为美食家，推动饮食行业的发展。这也很有好处，可以解决很多人的就业问题，同时，大伙整天琢磨吃的问题，其他的问题就不用多想了，天下太平。

洗衣机修好了。小王师傅上门维修，检查以后说离合器坏了，需要换一个，150元，换上新的离合器，试运行，比先前的声音小多了，脱水效果也很好。

"六一"儿童节，广兴城堆满了小朋友，很热闹。

6.2，阴。

上海解封了，北京还有几个居民区在封控。官方仍然提醒各地坚持"动态清零"的方针不动摇，晚上的新闻时间又报道各地开始迎来游客，还有跨省的组团游客。经济需要靠消费来拉动，防疫也不会放松，大概要等到"二十大"开过了，才会慢慢放松防疫的要求。

区图书馆有一个布置得很讲究的《哈利·波特》书籍的专场，圆形的书架围成一个圈，中间摆放著一张白色的圆形桌子，周围的椅子也是白色的，桌椅都还带著欧式风格。（圖書館隸屬於中共武漢市CL區委宣傳部，這是用實際行動嘲諷"文化自信"）

这两天把冬天穿的用的厚衣服、被套和床单全部洗了，再等哪天有确定的大太阳出来，把棉絮和毛毯拿到楼顶晒一天。

6.3，晴。

"端午节"，区图书馆门口排了很长的队，看来，喜欢安静场合的人还是很多的，我没排队，因为就算等了半天进去了，里面的小孩子很多，总免不了比较吵闹，还不如去大商场。

太阳不大，但很闷热，一路骑车过去，到了大商场，背后全汗湿了，坐著凉快了好久衣服才干。夏天来了。

6.4，大雨转阴。

大雨、中雨一直下到下午两三点钟，在家里几乎呆了一天，看下棋、央视新闻、看CNN。

吹了一天的电扇，似乎有点感冒了，也没什么可以记录的。

6.5，晴

下午去了省图书馆，在历史的几排书架翻阅了好久，看到内藤湖南的《日本历史与日本文化》，他的比喻有点意思"日本文化普通磨成的豆浆，依靠中国文化的卤水才凝聚而成豆腐。"当时正是日本民众民族优越感极高，民族主义情绪空前高涨的年代，他的这种论调能被日本知识界所接纳，说明了什么呢？国土虽小，民众和政客的心胸却很宽阔。

又听了一会《杜威的三十二堂课》，觉得杜威先生关于儿童、教育和社会三者关系的比喻不够好，他认为儿童是起点，社会是儿童要去往的终点，教育则是连接这两端的桥。他既然认为教育哲学研究的是好的教育方法，以利于儿童能成为社会有用的成人，即教育有好的教育，也有不好的教育，所以，将教育比喻成桥梁不够确切。社会也有不同形态的社会，教育的目的应该是使儿童能够成为社会进步的促进力量，而不是使儿童成为不良社会的附庸或牺牲品，所以，教育应该是儿童与社会之间摆渡的船。船，需要有船长和舵手，他们的工作决定了乘客最终达到的目的地。

6.6，晴。

上午发现健康码小时"72小时"，担心下午变成灰色就麻烦了，赶紧去012街那个常设的核酸检测点扫码做了核酸检测。

带上了"端午节"单位发的一大盒坚果，出了地铁，我直接进了前妻住的社区，在一条前妻必经之路等她，让她先将坚果拿回去了。

聊了几个小时，她说她的病情说了好久，都是小毛病，著重说了她如何看病、吃药，将血脂降下来的经过。然后又问我参加体检没有，劝我还是参加体检比较好，有问题可以早发现，早采取防范措施。她还说"原来老头（指我的爸爸）也是不参加体检，那年还是我要他去的，结果，一查就查出问题来了。"是的，我的父亲就是那次体检查出的肝癌，生活质量再也没好过，最后在痛苦中去世了。

我还是劝她好好想一想这个家的问题，从各个方面开导她，甚至引用元首的话，对重新建立起来的家庭要有美好的向往，有美好的憧憬。最后，她还是不置可否。

6.7，晴。

大清早把冬天用的棉絮、垫絮和毛毯拿到楼顶去挂了起来，晒晒太阳，傍晚收回来，该放进柜子里了。

今天第一天高考，背著相机去旁边的旁边的中学拍片子，还差一刻钟9点，见有一个女生还在拿著复习资料来回走动，反复念叨著，听起来好像是考时事政治，因为我听到她念到了"零和博弈"、"霸权主义"等等词，我问旁边陪著她的老师："上午考什么？"她说考语文，我问："怎么听起来好像是实事政治类的东西？"她说是作文，所以要兼顾当前的国家、国际大事，我没有多问了，但是我还是不明白，你们怎么就知道会考有关中美关系的作文题呢？还要学生反复背诵、牢记。又问稍远一点的人，怎么这个学生还没进去，那人说她的身份证没带，正等著她爸爸赶紧送来。难怪这学生反复念叨这些，这是为了用死记硬背的东西来填补著急的心。孩子们真是苦啊。

校门周围有很多警察、特警和保安，有三个特警还牵著一只六七十公分高的警犬，另外，还有几个穿著市场管理制服的人。

6.8，晴。

昨晚收回棉絮和毛毯，很热，开了空调来降温，结果发现空调制冷效果很差，估计是没氟了。今天早上联系"格力"空调售后，不久就来了一位师傅，检查以后他说电容坏了，氟里昂也几乎没了，最后空调修好了，制冷效果不错，总共收费350元。

6.9，阴。

健康码虽然还没有变灰，但还是去做了一场核酸检测。周一上午做的，已经有72小时了。

昨夜吹了一夜的电扇，身体一天都是软绵绵的，没精神，但是没感觉到头晕，这有点反常，以往，只要感冒了，都会头晕。

还是开空调睡觉吧，损失一点电费，总比身体难受好。

周一6号劝说前妻时，她说我想重建家庭是因为想缓和与儿子的关系，我当时说："我现在与儿子相处的不错啊。"（前两次与前妻见面，我还说过，儿子还分别发邮件提醒我储存粮食，不要买股票，她怎么还会这么说呢？儿子这段时间的确一直没有回复我的邮件，她知道儿子对我有意见了？）所以，6号和8号夜里23点给儿子发了两封邮件，昨天的邮件说的很诚恳，表示我不懂他为什么又突然不理睬我了，希望他能坦率的说出对我的意见，我会认真对待，但是，还是没收到他的回复。问题出在什么地方呢？不懂，心情不好。（**前妻太坏了，她就是要竭力破坏我與兒子的關系。**）

6.10，阴。

今天6月10号了，离退休还有整五个月。"端午节"去领物资票时，听退休办主任说我的退休工资在8千至8千5百之间，我说："很多年轻人每月的工资也就四五千元，我们退休了，还拿这么多的钱，心中有点不安啦。"他说："你觉得多了可以去捐款啊，很多大学生都为学费发愁。"我没接茬，但是我知道，现在哪怕是家境贫寒的大学生，到了城里也是想方设法挣钱，而且穿戴方面也追求不切实际的时髦，好像生活很富裕一样，这几年经常给一些女大学生照相，与她们聊的时候就知道这些情况。

前两天遇到单位的HJ，我正准备打开一辆"哈啰单车"，他过来问我："去哪儿啊？"他说的一口的武汉市CL区普通话，我说去公园拍照片，他说："你不是去捐款啊？"我心里很疑惑"他怎么想到这个话题了？"我还是说："我自己现在都很节约了，哪有钱捐款。"他还继续说："再节约一点就可以捐款了。"我有点烦了，想起他前段时间有一次对我说他刚出院，我还要他不要喝酒了，这次他不依不饶的挖苦我，我也该怼他一下，我说："下次你再住院的时候我去给你捐款。"他马上拉下脸来了，说："我没见过你这么不会说话的人。"转身就走了。在中国，很多人就是这样，他们调侃别人好像是应该的，可当别人也拿他们开玩笑时，他们就觉得很伤自尊，受不了了。（他原来是给公司领导开车的司机，后来到材料科做材料计划专职工程师，一向傲慢无礼，也嗜酒如命。）

　　明天周六，我准备去打第三针疫苗，无论是否有份，按官方要求的完成疫苗接种，以后也可以少一项自己的责任，即使第三针可能有风险，还是应该去，从小到大，也经历过几次风险。愿主保佑我这一次平安，愿你能用至高的慧眼和仁慈的双手护佑我注射疫苗，并送我抵达平安之地。阿门。

6.11，多云。

　　上午8点出门，去街道卫生服务中心打疫苗，结果被告知医护人员都忙著去做核酸检测了，"CL区一门诊"今天可以打。不算远，骑车10分钟就到了，人不算多，还有好几个7、8岁的小朋友也等著打疫苗。医生先给我量了血压，85/110，很正常，他又告诉我，打了疫苗要在医院观察半小时，这个时间可以免费做血糖和心电图检查，打了疫苗，我去做了这两项检查，医生说很正常。开心。

医院离地铁站不远，接着便乘地铁去了省图书馆，买了两个面包和一个卤鸡蛋，算作午餐了。在图书馆翻阅了《近代苏南义庄与地方社会研究》和《乡贤文化的前世今生》。前者介绍了义庄的发展过程，其中，义庄得到了清政府的大力提倡。在听钱穆的《中国历代政治得失》中，说满清政府一方面实际上排挤汉族士大夫，一方面讨好底层民众，但是，他只说了"永不加人丁税"，并分析了这个实际上也没有减轻民众的负担。看了这本书，可以从一个侧面支撑"满清政府讨好底层民众"的观点。

今天气温不算高，图书馆呆久了感觉有点冷，实在呆不住了，便骑车去了汉街。在MUJI"无印良品"里，看到双面收银机是NEC牌的，我对这个品牌有一种亲切感，二十多年前，我们家买的第一台电脑，显示器就是NEC的，现在已经看不到这个品牌的产品了，另外，店里的打印机也是TOSHIBA，看来，汉街的这家"无印良品"真是日商投资的。

6.12，阴。

儿子回复了，说这三个月很忙，我发的邮件他没时间看，也没时间回复，并说："最后向你解释一遍，以后再不会回复你的邮件了。"搞不懂他是什么意思，好像有点神经质。

6.13，晴。

这两天网络上关于"唐山打人事件"的报道很热闹，唐山的主要官员做了专门的要求，"人民网"也给出了义正严辞的评论，甚至连CNN和"朝日新闻"都进行了报道。在"哔哩哔哩"看到了事件完整的视频，从主要打人者进门开始，一直到被打的女子最后爬起来，跟著那帮打人者跑出画面。大概都是喝醉酒了吧？膀大腰圆的几个壮汉，痛打两个弱女子，太过分了。

（整個過程看起來很暴力，但是最後被打的女子怎麼還跟者暴徒往一個方向跑出了畫面呢？她們是不是感得被打得不痛快，還想被打一次？這分明就是一場策劃好的故意渲染暴力的鬧劇，衹是那兩個女子是被實實在在的痛打的一頓，她們肯定也是沒辦法，否則會有更痛苦的折磨。2018年，我曾仔細研究過轟動一時的"昆山反殺案"，發現那就是設計好的渲染暴力的場景。如果綜合經常真實發生在學校、醫院的凶殺案，以及各種詐騙、拐賣兒童的報道，中共的目的就是要使社會民眾一方面嚴重缺乏安全感，從而衹能相信他們把持的政府；另一方面，人爲的造成如霍布斯所描述的原始人類——每個人與每個人的戰爭，即互相猜忌、互相敵視的狀態，這就有利於中共的邪惡統治不至於受到能團結起來的民眾的反抗。臭名昭著的"彭宇案"就是最典型的案例。）

晚上的"澎湃新闻"还转发了一篇报道《唐山"打人事件"两名女子仍在医院治疗，均靠轮椅出入病房》。

6.14，晴。

在区图书馆看到有明恩溥于1890年写的《中国人的气质》，在这本书中，他从25个方面描述了对当时中国人的观察。看了几章，其中《节俭》一文，说到中国百姓家的燃料问题，秋冬季节，男孩子们到林子里"像收栗子一样把枝头尚未落尽的枯叶全都打下来"，收集回家当作燃料。（这可以认为，清末时，地方上对树木的保护已经有了规定，不论这种规定出于政府，还是村落民间宗族权威。因为，农民只打树叶，没有直接砍树拖回家做燃料。法国有一部纪录片《马卡拉》，讲述如今的刚果，还有贫苦的人靠砍树烧炭为生。相比之下，可知文明程度。）

夸美纽斯在分析不同特质的孩子时，举了古希腊的著名将军塞米斯·托克利斯的例子，这位将军从小聪明伶俐，桀骜不驯，他的老师曾说"你今后要么对国家做出巨大贡献，要么给国家带来巨大灾难。"对于儿子，他很小时，我发现他很聪明，所以很担心他成为不学无术，好吃懒做的人，我当时也是这么认为的：越是聪明，越要好好教育、引导，他就会成为一个优秀的人，否则，在不好的方面也会成为一个出众的恶人。

昨天在"兰州拉面"吃的晚餐，看到那个大些的孩子刚写完语文作业，就把《语文》课本拿来看看，五年级（下），觉得整个课本的色彩很难看，插图画得很马虎，课文的背景色同样也是颓废的色调，完全谈不上明快、鲜艳，居然还是"人教版"的教材，实在差劲。

6.15，晴。

据明恩溥《中国人的气质》中，《灵活的固执》一文记载，当时西方人已经开始用洗衣机和甩干机洗衣了，可一些中国仆人放著机器不用，宁愿还是用手搓洗，拧干，使得衣服原本破损的地方孔洞越来越大。我记得我们家用的第一台洗衣机是上世纪八十年代买的，半自动双筒，武汉本地生产的"荷花牌"，而这个品牌早已不见踪影了。

看《智力混沌》一文，简直把我笑翻了，当时的人们对话时的思维和方式，至今都存在，答非所问，听的人不得要领。

CNN报道一条消息"中国关闭了国境，与俄罗斯新建了一座桥梁"。CNN也爱夸大其词，中国既然关闭了国境，那么每天报道的那些境外输入的疫情是怎么来的呢？

6.16，晴。

上午边吃早餐边看CNN，有条消息也许是"有道翻译"翻译的不够准确，称中国有一个地方的人到银行挤兑，结果健康码变成了红色，配的图片是一个女人抱著一个小孩，看来CNN经常弄假新闻，如果有银行挤兑的事情，那一定是全国性的大事，可我们这里没有一点动静，也没有人议论这样的事。（祇能認爲中共治下的民衆完全没有知情權。）

继续看《中国人的气质》，明恩溥先生130年前列举的许多事情，今天还历历在目。《节俭》一文中的一些事，虽然有点节俭过头，但总是出于一种朴素的美德意识，然而，现在却已经看不到这种美德了，在大力提倡消费的今天，中共鼓励浪费，鼓励民众物质上攀比，全民节俭就是对国家经济政策的反动。

《节俭》中记载的吃死家禽的习惯，直到上世纪七十年代还普遍存在。记得我上小学时住的是平房，每家每户都要养几只鸡或鸭，每遇发鸡瘟时，我的父母总是将死掉的鸡送给有四五个孩子的家庭，他们还很感谢。那是计划经济的年代，孩子多的家庭吃点肉很不容易（這也是偉大領袖的傑作，"寧要社會主義的草，不要资本主義的苗"。）

6.17，晴。

明恩溥先生在《中国人的气质》中观察到，中国古代没有羊毛纺织品，他感到奇怪，的确奇怪。他还注意到中国人的鞋子都是棉布做的，没有用动物皮做的鞋子，布鞋很容易打湿，可为什么从来没有想著用动物皮做鞋呢？我想了一下，好像不仅没有用动物皮做鞋，连皮制的物品都很少，黄土高原一带有用羊皮做的用来渡黄河的充气皮馕，再就不知道还有什么皮制品了。"东阿阿胶"和今天还有在餐桌上能看到的"带皮羊肉"、"带皮牛肉"、"带皮狗肉"等菜肴，猪皮的吃法就更多了，明恩溥先生可能不爱吃中国菜，否则可能就知道动物皮的用途了，"皮之不存，毛将焉附"，看到光溜溜的牲口，中国人的想象力就局限于"吃"了，哪还管毛怎么利用。

《忍耐和坚韧》中提到，有人问格兰特将军在做了环球旅行后，最难忘的事是什么，他毫不迟疑的说：是一个中国小商人凭著他的精明在竞争中挤走了一个犹太人。这很有意思。

6.18，阴转雨。

继续看《中国人的气质》。

在《生命力》一文中，明恩溥根据当时的报告，法国国民总数已经出现了负增长。在《忍耐和坚韧》和《知足常乐》两文的结尾，明恩溥对中国的未来寄于了美好的期望，他的美好期望是基于当时流行全世界学术界和国家政治理念"适者生存"，即社会达尔文主义。

晚上下棋，一直下到凌晨3点半，如果不是系统总是让对方下黑棋，我可能会下到天亮。

6.19，阴。

一天都在下雨，直到傍晚才停，昨夜没几乎玩了一通宵，懒洋洋的在屋里躺了一天，一直迷迷糊糊的，没精神，不想动。

6.20，多云。

周一，区图闭馆，在小区周边转了几圈，还是有点热，出汗就到银行里坐一会。

在"兰州拉面"吃晚餐，来了一个装易燃气体报警器工人，打了两三个孔，很快就装好了。我问老板："你们用的是气瓶，怎么现在想著装这个了？"他说："他妈的，要求我们必须装，不然就不准我们买煤气了。"我们民间不分天然气和煤气，一律都称作煤气。老板娘也抱怨："来了二十多人，像黑社会的，真吓人，口气很大，他们说可以在网上买一个。我们花了两百多元就买了一个。可过了半个月，他们又来了，说必须买他们指定的产品，而且要四百多元。真是气死人啦。"我说："你们这么小的店面，二十多人哪站得下？"她说："是啊，里里外外站满了人，有城管的，有工商局的，有燃气公司的，还有社区的，好像还有什么人，记不得了。"（她可能不知道安监和消防部门。）我又问："是不是每个使用燃气的餐饮店都要装呢？"老板说："是的，这要赚多少钱啦，武汉市仅'兰州拉面'就有四百多家，一家五百元，就是二十万。"另外一个吃拉面的青年人说："有一半的钱都是成了回扣。"老板娘继续说："不管来个什么人都可以在我们店门口'当、当、当'说一通，像个领导一样教训我们，就连在街上晃荡的城管和社区居委会的人也经常来'当、当、当'的指教我们一通。"老板叹气说："他妈的，做点小生意真难啦。"我没有说什么，正好那个小毛头问老板娘算术题，她教他怎么做，我说："算了，你别教，让他自己动脑筋做。他到了初中你还能教他吗？"她说不能教了，我说："是啊，那就早一点让养成独立思考的习惯。"老板夫妻俩都说对。

（查一查"近年來燃氣爆炸事故"可以發現，全國各地燃氣爆炸事故層出不窮，有的事故簡直不可思議，比如2022年7月19日的天津北辰區一居民家中發生燃氣爆炸，從報道中的圖片看，這個住戶的一面墙全部炸垮，這需要有足够壓力的燃氣聚積、爆炸才能做到，但7月份的天津已經比較熱了，居民會敞開窗户通風，燃氣就不可能聚積那麼大的能量；如果有人在房間内開著空調，容易聞到燃氣泄漏的异味，居民會馬上檢查燃氣設備，并打開窗户通風，這樣也不可能有足够大的壓力的燃氣聚積；如果長期没人住的空房，那怎麼會死亡四人呢？從圖片看，該住户的左右和下方住户的房間墙體没有損毁，所以，也不會死人。那麼，這家住户是如何被燃氣炸毁的呢？結果是：正因爲發生這些爆炸，所以，就可以名正言順的强制餐飲業安裝制定的報警設備。細思極恐。）

6.21，阴。

上午看CNN报道：中国社会对唐山受伤女子的猜疑甚嚣尘上。浏览了一下（用"有道翻译"过后的）内容，事件发生后，受伤女子始终没有露面发声，也没有媒体采访的报道，因此，很多自媒体开始猜测两个受伤女子的情况。（从当天的视频可以看出，被打女子的确是被重创的。之所以后来再没露面，最可能的就是操控者担心今后有人认出她们，并刨根问底。）

又想起"东航空难事故"来了，这么长时间过去了，黑匣子不是已经拿到美国波音公司去了吗？还没有修复？前段时间波音公司称怀疑是人为的操作导致飞机几乎垂直坠落，中国的相关部门予以了否认，那总该有个新的调查结果出来吧？可是没有。

《中国人的气质》中的《同情心》一文，看了让人感到悲哀。其中提到婚礼上对新娘采用的恶作剧，与近些年相关的报道比，那时还算是很温和的了。近些年不仅有对新娘的使用了下流的恶作剧的报道，还有对新郎使用的人身伤害的恶作剧的报道，甚至有图片：新郎只穿一条短裤被绑在树桩上，身上被泼上五颜六色乱七八糟的水彩。

电脑浏览器"hao123首页"、手机、平板浏览器，经常看到一条消息《麦克阿瑟问日本天皇你怎么不刨腹呢？回答只有四个字》，无需看内容了，一则我不相信麦克阿瑟会那么无礼，一则认为这种文章很无耻。

6.22，阴。

继续看《中国人的气质》。在《相互猜疑》中，明恩溥写道："无限的轻信和相互的猜疑，构成了这些可怕谣传滋生和成长的土壤。"

《中国的真实状况及其当今需求》中写道：世界上没有一个国家像中国这样，满目皆是那种表示幸福的符号。但是，经过一段不长时间的体验就可以发现，中国人的幸福的确全都是在外的。我们相信这样一个意见大体上是公正的，即在亚洲没有真正的幸福家庭。（本书写于1890年，日本的"明治维新"已经进行了二三十年，明恩溥先生当时显然没有注意到日本的变化。）

……基础文明在中华帝国创造不出它在西方创造出的那些条件，除非在西方创造出了那些条件的各种原因也能在中国产生出同样的结果。这些原因不是物质的，而是道德的。

……要改革中国，就必须在品格方面追根溯源，良知就必须得到实际上的推崇，不能再像一代又一代日本天皇那样把自己囚禁在皇宫中。

今天看完了这本书，觉得它应该给现在所有的国民看看，照一照镜子。

6.23，阴转雨。

傍晚，潮湿闷热，骑车回家不到十分钟，背后全汗湿了。回家放下包，还是出去走了一圈，发现小区东面的两栋高楼周边的小广场没有跳舞的大妈们了，奇怪。有三块较大的场地，成了老人和小孩的乐园，老人们聚在一起聊天，小孩子们互相追逐、嬉戏，真好。高楼下的风比别的地方要大很多，尽管今天的风是热的，也比刺耳、难看和闹腾的广场舞好得多。

看了一会周国平翻译的《作为教育家的叔本华》，是尼采的一本小书，周先生在序言中对全书进行了提纲性的叙述，写的很好，不愧是研究尼采的大家，值得多读几遍。

较之哲学家，尼采在十三方面对学者（主要是针对当时从事自然科学的学者）进行了批评，周先生归纳为三条，其中第三条"追逐名利，没有纯净的心性"中，尼采列举了学者们的一些可鄙的做法。周先生感叹道："这个一百三十多年前巴塞尔大学的教授，他莫非是在说今天我们的大学？"（周先生的序言写于2011年）

在罗素于1916年写的《社会改造原理》中，对当时英国教育机构和学校的批评，似乎也是对现在中国教育状况的指责。尼采、罗素这些人，不愧是先知先觉的哲人。

6.24，雨转阴。

傍晚，在广兴城的喷水池，看到一个三、四岁的小女孩在水柱中开心的玩耍，全身都湿透了，很可爱，取出相机拍下来，孩子妈也很乐意我拍照，还要孩子压水柱，从高的水柱跑到低的水柱，孩子欢快的跑来跑去。最后，孩子妈加了我的微信，回来选了13张发给了她，她很高兴，说我把她的宝宝拍得太可爱了，其实，实在是小孩本来就很可爱，纯粹的童真，童趣。

然后，我把《爱弥儿》电子书中卢梭的一段话截图发给了孩子妈，这段话是要让孩子既能忍受冰岛的严寒，又能经得住马耳他的酷热。并向她推荐了这本书，她很感谢我的指教，我又提醒她在"喜马拉雅"可以听一听《杜威的三十二堂课》。我感觉自己在做一个传道士。

吃晚餐时，看到旁边的两个小伙子拿著手机看视频，还好，他们都戴著耳机，看他们看的内容，发现他们的大拇指不停的往上拨，平均一个视频大概看不到10秒时间，却始终目不转睛的盯著手机，大拇指也在不停的机械式的往上拨，稍微停顿一会就会发出"呵呵"的笑声。真是不懂他们看这些有什么意思，大概他们的大脑从来就没有"有意思"这个词。（尼爾·波兹曼在《娛樂至死》中借用赫胥尼《美麗新世界》的觀點向人們提出警告"他試圖在《美麗新世界》中告訴我們，人們感到痛苦的不是他們用笑聲代替了思考，而是他們不知道自己爲什麼笑以及爲什麼不再思考。"）

6.25，晴。

周六，孩子们很多，有的人把怀抱的婴儿也抱进来了，婴儿既不会说话，也听不懂话，但是会哭，会叫，本来走儿童专区，那里可能更吵闹，而大人又想安静，所以，他们抱著婴儿仍旧在成人阅读区看书，看杂志，尽凭婴儿哭叫，没办法，工作人员见多了，也懒得管了。

刚开放的几天，这里有公用的Wi-Fi，很多桌子下还有网络接口，现在Wi-Fi不能用了，据带著笔记本电脑的人说，网络接口也成了摆设。

每天都看见工作人员不停的推著装满书的小车来回走，他们要将读者没有还原的书按照编号放回原处，绝大多数人没有好的习惯，翻看了的书，随手搁在桌子上就走了。由此可以联想到"垃圾分类"的问题，尽管小区和一些公共场所的垃圾箱有垃圾分类的标识，但没有人按照标识提示仍垃圾。人们现在能将垃圾丢进垃圾箱，而不是随手乱扔，已经是一个进步了。

6.26，多云。

中午去了省图，人很多，但几个阅读区都很安静，各人忙著自己的事，有看书的，有用笔记本编辑文章的，也有玩游戏的。今天室内温度比较高，不凉快，问了工作人员，她说上级要求疫情期间馆内要保障通风，一些窗户是打开的，所以温度降不下来。

手机里看到一条消息，有个高考考生居然得了大满贯，900分，即所有科目都是满分，这不是学霸，而是学神。只看了标题，没看内容，对于鬼神，应该保持距离，不看最好。

6.27，阴转雨。

非常闷热，预报的温度不高，可吹的风都很热，出去买馒头，走了几分钟的路就汗流浃背了。

夜里，楼上的空调留下来的水落在阳棚上，"啪……啪……啪"很影响睡觉。精神不太好，所以不想去商场，就在家里开了空调睡回笼觉。在"爱奇艺"又看了一遍《出埃及记》，"爱奇艺"里的片名叫《法老与众神》，当红海的水合起来之后，摩西从海水中走向沙滩，少了拉美西斯在海边自嘲的那一段。

现在，终于下起雨来了，雨阳棚上稀稀拉拉的响声与雨水打在树叶上的"啪啪"声混合在在一起，反而不觉得吵，也不影响睡觉。很安静的时候，空调水那有节律的"啪啪"声却显得格外吵闹，奇怪，别的人是不是也是我这样的感觉呢？

6.28，阴。

弗里德曼在《选择的自由》（网络上也有译成《自由选择》）中，将印度独立后的三十年与日本1867年后"明治维新"的三十年进行了比较，很有启发性。不过，他主要还是从国家经济模式的层面作的比较分析，而没有涉及国民整体的道德层面。

这本书不知道读完了没有，两天就断断续续的听完了。弗里德曼这本书的主要思路还是哈耶克《通往奴役之路》的观点的延伸，只是言辞没有后者尖锐。

6.29，晴。

今天的区图座无虚席，气温越来越高，来这里蹭空调的人自然就更多了，学校放假了，各种补习班也早已停办，很多孩子也到这里凉快、玩耍，所以，免不了多了一些吵闹，不过还是比游乐场安静多了，少了尖锐的喇叭声，大人、小孩说话也就不需要提高嗓门了。

下午，阅览室来了一个女孩，似乎很好奇的问我看的什么书，我说："你去别处玩吧，我要看书。"她嬉皮笑脸的说"我也喜欢看书，你看的什么书嘛？"她身后跟者一个中年男子，似乎在要她走，她不予理睬，继续看著我，并准备伸手翻看我的书，我刚好先前从书架取了《作为教育家的叔本华》，压在罗素的书下面，于是将这本书给了她，她指著"叔本华"说："哇，我也很喜欢这个人。"中年男子也凑过来看作者的名字。女孩看著我的牙齿，又指著自己的牙齿说："你看，我的牙齿跟你的差不多，也不好看。"我说："行啦，你去玩别的吧。"她转过身又问旁边的一个正在看书的女孩，"看的什么书？"、"准备考研究生啊？"、"研究什么学科？"那个女孩边回答，边收拾书和文具，然后起身走了，另外的几个人都莫名其妙的看了看这个怪女孩，可她还唠叨著说："怎么走了？没有文化。"我也背起包走出了阅览室，把尼采的书放回书架，回头看见那个女孩又在另一个书架旁跟著一个中年女人说什么，过了一会，她又与一个工作人员聊了几句，那个中年男子一直跟著她。这个女孩穿著超短裙，深蓝色的体恤衫，烫著棕黄色的头发，看起来比较得体，不算过分。女孩都是爱美的，却为什么主动漏出自己难看的牙齿给我看呢？（2021年10月3日，兒子的婚禮上，我與妹夫坐在一起，當我看到兒子的兩顆門牙時，我對他說："你看，兒子的牙齒與奶奶一摸一樣"，他看了一會說："是啊，這就是所説的隔代遺傳吧。"我張開嘴給他看後説："我的門牙也是凸出來的。"他當時笑了。）如果只是针对我而来，就没必要再连续打扰别人了，因为，显示出只是针对我，会使我更加伤脑筋。那个准备考研的女孩肯定是被骚扰走的，那个中年女人就说不定了。算了，不用多去想这件事了。曾经沧海嘛。（在我最焦頭爛額的那幾年，各種往傷口上撒鹽的刺激，我經歷得太多了。）

傍晚去药店买"蚊不叮"，顺便想买一瓶医用酒精，可被告知医用酒精不能刷"医保卡"，又问了两家不同商家的药店，都不能刷卡，我只好用"支付宝"买了一瓶，当然要发点牢骚：一方面把防疫抓的很紧，一方面连医用酒精都不能刷"医保卡"，这是发国难财，是昧良心。两个营业员好像没听见，既不解释，也没有反驳我的牢骚，她们大概还是也有同感吧。

6.30，晴。

《选择的自由》中提到以色列独立后，经济方面实行的是的社会主义的经济制度，但是，政府在个人的自由度方面表现出对人权的尊重，即政治开明，相比之下，埃及的统治阶层将权利力伸向了经济的各个方面，个人的积极性得不到充分的发挥，最终导致国家经济和科技始终发展不起来。加之1867年的日本与1947年的印度的比较，很能说明统治者的道德水准是国家经济发展的催化剂，还是阻碍国家经济发展的绊脚石这个问题。

区图书馆的小孩太多了，小孩子们的自律性总是要差一些的，工作人员刚说了一会，他们就忘了，情不自禁的又嬉闹起来，图书馆的喇叭不得不经常提醒孩子们保持安静，但是作用不大，喇叭还经常播报寻人消息，大人找不到孩子，孩子找不着大人，只好请喇叭帮忙。大概这个暑假期间都是这样了。

7.1，晴。

阳光很强烈，空气还比较干燥，比前两天感觉还凉快一点。今天去区图书馆比较早，9点20分就到了，可成人阅读区已经坐满了人，空著的座位上也都摆著几本书和文具，这些学生们可能是在大学阅览室养成的习惯——给同学占座。看到一个座椅上放著书包，但桌子上是空的，便问旁边的人"这包是你的吗？"他"哦"了一声，然后将书包拿起来放在了桌上，这样，我算是找到了一处座位。

今天把《社会改造原理》的笔记整理完了，翻译的汉语水平有点问题，但基本上都能看懂。

近来，在央视看了两次关于打击组织偷渡的报道。"偷渡"

这个词似乎好多年都没有出现在媒体新闻里了，出现这样的报道，能不能说明闭关锁国呢？能不能说明很多人的生活比较贫困和艰难呢？美国人不会偷渡到墨西哥去，西欧人不会偷渡到北非去，这是很简单的类比，道理也很简单。

CNN报道，中国有一位高官在一次报告中称"动态清零政策要执行五年"。看来CNN这回报道的是真消息。

7.2，阴。

中午带上昨天剩下的几片面包去广兴城，先在商店买两个卤鸡蛋，准备下午垫一垫肚子。卤鸡蛋一个两元，两个三元，我总是买两个，下午吃一个，第二个留著，回家后赶紧放进冰箱，第二天上午再吃。这个流程已经好多天了。今天买卤鸡蛋的时候，一个小伙子撕下一只塑料袋，可用手搓了一会，塑料袋没有开口，他用舌头舔了一下手指，刚准备再搓塑料袋，我叫停了他，说："你的动作太夸张了吧？"旁边一个女售货员赶紧换了一个塑料袋，用专用的打湿手指的小玩意搓了手指，打开塑料袋装进鸡蛋，对我说："对不起，他是学生，刚放假来打临工的。"我说："那就是你们的培训工作没做好。"她笑著点点头。

真是"言必称希腊"，听了一会房龙的《宽容》，比较详细的介绍人类思想的历程，能叫得出具体的思想家的时期，也是从古希腊开始的。这本书的朗读者是位女士，还不错，语速适中，字正腔圆，听起来不费劲，这也得益于翻译的汉语功底，如果是《社会改造原理》的那位翻译的书，估计也比较费劲。

7.3，阴。

在《作为教育家的叔本华》的中译本序言中，周国平有一个观点不对，他认为：一个国家治理得越好，为政治操心的人就越少。周先生是当代中国为数不多的对现实社会具有独立批判思想的学者，而由于长期生活于各种藩篱中，视野也不免受到限制。民主社会的基础之一是民众具有对于政府政策措施的知情权，它的目的就是使民众能够参与到国家的政治事务中，因此，我认为，与周先生的上述观点正好相反：一个治理好的国家，为政治操心的人越多，并且，允许民众为国家政治操心，既是民众思想自由的体现，又是民众监督政府的权力的体现。除非实行的是愚民教育，民众既不懂国家政治，也不敢议论国家政治，在"莫谈国事"的限制下，为政治操心的人当然就很少了。它还涉及政治开明，法制健全，新闻自由等等重大问题。

7.4，阴转雨。

中午出门，到兴业银行买了一份3个月的保本理财，上次买的6月30日到期了，保本的项目不能自动续期，需要重新办理，还是投入20万，上次的利息一千多元取出来用。

然后去医院开"安定"，又想著还是再看看手指，先挂了一个皮肤科，医生看了一眼我的手指，问我在这里做过"皮肤镜"检查没有，我说没有，她就边在电脑上打字，边说要我先去做一个检查，我问检查需要多少钱，她说120元，我说："那算了，我不看了。"她马上说："这里面的原因会多，甚至可能是早期肿瘤的征兆。"我没理她，拿起挂号单走了。

《宽容》，今天听到了本笃会的创建，突然联想到前几天看的怀特海关于宗教创建者的观点，即宗教的产生离不开个人孤寂的沉思。一直不解的问题是，好几个历史学家都认为洪秀全是在一场大病后产生幻觉，所以创建了"拜上帝会"，我很怀疑，洪氏自称在幻觉中知道了自己是上帝除耶稣外的另一个儿子，如果真有此幻觉，那必须是洪氏对于基督教有足够深刻的感悟和理解后，并进入到了潜意识才会有的心理状态，而如果有如此虔诚的信仰，那么在天京城里，他就不可能干出比当时的清朝皇帝还要腐化堕落的事情来。

7.5，阴、雨。

这两天报道安徽泗县出现疫情，包括似疑病例有8百多人，一个第一次听说的地方一下子冒出这么多人传染，实在有点可怕。"YHY"还发起出游12天的邀请，跑好几个省，该有多少县啦，说不定就被困在某个县了，还是就在区图书馆呆著比较保险。

今天气温不高，区图书馆的人明显少多了。坐在我旁边的一个青年人手边放著一本考研政治标准答案的书，他同意我可以看看，我只看了一下目录，主要内容基本上还都是几十年前我们上高中时的东西，当然与时俱进的内容也是必不可少的。

旁边一个女生可能是准备艺术类考研，手边放著一本《世界摄影史》，我也拿来翻阅了一下，开篇不久，出现了一张照片，是"1864年，日本赴欧考察团"在埃及狮身人面像旁拍的合影。我小声对她说："你看这张照片，拍于1864年。明治维新是1867年开始的，这说明日本在明治维新之前已经开始走出国门了，了解世界，为明治维新做了准备。"她说："是这样的，我们学的历史都是骗人的。"

7.6，多云。

中午骑车快到广兴城时，前妻发来Q消息，说已经来我这边来了，我说："你办完事就到广兴城来。"约五分钟，她说现在可以来了，我说："那我就买一楼等你。"不一会她就来了，我看时间已经11点半了，就说先去吃午饭吧，然后就带她到负一楼的"五谷渔粉"吃饭。我不饿，只给她点了一份。她边吃边说来的目的：来给儿子的结婚证办理公证，我们离婚时的协议书也要公正，然后还要去办认证。她要我周五带著身份证去取公证书，然后再去省外办办理认证。

等她吃完了，我带她去了图书馆，今天人不多，很安静，她也认为这是一个好地方。我给她拍了三张照片，她觉得没拍好，脸上的皱纹和斑点比较多，相机拍得太清晰了。我说没事，我会处理好的。看了一圈后，我送她到地铁站，等她过了安检，到了下一层后我才回到图书馆。

在历史书籍区域，看到几本日本史的通俗书，翻阅了明治维新前后发生的事，觉得昨天在《世界摄影史》中看到的那张照片的文字说明可能错了，日本以官方名义正式向欧洲排出考察团的时间是1871年。但是，1864年，当英法美等国炮击长州藩时，在英国留学的伊藤博文等人赶回日本进行了调解斡旋。也许，1864年前，已经有一些日本人自费赴欧学习、考察，所以《世界摄影史》中的一群日本人在狮身人面像旁的照片，有可能是一群想拓展视野，"见贤思齐"的日本民间有识之士。

房龙在《宽容》里对"坐探"的描述比较详细，介绍了他们的来源、他们的"工作"方式、以及他们的去处，听起来有点意思。不由得想到明朝的"东厂"和"西厂"，以及盖世太保是不是也是那样的一群人呢？

晚上把照片修好后发给了前妻，她很满意。接着要我明天去派出所开儿子的"无犯罪证明"。

7.7，多云。

央视新闻强调了新出现的疫情"奥密克戎BA·5"的危害性，称其为全球的第7波疫情。CNN和"福克斯新闻"网完全没有新冠疫情方面的消息，倒是有"喉痘疫情"的报道。"澎湃新闻"网置顶图文新闻《BA·5掀起新一波感染潮，美专家：迄今为止最糟糕变异株》，配的是欧洲、非洲和南北美洲的疫情示意图，没有亚洲和大洋洲部分。CNN报道，"西安因出现一例阳性患者而关闭"，这个"关闭"不知道是不是指"封城"，央视没有报道西安封城的消息。

下午4点钟左右，我呆的阅览室走了几个人，进来了一个看起来不到20岁的小伙子，拿著一本很厚的、发黄的书，在我的左斜对面坐下，我看了一下书的侧面，书名是《东方巨人毛泽东》，"毛泽东"还是毛的手写体。小青年喜欢看这类书，实在很难得。那位一直认真做笔记，查看《雄企年鉴》的老师傅，今天在看《武汉地方志》，没做笔记，但常闭目养神，也许在闭目思考什么。

到一楼外抽烟，一个老人也坐在外面抽烟，他对我说里面坐久有点冷，看他很老的模样，我问他多大年纪了，他说89岁了，说话挺有精神，眼睛好像不行了，明显有一层白幕，估计他都看不清我的模样。我说您能活到100岁啊，他说牙齿和眼睛不行了，脑子和耳朵还可以。他的话挺多，接著说来看看报纸，了解现在社会的情况，我说看来您还是有些文化的人啦，他很自豪的说他是老大学生，戴了二十年"右派"的帽子，接著开始跺著脚指责毛和党，我应和著说那都是过去的事了，现在还是好多了，他也承认现在讲究法治一些了，不乱抓人，整人。我又问他有没有孩子，孩子现在过的怎么样，他说由于是"右派"，结婚、离婚，有三个孩子，最大的是1961年出生的女儿。他说是他以前是"雄企总医院"的医生，姓黄。我说："哦，黄大夫。您属于老知识分子了"。我若无其事的四周看了一下，看到不远处有两个中年女人在东张西望，似乎各自在等人。我的烟也抽完了，便回到图书馆里面了。

在电梯里我还在想：这么巧，才见到一个看"东方巨人"的书的小伙子，接著又遇到一个对"巨人"满腹牢骚的老人，生活真是充满著巧合啊。

7.8，多云。

为了节约时间，上午就去了大商场，想著在那里等前妻的消息后，可以很快就可以到公证处。到了中午12点都没有消息，我联系前妻说上午都去了，看下午的情况吧，她说公证处的人说过，翻译量比较大，可能要慢一点。结果，一直等到下午5点半都没消息，只好骑车回家，前妻说那就只能等到下周一再说了。

大商场的负一楼全部封闭了，据说是正在装修，要到9月份才恢复营业。负一楼有一个很大的"美食超市"，还有几十个小吃门店，虽然最近的一次看到还有三分之二在营业，这段时间那些打工人至少是被放"暑假"了。

房龙在《宽容》中，对加尔文的评价基本是正面的，对于加尔文迫害塞尔维特和卡斯特利奥说得很隐晦。房龙主要对加尔文在宗教上的改革与坚守，以及加尔文本人对于新教的极度虔诚进行了正面的评价。又联想起阿克顿勋爵的话"权利导致腐败，绝对的权利导致绝对的腐败"，在加尔文这里就不适用了，而且，对于希特勒和斯大林两人也不适用，但是，"绝对的权利导致绝对的、极大的恶"他们是适用的。（對於毛澤東和中共既有絕對的腐敗，也有絕對的、極大的惡。）

7.9，晴。

今天很闷热，中午骑车到图书馆，上半身都汗湿了。

尽管人很多，我还算运气好，刚泡了茶出开水房，就有两个人起身走了，空出了座椅，我赶紧把包放在了椅子上，然后搬起椅子到阅览室找了一个比较空宽的地方放下，阅览室里的椅子也经常被人搬到报刊阅览区去，所以，也就经常出现有空著的桌子位置，却没有椅子。

"搜狐"手机客户端有一条转发自"光明网"的消息《张伯礼院士：BA.5新毒株是目前已知传播力最强的毒株！》，看了一下内容，张院士提出的第一条方案就是提醒"密接者服用中药"，后三条就是常规的防疫措施了。推出这条消息，页面就刷新了，再就找不到这条消息了，试著看了一条消息《男子养3年龙鱼意外死亡　曾能卖30万》，看完之后，退出来，页面刷新，这条消息还在"要闻"栏目里，张院士的观点却始终没有出现了，似乎院士先生比较害羞。

7.10，晴。

昨天中午，上海瑞金医院，一名男子在医院7楼用刀子伤害了4名群众，在劫持群众，准备继续伤害群众和警察时，被警察开枪击伤，并被警察和群众控制。今天的后续报道称该男子是在二楼儿科砍伤了两名儿童和两名医护人员后，再劫持人质到7楼与警察对峙。

在图书馆转悠的时候，看到有一套《老舍全集》，其中9至12集是"戏剧类"，突然想起一直有个不确定的问题，电影《茶馆》只有三个历史时期，由于一直没看过文字剧本，故不确定本来就是这样，还是经过后期删减了的。今天看到了文字剧本，确定与电影一样，只有三个历史时期。老舍为什么省略了抗战8年这个时期，而将只有4年的国统时间作为一集呢？有点意思。

在《作为教育家的叔本华》中，尼采提出人要"成为你自己"，这需要克服对舆论、习俗和传统道德的束缚；要"认识你自己"，这需要沉思内省，将自己的喜好进行排列，这样便可以了解自己的好恶，同时，还要考察自己的成长过程中所受到的教育，以及社会环境对自我的影响；还要超越自己，这需要依靠吸纳哲学家、艺术家和圣人的思想。尼采的这些观点的确很对，但是，过于理想化了，因为，能真正认识自己的人非常少，特别还需要反省自己从小到大的教育背景和社会影响，这已经不是一个普通人所能做到的了。更何况尼采在后续的论述中，列举了当时关于教育的种种弊端，仅仅在整个学校教育就成为了人们思想的窠臼，如果在加上无处不在的、更强有力的社会教育的影响，正确的"认识你自己"就成为了人们不可能完成的任务。

在不利的家庭教育、学校教育和社会教育的背景下，"认识你自己"会出现两种截然不同的情况，这两种情况与自己处境密切相关，一种是那些春风得意的人，无论他们是继承了"祖上"的荣光，还是善于做奴才的精英，还是命运的宠儿，他们是大部分社会利益的获得者，他们会认为是理所当然和正确无误的；一种是经历坎坷的人，他们所认识的自我也是正确无误的，只是被社会抛弃了，又由于他们缺乏理性和对社会的洞察力，于是他们往往成为仇视社会的危险分子。

不知道明天能不能拿到公证书，等前妻的消息吧。

7.11，晴。

10点钟左右就去了大商场，等前妻的消息，上午没动静，下午我要她问问公证处的人，她说等一会再问。一直到4点半，她发来消息：公证处快办好了，正在打印、装订。我赶紧出来向公证处走去，大约5分钟就到了，在那里又等了几分钟，公证处的人将儿子的结婚证和前妻与我离婚的"民事调解书"的汉语-法语公证书给了我。我随即通知了前妻，要她明天上午9点钟在洪山广场地铁站C12出口处碰头，再一起去省外事办，她答应了，只是将时间延到9点半，她说她要去做一次核酸。

下午妹妹还打来过一次电话，说老公那边近来生意不太好做了，他们决定这两天先退给我15万元，并且这部分钱还是按8个点给我7个月的利息，我说如果情况不太好，就不要给利息了，先只退我15万就行了，她说利息肯定不会少给我的，一码归一码。没过多久，她就转来了5万元，说剩余的钱明后两天再转给我。我不太清楚，可能银行对转账的金额有限制吧，一天只能转5-6万元。

现在，我可以直接支配的账户上有40万元了，这么多钱有什么用？外地哪里都不敢去，说不定就冒出疫情来了，还是守在武汉比较安全。

7.12，晴。

上午乘地铁去洪山广场，9点半与前妻C出口处相遇了，感觉不对，询问之后才想起来，应该是B2出口，这个出口的通道很长，出去之后再走一会就到省外事办签证认证处。前妻填表，我说我来交认证费，她坚持要自己交。接着我说还是我来寄邮件，她也要自己寄，我说还是我来寄吧，一则我还有邮局那个邮寄员微信，办起来比较熟悉；再则，让我多一次与儿子交流的机会嘛，她同意了，所以，认证的取件人就留了我的电话，认证完毕，我来取件，在回邮局发给儿子。

中午，妹妹又转了5万元。

下午回到广兴城，在图书馆呆著，看书、听书，感觉有点困，试著想睡一会又睡不著。上午没睡成懒觉，精神状态不好。

7.13，晴。

在图书馆阅览室的一个角落里，一个小男还在看英语书，我问他多大了，他说10岁，我说不错，挺自觉的。可等我从退休办回到图书馆，看见一个他妈妈在阅览室门口训斥他，声音不大，但是从男孩恐惧的表情看，他可能没有达到她妈妈的要求，她非常生气。我过去说："你别那么凶了，这孩子已经够自觉的了。"她对我说："他一个下午只背熟了一句英语，真不知道他脑筋里想啥去了。"我说："这个年龄的孩子不贪玩，那就不正常了，别管的太刻板了。"我说完一转身，正好看见旁边的书架上有三个版本的《乌合之众》，我找了一本关于"教育"那一段翻译得很好的版本，给那个妈妈看，问她："这本书看过吗？"她说看过，我接著问"关于教育问题那一节看了吗？"她不好意思的说："没看，我只是看了前面几页。"我翻到"教育因素"一节，再递给她，说："你耐心的把这一段看完吧，对你会有帮助的。"她接过书走开了，小男孩赶紧又跑到阅览室那个角落去呆著了。

7.14，晴。

10点多钟，前妻Q问我在哪里，她出来办事，把儿子的结婚证原件给了我，等认证书办好了，我一起邮寄给儿子。我还一直没有联系儿子，想著等把认证书拿到手，交给邮局以后再把邮件编号一起告诉他。

这几天真热，区图里的人越来越多，找不到座位的人，就在半圆形的演讲厅的阶梯座位上坐著。小孩同样也多，但比前段时间要安静一些了，孩子的可塑性是很强的，只要教他们两次，他们就知道保持安静了。有的小孩更有意思，我曾对两三个小孩作出安静的手势——用食指竖在嘴唇上，他们还模仿著也这样做，实在太可爱了。

今天有媒体报道了河南银行事件，称"河南村镇银行事件对整个金融体系不构成系统性危险，整体看，中国金融风险收敛，总体可控，99%的银行业资产处在安全边界内。"

妹妹又转了5万7千元来，这样，15万加上7千的利息都转完了，还有55万元在她那里，不知道他们后面的生意情况怎样。不过，记得当初她说要用我的这份钱时，说的是帮助她儿子的公司投资开发BT币，怎么后来又变成是老公在经营呢？不懂，只希望到时候能退我本金就行了，有利息当然更好。

7.15，晴

骑车去图书馆的路上，看见很高的空中有一架飞机，突然又想起东航空难事故，这么长时间了，调查结论还没公布。

7.16，晴。

看看邮箱，儿子回复了，没谈认证书之类的问题，只是要我赶紧把存款转到"中国银行"或"工商银行"等国有银行，而且越快越好，并提醒我，凡是年化率超过5个点的理财都不要买。我很欣慰，他终于回复了，又成熟一点了，他没有固执的坚持"再不回复"的态度。晚上我给他发了邮件，要他"放心，我的存款在交通银行和兴业银行，前者是代发工资银行，后者的利息稍微高一点，保本年化率3.2。是的，求一个稳字。"不在于内容，而在于姿态，他慢慢会懂得的。尼采说"年轻人需要哲人、艺术家和圣人的引导"，很对。

"澎湃新闻"一条消息介绍：夏季入伏这天，上海的习俗是"吃羊肉，喝烧酒"。文中配的图片，切好的羊肉都是带皮的，这再次让我想起当看到明恩溥提出的疑问"中国自古以来为什么发明皮鞋、皮衣？"，我猜想的是中国的古人把牲畜皮都吃掉了，看来，我猜对了。

关于银行存款的问题，近几天手机和平板浏览器（百度栏目）下的新闻开始出现报道了，其中有文章称99%的银行业资产在安全范围内，而1%也有3万亿资金的规模。这3万亿不在安全边界内，即有风险了，其中必然会有相当一部分储户将出现亏损。这一次是银行业，而多年以前也曾发生过一些非法机构违规发行债券，导致大批投资者亏损，当时的报纸自由度还比较高，有的文章质问当地政府为什么没有起到监管的作用，任凭骗局大行其道。离我比较近的就是FK的妈妈，买了十几万元的"三峡债券"，结果到期不能兑现，当时也发生了民众群体抗议示威的事，FK的妈妈一气之下脑溢血，中风了。十五年前，十几万元是一个普通工薪阶层几十年的积蓄。

这类事情为什么会重复出现呢？国家和地方政府应该有专门的金融监管部门吧？他们平日里都在忙些什么事呢？非要等到问题闹严重了，再动用警察和特警来维持秩序。（這衹能解釋爲：中共及其政府就是這種大規模騙局的設計者和幕後操縱者，什麽"非法機構"衹是替罪羊。）

7.17，阴。

广兴城一楼开设了一个"哆啦A梦"专题场地，里面全是机器猫的摆件、玩具和用品，价格还都不便宜但光顾的大人和孩子很是比较多，与区图书馆里的"哈利·波特"专区联系起来思索，无论媒体上的民粹主义如何喷鸡血，还是取代不了这些外来文化的标志性符号，孩子们从小通过这些图案和人物，知道了日本人和英国人的可爱、机智、勇敢和正义，而看到高中和大学，乃至走上社会，受到的教育是英国人和日本人很坏，且有"历史"为证。可每当谈论起各种现代科技用品时，又倾向于欧美日的产品，这种认识上的颠三倒四，造就的是一群懵懵懂懂的年轻人，太乱了，理不清头绪，干脆懒得思考了。无论当下受到的教育是怎样的，儿童时期的记忆是永远抹不掉的，那些记忆作为潜意识已经埋藏在了他们的内心深处，而且会经常浮现出来与作为当下的表象作斗争，其精神分裂的结果只能是向表象的专断性和权威性妥协，如此，便造就了一大批趋炎附势，阉割自己的奴才。仅仅阉割自己，那只是奴隶，所谓"奴才"，是因为他们不仅阉割了自己，还要逼着那些不愿阉割自己的人像他们一样阉割自己。奴隶是可怜的，奴才是可恶的。

在区图遇到QG，他是公司检修车间的书记。我叫住了他，问他是不是也回来居家了，他说没有，我想起来了，今天是周末。聊了几句他就走了。

7.18，多云。

中午去了省图书馆，那里周一下午开放，很多人排队，12点半开始进人，扫"预约码"和"健康码"，大家都很熟练了，比较快就进入了。

在省图书馆查《作为教育家的叔本华》，居然没有任何信息，实在没想到。

CNN报道，中国有几千名旅游者因为当地发生疫情，被困在广西北海的一个小镇里。我曾多次想过去北海玩玩，吃吃那里的沙虫、弹涂鱼和其他海味，看来去哪里都不靠谱，只当自己成了一只笼中鸟吧。

CNN还报道了中国多地发生民众拒交房贷的事，国家正在努力降低由此带来的银行风险。我在妹妹那里还有55万元，对于这部分钱，只希望年底能退我本金就够了。

下午5点多钟骑车经过省高级人民法院，大门口的路沿上坐著一位大约七、八十岁的太婆，手拉车上立著一块牌子，上面写了一个很大的"冤"字，不远处一个中年女人右胳膊用绷带吊著，右手包著夹板。太婆时不时的歇斯底里的叫喊"冤枉啊，你们为什么不给我们做主啊？"没人理会她们，进出的小车也没有停下来的，几个保安坚守著自己的岗位。

我是个好奇心比较强的人，但是以前在这里被制止过，现在对于这样的情形也不敢过问了，我问了又能怎样呢？还会给自己找不必要的麻烦。省高级人民法院这里惹事，很容易套用"寻衅滋事"这一条。

7.19，阴转大雨。

在区图又坐在了那个学艺术的女孩的旁边，桌上又摆著《世界摄影史》，我想起那张日本赴欧考察团的照片来，就用手机拍了书的封面和那张照片，随即发给了H，说这张照片的时间是1864年，明治维新还没有开始，倒幕战争还没结束，这与我们以前知道的历史不一样，他回复说："以前的教育是洗脑式的，现在回归客观了。"

7.20，阴。

媒体各报道，兰州的大部分城区处于封控状态，从11日起，将持续到24日。可从前几天的报道看，没有显著的报道，似乎是个涉及面很小的疫情，现在却爆出这么严重的情况。从兰州流出到外省的人涉及周边几个省和河南。

广西北海涠洲岛开始陆陆续续有游客离开了。CNN前天报道的似乎把人数夸大了。

"澎湃新闻"消息《多个旅游城市出现疫情，暑期出游防疫难点在哪？》，报道称"7月以来，北海、海口、成都、长沙、甘南等多个旅游城市陆续发现新冠病毒感染者。"

"澎湃新闻"报道：天津北辰区燃气爆燃事故造成13人受伤、4人死亡。报道称该区天穆镇欢颜里小区3号楼6门一居民家中发生燃气爆燃事故，造成该楼门4至6层部分受损，有群众受困。天津今天的气温为，23-32度。

每天在区图的时候，找到一个座位，看书一个小时左右，就起来四处走走，报纸和期刊阅读区有几个老师傅也是天天来，他们一坐就是很长时间，只有其中一位偶尔站到一个角落里做甩臂、弯腰运动。已经好多天没看到那位自称是原雄企总医院的、89岁的、干瘦的老人了，哦，他自称姓黄。记得两年前总在"盛哥"吃饭时，也有一位形单影只，比较较真，却又轻言细语的老知识分子、机修总公司的老黄，也是很长时间在没那里见到过到他了，不知道他现在怎么样了。

7.21，晴。

上午起来就停水了，好在我在两个锅子和水壶中备有满满的水，漱口、早餐蒸馒头不成问题，喝水有桶装水，可以对付一天。10点钟出门去区图，晚上7点半回来，水还没来，同时发现厨房的水龙头是全开著的，实感万幸，如果中途来水了，不仅会浪费很多水，而且，整个房间地板都很可能会泡在水里。

出门询问了一下几个小区里的人，都说不知道什么时候来水，有人还说"说不定今天晚上都不会来水了。"我做好了最坏的打算：早点开空调，身体干燥，只要不是汗粘粘的，我就能躺下来睡著。到晚上9点，水来了，很高兴，赶紧把空了的容器重新盛满水，然后可以照常洗个澡睡觉了。

7.22，晴。

夜里23点半，我首先向儿子讲了暂时还没有省外事办的消息，要他不要著急。

7.23，阴。

今天很凉快，几乎没有出汗，央视报道很多地方都在经历著高温热烤，号称火炉的武汉却如此凉爽，实在难得。

好天气来得太意外，晚上在广兴城附近的"盛风大酒店"

的对面一家小饭馆要了一盘"麻婆豆腐"和一盘青椒炒蛋，又要了一罐冰冻啤酒（刚好30元），好好享受一下。"麻婆豆腐"做的不错，味道很好，不知不觉，啤酒喝光了，感觉脸上发热了，可能喝得太快了的原因，赶紧吃了一碗饭，据说吃了饭可以压一压酒劲。可回到家后，还是开始觉得头昏了，这是我最怕的病症——头昏，吃什么药都没用，只能硬扛着，干什么都没心思，必须迷迷糊糊的煎熬一夜，第二天才会恢复正常。

说是早点睡，其实也不早了，马上就要转钟了。

明天还要去参加摄影活动。

7.24，晴。

下午与摄影师老C乘车到解放公园转车，"电3"车基本没有空调，很热，还错了方向，下车在烈日又下走了十多分钟，真是热死了，上半身完全汗湿透了。

到了63中学，在学校的艺术教室内拍两位舞蹈女生，室内还很凉快。摄影师大多都认识，都是"YHY"群里的人，以前一起出去拍过几次。

我带的是55-1.8的镜头，刚好够用。有十一个摄影师，因为幕布不够宽，所以拍摄过程还是比较拥挤，大家也还能彼此相互照应，气氛很好。两位女生是专业的舞蹈演员，服装和鞋子也是芭蕾舞专用的，两人分别上场，摆的各种姿势造型还比较优美。

明天是认证书交给外办第8个工作日，希望能有外办的消息，那才是主要事情。

7.25，晴。

上午没有等到省外事办的消息。中午去了省图书馆，12点半开始进人，出示"健康码"，然后再扫"预约码"，所以比较慢，将近一点钟才进去。

看了一会书困意来了，便戴上帽子，压低帽檐，靠在椅子上打个盹。刚进入迷迷糊糊的状态，一个小女孩在我的右后方朝我这边小声的喊"妈妈、妈妈"，虽然用的还是气声，但就在我的耳朵不远处，仍然觉得很吵，她还不停的喊，真讨厌，我转过身瞪了她一眼，她赶紧扭过头去了。然而，这时我发现小女孩的妈妈从她的左边不远处走到她旁边坐下，然后还嘀嘀咕咕的教她。这女孩是不是有什么毛病呢？这当妈的是不是也有什么毛病呢？一楼有儿童阅读区，可以用正常的声音教小孩，为什么偏要在这里嘀嘀咕咕的教呢？

7.26，晴。

中午还是去了区图，看平板里存的《娱乐至死》。不到5点就饿了，很想吃点口味重的东西，想起了羊肉串。

闹市区有一个新疆人开的烧烤店，我喜欢吃那家的羊肉串。从区图书馆出来，去点了10串，又买了一瓶"百事可乐"。就我一个人在店里慢慢等、慢慢吃，一个4、5岁的小男孩在旁边玩气球，我示意他把气球抛给我，他用警惕的目光看着我，走到我面前，抓起我的手，高高的举起另一只手做出要打我的姿势，我摇头说"嗯，这可不行。"他放下我的手，又用恶狠狠的瞪了我一眼，然后就玩自己的去了。这时来了一个中年女人，似乎在逗小孩说："我来吃烤肉串了。"接著就到冰柜旁准备拿东西，小孩赶过来抓住她的手，用劲往旁边推，女人又故意往前蹭了一下，小孩站在女人与冰柜中间，仍然用劲推她。女人走开了，小孩捡起气球，看著我，用手指著我画了一个弧线（包括了那个女人），用比较别扭的汉语说："你们是坏人。"我笑著摇摇头，摆摆手，然后继续吃肉串。小孩玩的时候，气球飞到了我旁边，我轻轻一拍，气球就飞向了他，他笑了，可能觉得很有意思，捡起气球走到我身旁，双手把气球抛给了我，我接住气球，示意他稍微站远一点，然后我轻轻的一拍，气球飞向他，他想拍到我这边来，可用劲太大，角度也不对，气球飞向了旁边一个柜子，上面有一瓶"可口可乐"，气球卡在了中间，他伸手取气球时，"可口可乐"的瓶子倒在了他的额头上，他先扶好瓶子，然后揉自己的额头，显然那瓶子把他打痛了。他揉了一会，又捡起球向我抛来，我还是向他拍去，这样他很开心的和我玩起来了。当看到我的肉串吃完了，他又用比较别扭的汉语问我"吃饱了吗？"我点点头，他捡起气球，转身走到门口，把气球丢在一个角落里，然后出去隔著塑料门帘看著我。我搽干嘴上的油腻，背起背包走出店子时，小孩还看著我，我向他摇摇手说"拜拜。"他也摇摇手说"拜拜。"紧接著一个小伙子用我听不懂的语言叫小孩干什么，小孩又到店子里去了

7.27，晴。

今天开始听《中国文明的本性》，作者陈宣良，这个名字在"百度百科"中没有词条，有书名的词条，其中介绍作者很简单。主播是"如梦2017"，听过她播的《西方哲学史（罗素）》和《知识分子与社会》。播讲这本《中国文明的本性》前，她介绍了一下陈宣良的经历和主要作品，并称自己是陈的老朋友，精读这本书时，不懂之处还直接向陈先生请教。

看了一下评论区，第一个留言的人带著嘲讽的语气挖苦了主播，主播的回复很理性，有涵养，另有听者发了鄙视第一人的留言，称ta在"恶心"听众。没错，把我也恶心到了。还有几个留言，都是称赞"如梦2017"的。再看最下方，评论区不知什么原因被关闭了。

听了几节，觉得陈先生使用的词汇仍然只适合于中国现代和当代的历史哲学中，比如在对历史唯物主义的评价上，他认为这种历史观只适合于研究西方的文明进程，而其根据是以张光直先生为代表的将中西方文明分为"连续性"和"断裂性"的分析。在近几年看过的和听过的欧美哲学家、历史学家的著作中，似乎从来没有提到多"历史唯物主义"这个词。尤其看了托克维尔写的《论美国的民主》的序言，我也马上想到"历史唯物主义"这个词，同时认为，与其说是"历史唯物主义"，不如说是"历史动物主义"，因为，这个词，实际上将"人"降到了动物的水平。什么"民以食为天"、什么"生产力决定生产关系"，都是鬼扯，不仅人，动物也以食为天；古罗马时期就有了蒸汽机，但是，上层建筑不允许使用这种生产力，这种先进的生产力什么也决定不了，只能被人遗忘；从出土的春秋战国时期的青铜器看，当时的金属冶炼、加工工艺已经达到了极高的水平，但上层建筑不予重视，导致了人才和技术的荒废，失传，生产力和生产技术再高又有什么用呢？

本来，在开篇不久，陈先生从语言是人作为人的重要标志说起，说的很好，但没有进行深入的展开，实在遗憾。也许，作为旅居法国的学者，预期的出书的受众还是在中国大陆，所以，做了适当的保留吧。

7.28，阴。

今天比较凉快，上午骑车到区图，没觉得一点热。区图里的人也不算多，去了就找到一个座位，运气不错。

陈宣良先生在《中国文明的本性》中，一再引用张光直先生的观点，即中国文明属于连续性文明，西方文明属于断裂性文明。这种观点在中国的学者中比较流行，主要是为了强调中华文明的连续性，听多了，认真思考一下，觉得这种观点有问题，首先，近现代西方文明是古希腊文明、古罗马的法律和犹太-基督教文明沿袭下来，并不断演化的产物，只是有一段时间沿袭的线条被基督教会对思想的垄断、封建贵族的征伐，以及游猎民族与农耕城邦之间的征战等等事件模糊了，结果被一些学者夸大为"断裂"。陈先生支持这种观点的目的在于证明马克思的历史唯物主义只适合于西方的断裂性文明，不适合中国的连续性文明。
如果顺著从苏美尔、古巴比伦、埃及、古希腊和犹太教的发展，
直到古罗马和基督教的文明发展看，西方古代继承的文明也同样
具有连续性，而且，西方文明不同于并优于中华文明之处在于，
其连续性中还有充分的包容性，这种包容性正是文明程度不断提
高的原因；其次，所谓的"中华文明的连续性"，按照黑格尔的
观点是一种停滞的文明，其实，由于两次蛮族的入侵，它在连续
性发展中发生了严重的畸变，成了日益走向窒息的文明，而窒息
的文明不是文明，只是地域性文化。（"文化"是中性詞，而
"文明"是褒義詞，具有積極意義，促進人類精神和物質生活不
斷進步的"文化"才能稱之爲"文明"，所以，所謂的"中華文
明"是一個虛妄的概念，加上"唯一連續性"更是自欺欺人的自
我陶醉。清末民初，由於中央政府的權力衰弱，中華大地各種思
想、主義紛紛登場，真正的文明才出現曙光，也正是這一時期，
涌現了一大批社會科學和自然科學的大師。可悲的是到了中共和
毛澤東時代，那些無休止的"運動"，使得中華大地完全失去了
文明性，取而代之的是民眾普遍的愚昧和野蠻性。本來，上世紀
八十年代，現代文明的嫩芽又再次剛剛出土，卻又被鄧小平的坦
克慘無人道的碾成了泥漿。真是可悲啊，歐亞大陸東部的這片土
地上的民族可能是世界上最多災多難的族群。）

　　因此，陈先生对于马克思历史唯物主义的详细分析与反驳，
表现出的是一种学究型的累赘多余，这大概是陈先生对自己前几
十年所受的教育发泄不满情绪式的批判。可他还是承认了马克思

对了一半，即"适合于西方文明"的研究。实在不该啊。

哥贝克利石阵和恰塔霍裕克遗址的发现，包括有文字记载的希伯来人组成国家的过程已经证明了马克思历史唯物主义理论的错误。

7.29，晴。

下午4点多收到省外事办的取件短信，担心他们下班，赶紧从区图直接乘地铁去拿认证书，并通报了前妻。出了洪山广场站才想起来没带"取件单"，又以Q语音通话联系前妻，要她把她拍的"取件单"的照片发给了我。进去之后，见那位我曾给她和她的小孩拍过照片的女办事员在前台，我就直接找她说明来意，并告诉她我没带"取件单"，但有照片，她认出了我，看了"取件单"照片上的编号，就找出前妻办的认证书交给了我。出来后随即告诉了前妻。

晚上回到社区，发现北门又被关闭了，只能从那个破损的栅栏处穿进小区。

7.30，晴。

上午到邮局将儿子的《结婚证》和两份认证书发出去了，发EMA之前，还是将两份认证书进行了扫描，保存了电子文件，晚上发给了儿子。

"澎湃新闻"转引"人民政协网"文章：《央媒：佩洛西若窜访成行，大陆将对台采取断然措施》，称如果佩洛西窜访台湾，将是25年来第一个访台的美国在任的最高人物。（言下之意1997年曾经发生这样的事。）文中还威胁：继续纵容佩洛西窜访，台湾或将面临地动山摇。

"福克斯新闻网"显然在鼓动佩洛西勇敢的访台，甚至报道"胡锡进发出了令人不寒而栗的警告"，这是刺激佩洛西及其众议员的官僚和幕僚：你们被中国的强硬态度吓住了吗？

搞不懂的问题是，既然一再强调台湾问题是中美关系的核心问题，为什么还要在俄乌战争问题上与俄罗斯穿一条裤子？如果真的使用武力让台湾"地动山摇"，十几年来在南海所有的撑面子的建设都将归零，到那时，很有可能被封锁的不是台湾，而是中共大陆自己。

7.31，晴。

上午吃早餐时，听到小区的喇叭通知居民到社区进行核酸采样，正好我的健康码已经是第五天了，也该做了。不同的是，直到晚上，健康码才由"五天"变成了"24小时"，不像前面做的，几分钟就变了。

"澎湃新闻"报道：美国国会发布佩洛西访亚洲行程：新、马、韩、日。"声明称，此行将关注重点关注印太地区的共同安全、经济伙伴关系和民主治理。全文未提及台湾地区。"这条新闻在几个最主要的网站首页上均没有出现，只出现了解放军空军和东部战区的强硬姿态，似乎随时要开战的架势。

中午去区图书馆，取了《作为教育家的叔本华》和《中国人的气质》走进常去的阅览室，很幸运，正好有个座位空著，赶紧放下包坐下凉快凉快。

8.1，晴。

今天很热，走近窗户就感觉像在火炉边，热风扑面而来，吃了早餐就骑车去了大商场。怎么啦？很清净，人不多，商场的喇叭也始终保持著静默，真好。听著《中国文明的本性》，慢慢转悠。时间长了还有一点冷，要到外面去坐一会。商场负一楼全部关闭了，只能骑车到广兴城去吃晚饭。

傍晚回小区，北门打开了，才关闭了三天，疫情就结束了？搞不懂。

尼采在《快乐的科学》中说"刺穿你的可能只是一根小刺"。虽然拜登承诺坚持一个中国原则，不支持台湾独立，但是，按照美国的政体，佩洛西访台即使在口头不鼓动台湾独立，也可以视作美国政府对台湾独立地位的肯定。这次事件，应该让一些人聪明起来：没有绝对的实力，就不要整天像打了鸡血一样张牙舞爪。绝对的实力是什么？不是人和物的数量，而是人和物的品质。"甲午战争"的海浪会再拍打一次大陆的海岸吗？

8.2，晴。

上午遇到同事SQJ，他正准备去体育馆打羽毛球，我向他说了我的"关爱卡"的事，我说愿意按6折兑换出去。他答应帮我问问，下午他给我回话，帮我联系好了，并给了我一个电话，明天上午9点去体育馆，然后联系买主，我谢谢了他。

不久，买主主动打来电话，核实兑换价，确认碰面时间，我同意了。

8.3，晴。

上午去体育馆将"关爱卡"按6折转让出去了，随即给宋启军发短信谢谢了他（因他昨天说今天下夜班，不能带我去见买者。我担心打电话可能打扰他睡觉，所以就用了短信形式。）

吃早餐的时候看微信摄影群，见"唯美摄影俱乐部"群里群主"雪影"和几个人都发了与佩洛西访台有关的帖子，还都是转载"抖音"的短视频，其中有两个都是自我打脸的画面，还有取自（不知道是哪部）电影的小片段，即一个人一再被打，一再抗议、威胁，结果还是继续被打；也有怀念毛泽东的，认为毛有魄力和意志；还有抱怨说"十几年前经济和科技落后，不能打，现在国家这么强大了，经济实力这么强了，还不敢打"；还有一个视频：一个女主播说中国的高科技产品绝大多数都是进口的，如果与美国开战，这些进口就没有了（这算是说的客观的大实话）。我只看，没有掺和。

"澎湃新闻"报道，今天中午江西安福县，一名48岁"男子持械在幼儿园伤人致3死6伤，吉安警方发布照片悬赏5万。""搜狐网"报道：……警方悬赏10万元缉拿。

躺在沙发上用平板浏览"腾讯"网，看到一条问答式的消息：犯人被枪决时用的子弹需要自己掏钱吗？标题下方还配有一张女警官在做主播的图片。我没有点进去看，但相信（现在）肯定不会了，可谁会提这种脑残的问题呢？（不敢想象還有如此泯滅人性的付賬，但它居然就發生過："文革"時就曾發生過如此毫無人性的事——北大女學生林昭因"反革命罪"被槍斃，最後公安局和辦案人員還去找她的媽媽要子彈錢——五分錢。爲什麼現在又有人提出這中泯滅人性的問題呢？）

8.4，晴。

今天的外交部发言人还是华女士，赵立坚不见了，记得他前几天在回答记者关于英国将撤出大批在华企业问题时，显得不够机智，甚至表情也流露出尴尬。今后他还能露面吗？

"今日关注"还是昨天的两位现役军人，关注的还是围绕台湾岛实弹军演的话题，基本上与昨天的讲解一样。如何有威慑力、如何精准、如何有效等等。听起来很威武。

今天在图书馆中途出去抽烟，一个比较熟的保安问我每天看些什么书，我说主要是在这里蹭凉。等我抽了烟进来，他又说："他们说你总在教小孩们应该读什么书？"我说："不是教他们，只是告诉他们哪些书好，哪些书不好。"他又说："这里有专门教小孩的老师，那你也可以教啊。"我笑著说："如果我教，那我的收费会很高的。"他也笑了。我的确告诉过几个小孩所谓的"四大名著"和《明朝那些事儿》不是好书，可这个保安怎么会知道呢？他总是在大门口守著，很少到里面去，里面有另外的一批工作人员。看来，保安管的事情真的很多。

余英时先生的《士与中国文化》，厚厚的一本书，从最初的夏商周，一直讲到近代，引用了太多的文言文，学究气太重，学术味太浓，不适合普及到社会大众，即不接地气，对于推进中国社会的进步基本没有什么作用。

8.5，晴。

今天手机和平板里浏览器置顶的头三条其中有一条是《坚定的做好自己的事》，没看内容，这个标题即可以理解为国家层面"做好自己的事"，也可以理解为要民众"做好自己的事"，中共在给自己下台阶，所以不需要看内容了。

"搜狐"网转引"界面新闻2022-8-5 23：42"消息：江西安福8月3日的那个凶手当天在逃跑中"横穿高速时遭遇车祸，后被送往医院抢救。8月4日，罪犯嫌疑人刘小辉因伤势过重经抢救无效后死亡"。（事情拖了一天，到了夜深人静时才报道。）

8.6，晴。

连续几天了，打开央视网，虽然置顶的还有元首的语录和情怀，但是没有了他的大幅照片，最后一次大幅照片是他一张似乎在冷笑，又似乎准备打喷嚏的表情（这个表情还被"朝日新闻"引用过，其内容忘了），"新华网"和"人民网"也同样是这样的版面布局。

晚上看平板"百度"下拉消息（三星手机和平板，打开浏览器都是空白的，只有一个"百度"标识可以点击），出现一些喜剧片段，看到了《求求你，表扬我》的短视频，遂查找这部电影，总算在"西瓜影视"里找到了，可很不流畅，看了近三个小时才看完。

这部电影是2005年上映的，不评价内容，只从场景看，当时城市大规模建设已经开始起步。注意到的一点是：剧情中的那所"东方大学"校门没有保安，也没有栏杆，人们自由的从校门中间进出。男二号杨红旗可以随意进出报社编辑部。由此还联想到《编辑部的故事》这部电视连续剧，人们也可以随意进出杂志编辑部。那年代，摄像头远远不如现在多，人们的自由度显然比现在高（那个时候，也從没有聽説過"校園砍殺學生、醫院傷害醫護人員"的案件）。

8.7，晴。

从媒体报道出来的信息看，三亚的疫情很严重，滞留在那里的全国各地的游客很倒霉，过的很辛苦。

陈宣良的《中国文明的本性》对话语权进行了细致的分析，其基本观点是：话语权是公共权力的核心和基础。分析的很仔细，全面。在比较人与动物的差别时，也不厌其烦的堆砌概念，虽然说的有道理，但过于累赘，学究气太重了，不适合普通大众阅读，理解，这样的著作只能在象牙塔里供几个人慢慢咀嚼，自斟自饮，好比一个村里摆出了一大桌很有营养的菜肴，而这些菜肴不适合绝大多数村民的胃口和饮食习惯，只有几个人在那里吃喝，然后再点评菜肴的好坏，这么一大桌菜肴对村民有什么意义呢？

广兴城负一楼有一处可以坐的地方，在那里总遇到一个六岁的小男孩，他妈妈在旁边的"大米先生"（饭馆）打工，他就整天呆在这里混时间，要么看手机"抖音"，要么就玩一个黄色塑料的鳄鱼。

今天不早了，睡觉。他的故事很悲催，明天再说吧。。

8.8，晴。

关闭了两年多的大商场北门打开了，门口虽然也站著保安，毕竟给人们提供了方便，一楼的东北侧角是"华为"产品售卖部，朝外的门也是开放的，没有人值守，即人们可以直接从这里出入。

广兴城负一楼，"大米先生"旁有一些座位，前些天总遇到一个6岁的小男孩，我和他聊了两次，听口音，他好像是湖北浠水人，可问他时，他说的地名听不懂，也许是某个镇，我很陌生，所以听不真确。几天前见他玩鳄鱼，我问他："中国有没有鳄鱼啊？"他说："没有，非洲才有鳄鱼。"我告诉他中国有鳄鱼，又用手机"百度"出扬子鳄的图片给他看，他问中国的鳄鱼喜欢吃人吗？我说不知道，他接著问："日本有鳄鱼吗？"我说："好像没有，我不是太清楚。"我觉得他的思维顺序似乎有问题，于是我问："你怎么问日本有没有鳄鱼呢？"他说："日本人很坏，让鳄鱼吃掉他们。"我问："你怎么知道日本人坏呢？"他说："电视里看到的，日本人用大炮打我们。我们也有机枪，用机枪打他们，我们也有大炮。我们中国最厉害了。"面对一个6岁的孩子，我能说什么呢？他妈妈在旁边的饭馆打工，他就这么孤零零的每天一个人在这里玩。其实，不远处转弯，就有一个开放的儿童游玩的场所，很多小孩在里面玩耍。大概是他妈妈不让他去那里玩吧，一种可能是孩子妈妈担心孩子在游乐场受别的孩子欺负，另一种可能是各种媒体经常报道拐卖儿童的事件，担心孩子被拐骗走了。

听到他说了上面的话，我看紧挨著"大米先生"还有一家饭馆——牛丼，门口的招贴画、广告画上面还有好几个平假名，我把他带到"牛丼"门口，对他说："你看，这个丼字就是日本人用的字。"又指著几个平假名说："这些字也是日本字。"他好奇的问："日本人为什么要到我们这里来做生意？"我正在考虑怎么回应他，一个女人来了，问我们在干什么，我说我在告诉小孩这些是日本字，她没说什么了，拉起小孩就走，我问："你是他妈妈吧？"她回头说是，我说："这上面四楼有一个图书馆，你可以把小孩送到里面以后再来工作嘛，孩子也有一个可以学习的地方。"她侧著头说了一句："嗯，谢谢。"就拉著孩子走了。可我在图书馆从来就没见到过这个孩子。

从那天以后，连续两天，小孩看到我就跑到"大米先生"里面去了。再然后，再也没见到这个孩子了。现在才8月初，离开学还很早，这孩子不在这么凉快的地方呆著，能去哪里呢？我也没记住那个女人的模样，她当时戴著口罩，今天到"大米先生"里面去看，没见到那个孩子，也认不出那个女人。这种打工者，就像流水里的浮萍，随时可以换个地方打工，她担心孩子在游乐场被坏孩子带坏了，她担心农村来的孩子会在游乐场被城里的孩子欺负，这些都可以理解，但是，她能把孩子永远的装在口袋里吗？她很可能还担心孩子遇到坏人了，因为我给孩子讲这里的饭馆用日本的文字，这与她以前所持有的、以及教育孩子的观念是相违背的，所以就是坏人。

卢梭在《爱弥儿》中说过：我们不要向那些没有能力理解真理的人宣讲真理，因为那样，等于是在散布谬误。我既然在散布谬误，那我当然就是坏人了。

可怜的孩子，可恶的女人，可恶的"抖音"、可恶的电视、可恶的中共。鲁迅先生一百多年前就呼吁"救救孩子"，现在仍然在回响。

8.9，晴

手机"百度"下拉条目第二次出现"财经前瞻"的报道：前央行副行长吴晓灵：要做好资产泡沫破灭准备。这类消息不算正能量吧，怎么能出现两次呢？真真假假制造紧张，使老百姓整天为自己的利益操心、著急，其他的国家大事就不用我们这些平头百姓操心、评论了。

晚上8点从广兴城"麦当劳"的二楼下楼出来，路边的警车旁有三个警察，其中一个叫住我，问我的身份证号码，告诉他我带著身份证，他却在用手机边记录边说："42010……"，我接著说："1962……"这时我已经掏出身份证交给了另一个警察，过了一会，做记录的警察说："嗯，已经有名字了。嗯，没问题。打扰你了，老师傅。"

8.10，晴。

发给儿子的邮件今天已经到了法国，这两天他应该就可以收到了吧。这次比上次快了10天。

今天在区图看"译林出版社"的三排书架里多了一本尼采的《论我们教育机构的未来》，也是周国平翻译的，其写的中文版序言同样很长，将尼采在书中表达的观点提纲性的进行了阐述。浏览性的看了一遍，写的很好，明天再进行笔记式精读。

这两天重读《娱乐至死》的电子版，并做了笔记。

8.11，晴。

儿子回复说他已经接到了当地邮局的通知，两天后送达给他，拿到邮件后，他会告诉我。

周国平先生在《论我们教育机构的未来》中译本序言中的归纳写的很好，从第6页开始，几乎可以全部抄写一遍。不过，对于尼采的某些观点，周先生也不认同，比如"天才教育"思路，过于极端，周先生将尼采比做德国十八世纪末哲学界的唐吉柯德，比较恰当。（"天才教育"的始祖应该是柏拉图，我认为这种教育理念有一定的合理性，因为每个人的智力水平与智力优势方向是不同的，教育的目的之一就是"因材施教"，使每个学生都能最大可能的发挥自己的优势。）

明天继续看周先生的序言，值得多看几遍。

那本《作为教育家的叔本华》还没有还回图书馆，QG夫妇大概看得很认真啦。

看"澎湃新闻"报道，"义乌本轮疫情累计报告感染者500例，全市今起静默管理三日。"静默"这个词，自从俄罗斯在乌克兰战场使用后，中国在疫情防控方面，将封闭管理换成了这个词，已经出现多次了，三亚的封城，用的也是这个词。

在图书馆浏览平板里SD卡保存的下载的文章，看到了以前从"凯迪社区-猫眼看人"的一篇文章，是"醉卧天距离感"转发的帖子《中国知识分子之殇：坊间七十二疑之疑》，文章用七十二个条目简要介绍了1949年以后国内一些知识分子的遭遇，其中在第6条介绍董时进（反对土地改革）时说道："在一个正常的社会里，政府应该听听不同的声音，一个政府犯错误是难免的，而我们的历史是，一个政府从来都认为自己所做的一切都是圣人之举，这是很可怕的。"

8.12，晴。

真是骄阳似火，热，很热。查天气预报，这么热的天还要持续10天，央视"今日关注"后的天气预报称，中下游地区的极端高温持续时间已经打破记录。人类科技、经济的发展，与其说是造福人类，不如说是在毁灭地球。忘了是哪位哲人说过"一个人如果到了40岁还不憎恨人类，那么，他从来没有爱过人类。"很有道理。

广兴城负一楼有一段通道很凉爽，原来两边的商铺关闭了，商场干脆把两头隔离了起来，西边锁住了，东边的门可以进入，每天吃完晚饭就可以去那里面凉快一阵。还有几个六十多岁的人也每天在那里凉快，见过几次以后，便熟悉了。他们只是傍晚才到这里来蹭凉，我说你们白天也可以到上面的图书馆看看书，晚上再下来，他们说习惯了看报纸，听新闻，言下之意即，不喜欢看书。

8.13，晴。

晚上回来收到儿子邮件，告诉我他已经收到EMS了，我接着回复提醒他要将文件有条理的整理好，然后专门抽时间办理上交有关部门的事。

8.14，晴。

CNN报道，美国议会代表团晚上抵达台北，进行为期两天的临时访问。目前，大陆还没有一家媒体予以报道，更没有外交部门的表态。也许明天会出现吧。这个访问团的行程，大陆应该是知情的吧，这一次至少没有像佩洛西访台那样，提前刮起强硬的外交风暴。这才是正确的姿势。不过，还是要看接下来几天的反应，可别又大发脾气，祸害那些海里的生物。

CNN还报道，中国五家大型企业准备在8月底前从美国纽约证券交易所退市。五家企业是：中人寿、中石油、中石化、中铝和上海石化。据"路透社"消息，这五家企业于5月底被美国证券交易委员会标记为"未达到美国审计标准"。

查了一下，在美国纽约证券交易所和纳斯达克上市的中国公司分别为76家和93家。不知道有多少家中国公司在俄罗斯或伊朗上市。（與民主國家做生意、發展經濟，同時與獨裁專制國家一起在外交、政治、輿論和軍事上對抗民主國家，這正好符合中共多年以來對那些國內不同政見的指責——端起碗吃肉，放下碗罵娘。細想一下會發現，這個事做的最好的正是共產主義理論的創始人卡爾·馬克思，他在德國、法國、荷蘭不停的被驅逐，好不容易得到了開明的英國政府的容納，可他卻大量撰文指責英國的資產階級及其政府。沒有自我反省，沒有捫心自問的良心，何來道德可言？）

8.15，晴。

在家里呆了一天，空调温度设置到28度，很舒适。傍晚6点才骑车去广兴城吃晚饭。

听了一会《文明的度量》，伊恩·莫里斯开篇就说东方文明将在未来取代西方文明，这个观点大概会让一些精神亢奋的当代"义和团"更加扬眉吐气了。前两天在区图看到过这本书，明天去看看。

8.16，阴。

小区北门有一个年纪很大（至少65岁）的老师傅在值守，可他只是在棚子里坐著，并没有要求进出的人测温、出示健康码。

我问他："您守在这里热不热啊？"他说："哎，怎么会不热咧，热也没办法，上面要求有防疫看守的人。"

"澎湃新闻"报道，孙春兰到了海南，要求当地政府尽快清零，同时将滞留在海南的，符合防疫规定的游客有序的安排回家，还要求其他各地要给予配合，接纳游客返回。（**盡快清零，這個詞就是一種漠視科學的急功近利和威權狂妄。**）

8.17，多云。

出北门时，那位老师傅又坐在红色的棚子下守著，我问他多大年纪了，他苦笑著嘟噜，我边走边站著看著他，走过了他，他才说："还不到60岁。"看他沧桑的面庞，松垮的肌肤，哪里是不到60岁的人呢？

新闻说湖北省这两天要进行人工降雨，今天下午果然下了一阵雨，下过雨之后，出去抽烟，感觉更热了，真正的"桑拿"天。到了4点钟，图书馆里越来越热了，问工作人员是不是空调坏了，她说"上级发下来红头文件，要求限电。所以，空调已经停了。"

现在长江的水位出于历史有记录以来同期最低水位，每年的7、8月份都是防汛时期，而（另据报道）今年长江武汉段水位比往年同期低了6米。到底降低了多少，明天骑车去江边看看，拍几张照片，留作纪念。

今天在图书馆看到一张桌子上放著一本书，书名叫《中国芯的奇迹》，很厚一本，至少有3百页，如此鸡血的标题，居然能写出那么多东西，不得不令人佩服。实在厉害。

8.18，晴。

重听张鸣先生的《重说中国近代史》，张先生介绍洪秀全的早期经历时，称"洪在梦幻中看到上帝教训孔子"、"洪自称是上帝的儿子，与耶稣是兄弟"，想起唐德钢先生在《从晚清到民国》中也是类似的介绍，许中约的《中国近代史》基本上也是如此介绍。今天，我突然觉得这些历史大家们大概与洪秀全扇动起来的教民一样，被洪秀全欺骗了。因为，无论是基督教新教，还是天主教的神学经典、艺术作品，从来没有关于上帝形象的描述和艺术表现，天主教的圣家三人分别是耶稣、圣母玛利亚和圣约瑟的形象，也没有上帝的印象。对于一个无形而无处不在的存在，从小受儒家实用主义学说教育的洪秀全，完全没有一点形而上的思维训练和体验，他怎么可能在梦中见到一个具象的上帝呢？所以，洪自称在精神恍惚和梦中见到过上帝，完全就是骗人的鬼话。至于洪仁玕说的见到洪秀全疯癫，甚至当时的其他人也声称洪有一些古怪的行为，那也只是一些装神弄鬼的把戏，正如后来的杨秀青装神弄鬼糊弄教民和洪秀全的女人一样。

在讲述义和团在北京起事和后期签订《辛丑条约》时，张先生只笼统的说义和团逢洋必反，说了赔偿4.5亿白银、允许外国使馆驻军、拆除天津大沽炮台和北京至山海关不准驻有清军。远没有唐德钢先生介绍得详细，至少，张先生应该讲讲克林德和杉杉斌，不然，不然怎么能说明义和团的愚昧和野蛮呢？张先生的这部书的确是一本好书，但还是有所保留。理解。

8.19，晴。

在大商场的书店里与一个人聊了很久，每次来都看到他总是一个人在这里看书。看起来他五十岁左右，他的知识面比较广，但愤青味比较重，有两次他都拿89年说事，我都有意打岔聊别的话题了。我们从来没问过对方工作、家人的情况，只聊双方感兴趣的话题，过程还很融洽。

下午4点多，在书店呆久了感到有点凉，我说出去抽支烟，他不抽烟。出东门抽烟，发现离两边很近，便骑车去了江边，翻过江堤，又走了一会才到有水的岸边。看著6、7米以下的水面，感到很可怕，按照往年的水位，我能走到这里已经很不容易了。防汛，是每年的7、8月份是武汉和沿江城市的头等大事，经常的情况是，防汛期间，除政府设置的防汛岗位人员，其他人严禁翻越江堤。而今年，近10米光秃秃的斜坡却呈现在了眼前。回家后，我找到了2020年7月11日在汉口"龙王庙"和"汉口江滩"拍的照片，那时江水已经与市内的马路在一个平面上了，沿江的闸口都已经用泥土和沙袋封堵起来了，普通市民不许上江堤。对比之下，可以想象今年长江流域是多么的干旱，降水严重不足，而持续的高温酷热又导致了地面蒸发量的加大，这说明自四川以下的长江流域都处在自然灾害中。天灾已经降临了。

8.20，多云。

中午去了省图，那里的空调效果还可以，人很多，三楼几乎没有空位了，平时年青人比较少去的电子阅览室人也多了。

找了四本关于"太平天国"的书，史景迁先生的《太平天国》、张鸣先生的《天国的梦魇》和简又文先生的《太平天国革命运动》，以及由中国史学会主编的《天平天国》，这是一套八册的书，我主要想对照看看洪秀全的"梦"到底是怎么回事，由于简又文先生的书的标题，已经表明了自己的立场，或者说，这本书是简先生带著立场写的，所以，我没有多看，而中国史学会主编的《太平天国》，开篇第一句话就是"一百年前的太平天国革命运动前后坚持了十四年……"，我也不想浪费时间多看，奇怪的是，这套书是2000年6月出的第一版，却用的是竖版，而且还是繁体字，再看编委名单，阵势很大，至少"徐特立"、"范文澜"、"翦伯赞"和"胡绳"是大神一样的人物。然而，只要首先给出了立场，那么，其书中所列举的史料必定要为这个立场服务，所以它不能成为历史的见证。对于那些似是而非，可以有不同解释的事件，有的文痞和"大神"为了维护自己预设的立场和框架，就以"大神"的名气，选择于己有利的观点和解释进行利用。因此，这样的"大神"越多，越容易误导读者。

认真的看了史景迁先生的书，虽然，据他介绍，他所采用的一些史料也是来自于简又文先生，但是，只要史景迁不带有预设的立场，同样的史料，可以进行更合乎逻辑的解释和推论。

张鸣先生对太平天国持否定的立场，他的观点是"太平天国只有一个方面产生了积极意义，即满清政府开始重用汉族官员。"其实，还有一点张先生没有考虑到，即正是这批汉族大员开始了洋务运动，古老的中国开始学习西方文明，尽管目的是"以夷制夷"，但毕竟迈出了学习的第一步，而这第一步本来在1841年"鸦片战争"后就应该迈出的。所以，应该客观的说这也是"太平天国"带来的积极影响。大概张先生对"太平天国"极度的反感，导致了他的分析不够全面。对"太平天国"持否定态度的还有唐德钢先生，他俩的观点基本是一样的。

关于洪秀全的"梦"，明天还要继续琢磨。

昨天夜里把在江边拍的照片和2020年拍的照片一起发给了儿子，说明目前的干旱和炎热情况，他回复了，说"又不是没有空调，没有必要去商场乘凉。"我用的是"蹭凉"，意思是利用商场的空调凉快，他也许以为我用错字了吧。算了，没必要解释，他的汉语水平可能与英语和法语一样，只会一些常用语言，应该理解他。

8.21，晴。

手机浏览器"百度"搜索栏下拉消息（今后仅用"手机浏览器"），"环球时报"转发"香港《亚洲周刊》"文章：中国必须警惕美国内战危机外溢。美国又要发生内战了？真恐怖。

在省图把昨天翻阅的书又找来对照着看，史景迁先生基本重复了简又文先生的描述，按他们讲述的时间顺序，洪秀全自称梦到上帝，梦到上帝训斥孔子，那是他解释自己6年前的梦幻，而那时，他还没有接触过基督教、上帝、耶稣之类的宗教知识，如此看来，他可以胡乱解释自己的梦幻，加之当时的国人对于"显灵"之类的鬼话容易信以为真，所以，洪便将自己6年前的梦幻和疯癫整合在一起，以佐证自己的胡扯。他当然知道自己在胡扯，不然，后来的杨秀青多次以"天父"的名义"显灵"，他怎么都认可了呢？甚至管不住后宫的女人时，还请杨来"显灵"助阵。他如果拆穿或否认杨的把戏或"显灵"，等于也是在否认自己当初的行为，以及后来的解释。

8.22，晴。

在大商场蹭凉，再听黄仁宇的《中国大历史》，从明朝开始听，解决了一个问题——喜马拉雅有个音频《耶路撒冷三千年知识厨房》，提纲性的介绍这本书，其中主播对于犹太人被迫流散到世界各地后，绝大多数犹太人仍然保持著信仰和习俗，可为什么来到中国宋朝的一批人却被同化了这个问题想不通。我以前看过别的文章也提到过这个问题，甚至还有自嗨的文章称"说明因为中华文化的优越，能够化归犹太人"，我以前当然也不知道究竟什么原因。今天听黄仁宇先生的介绍，明朝建立后，明政府对蒙古人和色目人进行了屠杀，对于生活在汉人区域的没有被杀掉的蒙古人和色目人，一律不准族内通婚，婚嫁对象必须是汉族人，违者处以鞭挞80下，然后发配为奴隶。当时到宋朝来的犹太人都生活在河南和山东一带汉族人口密集的区域，明朝的规定出台后，底层老百姓和低级官员，只看肤色和长相就可以把犹太人归为色目人，所以必须与汉族通婚，如此经过几代人，当初的犹太人自然就被汉人彻底同化了。应该说，明朝的这一法规实际上起到了种族清洗的作用。

8.23，晴。

昨晚和今早浏览手机消息，其中有一条消息《央行原行长戴相龙：由美国引发的全球金融风险正不断扩大》，又想起前些天看到过的一条消息《央行原副行长吴晓灵：要做好潮水退却后的准备》，都说明现在的金融情况不太好，接著再看"汇通财经"，人民币汇率到了6.85。我将三个消息截屏，发给了妹妹。她收到后接著要我在9月3日将我的存款都转给她，她按5个点给我利息，我说我有20万在"兴业银行"存的三个月定期，没到期不能取，她要我先将前些天转给我的15万转给她也行，我没多想就答应了。

昨晚和今早浏览手机消息，其中有一条消息《央行原行长戴相龙：由美国引发的全球金融风险正不断扩大》，又想起前些天看到过的一条消息《央行原副行长吴晓灵：要做好潮水退却后的准备》，都说明现在的金融情况不太好，接著再看"汇通财经"，人民币汇率到了6.85。我将三个消息截屏，发给了妹妹，表示将钱存在银行安全一些，并告诉她，尚在她那里的55万，到12月份，按5个点给我利息就行了表示将钱存在银行安全一些，并告诉她，尚在她那里的55万，到12月份，按5个点给我利息就行了，她同意了。（到了年底，我才发现做得很正确，妹妹一直在骗我，她那边的财务情况简直是一团乱麻。）

晚上降温了，北风吹得很凉爽，看来，今年的酷热结束了。

8.24，多云。

早上被小区的喇叭叫醒了，"接上级通知，今天开始新一轮核酸检测，请各位居民到社区物业管理办公室旁做检测。"吃完早餐便去了，人不多，很快就完了。

上午小区北门是关闭的，晚上回来时，它又开了，不懂。

今天去大商场蹭凉，边转边听中国的世界科技史权威吴国盛的演讲集，在讲授《科技通史》时，他开讲不久就把日本人嘲讽了一遍，以收获一群愚昧的学生的笑声，而这群学生都是北大、清华的高智商的青年人。这种蹭政治热点的所谓权威，还谈什么"自由"、"科学精神"？如何培养学生的科学精神？可悲。

8.25，多云。

今天听的《中国文化地理》，以前听过，北大的韩茂莉教授讲的课，作为拓展知识面，这个课程值得听一听，韩教授讲的很好，按照她的介绍，这个课程她是经过压缩讲述的，所以，通俗易懂。不过，也听的出来，对于极端典型的案例，她大概是有意无意的进行了不合逻辑的解释，例如，对于"大跃进"时粮食"亩产万斤"的案例，她解释为：这就是集体越轨行为，不是制度性的超越了什么界限，而是情绪上的调动。教授不好当啊。

8.26，多云。

"网易"首页一个加粗的黑体字标题《解放军海陆空三军同时赴俄参加演习　释放什么信号》。释放什么信号？要帮著俄军加入乌克兰战场吗？很厉害。

在广兴城负一楼与一个自称68岁的大妈和一个男子经常在一起聊天，他们告诉我今天开始新一轮核酸检测，我说我前天才做过的，他们说今天还要做，我说："那我等傍晚时去做，附近就有采样点"。

那个大妈说她对二战的历史很感兴趣，还唠唠叨叨的说了几个战事和犹太人的遭遇，一起聊了近一个小时，男的走了。大妈开始讲一些他们家的历史：她的外公是早期留日学法律的学者，在北平大学教书，爸爸也是北平大学农学院的学生，抗战前曾是中共领导的学生运动的参与者，并加入了共产党，叫刘学伊。她妈妈是北平女子中学的学生（后来一直当老师）。当年北大清华南迁时，她爸爸妈妈随学校南迁（她还问我那叫什么学校，我说"西南联大"，她说我还是知道点东西的，她说很多人都不知道），但是，她外公在长沙就脱离南迁的队伍了，几个月后自己又回到武汉，在彭刘杨路一个法院任职，我说"那应该是在伪政府中任职了吧？"她说是的，所以解放后不久就被镇压枪毙了。接著，她拿出手机，找出她哥哥通过微信发给她的在北大农学院找到的历史名册，指著"刘学伊"说这就是她爸爸。我说既然你爸爸与你外公走的不是一条路，应该不会有影响吧？她说解放后第一次"反右"运动，她爸爸就被打成"右派"关起来了，查了几个月没发现什么事就放出来了，但受此打击，一病不起，不到一年就去世了。1957年，"百花齐放、百家争鸣"，她妈妈向上级提出她爸爸受到打击而死的问题，不久，她妈妈也被打成了"右派"，过了几年平反了，可到了"文革"，又被打成"右派"、"牛鬼蛇神"，在学校里经常挨批斗，后来到了1974年被直接下放到农村接受再教育，"文革"结束又回到学校教书。她始终没说是哪个学校，我也没刨根问底。

我没有说什么，只问"那后来平反了，应该要补助一些钱吧？"她说没补多少，当时老师的收入本来就不高。她还说刚解放时，她爸爸是湖南省水利厅的厅长。可怎么到湖北来了，在湖北水利厅干什么，她说得含含糊糊，我也没有较真。

从广兴城出来，去做了核酸检测。

回到家，本想查一查"湖南省水利厅历届领导"，以及"刘学伊"等关键词，考虑再三，放弃了，搞那么清楚干啥呢？不是有句话说"好奇害死猫"吗？

哦，大妈自称就住在广兴城楼上。记得前妻说过，以前一起在居委会工作的WYZ也住在广兴城楼上这个建筑群里，这片建筑群在CL区属于高档的商品房住宅区。

8.27，阴。

预报有雨，一天没下。

"澎湃新闻"报道：非必要不离溪，公共交通全部临时停运。查看本溪疫情，为2例新冠感染者（还特别的括弧注明为"轻型"），2例无症状感染者。如此疫情，本溪市从27号零时到29号24时，公交全部停运，一百三十多万人相当于隔离起来了。"动态清零"变成了"静默管理"，严防扩散，不然怎么确保乌纱帽呢？

还是在负一楼吃早餐，把"金汤鱼"打包，拿到最凉爽的那段通道吃，很烫的"金汤鱼"，一会就可以大口的喝了。

在通道里，一位常来的老师傅和那位大妈也在。有一次这位老师傅与昨天那个男子聊过"雄企"技术改造部的情况，听起来他们对共同认识的几个人比较熟悉，可以认为他们有交集。今天这位老师傅问大妈是"雄企"哪个单位的，大妈说："不谈啦，没意思。"老师傅说："你总有个单位嘛"，大妈说："我在后勤单位"，老师傅还是不依不饶说："后勤单位我也很熟。"大妈说："实业公司的。"老师傅"哦"，没说什么了。"雄企"当年为了安置很多子弟的就业问题，成了实业公司，为主体厂矿干一些辅助性工作，属于集体性质的单位，老师傅对这一块可能不熟悉。不过，可以肯定的是"实业公司"的收入一直很低，那么高档的房子是子女们给她买的？

老师傅走后，大妈又和我在通道里来回走路，边走边聊。她先聊她不懂当年国民党怎么会打败，又聊毛泽东如何如何不好，还说到张玉凤如何如何，我没有说太多，对于张玉凤的事情我也确实了解不多，大妈说我孤陋寡闻，我说："这种事都是高度保密的，流传出来的东西，可信度不高。"她又比较毛泽东和蒋先生，然后又趁我说："老将总担心美国指责他腐败、独裁，所以对于内战时期的学生运动和市民游行还是比较宽容的。"她提起了89年的事，我马上打住她的话题说："这个话题不必说了，现在也说不清到底是怎么回事。"她还是继续说如何如何惨烈、血腥，我说："都是传说，说不清楚就不说。如果聊曾国藩、李鸿章、俄乌战争，那可以乱说。"她笑了，我也跟著傻笑。过了一会，我说在上面图书馆看了一本书《中国人的气质》，还介绍了这本书的作者，及其《中国乡村生活》，我说："两本书写的都是一百多年前的中国，但里面描述的中国人的很多陋习，到现在都普遍存在。如此低级的国民性，国家真的不能乱，国家一乱，国民会乱搞一通，所以，现在不要随便议论89年的事。"她看著我，然后点点头。

8.28，阴，闷热。

天气预报24-32度，下午至少有35度，晚上骑车回小区，出了一身汗。

"今日关注"报道，俄罗斯举行多国参与的军事演习，白俄罗斯、印度、蒙古和中国派出了部队参演。手机浏览器出现很给力的消息，标题是：《解放军海陆空三军首次同时赴俄！魏凤和有重要表态，美西方很不安。》由于太振奋人心，怕心脏受不了，不敢看内容。

傍晚Q联系前妻，明天周一，我去看她。她先表示今后就在QQ里聊聊，又说她不在，我说过几天我再去，她说过几天也不在，我半开玩笑的问："你去法国了？"她说"没有"。我问她是不是病了，在住医院，她先是不回复，我再三询问，问她哪里不好，她才说她身体不好，得的"与妈妈一样的病。"我说："住哪个医院，我明天来。"她说："医院管得很严。"我说："我今天才做了核酸检测。"她说："按医院要求，在社区进行的混管检测不算数。"我说："那我明天就到医院来单独做一次呗。"她说："明天不来，后天再看情况吧。"

回到小区，发现说好的晚上可以做核酸检测，可没有了，又骑车去了另外两个采样点，都没有人。到附近的几个采样点看了看贴出来通知，临时接到通知，暂停"扩面采样"，不懂具体什么意思，反正就是暂停了。联想到前两天，我们小区上午封闭了北门，晚上又打开了，看来，有关部门也被上级搞得稀里糊涂的，真是"计划不如变化，变化不如领导一句话。"

8.29，雨。

下午去"雄企总医院"住院部了解探望病人的手续，见门口贴著告示，只允许持有24小时以内核酸检测为阴性的陪护人员进入，探望病人者不许进入。

我用医保卡缴费做了一次，但要等4小时之后才能拿到结果。傍晚拿到了检测报告，除了"急诊部"，其他医生都下班了，报告不能盖章，我觉得没有医院的章不靠谱，只好等到明天上午8点以后去盖章了。

我把情况告诉了前妻，然后问她在哪个医院，哪个科室住院部，她说"ZN医院""甲状腺乳腺外科"。

我犹豫著要不要告诉儿子，又想著还是明天去问问前妻再说。现在告诉儿子，他也帮不上什么，只能使他徒然分心，估计前妻也没有告诉他。

8.30，阴。

上午先去医院在核酸检测报告上盖了章，然后乘地铁去ZN医院。住院部看守的很严格，只允许住院的病人和陪护人员进入，好在前妻的侄儿已经走了，到10点钟我才得以进去。

前妻在7月份中旬就做了乳腺癌切除手术，8月10日还做了一次化疗，明天是第二次化疗，即每隔21天做一次，需要做8次，第5次开始还要做双靶向治疗，也是每隔21天做一次，需要做17次，每次将近3万元。我要她只管用最好的药，我这里有钱，11月份退休，我还有三十多万的公积金可以取出来了，实在不行，就把妹妹借去的钱都拿回来。她说儿子也是说用最好的药，还通过她侄儿转了7千元给她。又说儿子为了多赚钱，到社会上办了一个数学竞赛培训班，我听了很不舒服，我说这样会影响儿子的工作的，她说儿子说他还没有教书的经验，办这个班，也可以提高讲课能力。我说那是儿子为了宽慰你说的话，我不希望他为了赚钱而去做些与学术不相关的事。（现在想起来，她真是一个坏女人。我還以爲她不會告訴兒子，結果，爲了治病的錢，她還使兒子步入歧途。）

前妻的精神状态还很好，话还是那么多。我下午趴在床架上打了一个盹，然后就听她唠叨，讲述治疗过程的一些事，一直到5点钟，那个WYZ来了，我才离开医院。

按治疗方案，9月21日还要做化疗，我说以后我来陪你算了，老是麻烦外人不好。我现在本来就没有上班，有的是时间。她同意了。

晚上，给儿子发了邮件，1、要他再不要为妈妈的医疗费用伤脑筋；2、要他劝妈妈今后再也不要看中医、吃中药了，也不要相信什么依据中医理论提倡的养生食疗。

8.31，阴。

早上看到儿子回复了，很不像话，他说他会安排人陪护前妻，还说："你能不去打搅她就是最大的帮忙了"，并且表示他有足够的钱支付医疗费用，不要我出钱。

想了一会，昨天在医院，前妻很开心，精神状态很好，话很多，表情很丰富，既同意我去陪护，也同意我支付医疗费，怎么一夜之间变成这样了呢？我以为是昨晚告诉儿子前妻吃中药的事，他很生气的指责了前妻，前妻就以不要我陪护和用我的钱来报复。

晚上我向儿子表达了我的郁闷和猜测，并说："你如果能负担，而且不影响你们的生活，你先负担起来也行。反正我这房子和大部分钱也是你的，你可以放心，你本来就没有后顾之忧。"过了一会，我再看邮箱，他连续发了两封邮件，真还是个孩子。第一封说他能负担的起，要我别："一天一封邮件的发，我的工作很忙。（这是我最后一次立刻给你回复）"第二封又解释，是他决定不要我去陪护的，与妈妈无关，费用问题他负担得起，也的确不需要我担心。

我再没有打搅他了，让他闲时慢慢的去想。

9.1，阴。

又看了一遍前两天发的邮件，还有一句很重要的话应该记录一下，作为邮件原始记录的备份。他说他"本来就没有后顾之忧。而且你的房子和钱我一分都不会继承，而且本来我一年后就自动丧失资格，所以，你自己随便用就够了。"看来，他已经办了移民手续了。至于他移民以后还有没有继承权，查了一下《继承法》，他加入了法国籍，遗产继承要按照法国的法律之行，我不知道法国这方面的法规，但是，对于私有财产的保护，法国肯定比中国执行的更早，更加完善，《继承法》一定是有的，可能所缴纳的税费比例高于中国，但肯定可以继承属于儿子的在中国境内的遗产。暂时不去更正他，按照他现在目空一切的思维惯性，他很可能也会说"能继承我也不要。"让他自己慢慢经历，慢慢思考吧，等他有了自己的孩子，他的想法就会变的。

CNN报道：安理会认为中国对新疆维吾尔和其他穆斯林少数民族可能犯有"反人类罪"。联想到各种经历，比如去以色列时，同行的一个女人威胁她调皮的孩子的话、摄影群那个叫"QF"讲的故事，以及7月26日遇到的那个新疆小孩的话，我觉得安理会的"认为"肯定是错误的。

"轩岚诺"台风途径台湾，将给台湾带去足够多的雨水，太好了。去年看到报道，由于台风偏少，台湾出现了严重旱情，许多水库几乎干涸。

昨天（周四）晚上，成都封城了，2100万人困住了。

9.2，晴。

很有趣，疫情如此的让人心魂不定，央视照旧播放著各地的旅游广告，照旧那么煽情"我在**等你"、"吸引天下客"。

韩茂莉女士在介绍古代服饰时说，中国古时候是很讲究的，没有文化的异族人称为"批发左衽"，不禁联想起我曾思考过的一个词"旁门左道"，看来，古代中国文化对"左"的行为方式是很鄙视的。（可中共一直對左的東西很重视，真不愧是中華文明的掘墓者。）

韩教授还讲了"晋商"与"徽商"的兴衰，真是"普天之下莫非王土，率土之滨莫非王臣"，那年月，普通百姓连人都是天子皇上的，他们的财富就更不在话下了，予取予夺，凭皇上的需求而定，不拆晋商们的大院，不拆徽商们的祠堂已经是皇恩浩荡了，哪里敢想象找官家讨债。

9.3，多云。

下午去了区图，看了一会《中外比较教育史》，这是一本论文集，作者包括（加）许美德，（法）巴斯蒂等人，第三篇论文为《帝国主义和自由思想的传播》，副标题是"英国对中国教育的影响",作者是迪莉亚·达文,其中引用了1877年一个威尔士福音主义者杨格非(J·Gyi-fifth)公开坦露的话:我们在此(的使命),不是发展这个国家的国力;不是仅仅地带动这个文明,而是与黑暗势力作战,从罪恶中拯救人们,并替基督征服中国。杨作为一个传教士,他当然要以传教为主要目的,但传教过程中必须面对的社会现实,他看得很清楚。如果当时是斯宾塞作为访问学者,有如后来的杜威来中国讲学一样,斯宾塞一定将从哲学、社会学和进化论的角度发出与杨格非一样的声音。不过,现在的中国肯定不是那样的情况了。(**有人把现在稱爲"晚清2.0版",正確。**)

关于几个俄占区将举行公投的时间,嘉宾吴大辉今天说的是"9.11",是的,他以前也是这么介绍的,因为,我听到这个时间,自然的就想起了美国世贸大厦倒塌的事件。今天,主持人介绍,美国准备再向乌克兰提供113亿美元的安全援助,俄罗斯官方警告美国"不要挑衅"。真无耻,他们将分裂乌克兰的公投行动选定在"9.11",反而指责美国"挑衅",如果美西方是在挑衅,那也是俄罗斯故意找挑衅,故意激怒美国人。如此明显的事实摆在桌面上,中共的喉舌哪来的理由指责美国"拱火"、"递刀子"呢?

9.4,多云。

在"新华网"置顶的一段小视频《长沙2米巨稻将进入成熟期》,几个大妈在高大的水稻下摆著各种姿态照相,手臂伸直才能摸到稻穗，看那些稻穗的大小，与普通半人高的水稻没什么两样，既然这样，长那么高有意义吗？只是浪费了肥料和灌溉用水而已。这是"亩产万斤"的变种。（毛澤東的鬼魂一直在這片土地上游蕩。）

接著去了区图书馆，看了一会盐野七生写的《罗马人的故事　条条大路通罗马》，对于"条条大路通罗马"这句话，我们以往总是用来比喻成功的路不止一条，或者，达到某个目标方法不止一个，从来没有多加思考。盐野七生女士的这本书开篇就以中国长城与罗马大道做比较，还附有同比例的地图，长城的长度为5千公里，而罗马大道长达8万公里，从配的照片看，罗马大道远不是我们随便想的"那是一条大路"，而是逢山开道，遇河建桥，有的桥至今还在使用，且用今天的审美标准，那些桥也可以用雄伟，美观来评价。真是"不比不知道，一比吓一跳"，相比之下，长城真的不算什么，如果从政治文化层面看，长城就更不值得炫耀了。因为，长城实际上展示的一种保守自封的心态，而罗马大道，则是一种开拓进取，同时又兼容并包的精神。

9.5，晴。

哈德良处死了藐视他的著名建筑师，李世民多次想要了魏征的命（好在皇后劝说没成真），看来，无论东西方，即使是伟人自古以来都也是要面子的。普通人也一样，比如各种保安、防疫时的临时门卫，执行上级要求是一回事，他们对别人提出的要求能不能得到尊重是另一回事，所以要尊重这些人。中国有句老话：阎王好过，小鬼难缠。这是平头百姓多少年来的经验，谨守古人的箴言，不与保安为难。

今天已经连续五天，天天做核酸检测了。

小区外马路两侧众多的棋牌室仍然没有营业，可各个餐饮店依然红火，市内坐满了，人们就桌子摆在路边吃喝。每一桌围坐的人都不止四个，比麻将室拥挤，也比电影院、电子游戏室拥挤。看来，夜市餐饮再不能管了，否则，就离封城不远了，GDP和就业的压力不小啊。

9.6，晴。

这两天白天又比较热了，天气预报直到20号，白天的气温都比较高，32-34度，早晚还不错，只有22度左右。始终没有降水的预报，7月份以来只下了3、4场雨，其中只有一场短暂的大雨，这两年的夏季，降水越来越少，而几年前，7、8月份的降水量是全面最大的时期，气候真的变了。

今天又看了一会《罗马人的故事》之《条条大路通罗马》，记得以前那个《凯迪社区-猫眼看人》曾经有人说过"古代罗马人喜欢修路，古代中国人喜欢修墙。"这个借古讽今说的非常贴切。

在"盛哥"办了一个会员，交5百元，充值580元，去年这时候是充值600元，变相涨价了。吃饭的时候，发现一个年轻人拿筷子的手法很别扭，他只用大拇指和食指夹着筷子，夹菜时就只能将两根筷子打开一点，每次也只能夹很少一点菜，以前也见过其他几种别扭的手法，可这一个是我见过的最别扭的。这个青年吃的鸡肉，本来有托盘，可他吃剩的鸡骨头，盘子里、桌子上和地上，到处都是。我想，虽然不能认为正常拿筷子的人的行为都比较检点，但可以认为，拿筷子很别扭的人，行为一定不检点。一个小手法，可以看到他的家教，以及他成长过程中的观察能力和纠错能力。

9.7，多云。

上午去退休办领了"退休纪念品——一床羊毛被"和一本光荣退休"荣誉证书"，证书的落款"武汉XXX股份有限公司"，连公司的印章都没盖。

中午去下楼去做了核酸检测（现在要求每天做一次），骑车去大商场，打算再与那位老赵聊聊天。在书店没看到他，便一边听《论法的精神》，一边在商场内转悠。商场内人很少，喇叭的声音也很小，听书比较合适。

9.8，阴。

傍晚去广兴城附近的采样点做核酸检测，打开健康码，发现时间已经72小时了，二维码下方还显示着"已采样"，我问采样的人："这是怎么回事，我昨天中午采的样，怎么现在还是这样显示？我连续至少一周了每天做检测，怎么时间是72小时呢？不是说48小时以后就变成灰码了吗？可我这个还是绿码。难道，前两天采的样还没检测？"她说："我也说不清楚，反正来了就采样呗。"于是，我还是进行了扫码、采样。

9.9，多云。

中午，骑车快到区图时，看到"益康公馆"小区大门口站了一堆警察、保安和志愿者，小区的大门完全关闭著，不用多想，一定是这里出现了阳性患者，小区被封闭管理了。后听区图的保安说是发现了两个"密接者"，早上就被警察和医生带走了，接著就把小区封起来了，不知道要封多长时间。

这个"益康公馆"是CL区最早的高档居住区，都是6、7层楼的房子，小区里住著很多区委和区政府的官员。记得前面的日记曾讲过建五与和平大道的交叉处南面五十米是一个丁子路口，这个路口往东五十米就是"益康公馆"小区的大门，再往东不到一百米，就是区党校和早年建的区委和区政府的家属区。

去区图的路上都在听英国历史学家彼得·希瑟的《罗马帝国的陨落》。

9.10，多云。

最高层会议，检查"八项规定"和"杜绝形式主义为基层减轻负担"的执行情况。

孙春兰强调：认真落实各项防疫措施，守住不发生规模性疫情底线。（"动态清零"不提了，一个多大的地区发生多少人感染为"规模性"疫情呢？有没有一个标准呢？黄仁宇先生在《中国大历史》中多次指出，古代中国从朝廷到地方，都欠缺数目字管理。现在已经是二十一世纪了，飞船上了月球，太空人也送上了太空站，可行政管理还是缺乏"数目字"管理，本质上还是形式主义。）

在大商场呆著，边转边听彼得·希瑟的《罗马帝国的衰落》。尽管广兴城那边封闭起来了，可这里的电子游戏厅、电影院却开放了，甚至五楼的"满天星量贩KTV"也开始正常营业。好像广兴城在很遥远的地方，与这里没有一点关系。

手机浏览器出现一条消息：求大家看看贵阳疫情，"谁还有剩饭，给一点吧。"这种不和谐消息能出现，是不是有点奇怪呢？

四川泸定的6.8级地震，报道出来的遇难人数有88人，十万人受灾，各主要媒体都没有出现其他国家政要表示慰问的消息，逆差太明显了。

傍晚准备去那家"兰州拉面"吃晚饭，结果，店铺的门关闭著，门上贴著一张A4的纸，写著"门面招租"。走了，那一对年青的夫妇和一对孩子，那个在这附近一所小学刚读了两年书的孩子，又要重新找学校上学了。哎，其实他们的孩子认识一些常用字，会简单的加减乘除就行了，完全可以不必读初中、高中，免得浪费时间，浪费钱财。可惜，他们不懂。

去"盛哥"吃饭，小喇叭一刻不停的反复播放防疫宣传：请各位戴好口罩，出示健康码等等，我问收银台的人："这饭馆戴好口罩怎么吃饭呢？"她傻笑著说"城管和卫生部门要求播放我们播放的，不然就要关门。"其实呢，进门时也没人查健康码。

9.11，多云。

赫尔松公投果然没有发生，又有消息称该地准备于11月4号举行公投。拭目以待。

9.12，晴。

《罗马帝国的陨落》中介绍，"匈人"这个民族，从中国古代最后的记载，到出现在古罗马的记载中，其间有3百年的空白期，所以，"匈人"究竟是不是中国汉朝时期的北匈奴人，存在争议，只能肯定的是，早期出现在古罗马记载中的"匈人"属于中亚草原民族。（这说明一个问题，即前苏联和俄罗斯、中亚五国的考古工作很落后。）

上午继续做核酸检测。经过广兴城和"益康公馆"时看到，那一片仍然封闭著。"中秋节"三天假日，广兴城那么多店铺却一分钱的进账都没有，可悲。（在区图四楼大门外抽烟，可以看见"益康公馆"，正好一个中年男子也在外面抽烟，他自言自语道："多关这些狗日的几天才好。"我问："为什么呢？"他指著前方说："那片小区里没几个好人，都可以抓起来。"我："呵呵"的笑了笑。）

"中国新闻网"报道，《官方：贵阳一学校累计报告无症状感染者16例，暂无确诊报告》，内容表明，该学校名称为"乐湾国际实验学校"，看校名，它可能是相当于贵族学校的民办教育机构，目前已经处于静默管理状态，学生可能本来就是住校生，封闭管理也容易，只是那些有权有钱的家长们难以平静了，"微信"、"QQ"里抱怨、牢骚总是免不了的。"益康公馆"大概也会如此。（寫到這裏時，我祇是一種擔心。中共通過這種有針對性的封控，監視"微信"、"QQ"的不滿言論，清除那些對中共政策不滿的人，尤其是那些有權、有錢的人。後來的事件證明，貴陽果然出了大事故。）

这一次小区北门没有关闭，只是摆了一个小喇叭，反复播放防疫宣传"6必防疫措施"，可进出的人都没有执行。北门马路两边的棋牌室都还关著，小酒店、火锅店铺的生意还是那么红火，估计棋牌室的老板很后悔。

9.13，晴。

"益康公馆"仍在封闭中，周围的小区和店铺已经恢复正常了，广兴城已经开放，而图书馆却还没有。

今天，孩子们开始到学校上课了。

9.14，晴。

图书馆原来布置版画的区域换上了"喜迎二十大书画展"，几个小学生的钢笔字写的还真不错，内容自然是一些歌功颂德的正能量。

手机浏览器出现一篇文章，毛泽东的头像下面的标题是《阶级斗争是客观存在的，劝某些人不要自欺欺人》，作者名为"反抗荒诞"。手机里经常冷不丁的出现一篇这样的文章，不懂啥意思，给人一种很威严的感觉。（陰魂不散，讓人不寒而栗。）

　　下午在历史类区域看了一会书，靠在沙发上小睡了一会。醒来后去打水喝，见两个总在报刊那边看报的老汉坐在不远处，其中一个比较熟悉，另一个偶尔见过，他的面前摆著一本比较厚的红色封面的书，书名只有"毛泽东"三个字。我问那个比较熟的人："今天没看报纸？"他说："刚才看过了，来这边坐一坐。"我又问："整天看报纸有意思吗？"他"嘿嘿"的笑了笑说："随便看看，混时间。我是只看，不发表意见。"我也笑了笑。我们说话时，另外那人一直看著我，好像听得很认真。

9.15，晴。

　　"益康公馆"仍在封闭中。

　　比较凉快，区图的人很少，数了一下，总共只有57个读者。

　　平板浏览器出现一条消息，称今年以来，俄罗斯有8个能源企业的高管莫名其妙的死亡，平均每月死一个，这种消息主流媒体均没有报道过，CNN也没有出现过类似的报道。因此，不知道此消息是真是假。

　　"新浪"、"搜狐"等网站，置顶的新闻都是元首出访两国，两国领导人到舷梯旁迎接，这比"新华网"报道更显自信。

　　今夜其实很凉快，完全没必要开空调，可楼上不知道是哪一家的空调还是开著，流出的水"滴答、滴答"的落在雨阳棚上，使我不得不也要开著空调在客厅的沙发上睡。整个夏天都是在这个地方睡的，没办法。不懂的是，他们怎么一点都不在乎电费？

有钱人？也太浪费了吧？

9.16，晴。

"搜狐·军事"里看到一位叫"晨雾"发表的文章《俄乌最新9月15日：俄军炸大坝阻拦乌军推进，乌将获生力军重拳出击》，介绍和分析了当前的战况。其中专门提到了乌军方面的两位特殊军人的牺牲，一位是乌克兰知名的芭蕾舞艺术家，在顿涅茨克牺牲；另一位是女性，2014年从俄罗斯到乌克兰参加救助乌军士兵的工作，今年开始正式作战，并升任装甲车车长，近日也牺牲了。

感动。致敬！

"晨雾"的文笔不错，分析的比较到位，图片很感人，能唤起读者为祖国、为自由而不屈不饶的抗争的精神。看起来，他的两篇文章不像是"钓鱼"的，在"百度"搜索栏里搜索"俄乌战况"，要翻到第6页才能看到他的文章。

9.17，晴。

核酸检测似乎成了一门生意，到处都是检测核酸的采样点，每个点位都用小喇叭反复广告：做核酸，做核酸，这里核酸不排队；来来来，做核酸，做了核酸好上班；请今天没有做核酸的居民赶紧做核酸，昨天做了，今天还要做；……等等，简直与那些小商小贩叫卖的口吻一样。

小区北门两边的所有的棋牌室都恢复营业了。

长沙发生大楼著火的严重事故，报道称没有人员伤亡。突然联想起发生在广西的空难事故，怎么还没有一个官方的解释呢？

9.18，晴。

在小区见几个同事在小区路边的椅子上坐著聊天，我过去和他们聊了一会，时间刚好21点，我问他们晚上看不看"今日关注"，他们都说很少看，我问："你们不关心俄乌战争事情"，他们说没太在意，偶尔看看电视、手机的新闻介绍。他们都是五十岁左右的男人，对于这样事都不关心，还能关心什么更有意义的事？还敢关心什么有意义的事？对于绝大多数国人来说，活著，就行了。

前妻后天又要住院，准备21号的化疗，明天上午我先去总医院做核酸个检，下午就可以拿到结果，并盖章，后天就可以去医院看她。

9.19，晴。

周一，不到8点，被旁边学校的高音喇叭吵醒了，听训话的声音，学校好像换了一个领导，以前是一个女人的高亢的声音，现在是一个男的，吐词都不太清楚，而且中气不足。

正好也该起床了，吃了早餐要去医院做个体核酸检测。用微信挂号、支付，一会就办完手续，接著直接去采样，完了通知我下午4点可以拿到检测结果。

今天还是比较热，周一，图书馆闭馆。从医院出来就往大商场去，有意从"益康公馆"经过，看到小区已经开放了，只有两名志愿者值守，进出的人也没出示健康码之类的东西，自由多了。

下午1点多钟，退休办打来电话，通知去领"国庆节"物资，发了一袋米和几盒粗粮食品，在领物资表上签字的时候，他又给了我一份文件，并直接翻到最后末尾处要我签字，我问："这是什么东西啊？"他说："哎，没什么，要你签就签呗。"我见有两个人已经签了名，但还是看了看文件名，他很快的拿过去翻到最后一页，我只扫了一眼，文件名很长，二号字，排满在正文第一排的上方，记得的关键词有"加强"、"意识形态"，好像还有"教育"等，我说："哦，应该的，马上要开二十大，应该统一思想，加强传达、教育、学习。"他说："是、是、是的。"这种走过场的签名，以前上班时签了很多。

傍晚联系了前妻，明天去医院看护她。

"益康公馆"解放了，可贵州贵阳云岩区的涉疫人员就没那么幸运了。真是不懂，车开了两个半小时还没到隔离区，还坠入了深沟，直到当晚21点，共记死亡27人，20人受伤。贵阳的疫情是不是非常严重？涉疫人员的病情是不是极具传染性？为什么要送到远离市区的地方隔离？而且还是三更半夜里进行？实在不可理喻。

9.20，阴。

今天凉快了，21-28度。

上午去了ZN医院，在前妻住院的11楼护士办公区办了一个"陪护人员手环"，然后陪前妻在医院呆了一天，她今天是为明天的化疗做准备，下午输了四袋药液。她的精神状态很好，心情也很好，她说上次做了化疗后的第一周很难受，第二周才感觉好一点，第三周就胃口大开，胃口恢复正常了。只是左臂需要加强锻炼，防止神经和肌肉萎缩，忍痛做向上举臂的动作。

前妻输液完后，兴致很高，说下去走一走，这也是医生嘱咐的"不能总是躺著，要经常走动，锻炼"。陪她围著ZN医院走了一大圈，中途还到"楚河汉街"附近走了走，然后找了一家小吃店吃了晚餐，她吃了不少菜，因为医院的饭菜很难吃。

明天做化疗，她要我早一点去，趁保安上岗前进住院大楼。虽然有"陪护人员手环"，但是保安一般是不许陪护人员出去的，再进去又要解释、说好话，很麻烦。我答应了，准备7点半就到那里。明天要起早床了。

看官方媒体报道，王岐山带领的中国代表团出席了英国女王的葬礼，搞不懂，媒体反反复复，甚至报道外交部新闻发言人王宁回答记者的提问时，也是遮遮掩掩，啥意思？不懂。（**總是大國自居，做的事情却像一個羞答答的、容易生氣的嬌小姐。**）

9.21，阴。

早上不到7点就出门，乘地铁到 ZN 医院，然后在那里与前妻一起吃的早餐。

她今天打了好几种药，其中就有化疗的药，我担心她今夜可能会不舒服，打算留下来夜里陪护她，她说今明两天不会有问题，不舒服要到后天才会反应出来，要我不必陪她，还要我明天也不必去，明天打完了缓解症状的药，她侄儿就会接她回去。

这两天前妻很开心，精神状态也很好，总是有说不完的话。

9.22，阴。

昨天对前妻说，这个夏天，我在广兴城的负一楼看到过WYZ的老公好几次，他总是一个人在公共花坛式座位上坐著。前妻说，WYZ的老公中风了，行动不很方便，所以，天热的时候就到那里凉快。我问"可我从来没见到过WYZ啦。"她说"WYZ在他们社区里帮忙，也不知道忙些什么。"我心想，W比前妻大，早已过了女性退休年龄，对于自己的中风老公都漠不关心，她却对前妻关心的不得了，去年还跑到外地参加儿子的婚礼，她到底图的什么呢？莫名其妙。

"观察者"网出现两条报道：云南昭通镇雄县集中隔离场所21号起实行收费管理（收费标准为每人每天100-150元）；重庆长寿区：决定对集中隔离医学观察人员收入食宿费用（在公租房隔离的人员，每人每天300元；在酒店隔离的人员，住宿费为与酒店协商的价格收取，餐饮费每人每天60元），其收费对象具体细则表明，主要是针对外地前往长寿区的人。

有两地开了头，今后各地必然将隔离收费当成了敛财之道，旅游者当然可以放弃行程，那些务工人员怎么办？到了一地，还没上岗挣到钱，就要先交出一部分"隔离费"。这是要把民众都禁锢在家里，全民"只许老老实实，不许乱说乱动。"这种做法显然不能长久，可那些地方能捞一点算一点，能捞一时算一时，什么良心、道德、体恤民众疾苦、为人民服务，统统见鬼去吧，捞钱才是硬道理。

9.23，阴。

到公司人事部办完退休手续，经过公司会议室时，发现里面摆着一尊古铜色的毛泽东的半身像，比真人还大一点，还戴着红领巾，面对着长长的椭圆形会议桌。

乘车回来时，到了一个车站时，一个中年男子上来首先给司机出示"健康码"，我说："他不查这个了。（因为我上来时就没有出示"健康码"）"，他"嘿嘿"的笑着说："搞习惯了。"这就对了，通过这些检查，让老百姓适应被检查，这是关于"服从"的训练。

中午接到"海之声助听器"商家打来的电话，问我的妈妈使用他们的助听器的情况，我说"不需要了。"这是这家商店第二次打来电话了，上次还问我："为什么不要需要了，是老人去世了吗？"我没回答，直接挂断了电话。这一次，我说完就挂了电话，免得听她的废话。

9.24，阴。

天气很凉爽，骑车到C公园转了一圈，又在小区周边散步，走了一大圈，尽管到处都有小喇叭提醒民众做核酸检测，但各个小区的门都打开了，一切都恢复正常了。

9.25，阴。

好久没集中精力下棋了，今晚气温宜人，下棋，从傍晚一直下到现在，才注意显示器右下角的时间，不早了，该休息了。

睡觉，明天还要去天兴洲摄影。但愿是个好天气。

9.26，多云。

到了天兴洲，走到了长江的中间位置，好像到了沙漠里。女模特穿戴著新疆少数民族服饰，表现出了"昭君出塞"的情景。

从下午3点到了天兴洲，就没有坐过，一直拍到6点，可惜，天上的云太厚了，没有拍到满意的晚霞。

晚上给儿子发了邮件，把在江中间拍的CL区的楼群和"二七长江大桥"及其两边的高楼的照片发给了他，还发了一张构图很好，模特在沙丘上，有著蓝天白云背景的照片。

9.27，晴。

学校军训的号令通过大喇叭把我从床上叫起来了，吃了早餐，下去做核酸检测，头一直是懵懵的，还是回到家里，关上门窗，戴上耳罩，打算再睡个回笼觉。刚昏昏入睡，楼下装修打冲击钻的声音，带著震动感又把我吵醒了，没办法。只好到图书馆扑在桌子上小睡，边走边听杜兰特的《哲学的故事》，听了一会睡意没了。

傍晚经过一个小学，正值放学的时候，校门口堆满了大人，都是接小孩的。一个普遍的现象是：小孩背著书包一出来，大人马上把书包拿过去背起来。我问一个人："自己的书包都不背，还上什么学呢？"他说："你不知道现在小学生的书包有多重。"我说："再重，孩子不还是从教学楼背到这外面来了吗？"他摆摆手说："哎，你不懂，跟你说不清楚。"在我观察的时候，有一百多孩子从学校里出来，只有5、6个小孩自己背著书包跟著大人走，其他的孩子的书包全都被大人拿过去了。有这样的民情，这个国家怎么可能走进现代文明社会呢？

然而，早上旁边中学军训的学生，还跟著大喇叭叫喊"少年强则国强"，那些学生知道"强"的含义吗？另外还有一句"少年自由则国家自由"的口号，那些学生知道"自由"的含义吗？他们该不会认为小时候大人像仆人一样帮著背书包就是"强"吧？他们该不会认为学校的大喇叭可以"自由"的吵闹周围社区的人就是"自由"吧？

9.28，晴。

在图书馆用手机搜索关键词："湖北省""2022年退休""工龄43年"，想查一查相关的资料，搜索的结果五花八门，又加入"雄企"，反复搜索了好多次，其中有的条目是空白页，甚至链接出一个纯黄色很露骨很刺激的网页。搜了半天，总算找到一个比较接近的结果，只是没有涉及"企业年金"这个部分。

因为我是1996年才到"雄企"工作，所以，估计拿不到全额的企业年金。下午打电话到公司，问公司办事员我的企业年金能拿多少，她说她也不清楚，可以参照其他类似退休人员的情况，大概有3-4百元，全额是5百元。也行，这样算下来，我的退休金大概在8千3百元至8千5百元之间，这已经很高了，该知足了。

武汉市出现了"无症状感染者"和"密接者"，涉及洪山区、江汉区、江岸区的几个社区，报道称均已实施了封闭管控。还好，没有把人拉到专设的隔离区去。

9.29，晴。

昨天中午，长春一家餐厅发生瓶装液化气泄漏引起的爆炸，造成17人死亡，3人重伤。7月份天津发生的燃气爆燃事故，还一直没有看到事故原因和处理的报道。

在D公园看到一种植物，没有树皮，花瓣很凌乱，果实很丑陋。拍了照片在网上进行"植物识别"，得知是"紫微"，"百度百科"介绍它有一层薄薄皮，仔细看确实有一层很薄，但同样也是很凌乱的皮，整个看起来可以说没有树皮。以前有句老话"人怕没脸，树怕没皮。"看来是对的，这个"紫微"没有皮，花瓣和果实实在丑陋。不过，这些年在公园和游乐场所，经常听到大妈们的一句话是"要脸干什么？要脸是个负担。"她们确实活得快乐，拍的照片很妖艳。哦，在"百度"上搜索"紫微"，出现了"紫微斗数"、"紫微大帝"、"紫微星座"等名词，还都是一些与命运占卜、尊贵帝王有关的中国传统文化符号。搞不懂，中国古人怎么会将那么难看的植物赋予传神的意义，就是因为它"不要脸"？

9.30，晴。

手机浏览器出现一篇出自"利刃号"黑龙江-百家号季度影响力创作者，军事领域创作者（却没有人名，也没有具体的网名）的文章《乌克兰四州并入俄罗斯，普京进账10万平方公里，敢夺回？核弹伺候》。在媒体控制如此严格的今天，能出现如此文章，够威武，很阳刚。难怪网络上那么多煽动仇日的文章，大概那些有"影响力"的作者仇恨1904年的日本在东北打败了俄罗斯，葬送了那些想成为俄罗斯的"进账"、成为俄罗斯国民的人的美梦。

10.1，晴。

又回到了炎热难熬的夏天。没办法，睡觉前，只能把空调再开起来了。

威尔·杜兰特的《哲学的故事》在介绍伏尔泰时说"教育是最大的解放，伏尔泰解放了法国"，作为一个启蒙思想家，伏尔泰应该获此荣誉。但是，"教育"既可以起到解放的作用，也可以起到奴役的作用，中世纪那些教会把持的权力，不正是通过教育奴役和愚弄民众吗？不然，当那些被教会判定为宣传异端学说的人被当众烧死时，民众怎么会还拍手称快，认为一个恶魔正在化作烟雾呢？当纳粹在毒气室消灭犹太人时，那些士兵毫无同情之心；当纳粹满世界抓捕犹太人时，一些民众还帮著纳粹指认犹太人，这其中不也有教育的功劳吗？

大商场的负一楼开业了，主要是原来的超市开业了，而原来那些餐饮店全都没有回来。整个商场，从负一楼到五楼，喇叭全都响起来了，播放的是电子琴演奏的音调很高的、情绪很激昂的音乐，而由于全都是劣质的喇叭，所以，当很高的音调出现时，播出的声音夹杂著放电的"喳喳"声。本来，五楼有一处很安静的地方，没有店铺，原来的店铺撤走了，但留下几排座椅，很好的地方，现在也被歇斯底里的热烈充满了，真是无处寻得安静。

10.2，晴。

平板浏览器总是出现电视剧《我爱我家》的搞笑片段，都只有几分钟，在"爱奇艺"和"优酷"却没有这部连续剧了，可能整部剧中犯忌的对话太多，只好选一些零碎的片段娱乐大众。

去药店买酒精，被告知还是不能刷医保卡，只能用现金。防疫抓的如此之紧，酒精却不能用医保卡，搞不懂啊。前天摄影群有人转发了一段小视频，怒斥郑州一家医院一个月盈利6千万元。不久，这个小视频就无影无踪了。其实，不用怒斥医院盈利6千万，小小的酒精就足够反映出中国的"医者仁心"到底是个什么东西。

10.3，晴。

快到中午才到小区对面吃早点，出门时发现小区北门有了两年轻人值守。吃完面回小区时，一个中年男子在我前面，被要求出示健康码，他一边嘟噜著："怎么搞得这么麻烦了，回家还要查这个，"一边点著手机，值守的一个人生硬的说："我们是来帮你们防疫的，请你配合我们的工作。"男子不满的说："你没见我正在查吗？"值守人很严肃的说："请你态度好一点。"男子给他们看了健康码，然后摇摇手说："算了，你们厉害，可以了吧。"说完快步走了。我没有多说话，早已找出了健康码，给他们看了就走了。是的，他们是他们的上级派来为我们服务的，我们应该恭恭敬敬的配合他们的服务。

区图书馆的室内温度很高，简直呆不住人，据工作人员说有几台空调在维修。看天气预报，明天气温将断崖式下降，彻底告别夏季，空调在最后一天失职了。

看到一条新闻：教育部列出了四十多个中小学竞赛项目，其中有以前的五项学科奥赛。但是，同时要求各个学校不能以竞赛成绩招录学生，而且有关部门将严查校外收费辅导机构。这是在干什么？不知道老师和学生如何执行，如何学习。这是默认"上有政策，下有对策"的行为，但是，不知道什么时候哪位领导换了想法，下面的对策随时就会被定为违规行为而取缔。

今天是儿子的生日，夜里给他发了"生日快乐"。

10.4，阴。

昨夜给儿子发了祝他生日快乐的邮件，他没有回复。

气温骤降，出门有一种清冷的感觉了。在小区对面的面馆吃早餐，发现墙上挂着一袋"灭火毯"，还放着四具手提式灭火器，吃饭的厅堂与厨房隔着一面墙，通过一个玻璃橱窗给客人递食物，老板要从绕到外面后才能进来。我对老板说："你这灭火毯应该放在厨房里才对，灭火器也应该在厨房里放置两具。"他说："哎，这些东西是要求我们买的，放在什么地方，他们也不管，只见到我们买了就行了。"我说："这个饭厅根本就没什么可燃物，灭火器材放在这里纯粹就是摆设嘛。"他说："你这么大年纪了还没看懂啊，共产党就是喜欢搞这些形式上的玩意儿。"我笑了笑，没再说什么了。

从面馆出来，准备买烟，发现手机不能用了，提示为"请检查SIM卡设置"，重新拔插后还是不行，又将卡插进原来的"华为"手机里，仍然不能用，确定是卡出了问题。赶紧到"移动公司"门市部咨询，果然需要重新办一张新卡。心里嘀咕：好好的卡，没动过，而且刚在面食馆使用手机过"支付宝"，怎么就不能用了呢？搞不懂。换了新卡，马上就可以用了。手机不能用很麻烦，现在习惯了用"支付宝"，很少带现金，另外手机里有健康码。乘公交去"移动公司"，好在可以刷"身份证"，同样也提示"绿码，请刷公交卡"，真是"天网恢恢，疏而不漏"，大数据真方便。

10.5，阴雨。

秋裤、夹克衫穿上了，没穿毛衣和毛背心，出门走了很大一圈，走得还比较快，但始终还是觉得有点凉。明天穿毛背心。

"澎湃新闻"报道称"新疆疾控专家：新冠病毒不存在真正的物传人"。这是在自治区疫情发布会上疾控专家的表态。疫情已经流行3年了，现在才有专家称通过研究发现，并得出结论，却还是一个有点模糊的结论，什么叫"真正"，留点余地，给继续严格防疫措施正名，同时为逐步松动开口子，因为，前段时间将国外进口的冷冻食品和水果都列为筛查对象，甚至还有文章提醒民众不要买进口的这些东西。

10.6，雨。

小雨，下了一整天。看天气预报，明后两天继续有雨，很好，大地被强烈的阳光炙烤了三、四个月，现在，让这场雨好好的滋润透彻。

下午出去到小区门口买个烧饼吃，垫一垫肚子，发现旁边的几家棋牌室都是关着的，问烧饼小贩，他说这几天一直都关着，说又出现疫情了。很奇怪，前几天去广兴城和大商场，也没什么大的变化，小吃一条街的生意照样很火爆，怎么就把小区看管严了一点，把棋牌室关闭了呢？小吃店那些食客围坐在一起，人员密集度比棋牌室高多了，也没被关闭。搞不懂。

10.7，阴雨。

摄影群里一个人发了一张类似布告的帖子，从7号零点到13号24点，全市进行静默管理，条条框框一大推要求。手机里的"省博物馆"和"区图书馆"的公众号也发了通告，从7号起闭馆，开放时间另行通知。查了一下"武汉市疫情"，显示有24个"无症状感染者"，1个确诊病例。我每天都去做核酸检测，也很快，到处都是采样点，不到一分钟就完事了。反正不能到处跑，花一分钟时间可以少一些意想不到的麻烦。上次在医院陪前妻，她说她还接到过一次电话，催促她去打第三针疫苗，她说正在做化疗，不能打疫苗，对方就没多说什么了。

下雨，不想出去走路。天热了好长时间，基本上没有下棋，现在凉快了，楼下装修停了，学校有在放假，很安静，不想出去，就在家里看看书，听听书，下几盘棋，过得也很惬意。

10.8，雨。

中雨、小雨，下了整整一天，想象中，那些干渴的植物根系正在尽情的畅饮。

看CNN网站，发现排头有英文"图片"、"乌克兰"的标签，点开来看，是一组俄乌战争中的照片，很多，很感动。好几次，看到父亲握著死去的13岁儿子的手时那绝望的眼神；看到母亲扑在棺木上悲痛的面容，我的眼泪不知不觉的就流下来了。还有那些倒在路上的尸体、百孔千疮的居民区、破烂不堪的房舍，都在无声控诉俄罗斯的野蛮和残酷。太惨了，一个好端端的国家，两个本来可以充分享受现代科技带来的富足平静生活的国家的民众，却被普京一伙狂妄无知的官僚抛进了战火，说什么"战争是政治斗争的最高手段"，可这场战争不是政治斗争发展的结果，而仅仅是普京一伙骗子和赌徒妄图获取个人荣誉和财富而下的疯狂的赌注。

　　今天是周六，晚上7点给儿子打了电话，他接听了电话。我主要是谈了一下前妻即将进行的下一次化疗的陪护问题，我要他对前妻说不要那个WYZ去陪，他同意了，但要我夜里就不要陪了，我说前两次我就是这样，只在白天陪护，他说他跟妈妈说。然后他说下午还有很多事，要去准备了。

10.9，阴。

　　小区的北门又关闭了，到银行去不太方便，要从南门绕到北边去。前两天兴业银行的人说我存的三个月理财到期了，要我去继续办。到了银行，保安先要我戴上口罩，我拿出口罩正在戴，他又要我出示健康码。本来北门关闭了心里就不爽，这家伙又像警察要求犯人一样敦促我，真是讨厌，我转身就走了。没走多远，银行那个约我去的女孩赶紧出来叫我，我没理睬她，继续走我的路，她又给我打电话，说他们已经指责了那个保安，要我不要生气了，我说算了，你们这太麻烦了，我去别的地方看看。

　　傍晚联系前妻，说后天我去医院陪护她，她同意了。明天上午去医院做核酸检测，下午拿结果，盖章。

10.10，晴。

　　上午去总医院做核酸检测，医院看病的人很多，挂号、缴费排了很长的队，做核酸的人不多，可缴费时也得排队。9点38分做了采样，4小时之后可以拿到结果。

有一个叫金灿荣的教授，居然在网易网称：如果乌克兰反攻成果扩大，是在逼俄罗斯动用核武器。完全就是一副奴才、太监的嘴脸，实在太恶心了。

明天去医院陪护前妻。

10.11，晴。

上午去了ZN医院，检查很严格，通过了住院部一楼大厅保安的检查，到了前妻住的11楼入口，还有一个穿著白大褂的"护士"查，她问我是哪一床的陪护，我说："46床。"她看了一下手中的表格，46床是空白，她说"46床没有人啦"，我要她去问问护士长，她迟疑了一下，没去，然后查我的健康码、行程码，我说："楼下已经查过了，你不觉得这很麻烦吗？"她说这是上级文件规定的，我说："是啊，你反正坐在这里也没事，就是查这个那个，不然时间怎么过呢？"她说："上面这样要求，我就这样执行。"我说："法律还规定国庆节上班是三倍的工资，你前几天是不是三倍的工资啊？"她看著我眼睛发呆了。就在她发呆迟疑的时候，我知道她感觉到了自己的无关紧要，同时可以知道她是一个临时工，她加班不可能会有三倍的工资。看著她呆呆的眼神，我觉得自己说的太尖刻了，伤害了她的自尊心。但是，转念一想，这种人属于手中有权就一定要充分利用，而完全不会顾及病人及其亲友的感觉。他们蒙昧，可怜，但也可恶，以为难别人求得自己心理平衡。她不查了，说："好了好了，你走吧。"

明天一大早要趁保安还没有上班之前进去，不然会比较麻烦，因为按照医院的防疫规定，陪护人员是不能回家的，回家后的人，要重新单独做核酸检测，那就要等好几个小时了。前妻要我7点半之前进去，我答应乘第一班地铁去，7点半之前可以到医院。但愿不出问题。

10.12，晴。

随便吃了一点东西便往医院赶，刚好7点到了医院。

中午与她一起去一楼买午餐，快进电梯时，WYZ给前妻打来微信视频电话，寒暄两句后，W问前妻是不是在电梯里，视频中看得出来，电梯里拥挤，前妻说是的，W说"小L也在旁边吧？"前妻说是的，W说"注意安全啊。"还重复了一遍。这时，电梯里有一个男人（甲）高声说："在医院里怎么会不安全呢？"另一个男人（乙）说："医院有钱就安全，没钱就很不安全。"甲说："对，这就是中国特权社会主义的优越性。"乙骂骂咧咧地指责："医院收费太没良心了，乱检查，乱忽悠。"甲说："医院每天赚的钱要按吨来计算，他妈的太缺德了。"没有其他人参合，我也没有多说一句话。我在想：WYZ确定了我在前妻旁边，反而要前妻"注意安全"，这个狗娘养的是什么意思。她老公中风行动不便，夏天时常常一个人在广兴城傻乎乎的坐著，她不管她老公的"安全"，却在此时要前妻"注意安全"，真是个狗娘养的。

10.13，晴。

在医院呆了三天，对病房里的一对年轻夫妻的情况了解多了一点。他们来自湖北蕲春县CD镇，都才四十多岁，小伙子是中学老师，他夫人是小学老师，他们都是集体体检时发现甲状腺有问题。小伙子叫FCG，43岁，前天已经做了手术，说是因为已经扩散了，后面还要继续做化疗等，他夫人明天做手术，然后再进行病理分析，真是一对可怜人。我问了一会他们的工作情况，他夫人说实际用在教书上的时间比其他事务少多了，乱七八糟的事很多，各级来的检查也多，还有最不可理喻的是要他们去那些贷款上大学的家庭里催还贷，而且还给我们下了指标，她很委屈的说："我们也就是一个普通的小学老师，哪里有能力去别人家里催款呢？还不起贷款的家庭，一定都是很贫困的，我们去催款，怎么可能催得到呢？"这的确很不可思议。我问："你们怎么不先在县医院看看呢？"她说："我们一起12个人去体检，查出三个人有问题，我们两人到这里来了，另一个就在县医院进行治疗。"她指著丈夫说："县医院只查出了有一个淋巴节有问题，我们不放心，就到这里来了，检查结果是有四个淋巴节有问题。县医院还是要差一些。"她苦笑了一下。

想起来昨天前妻要我体检，也许是因为前天晚上听了他们的情况，也许不是，因为，这几年里她有好几次提到她体检时查出什么指标有问题，就总是要我也参加单位组织的体检，她说："反正不要钱，早点检查出问题，早点注意调养，或者早点治疗。"我每次都说不想麻烦，正如我不会去染头发一样，顺其自然，没病就安心的过，有病了就去治，检查身体似乎是没病找病。昨天，我还是这样回答她的，她也没多说什么。

10.14，晴。

在医院的三天，前妻抱怨了好几次，说天凉了，抓泥鳅的人不愿意起早床，所以买不到野生泥鳅了。这一次的白细胞虽然还有4个点（她说3.5是低值，如果低于2就不能做化疗），但是比前两次明显的降低了。我本来不相信那些传说中的食疗方法，可看她很灰心的样子，便说我去东方红菜场看看，那里是城中村，也许可以买到。

上午去了东方红菜场，发现有两个买泥鳅的小贩，我问了他们，他们都说是野生泥鳅，我说要野生的才行，是给病人吃的，家养的泥鳅有激素，病人不能吃的，他们都说知道，做化疗的病人需要吃野生的泥鳅，我还是不放心，分别拍了几张照片，发给前妻，让她鉴别，她说了其中一种好像她以前吃的那种，于是，我买了两斤多。

前妻说上午妹妹去过，拿了两袋外甥从澳大利亚寄回来的奶粉，前妻喜欢喝酸奶，妹妹说多年前曾经给过我们一个酸奶机，一直在我这边厨房的柜子里。所以，前妻要我把酸奶机也带过去。中午时，我带著泥鳅和酸奶机去了前妻那里。

前妻准备点外卖给我吃，我说随便吃一点，垫一下肚子就可以了，蒸了三个豆沙包子给我吃。坐了一会，我见她很困，化疗后的反应让她休息和食欲都不好，要她睡个午觉，我就走了。

10.15，晴。

小区旁的棋牌室都恢复营业了，但北门还是锁著的。上午从南门出去时，有两个"志愿者"值守，回来时，没有人了。

晚上的新闻，各网站置顶的部分全是关于即将召开二十大的消息，媒体宣传的各方寄予的期待和评价自然是无与伦比的高大上。其中看到有二十大新闻发言人关于疫情防控的表态：曙光就在前头，坚持就是胜利。但愿如我所料，二十大（本月16日至22日）开完了，疫情防控措施会逐步放宽，通过几个月时间，全国上下，学习贯彻二十大文件，明年春节后大概就会基本放开了。据CNN报道，中国是目前极少数几个没有放开疫情管控的国家之一。但愿这位新闻发言人说的是实话，而不只是画一张饼掉民众的胃口。（事實上，中共就是這樣用"希望"和"失望"來反復刺激民衆的心理，激怒那些有血性的人們。）

10.16，晴。

今天才发现区图书馆的微信公众号昨天下午和傍晚连续发了通告，一个是16点23分发的开馆通告，一个是18点20分发的闭馆通告。有意思，不到两个小时，突然就变化了，估计图书馆的负责人被训斥了一顿。

大会要开7天，22号闭幕。

至少要到3、4月份，各种关于学习贯彻落实的检查工作结束了，最高宣讲团到各地巡回演讲，进一步向民众，尤其是向地方管理、科研和学校师生、医护人员、军队官兵和央企的工作人员阐明大会的精神之后，对于疫情的防控才会出现放开的迹象。而中国的事情常常是这样：一管就死，层层加码，宁可错关一千，不可放过一个；一放就乱，上面松一寸，下面就松一尺。这样一来，就免不了又要严控一阵，然后再放，这样反复几次，才会"平躺"，加入到世界与新冠共存的行列。（後來的情況正如我這天所預料的，反復折騰，民眾剛覺得寬鬆一點了，又被收緊了，極限施壓，刺激、引誘具有反抗精神的人暴露出來。）

10.17，多云。

与中国的媒体一样，CNN今天同样也将大会的报道放在了最显著的位置，看来，真不愧是举世瞩目的大会。CNN有一篇分析文章，对于疫情防控问题，高盛和野村（具体全称记不清了，不方便重复看究竟是什么）研究所认为，大致要到明年的3月份以后才会放松防控力度。这与我昨天想的差不多，但是，这两个研究所是从元首关于疫情的表态猜测的大致时间。这样的分析文章其实对于中国的老百姓很不好，元首的意图让外国的智囊团分析出来了，岂不是很没面子，那么，会不会提前放开呢？可如此重要的大会，国家那么大，至少涉及9千多党员，没几个月传达、学习、贯彻恐怕是不行的，所以，为了不让外国的研究机构猜中，干脆把时间再拉长一点，再搞一年也是没问题的，经济拖累一两年，后面可以慢慢补起来，十多亿人的思想不统一才是最大的问题，没了面子也是大问题。

孩子们还在家里上网课，我问一个小孩："你是喜欢上网课，还是喜欢上学啊？"他说"当然是去学校好啊？"我笑着说："是想到学校与小伙伴一起玩吧。"他"呵呵"的笑了。孩子的妈妈却很不高兴，孩子在家上网课，需要有人陪着，不然，他总是坐不住，不是玩游戏，就是躺在沙发上倒着看平板上的网课，到头来作业也不会做，还得我们大人再教他一遍。

的确不懂，餐饮店，商场都可以聚集人群，为什么要把孩子们都关在家里呢？孙春兰不是说"禁止层层加码"吗？元首在大会的报告中重申了"动态清零"，下面各级就宁可"层层加码"，不敢出现乱子，至少，要有一个"坚决服从"的态度，没有这样一个态度，没乱子，也会惹出乱子。

10.18，晴。

手机浏览器出现一篇匪夷所思的文章，标题为《斯大林晚年，十分残暴，克里姆林宫内人人自危》，不便看内容。这种时候，突然冒出这样的文章，不知道这水有多深。（**此文大概有两层意思：1、造成一种人人自危的恐怖氣氛；2、相比之下，现在的元首多麼仁慈。到了2023年下半年，北京城裏的高官們"人人自危"的局面還是出现了。**）

在沿江二路的"恒大庄园"小区旁，看到一栋楼很奇怪，打开的窗户都只开了一个小于30度的宽度，阳台全部用不锈钢管焊接的栅栏封闭着，这不像是居民区，是疯人院吗？我走到它的正门，发现大楼的外墙上有几个蓝色的大字"武汉青山人才公寓"，真是不可思议。人才公寓怎么像个医院呢？大概十年前开始，各个医院的住院部窗户就是这样，都只能打开不到十公分。

今天偶尔还在思考元首前天的报告，CNN的分析和评论似乎少了一点。前天的报告主要是对前十年的总结，至于今后要执行的大政方针，应该要等到大会闭幕前的那份报告，那才是关于中国未来走向的规划，用一个官方常用的语录，即指导中国从胜利走向胜利的"纲领性文件"，是中国历史中"具有里程碑意义的文件"。（伯克在《自由與傳統》中指出"吹捧諂媚不僅會敗壞被吹捧者，也會敗壞吹捧者。"說明敗壞的人是互相敗壞的。）

晚上，MLZ打来电话，聊了二十多分钟，我边下棋边听他说，他也应该听得到我下棋落子和读秒的声音。我主要是听他说，我只应和。他换了几个话题，开始问我和前妻和好没有；又提到退休的（时间和待遇）问题；又提到孩子工作和结婚的事情（他没有问儿子是否会回国）；还问我能不能出国去法国看望的话题，这又涉及到护照的问题，这个话题用的时间最多，因为他作为处级公务员，护照被上级行政部门管理著，普通公务员一般也不允许出国，他还举了一个他们单位的人的例子；然后，他还说他得了高血压（这有什么奇怪，六十岁的人了，他的体型又那么胖），我也是附和著说高血压坚持每天吃降压药就不会有问题。（这是他自2016年来第二次给我打电话，第一次是2021年前妻的哥哥刚死的那两天。我还不知道前妻的哥哥死了，按照惯例准备周一去前妻那里，等到联系她时才知道。）

敏感时刻，水很深，谨言慎行，小心驶得万年船。

10.19，晴。

吃早饭时，看到CNN的一条消息：香港准备启用38亿美元在全世界"拖网"人才。这是一个大手笔，更是一个不错的设想，即有钱就能招来各方面急需的人才。既然香港有了这个动作，内地的需求量更大，计划投入的资金也会更多，只是这大概属于国家机密，外界很难得到一个比较确切的数字。（這也説明現在香港嚴重缺少人才，那麽人才缺口爲什麽突然這麽大了呢？看香港恒生股市，也是不斷下滑，説明經濟情况也不好，怎麽變成這樣了呢？説好的50年不變，怎麽説變就變了呢？）

10.20，晴。

今天的主流媒体开始用"里程碑"一词来赞美近来十年的成就了，相信后面还会出现诸如"里程碑"意义的文献、"里程碑"意义的报告、"划时代"、"纲领性"文献（文件）之类的赞美。

新华网报道：《欧洲多国疫情恶化 世卫：新冠仍然是"国际关注的突发公共卫生事件"》，已经三年了，还用"突发"一词，晚上的"今日关注"报道的是欧盟今天在布鲁塞尔召开的秋季峰会上，商讨的是：乌克兰局势、能源问题、经济和对外关系四大议题，与疫情一点关系都没有，又怎么能算得上"国际关注"呢？世卫组织的那帮家伙是不是一群睁著眼睛说瞎话，唯利是图的混混呢？回想三年来的疫情，世卫组织除了制造紧张，想不出他们还做过什么有积极意义的具体事情。

025街的"工商银行"也撤走了，那是一个很大的营业厅，比012街的那个"兴业银行"至少大十倍，搞不下去了？或者，换一个地方，重新投资装修，又可以为拉动消费做贡献？至于有没有什么其他的个人利益那就只有天知道了。

中小学、幼儿园都关闭了，可棋牌室、火锅店、小吃店照样开著，生意还非常好，这是不是很不可思议呢？傍晚5点去"盛哥"吃饭，东方红菜场大门放著一个小喇叭，像催命鬼一样快速的反复播放著"请各位居民出示24小时健康码……"，而进出的人没有一个出示健康码的，值守的人也呆在大门旁的小帐篷里津津有味的看著手机。

10.21，阴。

楼下装修，8点准时开始，睡不成了，吃了早饭就去乘公交车准备到郊县的水产市场看看。

这路公交车很少，半小时一班车，等车时，与一个看起来焦躁不安的中年男子聊了起来。他是TH县人，到郊县转车回去。他问我去郊县干啥，我说想找野生泥鳅，据说它可以帮组化疗的病人增加白细胞，他听了后说："哎，人生真是苦痛多。我没想到这个年纪，48岁了还要离婚。"接著他说了一些他的遭遇，大致是老婆跟别人跑了，还带走三十多万元，现在根本找不到人，到派出所报警，得知她8月26日买了去广州的动车票，她还主动通知派出所自己不属于失踪人员，所以，派出所也不再管了。现在她已经通过法院起诉离婚，他现在是回TH县应诉。上车后接著听他倾诉，其他的信息有：留下了两个女儿，一个20岁，一个12岁；7月份他打工休息期间回去，遇到老婆的冷暴力，故意激怒他，他没有打他，但是把她摁在床上压了两下；接著她就提出离婚；8月3日就突然失踪了，手机打不通、微信也被拉黑了，他找了很多她可能去的地方，问了很多他们认识的人，都找不到，最后报警，才知道她去了广州；从8月初到26日，警察说，她在武汉做过三次核酸；现在法院判处理离婚案可以通过网络办理，夫妻二人可以不见面，法院如果判决离婚，就直接出具判决书或离婚协议。他很愤怒，反复说"真是最毒女人心"、"两个孩子都不管，还带走了我辛辛苦苦打工挣的钱，好在我手上还有十多万，可以让她们继续读书。"、"今后有朝一日遇见她，一定杀了这个坏女人。"我只是劝他多为两个女儿想想，她们的路还很长，其他的我也不知道说什么好。快下车时，我问他的姓名，他只说姓"S"，不愿说名字。

　　离开他，我继续想：这人说的是真的吗？与我的经历几乎一样，如果是假的，那就是某种圈套了，这很可怕（我没有对任何人说我今天准备去这个郊县）；如果是真的，同样也很可怕，说明这种情况比较普遍。（這種普遍性的現象，一定有一個共同的東西，那就是中共的毒辣，以各種手段故意拆散一個個家庭，使民眾處於一種各自爲陣，同時又處在動蕩、憤怒的情緒中，尤其對那些有"關心國事"的人，極限施壓，使他們生無可戀，或者自殺、或者稱爲暴徒。回看日記8.3，正好也是一個48歲的江西男子到幼兒園砍殺幼兒和老師。50歲左右的人，上有老、下有小，生活、精神壓力本來都非常大，如果再遇到配偶的突然變故，就很容易變成狂暴的凶手。2004、05年以後，全國各地發生了無數的暴徒在校園殺害學生、在醫院殺害醫護人員的案件，因此，我們可以認爲，"制造絶望，制造仇恨、制造憤怒、制造暴力、制造恐怖"，是中共實行恐怖統治的新發明。）在聊的过程中，他对当前的经济情况比较悲观，甚至还说"从乌克兰回来了5千多打工的人。"如果不是想勾起我的话题（我没有接著聊著个话题），他属于喜欢关心和议论国家大事的人，也许，忘记了"莫谈国事"的箴言，正是他目前困境的原因。卢梭说："一个人是绝不会因为患痛风症而自杀的，唯有心灵的痛苦才使人灰心绝望。"但愿他能理性的调整情绪，平安的度过当前的狂躁期。

与前妻在QQ里聊过两次买野生泥鳅的事，这两天手机里出现"合作养泥鳅"、"泥鳅苗1斤一元，1千斤起售，收购养成的泥鳅"这样的广告。大数据共享，实在厉害。郊县也没有野生泥鳅，没办法。

10.22，晴。

今天好像又回到夏天，出去转一圈，太阳烤的难受，街上很多人又穿起了短袖，天真烂漫的女孩还穿起了穿短裙。

哦，昨天从郊县返回，公交车路经过公司站时，正好遇到QG上了车。和他聊了一会，想起区图书馆的那本《作为教育家的叔本华》，我问是不是他借回去了，他笑着说："是的"，我说："那你借了不止一个月了吧。"他说："去两次都闭馆了，保安说没事，疫情期间，借书超过时间不扣滞纳金。"又聊了一些别的时事，我说："前些天我去厂里办退休手续，发现厂里变漂亮了。"他面带不悦的说："花了8百多万啦"。他问我退休能拿多少钱，我说大概可以拿8千3百元吧，他说："比我们上班的人拿的还多，我现在每个月只能拿5千元左右。"我说："公司减了很多人，留下来的人收入应该增加才对啊？"他苦笑着摇了摇头，我不便再多说什么了。他说到了另一个同事——WJG。

不早了，明天再写写WJG这个中共党员同志。

10.23，晴。

接著昨夜说说WJG。前段时间听一个年轻一些的同事说过他的"聪明"的事情，他买断了，即主动辞职，获得的回报是公司一次性补贴30万元。同事认为他很聪明，还差三年退休，这三年他的工资不会有30万。然后自己再打一份工，继续交社保、医保，到了六十岁，退休金也不会少。WJG在公司里是的公认的好人，是那种所谓"情商"很高的人，又是共产党员，在一些场合的高调唱的很好，所以，给绝大多数人一种"友善"、"可靠"、"有正义感"、"严于律己"的印象，他每次见到我也是很客气的叫"L师傅"或"老L"。十多年前，我们一群人去外地出差，其他的人都是70后的青年，他们一向对于我的刻板、较真很反感，所以，对我要么避而远之，要么故意与我别扭。当时，WJG与其中几个人在另一节（卧铺）车厢，我到他们的车厢去看看，隔著好几个铺位就听见他对几个小青年直呼其名的说我不近人情，太较真了，为一点小事就扣别人的奖金等等，当我过去之后，他马上说"哟，老L来了，快坐，一起喝两杯。"那一次，我就觉得这人很差劲。那群年轻人都很幼稚，根本没有主见，只凭眼前的得失和别人煽动就能形成对一个人，对一件事的观念。WJG如此在他们面前这样议论我，对我的群众关系所造成的影响肯定是非常负面的。我当时的性格虽然很不好，但是，我也知道，当著其他年轻人的面与公认的好人发生争执，年轻人对我的态度会更不好，我就只当著没听见他刚才的话，与他们一起聊天、吃零食。

那天听到同事说WJG聪明的辞职了，我说："你们认为这是聪明？他不是一向很老实，很正义吗？他不是党员吗？为了多拿一点钱就辞职了？如果是战争年代，这种人一定是逃兵或者叛徒。"那个年轻同事还说："谁不会为钱精打细算呢？他这样也是正常的。"我说："为了计算多拿一点钱，就把自己平时那些冠冕堂皇的高调丢得一干二净，这种人，哪有人品、人格可言？"同时，我心里也在想：我们的社会为什么总设计出让那些油头滑脑的人得到好处的方案，这实际上就是鼓励偷奸耍滑。

值得自豪的是，这几年被"居家修养"，经常遇到一些那些曾经年轻的同事（他们现在也是50岁左右的人了），他们现在反而对我非常客气，以前几个对我爱理不理的人，现在见到我却总是笑容满面的叫我"L师傅"，甚至还主动递烟给我抽。我知道为什么，因为，当儿子考上北大之时，很多青年人正整天为孩子的学习伤透了脑筋，那时与他们聊天时，我就预言，且直言不讳的说过四个接触较多的同事（当时还在读小学，或初中）的孩子今后分别能考上什么样的大学。几年后，我的预言兑现了，两个考上了一本大学，一个考上了二本，一个连本科都没考上，有趣的事，最后这个孩子的爸爸是车间的某部门领导，平时能说会道，口若悬河，似乎懂得的道理比其他同事都多，而我料定了他的孩子不会考上好学校。当事实证明了我的预料之后，他们对于我的分析能力必然佩服；另一方面，当他们明白不说考上北大，就是考一个重点大学有多么的难，当他们在为自己的孩子读书、工作问题发愁的时候，怎么能不羡慕我呢？

还值得一提的是，WJG的儿子没有考上本科大学。当然，这不影响其结婚生子，不影响WJG当爷爷。在中国，这种人永远不会断子绝孙的，而且还比多数人活得滋润。

10.24，阴。

控制疫情的力度仍然很大，摄影群里有两个人在说这里被封闭了，那里被隔离了。周边的棋牌室又关闭了，胆子大一点的就暗地里开了二楼的房间供人打麻将，窗帘关得严严实实。我们的小区里，整天都有核酸采样的人工作，北门依旧是关闭的，白天南门有两个人值守，随机查一查进入小区的人的健康码，每天晚上不到6点半就没人值守了。

今天的上海股市跌了2个点，又回到了3千点以下。"东方财富"同时又转发了"新华社"今天发的时评：扎实巩固经济恢复向好势头。实在看不懂啊。

"澎湃新闻"报道——北大：加快构建中国特色哲学社会科学、学术和话语体系。由此想到一个问题，看一些西方的历史、哲学书，经常可以看到有的思想家自己发明一个单词，我们的汉语近现代以来除了引进日语汉字和词汇，有没有发明过具有时代意义的新的汉字呢？很想知道这个问题。（比如"六四"两个漢字，可上下連起來成一個漢字，其表達的意義誰都懂，如果再在下面加上一個"大"字，就有點像"奠"字了，可讀什麼音呢？這需要漢字知識很扎實的學者定奪了。）

傍晚去020街的"兰州拉面"吃面，老板关闭了两个多月，前两天在原来的门面旁重新租了一个门面开张了，现在这个门面大一些，里面有了一个厨房。原来那个门面一个多月以前就被一家"新疆美食烤馕"租下来了，生意似乎还不错。拉面的老板腿摔断了，老板娘说他在楼梯上摔的，打了三十多颗钉子，里面还加了钢板，我问："楼梯上怎么摔得这么严重？"她说："是很严重，医院说担心他留下后遗症，所以才做了加固措施。"老板不能做事，他们只好请了一个拉面的小工帮忙。（2012年5月底，小區裏的一輛小車逆向快速撞倒了正在騎自行車的前妻，點到爲止，車就停下了，前妻的膝蓋被撞裂，頭上也被自行車劃傷了幾處。到了醫院，醫生看了X光片，説需要打釘子，我和她反復斟酌，覺得可以不打釘子，因爲兒子2004年打球時手臂骨折過，醫生一個人在我的輔助下，將兒子手臂矯正、對接，然後綁上木夾板，吊上繃帶就完事了。前妻這一次袛是出現了裂紋，怎麽還要打釘子呢？打了釘子，費用雖然由肇事司機出，可過了大半年還要做一次手術取出釘子，人的身體遭罪啊。所以，前妻又找了熟人將X光片拿給有熟人的醫院的骨科醫生看，結果被認爲"可以不打釘子"，這樣我們才決定不打釘子。現在的醫院，爲了在病人身上賺錢，什麽缺德的心思、什麽缺德的勾當都能想出來、做出來，這就是元首大言不慚鼓吹的"四個自信"！）

10.25，阴。

傍晚去"盛哥"吃饭，经理和一个男厨师在门口站著，发呆，门口摆了一张桌子，贴著一张告示：由于疫情严重，近三天取消堂食，只能打包带走。看完了，我什么都没说，默默的走了，但心里在想"怎么控制得越来越严了？""别的餐馆也这样吗？还是去看两家吧。"骑车去了"盛风酒店"对面的那一排小餐馆，生意很好，很多农民工都在那两家快餐加小炒的店子吃饭、喝酒。我感到庆幸："嗯，晚饭总算有著落了。"

晚上前妻发来消息，要我去医院的前五天必须天天做核酸，并且，单检核酸还必须去ZN医院做，快检只需要等两个小时。我说我是坚持每天做核酸，到时候我会早一点去医院做快检。前三次我都是提前一天在总医院做，现在不行了，真的管得越来越严格了。哎，没办法。

10.26，阴、小雨。

想买一件夹克，两天来在附近的商铺没找到合适的，今天去汉正街看了看。到了集家嘴，发现不对，街上很冷清，再往汉正街走，看到的情况很灰心——所有的商铺全部关闭了，汉正街及其周边的小区也都封闭起来了，这里是华中地区最大的小商品集散地，真是不敢想象。没办法，骑车往江汉路去，沿途大部分商店也都关著。"民权路"整个区域和"佳丽广场"也封闭著。

步行街还没封闭，可那里的衣服都比较贵，干脆直接就地乘地铁回到了广兴城。这里还开著，但餐饮店不能在店子里吃，即与"盛哥"一样，三天（25号-27号）不接待堂食，只能打包带走，负一楼平时是最热闹的地方，今天也是冷冷清清，平时餐饮店的老板留意著每一个过往的人，希望每一个人都到自己的店里消费，今天，基本上没人可留意。

傍晚，还是去了"盛风酒店"对面那条街，那里的餐饮店可以在店内吃，人很多，绝大部分是农民工，很多人都戴著"顶金集团"的安全帽。今天吃的快餐，即从十多种炒好的菜中选几样装进一次性盒子，再去称重（没注意多少钱一两），花了23元，又买了一瓶啤酒，总共26元，吃得很惬意。

出来不远就有一个核酸采样点，不用排队，顺便做了核酸。

10.27，阴。

早上8点，楼下有开始施工了，懒觉睡不成了。出去吃早饭，是从小区北面东侧那个缺口栅栏出入的，到了晚上，再准备从那里回来时，发现被堵上了，焊上三根钢筋，还加了一张很大铝合金板，似乎不仅不准进出，还要挡住人们的视线。南门那边只有两个小商店，北门不远就有一个生鲜超市，还有很多小餐馆，现在，要绕一大圈才能到北面那条街去，小区的居民大概都会觉得很不方便，那些商店和餐馆的老板也不会高兴。

"澎湃新闻"报道"安徽合肥立下军令状：3至7天，实现社会面动态清零"。防疫应该是一项讲究科学的工作，如此"立军令状"，只有权力和政治，哪里还有什么科学可言。当官的知道，老百姓现在也知道了。

比较有意思，不同以往的是这几天各媒体都没有报道全国各地传达学习会议精神的情况，街道两旁也没有出现会议期间提出的新的、重要的远大目标的宣传横幅、墙报等等。当前"防疫"还是第一位，通过强化防疫管控，尽量排除一切不安定因素，宣传、学习、贯彻、演讲和落实这些工作是必须的，但可以延缓一下。

10.28，阴。

司门口是武昌传统的服装商店集中的地方，抱着试探的心理去看看，还好，那里没有封控，看了好几家，最后买了一件夹克，200元整，质量还比较满意。

"盛风酒店"对面的那些小吃店也不能在房间里吃饭了，比较人性化的是允许老板将桌子、凳子搬到人行道上，农民工们可以点了菜就地吃，座位不够，后来的人要么等，要么就打包带走，我稍微等了一会，坐在室外吃也很不错，小风吹过，空气也好。

"搜狐网"报道，内蒙古工业大学在转运学生时出现了误解，从报道出来的消息看，转运工具是列车，中途停了一会，学生凌晨4点到达隔离区，谣传有一名女生发烧死亡，有学生质疑相关视频，称该女生的床不是他们学校的床，内蒙古网信办回复记者时表示"已经注意到相关情况了"。然后，报道文章就结束了。又是半夜转运，还有学生死亡，死亡时还躺在床上，列车转运，不可能把学校的床也一起转运吧？更奇怪的是，这样的消息很容易就地封闭，为什么还要传出来呢？（這是製造恐慌，也製造憤怒，然後消滅敢于憤怒者。）

不懂，还是睡觉算了。

10.29，多云。

小区北门的好吃街全部封闭了，不知道要封多长时间，老板心里一定是著急的，而那些生意好的火锅、烤串、麻辣烫店子的打工人却可以好好休息几天。平时，他们一个月只有4天的休息，白天要准备食材，晚上里里外外忙得不停，现在好，休息几天也不错。

"盛风酒店"对面那些小吃店还开著，还是在人行道上就地吃，打包走的人也不少，这里没封闭，大概因为主要是农民工就餐，他们除了干体力活，其他的事情也不会考虑，工头说每天要做一次核酸，他们就会做，紧挨著小吃店就有一个核酸采样点，吃完饭或打包走时，就可以顺便做一次核酸采样。

每天下午车辆高峰时间，YJ大道与HP大道的路口都会有8个穿著"志愿者"衣服的人执勤，他们有的人年龄已经很大了，名义上他们是为了建设文明城市，帮助维护交通安全，实际上，他们根本就没起作用，路口有红绿灯，偶尔有个别闯红灯的行人，他们也管不了。即使夏天里那么酷热的时候，他们也要在那里守著。

10.30，晴。

傍晚看到旁边的小区011街正在封闭中，很多农民工在扎铝合金墙板，看来，那里面的人要煎熬几天了。

没想到我的处境比他们更糟糕。晚上街道卫生防治服务中心打来电话，说我27号做的核酸混管里有问题，我属于"密接者"，要进行隔离。然后，社区网格员打来电话，要我准备好这几天换洗的衣服，明天去酒店隔离4天，11月3号回家，再在家里自行隔离3天。我说："我老婆后天要做化疗，我要去陪护啦。"她说："那也没办法，这是上面要求的。你们要其他的家人陪护吧。"算了，我再多说也没什么意义，她也是办事人员。

我马上给儿子发了邮件，说明了情况，没有抱怨，只有哀叹。他很快就回了三封邮件，要我带这带那，想起来就发一封。看来，他是真的著急。很欣慰。我接著又告诉了前妻，她要我安心呆著，再不要乱跑，化疗那天她要侄儿去陪。

27号我是在小区旁的一个采样点做的核酸，我是看到没有人排队才去做的，怎么就成了"密接者"呢？都是过往的人在那里做，哪里知道那些人是哪个社区的呢？只有专门负责的政府和卫生才知道，他们说我是，我怎么解释都是没有用的。

网格员说的话都很客气，还不停的说谢谢我的配合，反而搞得我心里更没底了。

明天去酒店隔离，带这个手机不方便。

11.4，晴。

在酒店隔离了四个夜晚和三个半白天。酒店环境还不错，一人一间房，吃的也不错，很安静。每天按时有人送餐来，按时来做采样。每天有一袋牛奶，一个水果，第一天还有两袋"中药液"（药字还是繁体字），后两天每天一袋，三无产品，连用于治疗的病症都没有说明，印著"CL区XXX社区卫生服务中心""CL区儿童医院"等字样。我都倒掉了。

我的左隔壁房间是母子俩，小女孩经常唱歌，稚嫩的歌声给隔离区域带来了生气和希望。出来后，在电梯里，我真诚的谢谢了她。

回来的车上，一个大妈还在抱怨：冤枉在这里关了几天。我说："认倒霉吧，他们征用了所有的酒店，防疫工作总要有个内容，不然总结怎么写呢？""他们通知你的时候是不是说是密接者啊？"她说："是啊。"我说："既然一根试管20个人中有一个是阳性，那个时候还没有隔离进行单独采样，他们怎么就直接说我们是密接者呢？这不符合逻辑吧？"她说："就是啊，说我们27号的采样有问题，30号才通知我们，两天时间，又不知道会有多少密接者了。"

今天上午9点就回到了小区，先去居委会报备，然后回家。网格员在我的房门上装了一个报警装置，开门即报警，同时发出信号到网格员的手机里。

接着在家里自行隔离三天。今天没做核酸，明后两天，"志愿者"到家里来采样。下周一才能自由出入。

11.5，阴。

哦，昨天和我一同乘车回来的三个人，他们也没有喝那个"中药液"。那位大妈说："我连那些饮料和牛奶都倒掉了，谁知道那是些什么东西。"我也没喝饮料和牛奶，"蒙牛"牛奶，我喝一次就拉一次肚子，所以很多年没有喝过它了。

房门被装了一个报警装置，开门即报警，而且直接传送到网格员的手机里。昨天我还问："它报警之后，信号是不是要传到街道，或者卫生防治部门去啊？"网格员说："只传到我这里，就我知道。呵呵。"

下午还是骑车出去转了一圈，好吃街解封了，棋牌室似乎也开张了，街上的行人明显多了一些。严格封控不仅限制了人们的出行，还给人们一种心理压力，大多数人对疫情还是有一种恐惧感，封控越严格，这种恐惧就越严重，不仅造成以邻为壑，而且是以任何他人为壑。

CNN和国内的媒体报道，香港已经恢复了与世界的各种交流。既然香港已经放开了，国内慢慢放开也是必然的事了，只是这个时间有多长呢？除了维持社会稳定以外，还有一个因素，即很多权贵的年龄都很大了，他们会不会担心放开以后，自己也会像拜登和佩洛西一样染上病毒呢？他们是享有特权的，同时又是很脆弱的一群人，对病毒的恐惧比普通百姓更甚。

11.6，晴。

看到两条新闻：1、黑龙江省委巡视组副组长魏彬诋毁党和国家领导人，双开；2、国家应急消防局副局长张福生严重违纪违法，被查。前几天还看到过另外一个地方的人被双开，没太注意，只是觉得有点不同以往，其错误是"对党组织阳奉阴违"。联系起来看，这三个人都没有如以往所列举的"贪污腐化""行贿受贿"等经济上的问题。对于高级干部，要绝对的与中央保持一致，这比腐化问题更为重要，任何持有个人意见的人，或发牢骚者，比如，在与亲朋好友议论疫情封控问题时流露出了怨言，甚至对于他人怨言的同情，都将被认为缺乏忠诚度，视同异端，必须予以清理。

今天最后一天隔离，高兴。

11.7，晴。

普京签署允许罪犯参战的法令，这与"惩治主动投降，战场逃跑和逃避征召"一样，很荒唐，普京的判断力出问题了。换一个角度看，签署这样的法令，说明中下层官僚不敢承担责任，不想成为替罪羊，成为历史的罪人，在上级口说无凭的情况下，普京和高层的指示得不到有效的执行，所以不得不以签署法令的形式推进意志的执行。"卡廷惨案"有斯大林的签名，历史真相才得以澄清，如果当时执行者仅凭斯大林的口头指示就杀害波兰2万多军官，"卡廷惨案"真的就成了历史悬案。（看来，還是毛澤東的中共手段高明，"文革"迫害死了那麽多人，没有一個是因爲毛的簽名致死的，倒是周恩來留下了致劉少奇死地的材料。周肯定不笨，可他明白必須那麽做，否則他和夫人自身難保。）

手机新闻，"教育部有新举措！事关高效防疫"，内容为了解决高校在防疫过程的各种问题，教育部设立高校疫情防控投诉平台，接受在线提交和电话反映问题线索。谁投诉谁倒霉，不知道又有多少幼稚无知、充满正义感的人将受到整治。

手机转载"澎湃新闻"消息，"世卫官员：新冠不能视为季节性疾病，仍处于大流行阶段"，点开一看，所谓官员是世卫组织俄罗斯代表，而且是在莫斯科的表态。其中的内容逻辑混乱，根本经不起推敲，完全没有科学性，难道世卫组织真的都是一些缺乏基本思维常识的混混吗？

前妻说了1号那天去住院的过程。因为那几天防疫特别严格，医院控制的很严，不准陪护人员进入住院部，病人上了楼就不能下来了。没办法，她只好自己将住院用的行李拿到病房，而医生多次嘱咐过，右手不能用力（因为右胸埋著输液接头），她的左下腋做了淋巴切除手术，左手一直肿胀著，也不能用力，但是没办法，还是得自己拿著沉重的东西到病房。吃饭是订餐，而医院的饭菜很难吃，她几乎饿了两天。所以，她只住了两天就出院了。她说，有一些病人要住二三十天，每天吃那种东西，身体一定会拖垮的。我说5号要开世界湿地保护大会，省市领导担心会有中央大人物来，所以控制得很严，她说大家都是这么想的。老百姓很难，很苦；疫情下得病的老百姓就更是苦不堪言了。

11.8，晴。

小区北门还是关闭的，南门值守的人没有要求每一个进入者出示健康码了。

晚上，好吃街很热闹，恢复了往日的红火。

妹妹打来微信音频电话，她先说睡眠问题，问我吃"安定"会不会产生负作用，我向她说我吃"安定"后的睡眠情况很好；然后她又说起她的合唱团里有两个人总想把合唱团搞垮，她很生气，为此睡不好觉，我当然也劝她不必太计较等等之类的；她又问了前妻的情况，我简单的介绍了一下。趁我说我因为被隔离最近一次没有去陪护时，她问我隔离的原因和情况，我简单的介绍了一下。

11.9，晴。

夜晚转钟时给儿子了一封邮件，告诉他我60岁了，正式退休了，简短的说了一下我43年的工作表现：有过多次令战友、同学和同事钦佩的荣耀时光，也有过几次让同学和同事耻笑的羞辱经历。又给他发了一封，附上了我的《复员证》照片，还讲了我在部队抓小偷的趣事。

11.10，晴。

生日，退休第一天，前妻发来了"祝你生日快乐"的图片，又补充说"祝你光荣退休"。儿子没回复，不知道为什么，搞得我的心情很不好，过几天有机会在联系他。

中午出门本来打算去汉口买双鞋，等公交车，见到小学同学GZH，他说汉口那边最好不要去，到处都在封闭管理，说不定就白跑一趟，我说前些天我就是白跑了一趟，难道现在还没有解封？他说他每天都在看武汉的疫情，汉口、汉阳都比较紧张，最好不要去。还是不去稳妥一些，白跑是小事，如果再关进去隔离几天，那就倒霉了。

现在下围棋只找分数比我低的，可"极速匹配"遇到的大多是比我高的人，不下，直接关闭，而关闭的按钮在左下角，只有2平方毫米的一个"×"，关闭一次很不方便，"极速匹配"在右下角，有10平方厘米大。真不知道页面设计者是什么居心，把关闭按钮做那么小，而且设置在左下角，他完全可以设置在右下角"极速匹配"的旁边嘛，况且，中途关闭时，页面会弹出一个确认推出的提示，所以，即使两个按钮在一边，一般也不会发生误操作的事情。（這是故意的，包括各種刪除不掉的流氓軟件，還有社會生活中各種麻煩人、折騰人的規定、設施，故意製造和積累人們的怨恨、戾氣，使那些容易失去理性的人成爲暴徒，或者磨平民衆的棱角，成爲中共想要的顺民。）

11.11，多云。

今天两件高兴事：

1、　俄军撤出了赫尔松市主城区。这样一来，战线基本回到了2月24日俄军入侵乌克兰之前的位置。这才是人类文明发展应该有的样子，即文明战胜野蛮。二十一世纪了，还以战争手段扩张领土，就是野蛮。

2、　最高会议部署下一阶段防疫工作，虽然还是坚持"动态清零"的方针，但在具体防疫措施方面有所松动，这是逐步放开，与病毒共存的起点。高兴。

11.12，阴。

降温了，上午出去没在意，吹得有点发冷，赶紧骑车回家加衣服，到了晚上还是觉得感冒了，头昏，两眼发热，可能有点发烧了，可不敢去医院或者街道街道卫生所，早点睡，但愿只是受凉了，明天会好。

CNN报道，广州有一些对隔离封闭措施不满的人，用粤语指责政府的防疫政策，文章还专门介绍了粤语的书面形式与普通话有所不同，一些人试图以这种形式发泄不满情绪。CNN记者还是不了解中国的情况，信以为真了，它大概以为那些发牢骚的人都是真正自发的个人行为。（中共長期幹這種引蛇出洞，欲擒故縱的"釣魚"的勾當。）

11.13，阴。

听说孩子们明天就可以到学校上课了，真好。

小区南门仍然有两三个人值守，但只是在那里聊天，不要求来往的人出示健康码了。

CNN报道，中国取消了航空熔断，对于来华的人员隔离时间也缩短了。

这些都说明刚刚颁布的经过调整的防疫20条措施开始执行了，的确有所松动，这是向"与病毒共存"迈出的第一步，后面的路也许还比较长，但总算起步了。元首和总理分别去国外参加重要的会议，国内的管控措施也应该让国际社会有点认可度吧，不然就显得有点异类了。

妹妹打来微信音频电话，说她准备去杭州老公那里，然后问我前妻的情况，我说：我还是7号那天去过一次，她比较难受，这两天应该好一些了吧。妹妹要我给前妻一点钱，又说前妻这一辈子过的很辛苦，她爸爸、妈妈和哥哥得病，都是她在忙碌，现在她自己又得了这个病。我知道她活得很不容易，可我能怎么办呢？我劝过她无数次，而且多年以前我就要她不要吃中药，她不听我的嘛，她痛苦，我也不舒服，在医院我还劝她重新把这个家建起来，可她还是不听，她宁愿相信那个WYZ，也不听我的建议。没办法，愚昧无知的代价就是自己多吃苦，可悲的是她还不知道为什么会吃这些苦头，遗憾。（这些话我没对妹妹说）妹妹还问我现在是不是习惯了一个人清净的生活，我没有直接回答，只是说清净的生活很好，很快将话题转向她，要她不要组织跳舞了，搞个小合唱团就行了。

妹妹的话似乎在试探我对重建家庭的态度，我不想让她知道，但是，下次再见到前妻还是会提出这个问题。

11.14，阴。

昨天妹妹还提到了疫情问题，说控制比较严，不能聚集练习唱歌，所以干脆去杭州。我说我们国家人太多了，领导层可能是想把防疫时间拉长一些，等更有效的疫苗和药品出来，她问："你是这么认为的？"我说："这只是我的猜测。不过现在控制得松一点了，迟早会放开，与病毒共存的。"她说北京控制得很严，现在外地人不允许进京。我说北京不一样，那是首都嘛，再说，北京有很多退休的中央领导人年龄都很大了，他们都是脆弱的人群，应该得到有效的保护。她说："也是。"

CNN发布了一张照片：元首与拜登碰杯，他的杯子明显比拜登低几厘米。这种动作，在国内的宴会场合是一种低调的姿态，表达的是承认对方的地位高于自己（当然，也有故作姿态的虚伪的时候，比如，我见过单位的副总经理在与班组长碰杯时，特意将杯子放低一些）。我还以为这是PS的图片，因为巴厘岛的中美会晤还没进行嘛。晚上看新闻，元首提到2017年在达沃斯论坛上与拜登会谈过一次，这幅照片可能就是那次见面时拍的。

刚以为会松动一点了，可今天的"人民网"发表评论《坚定不移的落实"外防输入，内防反弹"》，各个媒体都予以了转载，"百度"也将此文置顶。打开看了一下，啰哩啰嗦的写了一大堆，只是始终没有了"动态清零"这个词。

其他的报道称一些地方已经取消了全员核算检测的措施。郑州还出现了"全面放开""躺平"的言论，"人民网"的评论大概就是针对这一动向发表的。中国的事就是这样：一抓就死，一放就乱。从过度严苛，到放开，必然会反复好几次，这样必然会使很多人产生心理落差，因此，也更容易发现对防疫措施不满的"刺头"。

11.15，晴。

各网站置顶的一条消息是"人民网"发表的评论：《坚定不移贯彻"动态清零"方针》，本来"坚持外防输入，内防反弹，坚持动态清零"一直是一句话，现在拆开来发表评论，这是评论轰炸，对那些心怀不满情绪的人进行舆论极限施压。CNN报道：广州市民"反抗"防疫措施。没敢点开来看，知道存在大量不满的人就够了，至于这些"反抗"的人采取什么形式，有没有可能是被"引蛇出洞"，或中了"欲擒故纵"的圈套，那就只能为那些人祈福了。

尽管"人民网"接连发文强调防疫，但防控力度还是小了，下午骑车去D公园，经过两个学校，孩子们都在操场欢快的嬉戏。傍晚去"盛哥"吃晚饭，也可以进去坐著吃了，我问服务员不准堂食的那些天收入怎么样？她说："那比现在差多了。"

11.16，阴。

各媒体报道，北大出现一例新冠阳性，整个学生宿舍"燕园"封闭三天全员筛查。

"搜狐·军事"登载一条消息：入伍三年，他荣获3次三等功。我没点开看内容，只觉得这样的成绩比雷锋差多了，还作为一条新闻来报道。

两天了，"人民网"没有报道疫情信息，"新浪网"和"搜狐网"还在报道。

CNN报道，G20会议最后通过了"强烈谴责俄罗斯发动战争"的决议。联合国还通过了"俄罗斯赔偿乌克兰战争损失"的决议，中国投了反对票。

一方面反复提出"反对搞小圈子"，一方面却又与极少数国家一起始终与站在俄罗斯一边，实在让人难以理解，这是凭借多高的智慧下的怎样的一盘大棋呢？

11.17，晴。

下午要前妻问问医生，陪护人员是不是像上次一样必须在本院做核酸，她说今天她去医院办了入院手续，管理还是很严，只允许陪护人员进入住院楼。我上次因为被隔离了，所以没去，但听她说管得很严，吃饭都是问题，她见到医院的饭菜就想吐，结果饿了两天。这次我去会带一些吃的，但三天的食品和饮用水，一次哪里带得了？

傍晚回来时见小区的北门开了，心里很高兴。可我20点20分出去买治疗鼻炎的药时，北门却又封闭起来了，好几个人还在那里发牢骚，指责社区居委会乱搞，搞得居民出入很不方便。平时没见有人发牢骚，这种突然的变故，导致一些人出现心理落差，牢骚怪话就出来了，"刺头"也就暴露出来了（**也許那幾個發牢騷的人就是"釣魚"者**）。我不敢参合，径直骑车绕道南门出去买药了。

11.18，雨、阴。

小区北门又开了，直到晚上也没有关闭。对面小区的东门也开了，但愿不再关闭。

上午看几个媒体转发"中国新闻网"的消息：广东加快方舱医院和隔离板房建设。不知道广东的疫情有多严重，花那么多人力物力值不值得呢？晚上又看到报道：珠海17日新增9008例病患，其中只有255例为轻型，无重型和危重型。既然如此，为什么还要大兴土木建那些临时性的设施呢？钱，是国家的，乌纱帽是自己的，地方官员只要保证乌纱帽就行了，钱不是问题，可是，国家的钱又是哪来的呢？

"人民网"那个叫"仲音"的人又发表评论文章：坚定不移的筑牢人民群众生命健康安全的"防疫长城"。他们知不知道在这座"防疫长城"之下，人民群众的生活有多难，期待著的就业的年轻人心理压力有多大。把防疫工作当成政治运动来干，必然会造成大量的社会资源的浪费，必然会把人民群众本来就少的可怜的自由剥夺干净，必然会有少数投机分子推波助澜，巴不得"疫情"永不结束。（其實，那些投機分子與這個"仲音"就是一伙的，他們幹的是狼狽爲奸的勾當。）

　　晚上在南泥湾公园走路，看到有五支队伍在公园两侧的马路上暴走，多的三、四十人，少的一、二十人，每支队伍都有一个人背著一只音箱，放著激昂的歌曲或音乐，个个都像打了兴奋剂的。有三支队伍还有统一的服装，步伐一致，昂头挺胸，神气十足。很像"文革"时期的红卫兵，可能与"义和团"的拳民差不多。本质上看，这些暴走团，以及那些跳广场舞的大妈，与"义和团"和红卫兵是一样的，愚昧无知，精神空虚，在喧闹的群体中才能感觉到自己的存在。（很難説他們的背後没有一支看不見的黑手。因爲，有當代的"義和團"、紅衛兵的存在，在某個特定的時期，他們隨時會被黑手利用，成爲打擊另外一些人的先鋒、打手。"文革"時期那些被摧殘、迫害致死的文化、科學大師們不都是紅衛兵在狂熱之中犯下的惡毒罪行嗎？而最終，被簡單的一句"失去控制"、"擴大化"一筆帶過，真正的元凶却始終没有受到真正的審判。有的學者甚至運用"群衆心理學"知識來解釋"文革"，認爲"文革"是集體無意識的表現。但是，這些人忘了，民衆在任何時候都是處于"集體無意識"狀態中，但是對其如何引導和利用，則取決于群衆領袖的善與惡目的。一個社會的領袖可以是一個人或一個組織，也可以是多個人或多個組織，一個人是領袖時，必然作惡，對社會發展必然是有害的，多個人或多個組織是領袖時，由于權力的相互制約，作惡的可能性就要小得多，也更有益于民众自由和福祉，以及社會的進步。所以，托克維爾指出"結社的藝術是所有藝術之母"。專制獨裁的統治，無法無天，毫無"藝術"可言，有的祇是種種恐怖。）

11.19，阴。

下午去汉口摄影，到那里才知道那个所谓的"和平打包厂旧址"还真是很老，看说明，它始建于1905年，是英国商人开办的棉花打包厂。里面的水泥楼梯都已磨得没有一点棱角了，消防喷淋设备大概是在中国最早使用的消防系统，管道的接头和阀门都是英文字母，旁边有一个说明牌，表明它是当时世界最先进的消防设备。现在这里被列为武汉市文物保护单位。

模特是漂亮的俄罗斯女孩，是武汉大学的留学生，汉语说得比较流利。拍摄过程转场时，我问她外人现在能不能随便进武大，她说要预约，她说："我进去都要预约。"我问到："武大内部有专门的留学生宿舍区吧？"她说她不住校内，在校外租房住。看来，她的家庭经济条件不错。有一个摄影师问她"俄罗斯像我们这样请模特摄影的人多不多？"她说："我三年没回去了，不知道这方面的情况。"摄影师说："别回去，现在正在打仗。"我说："没事，打仗也没在俄罗斯的领土上打。"她很认真的说："南方一些地方在打。"我不好再多说了，她可能认为克里米亚和新加入俄罗斯的几个州属于俄罗斯，我没必要跟她争论这个问题，免得她尴尬，我也拍不好。

回来时，一个CL区的摄影师（微信用的真名：WQG）说叫出租车回去，他说有几个人在等他去喝酒，问还有没有愿意同行的，我问他去什么地方，他说到好吃街喝酒，我说正好，我住在那附近，于是，随他一起乘出租车回家。上车后我说这个模特还很爱国，她可能把乌克兰的几个州当成俄罗斯的领土了。W说俄罗斯现在从赫尔松撤军，是为了配合中国的行动，我还没问："为什么"，出租车司机马上问了，W说："我们马上要对台湾采取军事行动了。"尽管我认为这简直是可笑之极的奇谈怪论，但没有接茬，司机的话多了起来，他认为武统台湾是易如反掌的事："如果日本帮忙，我们就新帐旧账一起算，把日本也拿下来，我们也去玩玩日本的花姑娘，哈哈哈。"他们都觉得不久就要完成统一大业，聊得很投机。安静了一会，司机说："其实，收不收复台湾与我们有个屁的关系。那年收回香港，我们该下岗的照样下岗，该穷的照样穷。"然后，他们又聊起单位福利、退休工资等个人生活状况的话题。我始终没有插话，跟这种愚昧的人，我能说得清楚吗？我敢说清楚吗？不能，也不敢。

11.20，晴。

上午前妻发来消息，要我就在CL的医院做单检核酸算了，免得在外面时间多了引起麻烦。我11点半去做了核酸检测，下午5点钟拿到化验单，然后盖上了医院的章。

傍晚，她又说要准备一些食品，担心像上次一样，进去了就不让下楼，我说既然已经松动一点，可能不会那么严格了，她转发来一个截屏，说的是武汉市从明天开始实行五天的静默管理，所有商场、餐饮行业停业，我在小区里没感到有什么不对劲的，北门还是开著的。不过，我还是去商场买了一点东西做准备，问守门的营业员这里明天是不是要停业，她说没有接到通知，应该不会停业吧。我又问了三家餐饮店，他们都说没有接到通知，明天可以来吃饭。不知道前妻哪里来的消息，也不知道是什么时候的消息，其中的"明天"是指哪一天。有些人故意编造这种消息，暗地里煽动不满情绪，有关部门从中发现不满的，甚至过激的言论，然后进行针对性的处理。

这一次我要在那里呆三天两夜，准备了防寒的衣服和暖宝宝，对付两夜没问题。明天很早就要起来，8点钟要到医院，我就得6点半出门，早点睡觉，明天在医院不忙的时候再找机会小睡。

日记又要停三天了。

11.22，阴。

在医院陪护前妻两天，帮她做了一些事，昨天下午才打了化疗的针，傍晚她就觉得左腿开始痛，我帮她揉了一阵，她说有所缓解，可以走动了。今天下午开始觉得没有胃口，心里发慌，她说这一次反应来得快了一点，前两次都是回家两天后开始有不舒服的感觉。她的头发掉了很多，病床周围到处都是刚掉的头发，她试了一下我的帽子，要我也买一顶这样的给她，我答应了。这一次白细胞有7点多，她很高兴，要我继续去那家买泥鳅，而且要买4斤。我也答应了。

昨天同病区住院的人不多，据一个护士说，由于武汉几个区实行静默管理，一些外地的病人来不了，我想起了那一对年轻的蕲春夫妻老师，按手术后的化疗时间安排，他们应该也在这两天做化疗。有个安徽女人，她在武汉做废品回收，一直在武汉，她昨天住进的医院，我这是第三次遇到她了。她的主治医生与前妻是同一个人，所以，安排的住院病房也在一起。可是，那对蕲春的小夫妻没来，他们如果没按时在县里的医院做化疗，等著到武汉来做，那就耽误治疗时间了。

下午4点回来进小区被要求要扫码，绿码才能进。我进来后看到健康码是48小时，而且没有"已采样"的信息，昨天和今天上午在医院都进行了采样，还收费，说是病人和陪护人员都是单检，所以要收费，怎么健康码却显示为48小时呢？不懂，难道那么大的ZN医院做的核酸核酸检测结果没有与武汉市防疫部门的系统共享信息？不是说大数据在防疫中起到了很大的作用吗？为了稳妥，我马上在小区里又做了一次核酸，然后，健康码上才有了"已采样"的信息。

有一个既做化疗，又要做放疗的女人，7月份就与前妻认识了，而且后来很熟悉，她住在19楼，昨天傍晚趁管理松懈时，专门下来找前妻聊天。她们聊天，我就走开了，到走廊的空病床上坐著。后来据前妻说，这个女人是武汉市海事局XX办事处的一个副主任，小孩在华师附一中读高二，他们在华师一附近租了一个房，她老公每天上午开车趁她做放疗到另外一栋楼时，给她送排骨汤、鱼汤来。她住了一个多月，她住的那层楼有好几个住了一个多月的人，但是，只有她的指标是正常的，其他的人经常因为指标不合格而推迟放疗和化疗，因为，医院的饭菜不仅贵，而且很难吃。苦啊，普通老百姓真的很苦。住院时间越长，交的钱越多，健康水平却越低，可怜的中国人。

还有一个问题，这个女人治疗了这么长时间，连自己的治疗方案都不清楚，总是医生怎么说，她就怎么做，医生没有说清楚的，她也没多问，以至于她的一只胳膊已经残废了：做了淋巴腺摘除之后，身上加了导流管，医生要她夹住胳膊，她就一直夹着，导流管取出之后，她还是每天夹着胳膊，等医生发现不对头时，她的胳膊已经完全抬不起来了。昨天前妻问起她的整个治疗过程是怎么安排的时候，她才发现不对劲，医生从来没有对她说过治疗方案。前妻说："她还是个副主任啦。"我说"这种人属于那种乖乖女，听话就能当领导。如果有主见，能独立思考，她就当不成副主任。"正是思维方式的残缺，导致了她肢体的残废（这话我没对前妻说）。

还是有点困，在医院睡眠时间短了，今天早点睡。还有什么事，想起来明天在记录。

11.23，阴。

今天上午做核酸，据说小区北门周一就封闭了，孩子们又都开始上网课了，至少五天，因为其他几个区实行五天的静默管理，CL区的官员当然也要表示重视，而老百姓的各种不便，用一句"为了人民的整体平安"来解释就足够了。

出去买袋装水饺，发现小区里有好几处采样点，问"志愿者"得知，有四个采样点，因为小区里出现了一个阳性感染者，一大早已经送到隔离点去了，他住的门栋实行封控管理，小区其他人全部要筛查一遍。上帝保佑，没有封闭整个小区，算是够人性化了。傍晚在小区散步时，专门去那个门栋看了一下，没有值守的人负责执行封控管理任务，就算筛查的结果出来了，剩下的人都是阴性，不是还有潜伏期吗？怎么就放开不管了呢？即使在那个门栋上装上开门报警设施，那也是摆设，因为我的房门就被安装过这东西，我进出自由，也没人来管我或提醒我什么。

中午去广兴城，那里还开著，给前妻买了一顶帽子，拍了照片给她看，她表示可以。

又去东方红菜场买野生泥鳅，没有了，上次那个老板不在，其他卖水产品的商贩卖的都是人工养殖的泥鳅，养殖过程都添加了激素的，前妻说她现在不能吃含有激素的食物。然后，骑车去了CL区这边几乎所有的菜场，都没有野生泥鳅。

河南安阳发生死亡38人的特大火灾，却没看到一个国家发来慰问电函。（經常看到我們的元首給一些國家發慰問電，明顯的收支不平衡啊。）

11.24，阴。

今天去了东方红菜场两趟，下午还是没见到上次卖野生泥鳅的老板，记住了他的摊位号去问市场管理的人，他告诉我说那是泥鳅老板的摊位，并告诉了我电话号码。接著我打电话给老板，他说他回汉川了，过几天才来，我问五天能不能来，他说可以。

我马上告诉了前妻，让她看到希望，她回复说"好的，谢了。"

小区北门还关著，南门上午下午都有几个人守著，进出小区的人也没有出示健康码了，中午一个多小时没人值守，下午5点多也都撤了。孩子们继续上网课，看来，最倒霉的是住院的病人和天真烂漫的孩子。

浏览器首页出现一条转自"北京日报客户端"的新闻：世界杯开幕第一天，中国在卡塔尔干了一件大事。文章开头就说"我们或许可以这样说，即使国足真去了卡塔尔，意义都没有这件事更大。当然，我们知道，国足肯定去不了卡塔尔……"，文章报道的是中国与卡塔尔签订了一项能源合同。本来，中卡的能源交易与世界杯没有一分钱关系，可为了吸引注意力，也为了给提振国威打鸡血，蹭一下世界杯的热点。不过，报道还是不得不扭捏的说一句"当然，我们知道国足肯定去不了卡塔尔……"。

今天上午，那个搞旅游的YLS发来一条消息：今天是感恩节，感恩生命中遇到的每一个人。我不知道怎样回复，干脆不予理睬算了。

11.25，阴。

上午准备出去买帮助消化的"吗丁啉"，下楼发现对面的楼被围起来了，墙板上贴著"管控区"，小区喇叭也在通知做核酸，心里在想"搞得这么紧张了？"做了核酸，还没走到小区南门，发现那边站了很多"志愿者"，行车的道路已经被封起来了，走近大门，得知不能出去，小区进行封闭管理，我说要买药

怎么办？他说去找社区网格员。我回到小区中心广场，看到两个
"志愿者"在聊天，我说了一下买药的事，他们商量了一下，其
中一个女的要我等一会，她出去买。等的时候，我问男"志愿
者"是哪个社区的，他说是公司派出来协助各个有疫情的社区，
我见他佩戴著党员的标志牌。他得知我是"雄企"的工人，很
羡慕，说："你们的退休金很高，比我们多几千块。"我说我
还没拿过退休金，不知道会有多少退休金，他说他的一些熟人都
是"雄企"退休的，每月8千多，"哎，相比之下，我们的太低
了，只有4千多。"他说："我是XXX服装公司，也是国企啊，
现在服装行业不景气。可我们的事一点都不少，经常要完成区里
临时布置的工作。"我问要封闭几天，他说："如果没有出现
新的阳性病例，三天就解封了。""如果有呢？"我问，他说：
"那就要听区里的安排了，我们也不清楚。"

　　今天，手机浏览器的信息中好几次夹杂者一类广告：帮助出
书，帮助发表论文，帮助出版自传等等。大概这又是一种骗钱的
手段，所以，没点开看。

11.26，阴。

　　卡塔尔世界杯的赛场上，出现了"蒙牛"、"VIVO"和
"万达文旅"三个中国产品的广告。疫情前有很多旅游公司，就
是没有看到过"万达文旅"这个品牌的旅游公司，"万达"这个
品牌，往往是与房地产和商贸联系在一起的。这两年房地产不景
气，整个商业活动也在萎缩了，"万达"转向搞旅游了？可当前

到处都在静默、封控，整个旅游业基本上也处于静默状态，这个"万达旅游"怎么还跑到国际上做广告了呢？看起来好像中国的旅游业很兴旺的样子，旅游公司居然舍得花大价钱到世界杯上做广告，旅游业兴旺，则表示著老百姓出行很自由。

晚上在小区里散步，有两群人在围著议论封控的事，都指责区和街道没有执行中央的最新发布的"二十条"，没有一个红头文件，随意封控小区，一个男人说他要社区居委会拿出封控我们这个小区的红头文件，居委会拿不出来；还有的说发布了"二十条"，封控管理却越来越严了。我没有参合，听一听热闹就走开了。

11.27，阴。

上午下楼做核酸时，听说20门又查出一个阳性病例，小区的封控时间延长到30日24点。昨天我看到两群人议论封控措施，甚至质问居委会的行为，也许会导致封控时间的延长，今天就得知的确要延长三天。没袋装食品了，去居委会找网格员，她作了登记，说买回来后通知我。我问："如果这三天里又出现了新的病例，那是不是还要延长封控时间啊？"她说："那就要听上级的指示了。只能盼望不要再出现新病例了。"

过了一个多小时，网格员说只买到了汤圆，"湾仔码头"的水饺没有，我说附近的商场有啊，她说商场关闭了。我问"那怎么办？我除了会煮饭，什么菜都不会做。"她说明天再去看看，争取给我买到，我也只好先谢谢她给我买来了汤圆。

今晚在居委会门口聚集了很多人，有几个人又在质问居委会的负责人。我远远的看了一会，没走近，听到几个人虽然没有爆粗口，但言语很激动。

据CNN报道，乌鲁木齐发生抗议活动（配有抗议现场的图片）之后，新疆的防疫措施将放松，国内也有媒体报道，新疆将从28日起放松防控措施。目的达到了，也就不必要为难那些老实巴交的良民了。出现了有规模的抗议活动，那些不安定分子已经充分暴露出来，今后再逐步逐个惩戒。香港的"暴乱分子"两年前的行为，如今都逃不脱惩戒，何况内地的不安定分子呢？

11.28，雨。

手机出现一个讲述新疆封城103天的视频，一个女声的画外音，很悲戚，很可怜的介绍被封闭在家中的感受，画面里只有对面的高楼和铺满白雪的小区，以及小道上穿着防护服的人在走动。那近乎哭泣的声调，很容易使人产生绝望的心理。目前到处都在封控，这种视频流传的效果是不言而喻的，要么增加很多人的心理负担，要么使一些容易冲动的人做出粗暴的事情来。真是用心险恶啊。

上午去社区询问买水饺的事，网格员说已经解封了，可以自己去商场储买了。很高兴，走出小区，一路上到处都是铝合金墙板，所有的商店和餐馆都被围起来了，只有极少数副食店、药店开着，真不知道哪里找的这么多铝合金墙板，似乎今后封控是一件常态化的事情，否则，这将造成多大的浪费。

CNN报道，中国各地罕见的爆发了抗议活动，有的地方甚至直接喊出了要求元首下台的口号。这后一点的可能性很小，老实巴交的国民没有如此大胆和思想激进的，至少他们知道喊出这种口号无济于事，反而徒增风险，如果真有这样的口号出现，那一定是被安排混于人群中的特务，如有随之附和者，今后将不得善终。（後來證明那些喊口號的是中共安插的煽動這一判斷是正確。2023年10月27日早上10點中左右，我到附近的商場買面包，爲28日去日本的行程做準備，裏商場門口不遠，見一個40歲左右的男子，光著上半身，來回的走，嘴裏大叫："習近平是頭猪，給我提鞋都不配。"我與其他人一樣，看了他兩眼就走開，祇當他是精神病人。等我28日到了日本，再看新聞，才知道李克强離世了。我馬上聯想到了那個光上身的男子，感覺到後背發凉，當時不知道有多少祇眼睛在暗地盯著經過他附近的人員的表情，如果誰跟著附和，或表現出了贊賞，後果會很嚴重。）

昨天夜里小区聚集了很多人提意见、发牢骚，今天就解封了。新疆也是这样，出现抗议活动后就放松了。昨天在居委会门口"抗议"的人，有钓鱼者，也有上勾的鱼，后者都将被视为不安定分子记录在案，然后秋后算帐。

11.29，雨。

"新浪网"消息，外交部发言人驳斥外媒歪曲事实，指责中国警察殴打BBC记者的报道。事情发生在上海，部分民众抗议防疫措施，警察劝离民众时，将没有出示身份证件的BBC记者"强制"带离了现场，最终"请其自行离开"。这个报道至少说明三个问题：1、上海的确放生了群体抗议行为；2、所谓"强制"、殴打的可能性不大，但推搡是肯定的；3、用"请其自行离开"来表述，说明外交部发言人还是很理性低调的。

由此消息，不禁联想到另一个问题，即政府部门有可能将抗议行为列为"受国外反华势力操控"的企图颠覆政府的行为，如果这样，后续的发展将不可想象，即便是没有继续发生群体抗议行动，对于那些在已经发生的案例中抓捕的人员的惩罚将是非常严厉的。可怜的人们。

也许，无论是中了欲擒故纵的计，还是一些血性青年的自发行动，正是有了这些抗争的行为，封控的严格程度将会降低，城市将逐步放开，今天的上海股市大涨了2.1。这应该是一个迹象，因为，股市那些幕后操控者与各种政策的制定者基本上是互通信息的所谓圈内人。

妹妹今天又发来微信音频电话，好像在哭，反复叫我"哥哥"，自从她结婚以后，从来没叫我一声"哥哥"，一直都是叫我的全名。也许，她这次是真的郁闷了，她认为自己得了抑郁症，总想着合唱团被人算计的事，烦躁、恼怒和无助，思想不能自拔，所以想跳楼自杀。我还是劝说很多，并向她推荐了一些美国、欧洲的电影，要她看看一些喜剧和暖心的影片，分散注意力，自我调节情绪。推荐的电影有"憨豆系列"、"马达加斯加系列"、"小鬼当家系列"、《海蒂和爷爷》、《触不可及》、《天赐宝贝》、《绿皮书》、《完美的世界》和《尽善尽美》，要她先看最后一部，看看别人是怎么改变的。

她说她不喜欢看电影，我说："你以前不是总喜欢看一些国产的战争片吗？还总是为那些英雄人物所感动。我们以前看这类电影太多了，没有看过涉及到人性和人间温暖的电影。""欧美的打打杀杀的电影很多，但是，关于人文关怀的电影也拍了很多，而且拍的非常好，我们缺乏的正是这类基本知识的教育。"

她后来又打过一次微信音频电话，又聊了好久。晚上她发来消息，说下载了"爱奇艺"APP，注册了会员，准备看电影。

11.30，阴。

上午，妹妹打来微信电话，说了精神压力太大的原因，她和老公一直在还外面的债务。她说，其实，早在五年前，肖就在外面欠了高利贷的债，总额高达四百万，她把爸爸妈妈的房屋拆迁费全部用来替老公还债了，其中就有属于我的70万，然后，他每年给我8个点的利息，另外她还找了一直很关心她的中学借了30万，老公又找他家的姐妹借了一些钱，总算把外面的债务还得差不多了。哎，她说了很多事，起初债主还将老公告上了法庭，他为了保住房子，就与妹妹离婚，房产归于妹妹，而债主的律师认为是假离婚，法院还是将房产作为了抵押物。她说得比较乱，前后还有矛盾之处，也说得很悲惨，又是想自杀，又是想去精神病院，又是想出去流浪。口口声声叫我"哥哥"，让我不知道怎么应付。因为，她之前说的关于合唱团闹心的事，全是鬼话，我怎么相信她呢？她还是说我还留在他们那里的55万，还是按5个点的利息给我，然后我的本金也争取今年就还给我。听她说的那么凄惨，我能说什么呢？我说我就不要利息了，本金还给我就行了，她又说："想先把老师的本金还给她，我们是自己家里人还是要亲一些"，我接过话说："那也行，我手上还有一点钱，我不急"，她说："你手上是应该还有一点钱。"我说："你们先把银行的钱，老师的钱先还了，再还我都可以。"她又很感激的说我好，说以前总认为我是个坏人，通过聊合唱团的忧虑，才知道我是个有理性的人，又要她看那些电影，知道我是个懂感情的人，说了一些恭维话后，表示会尽快还给我本金。

妹妹一开始谈到钱的问题，我就感到了问题的严重性，所以，赶紧拿来平板进行录音，大多数主要内容都存进了平板。

她上午连续打来两次电话，说了很多很多，不知道哪些是真哪些是假。我庆幸的是，几个月前，妹妹还要我再借她30万，按5个点的利息给我回报，我当时没同意。

晚上打开电脑，发现页面成灰色的了，才知道江泽民去世了，断断续续的听了一下对他的评价，还是很高的。

CNN报道，中国在严查在抗议过程中，对那些点赞的帖子将给予严厉的惩罚。这也是我以前预料的，一些看起来像指责防疫措施的短视频，谁在跟贴中或评价中予以了称赞，都将成为惩罚的目标，何况对群体抗议行为的点赞，更加不会放过。可怜的人们啊，但愿他们经的起生活的各种冲击。

12.1，阴。

上午妹妹又打来微信电话，说她昨晚睡得很好，很久没有睡的这么好了，吃了一颗安定，睡了9个小时，前几天吃两颗都睡不著。我说你昨天对我说了一直焦虑的关于财务紧张的事，压力释放出来，焦虑也就没有了，睡得当然就安稳了。她说："是的，她以前不敢想象哥哥会怎么对待我，生怕你跟我吵闹，那我就简直要崩溃了。昨天看到你的态度让我放下心来，我觉得多亏我有个好哥哥。"

昨晚给前妻买了两斤多她喜欢吃的"江汉黑猪肉"，今天想再去买点炖汤的藕，可东方红菜场关门了，听说要关闭三天，我拍了关闭的大门的照片发给了前妻。路边那些卖菜的小贩，也没一个卖藕的，真没办法。

晚上听梁文道"八分"最新的音频，对目前防疫情况的分析，提出的问题还是比较客观，理性，也比较尖锐，但还是局限于防疫政策和措施本身，以及由此产生的经济问题，更深刻的层面他可能也不敢提及，否则，这段音频就不能播出了。他也讲了通过这次疫情，居民邻里之间的了解和感情加深了，还讲了一个地方出现了很暖心的的故事（不知道是不是他编造的），一个小孩感染了病毒，孩子妈妈准备带Ta去方舱医院，邻居们都纷纷劝她不要带孩子去那个地方。听到这里，我的眼泪不由自主的下来了，无论真假，这个故事太感人了。我在酒店被隔离的四天里，隔壁一个小女孩稚嫩的声音给我们那一层的人们带来了生气，我很感谢她，同时我也觉得她真的太可怜了，尽管她小小年纪不懂得这种经历的可悲。

梁文道在播讲过程，好像是口误，说了"集中营"这个词，但马上又改口称"方舱"。潜意识是一定有的，口误是不是真的就只有他自己知道了。

12.2，阴。

上午出去看了好几个菜场都没有野藕，只好带着给前妻买的帽子和排骨去了她家。

吃晚饭时，我还是劝她重建家庭，她仍然说她现在是个废人，不想拖累我，我说了好多，她还是那句话，没办法。

今天的"人民网"转载《人民日报》第二版的文章：《孙春兰：总结基层经验做法，推动防控措施持续优化》，而第六版，仍然出现了那个叫"仲音"的文章《凝聚共识，形成合力》，后者还在强调防控。

晚上，手机里出现一个转自"鲁网"的消息：国务院副总理与专家座谈，透露出重要信号。将孙春兰与几位医学专家座谈的内容介绍了一番，文章最后前后不连贯的插了一句"中医药也发挥了积极的作用"，很搞笑。

12.3，阴。

三天半了，各网站的首页还是灰色的，很不习惯。昨天，前妻说江泽民"领导的很好，中国这么多人，这么多事，解决人民的吃饭问题都很不容易，有一点错误总是难免的。"我附和著说："人无完人嘛，谁不会有一点小毛病呢？"我没问她说的"错误"是指的什么事，我也没说"小毛病"指的什么事。

江汉路的人也多起来了，水塔边好吃街的食客很多，今天还比较冷，如果暖和一点，食客可能会更多。

回来乘地铁时，我的核酸时间显示为绿码48小时，保安不让我进去，他说上级要求24小时绿码才行，我说我是昨天上午做的核酸，现在是下午了，准备回去再做，他还是不让进，旁边至少有5个人和我的情况一样，都在指责保安，来了一个（可能是地铁站负责的）人，他说现在让我们进去，要我们回去赶紧做。5点半回到社区，发现核酸采样点没人，问社区居委会的人，她说今天中午11点就撤走了，我问明天上午还做吗？她说她也不知道。这的确是个问题，如果核酸做不了，而一些场所又需要出示核酸结果，那怎么办？岂不是变相的限制人们出行的自由？

基层的管理人员，尤其是区和街道两级的负责人，他们是体制内的官僚，不敢轻易的放开，又不敢像以前那样严格的封控，他们在观望。小区里核酸采样点很有可能是第三方盈利企业在维持，现在由于官僚们的观望态度，核酸企业的收入可能不容易兑现了，干脆也暂停了。现在等于把问题和麻烦交给居民，等居民们遇到各种阻碍，自然会找到居委会，再由居委会反馈到街道和区两级，然后再上交到市里。

可市里的官僚们也怕担责任，比如有消息称，昆明市昨天要求基层不能动不动就将问题和矛盾上交。难啦，中国人活得真累，百姓累，官僚们也不轻松。

这种局面大概还要持续一段时间，等到一个合适的机会，元首表态了，才会见到后续的动作真正展开。CNN报道，欧盟领导人表示，中国领导人暗示承认防疫工作抓得过头了。这可能是元首会见欧洲理事会主席米歇尔的内容，但是，国内的报道不可能出现这样的消息。

傍晚在工业路"盛风酒店"对面的那排餐馆吃的饭，人很少，老板娘说："等一会就多了。现在工地中午不允许农民工出来吃饭，晚饭还规定了时间，晚上回去之后再也不能出来了，所以等一会人就会堆起来的。"正说著，来了一个农民工，他坐下后就抱怨："这他妈的要搞多久啊？工地里食堂的饭菜太难吃了，还他妈的很贵，好在只是中午对付一餐，晚上还可以出来吃个饭，哎，他妈的。"附近两个工地一直都没封闭过，现在不随便封市民小区，却把农民工半封闭起来了，当风向有变时，基层官僚们可以表示："我们始终没有放松防疫工作。"

另外——

工地食堂的老板，一定巴不得疫情永不结束；

医院食堂的老板，一定巴不得疫情永不结束；

第三方核酸检测企业老板，一定巴不得疫情永不结束；

……

12.4，雨。

上午9点多起来，第一件事就是去做核酸，然后回来蒸馒头，吃早点。到了10点41分，小区的喇叭响了："紧急通知，因突发紧急情况，今天核酸采样已结束，请大家不要再前往采样点。"重复播放了3遍。

几个媒体都报道：12月5日起，武汉地铁不再查验核酸检测阴性证明。文中却仍然要求"请主动扫场所码，……"，看起来好像宽松了一点，可疫情以来，只要地铁开通，以前乘坐地铁也没有"查验核酸检测阴性证明"的经历，但每次都要扫进站码，实际没有变化。滑头。更加虚伪的是：澎湃新闻报道《武汉市CL区辟谣核酸点关闭：人员聚集多为外区居民采样所致》。关闭核酸点，这是我两天来亲身经历的事实，怎么成了谣言呢？实在是恶心啦。

有官方媒体报道：《世卫组织：还没有到宣布新冠大流行紧急阶段结束的时候》，这显然是对中共防疫政策和措施的肯定。世卫组织到底是个什么鬼东西？

12.5，阴。

东方红菜场大门贴了一张告示，称今天菜场消毒，明天开放营业。我拍了照片发给前妻，她很高兴，我们都希望明天能买到野生泥鳅。

小区没有核酸采样点了，"福乐新天地"马路边那个点还在采样，人很多，拍了很长的队，012街还有一个，也排了很长的队，我整整排了55分钟，做了核酸。排队时，有一个志愿者还劝大家不必做核酸了，他说他的健康码昨天上午是灰色的，下午自动变成绿色了。后来，我把这个消息告诉了前妻，她刚好也是灰色的，我要她放心，也许下午就会变成绿色的。做了核酸后，我去街道卫生服务中心问问疫苗的情况，医护人员查了电脑都说"你已经打了三针疫苗，后面不需要再打了"，我问："新出来的吸入式疫苗也不用吗？"她说："不用。"我放下了心。看媒体报道，近两天，一批新的疫苗开始接种，而且主要针对60岁以上的老年人，我担心的是这种一窝蜂出现的疫苗可靠性不如以前稳步推进的产品。

今天关于奥密克戎病毒对人的伤害很小的消息一再出现，"澎湃新闻"还报道：世卫组织称很高兴看到中国正在调整防疫策略（这更加说明这个组织不是个东西，正说、反说都有道理，都很权威）。晚上，"新华网"发社论称"已经走出了最困难的时期"。明天的江泽民的追悼会上，元首也许将重新为防疫工作定调，然后，基层的官僚们就不再观望，真正的起步逐步放开。

从CNN报道的中国爆发抗议活动的地点看，几个大城市都有一批参与者。这些人今后已经够另外一些人忙几年了。严格的封控时间再延长，整个经济受到的不利影响过于沉重，既然通过极限施压已经挖出了一批不安定分子，就该重振经济了。今天的股市上涨了1.76。

12.6，阴。

上午出门去东方红菜场买泥鳅，下楼就发现旁边的门栋被封闭了，门栋口架了一个蓝色的帐篷，里面有看守的志愿者。晚上回来还关闭著，这么冷的天，看守的志愿者也够难受的了。

买到了野生泥鳅，接著去了前妻那里，她很高兴，似乎看到了野生泥鳅，就看到了白细胞合格的指标。虽然我不信这些民间土方，但她能有一个好心情对身体也是有好处的。

太巧了，在地铁站安检处准备进去的时候，保安要我和另一名乘客默哀，我才发现，广播里要求所有的工作人员和乘客站立默哀三分钟，我摘下帽子，站立不动，过了一会，保安说可以走了，我说："广播还没说啊？"他说时间到了，我笑了，一个保安问我"你笑什么？"我说："我笑我自己太呆板，只知道等广播通知。"他还继续说："你居然还笑。"我没理睬他，直接刷卡进去了。那个保安很年轻，显然不到三十岁。（小小年纪，不知道他與江澤民有多深的感情，不知道他的父母在江執政時期得到了多大的恩惠，如果得到了很大的恩惠，他怎麼會在這裏幹每月2、3千工資的保安呢？可他爲什麼要反復責備我笑了呢？最大的可能就是他的領導作了要求：默哀時，要制止那些不聽指揮的人，禁止有人表現出高興的神態。對于不聽勸阻者，要及時報告上級派人支援，采取強硬措施。）

下午接到CL区防疫部门的电话，说我昨天在"益升公馆"旁做的核酸出现了问题，二十人的管中有阳性，要我明天在家等著医生上门做单人采样，还要我通知社区网格员。上次通知我不久，网格员就给我来了电话，这一次我等到晚上8点，网格员也没有动静，我主动联系了她，她要我三天不要出门，就在家呆著，下午会有医生来采样。她们对我有一个共同的指责："你没必要去做什么核酸呢？以后不必每天做核酸。"我解释说："我前妻在做化疗，医院的要求严格一些。"网格员说："这三天不要出去做了，就在家做单独采样。"

看"高德地图"APP，上面用红圈标记着武汉市"高风险"区，遍地开花，密密麻麻，红圈布满了武汉市各主要城区。但是，旁边被封闭的门栋没有被圈上，搞不懂那些标记是真还是假，搞得我们这些草民整天人心惶惶。

12.7，阴。

上午，网格员打来微信电话，通知我去小区物业管理办公室做核酸，去了之后才发现有7个人在排队，他们与我一样，都是做核酸时"混阳"了，要居家观察三天，第一天在这里做鼻腔和口腔双采样，后面两天在家等着志愿者上门做口腔单采样。

排队的人中有两个是同事，其中一个说："我是因为小孩要参加艺术类考试才出来的，昨天做了一次就出问题了。单位的人从上月24日半夜被拉进厂，一直到今天还关在厂里，不能出来。"11月25日，正好是小区开始封控的一天，已经12天了，还关在厂里，实在可怜。据说，"雄企"很多生产单位都将工人关在了厂里，确保生产的连续性。很多人都吃不惯单位食堂的饭菜，找各种理由出来买卤菜带进厂里。真替他们难过。

手机出现一条转自"中国发展网"的文章《坚持"动态清零"是最有效最负责任的做法》，作者是中国宏观经济研究院产业经济与技术经济研究所所长费洪平。文章全是空洞的赞歌，全是政治，没有一点科学。

上午前妻也去一个街道卫生站做了核酸，很多人，好在陪她去的阿姨给别人说好话，介绍前妻的病情（两只脚都是肿的），人们才让她插队做了核酸。前妻说她问了医院，医生说如果小区里有封控的楼栋，去医院不仅要有核酸结果，还需要网格员的同意，这的确有点离谱，医院的检测结果都不行，还要一个非专业的网格员的同意，这哪里是治病救人，完全是折腾病人。

下午，看到官方媒体都报道国家卫健委出台了防疫"新十条"，比之前的"二十条"又宽松了很多，甚至连CNN都报道"中国全面改革零疫情防控政策"，还有报道称"这是中国抗议者的胜利"（美国人太老实了，精英分子往往成了书呆子，他们根本不了解那些抗议者今后的命运，也不了解，由于他们的称赞会使那些抗议者所受到的惩罚加倍）。"环球网"刊文《"阳"了怎么办？专家提醒！》，文中的专家介绍奥密克戎病毒引起的"危重症比流感还低"，这几天像这样的文章和专家的声音很多，并且称这归功于三年来中国对新冠防疫工作的不断努力，医学工作者的科学总结，疫苗的普及等等因素，算是对"新十条"出台的一种援助。

晚上在小区里散步，发现7门也是封闭的，这样，小区里就有两个门栋封闭了。明天，关在厂区内的工人能出来吗？

12.8，阴。

各地的防疫放松了很多，跨地区的飞机和火车也取消了核酸证明和健康码的要求，看起来基本放开了，但仍然有官媒称"优化防疫措施不等于躺平"，有这样一句做为紧箍咒，各地方官员们，尤其是基层的官员们在防疫工作上仍然有文章可做，相应的，老百姓的心中仍然充斥著惴惴不安，说不定什么时候又被封控起来了。来的太快，让老百姓有一种难以相信的疑虑。中国大概是民众之间的信任度，以及民众对政府和政府官员的信任度最低的国家，这是怎样造成的呢？民众愚昧无知，又是怎样造成的呢？简单的归结为教育问题似乎也不对，因为中国是世界上博士、硕士最多的国家。（**缺乏人文精神，缺乏道德良知的科技人員越多，對地球、對人類的損毀越嚴重。**）

下午在小区散步，遇到公司检修部门的人，他说虽然这外面放松了，可"雄企"仍然将工人封闭在厂区内，大概要持续到元月中旬，上面的说法是"雄企"今年的任务没完成，现在为了确保完成生产任务，把工人封闭在厂区内，不受疫情的影响，确保生产的连续性。检修人员分成两批，第一批下周一（12号）出来，第二批进入接替。倒班人员就只能一直呆在厂区里了，他们最难受。

工人们上月25号凌晨拉进去封闭起来（**烏魯木齊的火災是11月24日發生的，27日上海、南京、武漢等地發生抗議活動。"雄企"的管理層反應實在太迅速了**），这些天，外面的世界发生了一系列事件和变化，工人们只能听说，不能参与和凑热闹，对于社会安定，对于企业安定都是非常有利的；还有一个作用，当里面的工人知道外面已经宽松了很多，而自己却仍然不能自由，心中一定充满愤怒，那些不能压抑愤怒企图逃出来的人都将被严厉的处罚，假如出现煽动闹事或罢工的人，将被扣上"破坏生产"的罪名，假如我们公司出现这种人，还有额外的一项罪，即"破坏电力生产罪"，这是真正的"极限施压"，但愿不会出现鲁莽的傻瓜。

晚上看新闻，央视报道，国家安监总局决定从现在起，到明年3月份开展全国安全生产大检查活动。封闭在厂区里，又搞这种运动式的检查，多难受啦。

12.9，晴。

今天各方媒体虽然很多关于各地取消封控和核酸（健康码）的消息，还有众所周知的专家如钟南山等的表态，但是，一方面解除民众对于新冠的恐惧心理，另一方面，还是留著一点尾巴，国家卫健委要求各地不得随意撤裁核酸采样点，说是为了方便特殊人群做核酸。而且，"新十条"对于中小学的封控管理也没有松动，这无疑也给民众的心理投下一道挥之不去的阴影，同时，与其说使各地基层官员一种无所适从的压力，不如说为基层官员层层加码留著余地。

小区的南门还是有两三个志愿者值守，北门可以打开了，没有人值守，但必须刷门禁磁牌才能进入，门很重，开得很慢，骑电动车和自行车的人非常不方便。010、011和012街的大门还是只开了一个，013街的北门开了，但铝合金墙板还围著，只是被居民拉开了一道缝。

　　下午还骑车去了区图，门还关着，去看的时候，门上的滚动光字牌正好显示著“自由、平等、公正、法治”。

　　CNN报道，前段时间抗议活动中的一名抗议者称收到了死亡威胁。不知道CNN是怎么获取这样的消息的，如果是真的，会是个案吗？

　　下午把“二十条”以来的事件查了一下，为了安全，以查“安全生产大检查”的词条开始，再穿插查“事故分类”“火灾事故”“安全大检查检查表”等等，近来重要的时间节点和事件了解得比较清楚了：11月11日出台“二十条”，此前，全国各地到处都在封控，尤其是乌鲁木齐，连续封控了一百多天，11月21日河南安阳发生火灾，11月24日乌鲁木齐发生火灾。11月24日23-24点，“雄企”工人全部拉进了厂区，12月7日出台“新十条”。（由于有關各地發生抗議活動的消息很少，在日記中基本沒有記錄，祇是有所猜測和擔心。直到2023年7月份在日本時才知道11月26日、27日各地放生了大規模抗議活動和“白紙運動”。烏魯木齊11月24日19點49分發生大火，經過三個小時撲滅，消息還沒有擴散，“雄企”卻在25日零點以前將工人全部拉進了廠區封閉了起來，確保即將發生的抗議沒有大批工人參加。25日上午我們的小區封控了，經過25日一天的傳播，26日、27日小區裏出現議論者，同時全國各地也開始了抗議活動。這似乎是一次有計劃的整體性事件。對比“彭帥事件”，國內媒體沒有看到一點蛛絲馬跡，消息被封鎖的嚴嚴實實；2023年11月份，民眾對李克強的悼念活動同樣也控制的非常嚴格，零零星星可以看到幾個小規模悼念場面。而貴陽車禍、安陽火災、"烏魯木齊大火"怎麼就能迅速傳開呢？這不能簡單的認爲中共和習近平是爲了給自己下臺階，而應當認爲中共和習當局是有意放任消息傳播，激起民憤，實現其真正的"動態清零"目的，即通過披露一系列因封控引發的"災難"，積累民衆的憤怒，再通過煽動者將民衆的怒火誘發出來，以便于最大限度的發現那些具有反抗精神的不安分人員，然後"秋後算賬"。如此想來，我不禁要問：這場大火的真正原因到底是怎樣的？"百度"相關詞條介紹的非常簡單，"維基百科"中對于這場火災的"過程"介紹也很不嚴謹。也許，這場大火10名遇難者死因，以及"白紙運動"後消失的人們永遠成了不解的迷。再聯系2023年一系列的高官被罷免、"貪腐"被抓、消失和李克强的突然離世等情況，可以認爲，前者收拾了平民中具有反抗精神的人，後者清除了對元首權力構成威脅的高官，這種局面不是"文革"的再現還是什麼？毛澤東復活了。

現在，還需要提醒讀者深入思考的是，2023年到2024年1月，中國發生的慘痛火災接連不斷，這些火災能不能淹沒人們對于"烏魯木齊火災"的記憶呢？）

心理学是一门科学，用途则取决于可以调动所有资源者的动机，可善亦可恶。

"雄企"的工人还关在厂区里。考虑再三，我没有通过微信询问厂里的同事，面对面问的居家或退休的人，他们也不一定清楚。傍晚5点至5点40分，我在同兴大道上来回走，因为这个时间段应该是"雄企"的通勤车回市区的时候，平时可以看到很多通勤车在不同的地点停车下人，今天没有看到一辆车回来，说明工人们仍然被关闭在厂区里。一直呆在厂区里，工人们会有加班工资吗？也许，这是唯一能稳定大多数工人的手段，可加班工资该怎么计算呢？而少数不在乎多一点钱的工人的心情会怎样呢？沮丧、愤怒肯定是免不了的，在那种封闭的环境中，忧郁的情绪持续时间长了，对工人们的身心健康必然产生很不利的影响。可怜啊，中国当代的"包身工"。（在墨爾本，我查閱了《聯合國人權-契約十項原則》，對比一下，我發現中共的國有企業祗遵守了第五項"消滅童工制"。因此，全世界有良知的人們都應該質疑中共執政的合法性，以及中國在聯合國地位的合法性。）

我下午3点做的核酸单人采样，到现在（零点25分）还没出结果。不管它，睡觉。

12.10，多云。

中午出门，骑车转了一大圈，看看街面的变化，到大商场和广兴城里面走走，门口有保安值守，还是要扫场所码，我昨天才做了核酸，24小时的绿码，肯定没问题，有的人没扫码直接就进去了，保安也没拦著。看来，城市基本放开了，但愿再不出现反复。

放开程度越大，关在厂区里的工人心情就越不好。好可怜。

到C公园和D公园也转了转，保安同样也是随便要求一声就不管了。

　　我还是一直与人保持一定的距离，始终戴著口罩，每次停完共享单车都用随身携带的酒精喷一下双手。我倒不是担心感染了病毒，而是担心过两天做的核酸呈阳性，那就不能进医院了。

　　今天几个媒体都报道了刘强东和王石两个名人，以及一个很有名气的演员感染病毒后的感受，报道称他们都表示没什么很不好的感觉，而且很快就恢复了。想要封闭，方法很多，想要放开，办法同样很多。

　　"澎湃新闻"报道：《钟南山最新判断：预计明年上半年能恢复到疫情前生活状态》。能兑现吗？拭目以待。

12.11，阴。

　　前妻要我准备一些药，以备用于感染了奥密克戎。去了周边多家药店，被大力宣传的"莲花清瘟"全都没有了，用于退烧的"布洛芬"也都没有，有的药店整个治疗感冒、咳嗽的货架都空了，最后，只买到了"阿莫西林"和缓解喉咙干燥的"金嗓子"。想买点酒精，那种500毫升（6-8元）一瓶的也都没有了，只有比较贵的50毫升（11元）的酒精喷瓶，而且不能使用"医保卡"这显然是变相涨价。真是缺德啊。

　　下午又到各个药店转了一圈，总算买到了"快克"和"中联强效"，可用于缓解发热、头昏，还买到了酒精，前妻比较高兴。我对前妻说了"雄企"工人仍然在被封闭管理的事，同时嘱咐她不要对外面任何人说，如果传多了，造成了影响，官方会指出这是谣言，然后"辟谣"，再然后就追究"谣言"者的责任。

今天才听说江泽民与邓小平一样，将骨灰撒进了大海，怎么都不进八宝山革命公墓立碑存放呢？（以前關于江殘酷鎮壓"法輪功"者的消息，我一直持不確定態度，現在可以肯定了，那幾年"法輪功"印在鈔票上的對江的控訴是真的。因爲，江自知做的是喪天害理的罪惡勾當，自知歷史真相總有被還原的一天，而當這一天來臨之時，民衆將把他的墳墓砸開，來一個挫骨揚灰。周與鄧一樣，自知當歷史的真相被還原給民衆之時，就是他們的墳墓被搗毀之日。毛大概認爲除了親自圈定殺掉貪官劉青山、楊子善，自己沒有留下殺任何人、致任何人于死地的證據，"文革"死了那麽人，正如黃仁宇先生認爲的那樣也是"民衆將運動擴大化"造成的，所以，毛自覺得能無後顧之憂的死去，而中共的權貴們、以及那祇看不見的黑手，爲了他們的利益得以延續萬代，也需要毛從現世神轉化爲偶像神，所以將毛裝進了水晶棺；元首出現後，將紙幣全部換成了毛澤東。）

12.12，晴。

阳光很好，气温很低，出门冻耳朵，把羽绒服的帽子拉起来才感觉好一些。

傍晚遇到厂里的检修工人，我问："厂里解封了？"他说："解了一半吧。"我说："你不是已经回来了吗？"他犹豫了一下说："也可以说基本解封了吧。"说完他就转身走了。什么意思？"解了一半"、"基本解封"，有可能只是检修人员解封了，倒班的工人还留在厂里呢？再过几天也许就会清楚了。

晚上看到"人民网"和"新浪网"都转载了"人民日报"的文章《不断压缩"网络水军"的生存空间》，理由当然是为了社会安定和国家安全，对原有的《互联网跟贴评论服务管理规定》进行了"完善"，从本月15日起实施。"雄企"成千上万的工人封闭在厂里这么长时间，网络上别说报道，连各种微博都没有提及，哪里还会有什么"跟贴"、"评论"？已经严格到滴水不漏的程度了，还要怎么"不断压缩"呢？

可能的情况是，前段时间由封控和火灾引起的让官员们难堪的"跟贴"和"评论"太多了，甚至，过激言论的"跟贴"和"评论"也遍地开花，以至于负责网络监管的人忙得不可开交，更为今后的秋后算账制造了难度，因为数量过于庞大，实施后期处理的人手不够。因此，有关官员为了发泄心中的不快，先弄出一个《规定》的修正案，堵住一批人的嘴，再慢慢进行后期处理。（正如我所料：2023年2月21日BBC中文網報道：《中國"白紙運動"抗議者遭秋後算賬多名參與者失蹤或被捕》）

还可以预料，疫情彻底过后，校园袭击、街头砍人和袭击医生的案件又会层出不穷。

12.13，晴。

昨夜躺在床上还在思考"生存空间"这个词，所谓的"网络水军"都是些什么人？所谓的"不断压缩"要压缩到什么程度呢？这个"生存空间"仅仅指的虚拟世界，还是现实空间，或者二者都将被"不断压缩"呢？多么可怜的人们啊。

　　上午还遇到了以前一个车间的同事HYB，我说："终于放出来了？"他骂骂咧咧的说被关了18天，我问："加班工资怎么算呢？"他很不耐烦的说："管他妈的加班工资是多少，能出来了就行。"我没有多问了。被关在厂里的18天，尤其是"新十条"出台之后，外面大幅度解封，他们却仍然不自由。从他的情绪看，工人们的身心受到了多大的折磨。

　　晚上回来的地铁上，看到手机出现了一个叫"有梦想能得小野花"的人的文章：《中国人的团结再一次粉碎了未成的"气候"》，点开看了一下，虽然没有直接说明前段时间各地的抗议活动，官方媒体从来没有披露发生抗议活动的消息，这家伙自然也不敢明说，但是，很明显就是针对那些抗议活动的，文章写得很散乱，却充满了鸡血味，声称粉碎了内外势力勾结的行动，中国人的团结使得他们这次搞乱中国的行动没有达到预期的目的，没有成为"气候"。

　　看来，那些上钩的"鱼"真的迟早要倒霉了。

12.14，晴。

　　上午前妻说她与医生商量好了，下次化疗推迟半个月，避开现在疫情蔓延的时间。不知道她们是怎么想的，如果考虑到让前妻的恢复时间更长一点，这是对的，但以为半个月以后感染的人会减少，那就错了。半个月以后，感染的人肯定会更多。

　　一大早就去买药，排了两次队，买到了"布洛芬"、"连花清瘟颗粒"、"感冒灵颗粒"和一包N95口罩，拍了照片发给前妻，她很高兴。

从药店回来就觉得很累，全身无力，想睡觉，眼睛发热，但是不咳嗽，嗓子也没有异样。我有点怀疑我被感染了。昨天从前妻那里回来就感到很疲倦，所以早早的就睡了，今天更加严重了。我没有对前妻说，怕她担心自己被感染，从晚上与她的聊天看来，她还好，没有说到头痛脑热的毛病。

回来后又躺下休息了两个多小时，似睡非睡，只觉得躺著很舒服。傍晚出去吃"兰州拉面"，并买了一根水银体温计。回来量体温：37.5度，的确发烧了。幸亏前妻的化疗推迟了，不然，明天我去医院陪护她该有多危险。

我不打算去做核酸，担心又把我集中到某个酒店去，或者规定我不得外出。我只在家里吃点缓解症状的感冒药，就这样扛著，我相信我能挺过去。可能会比较难受，但是，自由是要付出代价的。不到有生命危险，就不打120，我能扛过去的，我能。

12.15，阴。

昨夜还是似睡非睡的状态，鼻腔和嗓子很干，半夜起来喝了几次水。上午起来吃了点东西，嗓子还是很干，全身无力，又躺在沙发上听书，看手机。查了一下感染奥密克戎的症状，我没有咳嗽，嗓子、喉咙也不痛，只是干，发烧也不算高，到底是不是感染了呢？干脆不想这个问题了，扛著，相信自己的体质。多喝水，头昏就吃"中联强效"，这个药注明的是中成药，但是，每次头昏，吃了它，半小时内就好了，这真是中成药吗？

　　中午测体温，还是37.5度，说明病情稳定了，没有向更严重的症状发展，好趋势。

　　妹妹今天打了三次微信电话，每次都说了很长时间，她说只是想找个人聊聊，找外人又怕别人笑话，或者别人会不理睬她这种总是带有"负能量"情绪人。我还是耐心的劝导她，要她往好的方向想，憧憬一下好的未来。

　　妹妹说"妈妈以前总是教育我，再穷再苦，不能借钱，不能偷钱，没想到他在外面借了那么多钱啦。"

　　她这么一说，我开始认真的思考起文化这个问题来。妈妈的父亲（1950年以后）当初被定性为"工商业兼地主"，从中国的传统社会分层看，这类人实际上是社会基层的精英分子，他们勤劳，节俭，聪明，有文化，他们是民众与政府沟通的桥梁，是中国传统伦理道德的守护者，还是基层社会稳定的主要力量。在耳濡目染的家庭环境和家庭教育影响下，子女们的举止言谈，价值取向，道德标准自然也会受到他们的影响。妈妈既然在其父亲的影响下生活了18年，"工商业兼地主"的文化基因已经牢牢的扎根于妈妈的思想意识中，妈妈又将这些最朴实的做人的准则说给我们听。文化也是有基因的，它的遗传同样可以影响几代人。

　　再想象一下我的外公当时的处境和决策，突然觉得我的外公真的是一个聪明绝顶的人，他在当时那种夹缝中为他的前妻的女儿找到了一条在当时看来是最光明的出路——给一对刚刚成为父母的年轻的解放军军代表夫妇当保姆，而这在传统中国文化里却是卑贱的谋生方式。

我哭了。

12.16，阴。

上午妹妹的微信电话把我叫起来了，她又哭哭啼啼的诉苦，要死要活的说起来了，还说一大早孩子在澳洲又向她催钱，她简直要崩溃了，我也只能劝她，开到她，但是心里却在疑问，前两天还说外甥在澳洲经营的还不错，还帮他爸爸还了一部分外债，怎么又变成了找她妈妈催款呢？最终，妹妹说了可能计划了很久的要求，她要我将前四年给我的利息，和今年7月给我的利息都折算成我的本金，然后，她再按银行利息给我结算，也就是说，70万元按银行利息计算后，我尚留在她那里的55万就只有三十多万了，我不知道五年的银行定期利息是多少，但是，她说得很可怜，要我先让她活下来再说，我干脆的说："好吧，也不要按银行再算了，只将这四五年给我利息都算成我的本金，然后再补齐到70万就行了。"她说得很感谢，很动听，但还是说："那就等房价起来，把那套别墅房子卖掉后还我钱。"我不信又有什么办法呢？真的逼她不但不会有什么用，反而对我造成更多不可知的损失，因为，她其实不是一个人，妹夫也不一定就是像她说的那种情况。关键是，我昨晚还把这件事告诉了儿子，他要我不要逼姑姑，并且不能挑拨姑姑与叔叔的关系，还要我再不要对外人说了，也不要对姑姑说他知道这事。儿子根本就不了解所有的情况，他也不可能有时间听我和前妻总是唠叨这些分散他的精力的事，他太单纯了。

本金是最后的底线，我不会再让步了，相信她也不太可能再得寸进尺。本金，是父母留给我遗产，我一分都不能放弃。

现在，如果让妹妹感到我没有按她设计的路线走，她很可能干出挑拨我与前妻和儿子的关系的事，尤其是儿子，本来对我有偏见，他又总是那么的忙，又那么的幼稚，稍微挑拨一下就会使儿子更加疏远我。

所以，我宁可少几万元钱，尽量安抚她，使她不至于产生使坏的动机。

下午得知前妻发烧了，她侄儿给她做的抗原显示为阳性，我比较着急，带着前两天买的"布洛芬"和"感冒灵颗粒"就赶到她家去了，她马上再量体温39.4度，吃了一颗"布洛芬"，半小时后再量，38度，有效果了，她还总是流鼻涕，间或着吃"感冒灵颗粒"似乎没什么反应，中药效果来得慢，这才是中药的作风。意外的收获是，发了高烧，她的手脚肿胀情况明显改善不少，她很高兴。

妹妹下午还给前妻也打了微信电话，知道我在，又给我打，她要我晚上就在前妻那里过夜，我坚持说要回去。

睡前量体温36.6度，我扛过来了，只前后发了一天时间的烧，除了乏力，没有咳嗽，没有咽喉痛，没有流鼻涕，我战胜了奥密克戎。

12.17，晴。

一大早就去了前妻那里，给她拿去了公司里发的比较高级的手工面条，然后又去附近的菜场买了一大堆蔬菜、水果、速冻汤圆和水饺，够她吃几天的了。

上午前妻侄儿买了止咳药送去，说是儿子要他买的。他没说儿子要他买退烧药，说明我昨夜给儿子发的邮件，介绍前妻的病情，他仔细看了一遍，我确实没有给前妻准备止咳药，关键是没买到，所以，儿子要他去买了。

前妻侄儿身边的五口人都阳了，而且都有发烧等症状，唯独他没有一点事，看来，还是要体质好才行，我的体质也不错，毕竟60岁的人了，所以也出现一点小状况。我觉得应该对前妻讲清楚，她很可能就是我13号陪她去医院时被我传染的，我说了13号当天和第二天我的疲倦困乏的感受（但是，我隐瞒了轻度发烧的事），可能那就是我感染后的症状，只是因为体质较好，所以症状很轻。我也的确不能确认那点症状就是感染了，因为我始终没有去核酸嘛。我说：看明天我的情况，这两天我都来陪护你了，如果我明天感染了，说明前几天我就是普通的感冒，如果我没有什么不舒服，那说明你的阳性就是我传染的，她也同意这样的分析。回来后，我把这个思路也告诉了儿子，看明天的情况，以便比较准确的知道前妻感染的时间，也就容易清楚症状的进展时间和转阴的大致时间。

上午刚买了东西到前妻家不久，妹妹给我视频电话，神情沮丧的说她："实在活不下去了，我每天都睡不好，吃了安眠药都睡不著。"她说要搬到来和我一起住，我很坚决的拒绝了，她再三请求，我没有同意。

也许，整个事情非常复杂，后面要更加谨慎的接听妹妹的电话，更加谨慎的表态，触碰到底线，即本金和到我的房里来住的问题时，要毫不犹豫的坚决表态，今天她的要求提的很突然，但我的表态很直接、快速——不同意。这可能是她没有想到的，因为，之前在谈到钱的问题，利息的问题时，我都很平和，好像一个没有立场的人。

12.18，晴。

准备夜里看世界杯决赛。

妹妹上午又打来微信音频电话，说了85分钟，扯了很多，老公借了多少多少钱，永远还不起；精神压力很大，所以想到我这里来住；在前妻那里住不久，因为前妻太讲究卫生；前妻出去住的那两年是在哪里住呢？她怎么能适应其他人的卫生习惯呢？有人要她（妹妹）到襄樊一个地方住，她不想去；心里还是放不下老公……，我还是很坚决的拒绝了她到我这里住，而且不给她理由，至于问到前妻出去的一、两年，我只说我不管那件事，也从来没问过前妻，我只希望以后不发生这样的事，最后，我给她提了一个建议，在武汉周边租一个房子住下，几百元一个月，她扯了半天，最后说还是觉得前夫很可怜，舍不得抛弃他，所以，还是决定留在杭州陪他。

12.19，晴。

前妻说她的侄儿也阳了，高烧、肌肉疼痛、喉咙不舒服，与多数人一样的症状，却比前妻的还严重。看来，只有我的症状最轻。前妻是我传染的，从这个角度看，我的症状轻，能不能认为我遇到的传染源病毒载量小，所以我的症状比较轻呢？同时，传染给前妻时，也是较低的病毒载量，只是她现在本来就比较虚弱，所以症状看起来很重。不懂医学，对比著胡乱猜测。

"腾讯网"置顶的一篇文章《中国式现代化是全体人民共同富裕的现代化》，没有作者的名字，只有"作者系中南民族大学马克思主义学院教授"。文章除了高大上的口号，就是赞美，歌功颂德，这个家伙写这篇文章的时候，是否想起过"邓小平理论"的创立者，曾经提出过"要让一部分人先富起来"的"理论"。那个时候，这个家伙是不是也同样摇旗呐喊，大唱赞歌呢？估计是的，不然，为什么连个名字都不留下呢？不错，他还想要个脸面。

12.20，阴。

下午去了前妻那里，准备给她买一点开胃的菜，结果没买到她能吃的，问她需不需要买蔬菜和水果之类的，她说还有，现在不要。她已经完全退烧了，嗓子和喉咙也明显好了很多，现在只是嗅觉很差，吃什么都没味道。

晚上边吃饭边说话，我继续劝她重建家庭，她推说了几句，突然说什么："放心，我一定会促进儿子和你的关系的。"整个下午没有谈涉及我与儿子关系的话题，她怎么突然这么说呢？我虽然嘴上说："我与儿子相处的怎么样，与我们重建家庭没有直接的联系。如果，我们重建家庭，儿子看到你有我照料，一定只会更加放心。"但我心里在思量，儿子对于我的态度时好时坏，与前妻起到的作用是不是有关系呢？每次我与儿子交流比较好，我都会开心的告诉前妻，然后，儿子就变得不冷不热了。前妻真的是我与儿子之间的一道屏障吗？她很担心我与儿子接触顺畅，她担心儿子了解一个真实的我，只有这样，儿子才只需要她这个妈妈做为心底的安慰。

也许，前妻这么说还有一个目的，就是利用儿子对于我的成见，让我求她从中起到缓和的作用，以便更多的敲诈我，每月给她更多的钱。当然，这只是一种比较小的可能性，但有它存在的逻辑。不管她怎么设计，我仍然按我与儿子商量好的，每月给她3千元（儿子要我不要给前妻钱，是我自己坚持要给的）。既然有了这种可能性，我再不可能多给她了。把她考虑得坏一点不会过分，我应该注意在她面前不再谈我与儿子交流的情况了。

就整体平均的德行而言，中共治下的大陆民众可能是世界上最坏的族类，中共治下的大陆的大妈们可能是世界上最无耻的族类。（這是獨裁專制、"思想統一"的必然，它完全符合哈耶克的理論，即把所有人的道德水準降到足夠的低的位置，思想才容易統一。當把人的道德水準降低到一般動物性本能的位置，人也就不能稱其爲人了，但人形的野獸比真正的野獸更殘暴、邪惡，野獸不會貪得無厭，而人形野獸的各種欲望永無止境。）

12.22，晴。

中午去十医院拿到了核酸检测报告，"阴性"，13号出现的症状，8天时间，而且，这些天我还经常往前妻那里跑，说明我很快就产生了抗体，这比那些专家们所说的要快多了，他们说感染后症状消失了，15天之后才会产生抗体，而15天之内是人体很虚弱的时候，容易再次感染。事实胜于雄辩，我是特例吗？感谢我主对我的眷顾，愿主与我同在。

傍晚在"DF丽锦"旁吃完饭，见那里的一个叫"颐养门诊部"的便民医疗站开始工作了，里面很多人在输液，两个穿著护士服的小姑娘抬著一个很大的蓝色的塑料桶出来，从我面前经过时我看到，里面全是医疗垃圾，她们将这些垃圾直接倒入了马路边的一个垃圾桶，而那个垃圾桶里还装有临近的餐馆，以及周边居民和行人丢弃的生活垃圾。垃圾分类也提倡了多年，可眼前这一幕实在让人怀疑，政府所提倡的垃圾分类，到底是教育国民的，还是叫给国际社会听的。民众的垃圾分类的意识如此淡漠，那些大型医院，或者一些医学、生物科技实验单位的垃圾分类做得怎么样呢？尤其是医学、生物科技实验单位的垃圾分类如果得不到严格的执行，我们会不会再来一次类似于新冠一样的大流行呢？记得在台湾旅游时，傍晚的时候看见人们拿著不同的垃圾袋等在马路边，驶来的垃圾车有三辆，分别为可回收与不可回收的车，还有一辆是专门回收旧家具和旧家用电器的车，人们将分装好的垃圾袋丢进相应的垃圾车里。都是华人，环保意识和行为为什么不一样呢？这是政府的教育和管理水平的问题。

一个社会的文明程度，应该是整体性的进步程度，它涉及到人类生活的方方面面，绝不是仅靠一两个撑面子的经济数据就能表现的。

12.23，晴。

从各种媒体的报道看，全国各地的疫情开始蔓延了，CNN报道的情况最为恐怖，称北京的火葬场被挤爆了，有的尸体放了两三天都不能火化。武汉的情况似乎还好，公司前几天有个师傅去世了，他家开的门面关闭了三天，今天开始营业了，说明丧事已经办完了。观察了几家卖祭品的小店子，与往常一样，还是比较冷清，没有出现忙碌的样子。通常，这个店子都与一些墓地有生意上的往来，有的店子就是墓地设在各个街道的推销店。北京气温低，流动人口多，可能情况要严重一些吧，还有文章分析为什么这波疫情北京比广州严重，北方比南方严重。

12.24，晴。

今天是"平安夜"，记得前些年各种媒体曾竞相报道，炒作出一种气氛，以便于线下线上的商家借机扩大营销，年轻人也追逐一种时尚，在"平安夜"里结伴购物，情侣们相约增进情感，甚至有几年，教堂里堆满了年轻人，感受一下西方基督教文化。而今天，各方媒体没有一篇相关文章和报道，极力抹去人们关于"平安夜"的概念。粗看起来这是为了维护中华文明的纯正，是民族主义的表现，认真思考一番，会发现这种遏制是反人性的表现，他们扼杀"平安夜"的同时，也是在极力扼杀了年轻人的好奇心，关闭了年轻人了解人类文明多样性的一个途径。只不过，一些实体店商家还是想趁机多一点新颖来吸引顾客，我去了广兴城和大商场，发现很多店铺门口还是摆上了一颗"圣诞树"，上面还挂满了五颜六色的彩灯。

今天在"盛哥"吃晚餐时，看到一个人很像原来父母工作单位的一个老"右派"LZS，妈妈在世时，我去那个小偶尔还看见过他几次，他总是一个人孤孤单单的行走。我记得"文革"结束后，他从养猪场回到了厂生产技术部任副总工程师，还接了婚，妻子来自武汉郊区农村，后来又生了一个女孩，女孩长大后还考上了华中师范大学。再后来就不知道那个女人和他的女儿去哪里了，总是只看到他一个人形单影只的在社区里来往。5、6年过去了，LZS现在怎么样了？还在人世吗？他的女人和女儿呢？她们为什么后来不管他了呢？这种人间凄凉又到底是如何造成的呢？不寒而栗。

12.25，晴。

今天在"喜马拉雅"听了几节叶永烈写的《反右派始末》，感觉李维汉、费孝通、傅雷太幼稚了，看似都是很有学问的人，但是，他们却不了解马克思所提倡的无产阶级专政其实是一个暴力统治的口号，是一个无法无天，可以任由当权者为所欲为的社会治理模式，没有既定的法律，只有变幻莫测的行政命令，无产阶级的成员不可能因为无产而变得无私和正义；他们不了解在苏联出现斯大林的必然性，在当时的历史背景下，他们更不了解斯大林的种种暴行；另外，更重要的是他们没有从一个人的品德去认真考察一个人，他们只关注政治动向，因为在他们看来，政治动向更关乎他们的切身利益，却忽视了一个人，尤其是一个握有绝对生杀大权的人的个人德行问题。又何止他们三人，还有更多的悲惨的学者不是同样的单纯幼稚吗？他们可能天真的认为干一番大事业的人，个人品德是小节，不会给整个社会带来重大的破坏，至少不会对于他们这些肚子里有很多墨水的学者有太多的刁难。可怜啊，这些学识渊博的学者连孔夫子的"苟无德，不可奏礼乐"的箴言也都忘记了。（毛澤東在井岡山得到了賀子珍後而致楊開慧和兩個孩子的安危不顧；在延安爲了得到江青，不僅不顧及賀子珍的感受，甚至不顧及黨內部分同僚的反對，這種毫無人性、良心、道德可言的人一旦大權在握，則是整個國家和民族的災難，也是人類和地球的災難，現在也許還要把月球考慮在內。）

明天前妻住院做化疗，我要去陪她，早点睡觉。

12.29，阴。

在医院陪护前妻三天半，为给前妻输血的事折腾了一番。医生说前妻需要输血，但必须有人愿意献血，然后才能给前妻输等量的血。我冒著寒风和冰冷的小雨赶到血站，被告知我的年龄超过了55岁不能抽血，我打算花钱找人献血，可找了三个人都不合适，一个转氨酶高了，两个血压高了，本来约好后两人好好休息一天，不喝酒，第二天再去血站，前妻想来想去又担心输血引起别的病，决定不输血了。其间，她还向儿子介绍情况，儿子找到他的小学同学H某，结果H说他的血糖高，一直在吃降糖药，也不能输血，此时，法国时间是凌晨三点多。

第二天晚上儿子给前妻打了微信电话，前妻边接电话，边往病房外走，我听得出是儿子的声音，但是，前妻始终没有说是儿子的电话。第三天晚上，我去医院食堂返回病房时，前妻见我进门就接连说"好、好、知道了"，听得出来儿子似乎还在说什么，前妻却挂断了电话。

前妻，是我与儿子之间的一堵墙，她担心儿子与我接触多了，担心儿子了解我多了。我为她做了那么多事，克服我自身的痛苦为她送药；我二话不说就赶去为她献血；在寒风中陪著那三个找来献血的人站了两个多小时；在医院半夜里到处找合适的地方睡觉，她没有一点感恩之意，她只担心儿子真正认识我之后会发现她的极端的自私自利和故作姿态的恶心的虚伪。可以借用毛泽东的诗：僧是愚蒙犹可训，妖为鬼域必成灾。儿子整天考虑的都是数学问题，其他方面太幼稚，太任性，太感性了，可能还有一点俄狄浦斯情结。

晚上，我还是像以前一样给儿子发了邮件，简单的介绍了一下这几天的情况。

12.30，多云。

下午去总医院开安定，人太多，退掉挂号费出来了。接著到急诊室看看，人很多，病床上都躺著人，问了几个人，都说住院部已经住满了，不接受新病人了。

病倒的都是七八十岁的老年人，他们中可能有一部分过不去这个冬天了。他们大部分是"雄企"的退休工人，基本上与中共盗国一同成长，经历了几十年的风雨飘摇和苦难动荡，他们虽然愚昧、盲从、自私和狡猾，同时，他们大多数也是传统中国老实巴交的人，他们吃苦耐劳、朴素节俭，他们的壮年时期为改革开放的中国也做出了重要贡献，为中国从一个一穷二白的国家建成为一个经济大国积累了大量的人口红利。这一批人的消失，当今中国工人仅存的传统美德"吃苦耐劳"、"勤俭节约"也将变得更加稀缺，这两项美德目前还存在于农民工中，可农民工由于成了"候鸟"，对于的子女教育又存在著严重的问题。（這是一個沒有希望、沒有未來的國家和民族，其罪魁禍首就是毛澤東和中共。阿克頓勛爵说的很好："自由屬於那些充滿生機活力的民族，而不是那些尚未成熟或正在走向衰敗的民族。……哪裏有啓蒙人民的良知，哪裏就有自由，反之，自由則不復存在。僅僅有物質上的快樂享受而缺乏精神思想的活動，祇會使這個民族墜入麻木不仁的狀態。"）

任何一个民族，缺少勤劳和简朴这两个美德，就不可能成为一个优秀的民族。任何一个国家，缺乏真正的自由、民主和法治，永远都不可能成为一个发达的国家。

12.31，多云。

下午，妹妹说她很想得新冠死了算了，情绪非常低落，聊了几句，好像她是因为外甥从昨晚到今天一直没有给她回复，我要她耐心一点，相信他不忙的时候会回复她的。到了晚上，她情绪明显好多了，外甥给她回复了，说明天再好好与她商量，她心情好了很多。哎，不知道她到底说的前面所有的一切是真还是假，只能谨慎观察了。

CNN头条报道"前教皇本笃十六世逝世"的消息，国内中央直属媒体没有一个进行了报道，"新浪"、"搜狐"、"腾讯"和"澎湃新闻"只在不起眼的位置登载了这条消息。中国真的很有特色，很高傲，也许这位本笃十六世以前对中国很不友好吧。

日记 2023

2023.1.1，多云。

听《反右派始末》想到一个问题，1950年以后，如果美国第七舰队没有封锁台湾海峡，或者，美国只帮国民党反击大陆对台湾的进攻，而不限制国民党的反攻行动，大陆还会开展接二连三的全国性政治运动吗？还会发生"三年大饥荒"吗？还会有"文革"吗？大概不会，因为，有国民党军队这个外部压力，容不得共产党对内进行大规模的清洗和毫无人性的内斗，共产党的统战工作仍然会很谦卑的、实实在在的像1949年以前一样进行。

妹妹中午又打开微信电话，说卖房子要先还清向银行贷的90万元，她想尽量不连累孩子，所以，希望等到有人愿意买房时，我能先借给她一些钱。我不懂房产买卖的程序，但我很直接的拒绝了她的请求，我不会再借给她钱了，我的手上的一点钱还要以备不时之需。在交谈过程中，她再次提到到我这里来住的想法，并说："我老公都说你可以到你哥哥那里住"。我果断的拒绝了。这让我更加对这段时间她说的整个事情产生怀疑，这池水到底有多深呢？

1.2，多云。

《反右派始末》听完了，按照音频的编号，第28、29和33集被跳过去了，最后也没有将整个运动讲完，显然播讲者还没有将原著读完，不知道后面还有没有更新。

"喜马拉雅"首页又出现了"刘少奇冤案"一书，我刚听了一会，突然觉得不能继续听这类书了，一集都没有听完，赶紧在搜索栏输入"世界文明史"，选择了《世界文明史-第一次世界大战前》，前段时间曾听过这部书的《中世纪及近代早期》部分，顺理成章的应该接著听这部书的余下部分。

晚上看到"区图书馆"公众号发了消息：定于1月5日开馆。当然也还是有一些防疫方面的要求，比如预约、戴口罩、不聚集、保持间距等等。

1.3，多云。

上午10点多钟没水了，背著相机包出去散步，听书，慢慢走到广兴城，又骑车到大商场。

看CNN消息，有美国学者称"中国的抖音是精神鸦片"，说的很好，我早就认识到了这一点，所以从来不看"抖音"，也鄙视那些离不开"抖音"的人，但是，我没有这位美国学者定位得准确、形象。

晚上8点多发现还是没水，便到楼下走走，找到一个人问问什么情况，那人说有水，他刚在家里用过。我回到楼道，检查室外的水阀，发现是关闭的，是谁关的的呢？是恶作剧，还是别的什么目的？暂时当成恶作剧吧。

1.4，多云。

散步，听书，看街景。

虽然人们还都戴著口罩，但商店、餐饮店都恢复了人来人往，大概除了那些在医院里煎熬的老人，绝大多数人已经从对疫情的恐惧中走出来了。至于到底有多少人感染过病毒，官方没有一个大致的数字，估计也不好统计，像我这样感染了，但没有去医院的人很多，怎么能有准确的数字呢？

有文章说二次感染的问题，也有文章说这是制造恐慌，这些年的消息经常出现"反转"，专家太多，表态也是以上级的意图为指针进行所谓科学的论证。现在既然已经放开，提醒人们注意继续防范，"二次感染"到底有没有，有多严重已经不是什么重要的问题了，就让那些各持己见的专家们互相争吵吧。

1.8，晴。

今天看到天上的飞机多了，一天看到了来往的飞机有9架，只能看到都是白色的，飞得很高，听不到轰鸣声。我这里位于武汉天河机场的西南方，看到的飞机的航线也都是东南-西南线路。看来旅游业正在复苏。但是，至今，东航坠机事故仍然没有一个官方的解释，奇怪。

上午遇到LJC，聊了一会关于退休金的事，我的"企业年金"的确比他高一百元，可他在始终是"雄企"的工人，干了42年，而我只干了27年，不知道发放标准是怎样的。他没有说"好好活著"这句话，这话有两个人对我说过，一个是退休的LGG，他听说我的退休金有9千多元时，就拍了拍我的肩膀说"好好活著"。疫情刚发生，小区封闭管理时，在小区里走路遇到他时，他曾说他的两个弟弟（也好像说的是弟弟的两个孩子）都在美国，美国的疫情控制很差劲，根本不管老百姓的死活；另一个是昨天遇到的JJ，他也说"拿这么多钱就好好活著"，他是华中科技大学与"雄企"的"共建生"，也叫代培生，即高考成绩不够，但由"雄企"出钱，在华科大学上学，毕业后回"雄企"工作。他以前是我们的车间主任，后来任过生产技术科长。（JJ的底氣很足，擔任生技科長時，居然在公司的集中控制時對年紀比他大很多、清華大學畢業的公司副總經理大發脾氣——在眾目睽睽之下。他們說"好好活著"的潛臺詞是"不要死"。是的，2015、2016、2017年，我的確過得非常艱難，情緒非常低落，曾想過自殺，我還寫好了《遺書》，放在辦公室的更衣櫃裏。過了兩天，我發現櫃子裏專門存放"煤氣報警器"的抽屜鎖被撬壞了，我知道有一部分人看到了我寫的《遺書》。我沒有向任何人提起，但我開始從更寬闊的角度反省之前幾年接二連三在單位遭遇的刁難，以及家庭矛盾，并開始留意、觀察身邊人的言行，收集材料和證據。在這個過程中，我越來越覺得自己的遭遇是被設計出來的，目的就是：1、逼我自殺，我的死就如同一衹螞蟻；2、逼我成爲那些生無所念，喪失理性後到學校、醫院砍殺學生或醫生的暴徒，這大概是設計者們更願意看到的結果，因爲，在我收集的材料中，就有説我精神有問題的證據。我成爲罪犯，又是精神病人，他們就可以控制我死心塌地的成爲他們的爪牙，去幹一些罪惡的勾當。得出這樣的結論，我精神上的痛苦和壓力反而減輕了很多。衹是，我萬萬沒想到，最終，我收集的材料中還包含了它們折磨我的媽媽的録音。它們殘忍的折磨我的母親，很可能還害死了我母親，而我還不能表現出太悲傷，衹能"吞聲哭"！）。

1.9，晴。

天气很好，气温达到了21度，这不是好事。人类才是地球上最厉害的病毒，人类傲慢的以为可以改造自然，这种改造其实是违背了大自然的规律，由此看来，当人类开始饲养牲畜时，开始优化动植物的品种时，就已经开始了破坏大自然的行动，更不谈什么工业革命、科学革命和医疗卫生革命了，这些看起来是推动人类从愚昧到文明的进步力量，实际上是将人类更加快速的推向灭亡。大自然最终将惩罚具有所谓智慧大脑的人类。

上午去退休办领到了《退休证》，只盖了公司的章，没有社保局的章，我觉得不够严谨，因为，这个证是社保局发放的，怎么能只盖我退休前的公司的章呢？下午去区社保局询问，接待人员说有单位的章就行了，又去"领导值班窗口"询问，那个领导还是说单位统一办的退休证，有单位的章就够了，我说这不够严谨，他说"都是这样的，没有其他人提出疑问，就你这么较真。"我要求他们加盖一个社保局的章，被拒绝了。岂有此理。

"搜狐网"有消息称：大量核酸采样亭街头废弃，"一口价"2000元。的确，制造这些临时简易房算GDP产值，拆掉或售出又算一次GDP产值，还有大量的铝合金墙板，大量的宣传牌，其代价是资源的浪费和环境的破坏，这样的事太多了，最终要由我们的后代来偿还，有机会偿还还是不错的结果，总有一天，

连偿还的机会可能都没了。如果人类是地球最厉害的病毒，那么……。（中共就是所有最具殺傷力的病毒中的王者）

1.10，晴。

近几个月，手机浏览器经常出现代办出书的广告，不敢点开来看。

各个媒体炒作"胡鑫宇失踪案"好像有几个月了，我一直没有关心，因为，像这样离奇的事经常出现，比如：哀牢山的四个人就死的莫名其妙；东航的飞机垂直坠毁也很稀奇古怪，这个"胡鑫宇"又有什么值得大惊小怪的呢？今天"搜狐网"又出现一条消息：河南方城两名男孩蹊跷失联，近千人参与寻找无果。消息转自"北京青年报"。这种消息为什么不是出自河南的地方报呢？我知道河南有一个"大河报"，它没有网站？。

1.11，晴。

一大早赶著出去过早，在北门口遇到退休办主任，我看时间才7点40分，我说："这么早就来了？"他说："8点上班嘛。"我心里想著："嗯，还不错，挺守纪律的。"因为，退休办现在只有他一个人，也没什么事，即使有事也不会很急。我想起了退休证公章的问题，他说："是的，都是只盖公司的章。"我说："应该是发证部门盖章才对吧？他们说'别人都是这样的，这么多退休的人就你一个人提出这个问题'，但我觉得就算只有我一个人提出这个问题，并不等于他们就是对的啊。"他说："是应该由发证部门盖章，但是现在就是这样的世道，他们是衙门，没办法的，别较真了，反正也没什么影响。"一向说话很谨慎的他终于也发了牢骚。

河南方城的两个男孩仍然没有找到，看照片，都是5、6岁的孩子，如果是拐卖儿童，这么大了，孩子已经有记忆了，怎么可能与新的"家人"产生感情呢？拐卖者和买者难道不懂的这个道理？如果是为了报复大人，那就太没人性了，如今还有如此极端残忍的恶魔，"文化自信"又从何谈起呢？如果是无中生有，制造一些骇人听闻的舆情，或者系统性的暗地集中一批这样的孩童，经过某种罪恶勾当的培训，然后四处祸害民众，制造恐怖，其目的同样是极端的恶毒。

"搜狐网"报道：广州一宝马车冲撞人群致5死13伤。目击者称：车在十字路口来回撞击。看了一下相关报道，肇事凶手年仅22岁。

记得三年前，陕西米脂发生了一起砍杀多名中小学生的案件，其凶手也是二十来岁的青年。且不谈善良和同情之心，如此残忍，小小年纪，对社会有多大的仇，多大恨？而且，还是极端的绝望情绪，以及足够的勇气，还需要一定的计划，一时的冲动不会造成多人的伤亡，而在计划和观察过程中，稍动恻隐之心，就会放弃凶残的念头。

汤姆·克鲁斯主演的电影《神探杰克》，其杀人目标只有一个人，为了掩盖其动机，凶手随意多杀了几个人。

手机浏览器出现的"环球时报"一些打鸡血的文章，作者名常常是叫"补一刀"和"刀斧手"这样的名字，看到这样名字，就知道足够"狠毒"，足够"厉害"。

1.12，雨、阴。

上午去广兴城"武汉大学口腔医院CL门诊部"看牙齿，医生检查后说没有发现烂牙和虫牙，前几天不舒服的牙齿的牙周有点萎缩，现在已经消炎了，看不出什么问题。我问需不需要拍一张片子检查一下，她说没必要，等下次再痛或者不舒服时去检查、治疗。

儿子昨天回复说牙齿痛就去医院治疗，"阿莫西林"吃多了会产生抗药性。今天这位医生也这么嘱咐我。

几个网站没有报道河南方城两个男孩的消息，不知道找到没有，昨天我在"百度"中搜索了一下，今天不敢继续搜索了，既然媒体没有持续跟踪报道，我如果持续关注，很不合适。

1.13，雨。

晚上和前妻聊了一会，她昨天去医院还比较顺利，该办的事都办了。我看到一篇报道称，北大国发院经过统计调研，认为全国超9亿人已经感染过新冠，第一波高峰期已经过去，即使后面还有第二波和第三波疫情，严重程度也不会超过此前的疫情。我将报道发给了她，我觉得北大现在出这份报告还早了一点，因为，春运才刚开始，大批在大城市务工的人还没有回到家乡，等这些人回去之后，县城乡镇和农村的疫情可能才会真正爆发。前妻说我"又在想当然"，她说她请的阿姨的家乡已经大批的被感染了，我说那个阿姨属于武汉周边地区，有几个人回去一趟，就会造成传染，但还有很多远离大城市的地区呢？不过，我还是顺著她说："现在交通发达，也会经常有人到偏远地区去。"她马上说我："总爱想当然。"而且"想当然以后还要说出来"，我说我只是爱思考，她说："爱思考可以，但不能作为结论说出来。"她的确经常指责我爱"想当然"，不过，我的很多想当然的事情的确应验了。她怕我"想当然"，她上面说的有话外之音。我还是辩称："我早就说过，病毒在传播过程中毒力会逐步衰减，这篇报告也是这么认为的吧。"但是，我马上又顺著她说即使有一点毒性，也应该防范，我还举了例子：黑格尔就是在一场小规模的鼠疫中感染去世的，叔本华却很谨慎，赶紧跑了，没有受到影响。

1.14，阴。

一天没下楼，打扫卫生，看新闻，下棋，听书，过得很安逸。打扫卫生算是活动了筋骨，但谈不上锻炼，明天要走路了。

在退休办遇到公司里一向趾高气扬的家伙，前些年听车间的同事说，他的儿子是小区里的最爱打架的学生，因个子大，专门欺负同学。这样的学生在中国，也是一种"人才"，适合一些特定场合的需要。（比如這些人才可以制造"昆山反殺案"、唐山燒烤店打人案、河南村鎮銀行储户維權被"不明身份的人"毆打事件等等。哈耶克不愧是先知先覺的思想家，早在90年前的

《通往奴役之路》中提醒過人們：極權主義者是由一群流氓、惡棍組成的，并制造一批流氓、無賴和惡棍。）

国家卫健委通报去年12月8日至今年1月12日全国新冠死亡病例为59938例。从前段时间报道的令人沮丧的消息看，死人最多是北京、广州、上海和武汉，一个多月死亡人数为6万，平均一天不到2千，武汉市每个主城区都有火葬场，即至少有7个火葬场，再考虑到其他原因去世的人，出现火化紧张是有可能的，因此，卫健委这个数字基本还是比较靠谱的。只有透明、真实，才能赢得各国的信任，越是捂得严实，各国就越是担心中国有其他见不得人的阴谋。

1.15，阴。

昨夜一直在下雪，上午起来看，雪不厚，水泥地上都还没有积雪，算了，不出去拍雪景了。

经过一排门店时，有个女店主在唱"寒冬腊月北风起，富人欢笑穷人愁"，大概是今天的寒冷和北风让她想起了这首歌，这是电影《洪湖赤卫队》里的插曲。陪前妻（在医院11楼）住院时，我在楼梯过道里抽烟，另外还有一对来自河南的夫妇也在那里，看年纪，他们和我差不多。满眼望去，窗外全是高楼，眼前的一栋正在施工，很多建筑工人在忙碌著，我当时就想到了这首歌，哼著哼著突然觉得歌词不对头，我问那对夫妇《洪湖赤卫队》里唱的"高楼本是穷人修"，这对不对啊？他们都说对啊，你看外面那些干活的不都是穷工人吗？我说，这是我们看得见的，还有更重要的但看不见的东西呢？比如：修楼房要设计吧？要测量吧？要钱吧？还要质量跟踪吧？没有这些，穷人想打工也没地方吧？他们醒悟了，连连点头，我接著说：现在建一栋商品楼，老板不仅要懂脑筋筹集到钱，还要考虑修楼的地点，如何考虑把房子买出去，还要与设计单位协商、讨价还价等等，施工过程同样要操很多心，比如工程质量，施工安全，原材料的供应等等，技术人员同样也要付出很多劳动，从开工到验收，一直离不开他们的脑力和体力劳动。他们走了以后，我还在想，《洪湖赤卫队》讲的上世纪三十年代的事，那时候在农村、乡镇或城市里盖一栋楼，虽然没有现在这么高，但是同样也要涉及到上面的问题，并且，那时候的中国，还要讲究风水，以及建筑物与周围环境的协调相称，这就有文化意义了。所谓的"高楼本是穷人修"，与其说是为了迎合穷人的自我悲悯，不如说是煽动穷人盲目的仇富情绪。仅以表面的现象唱起反知识、反文化的论调。那部电影1961年上映后很主流，也很轰动，里面的几首歌曲在全国广为流传，而这首《月儿弯弯照高楼》从一定程度上，为后来在"文革"中，"砸烂公检法"、批判"臭老九"、批判"资产阶级学术权威"、出现大量的赤脚医生等等疯狂愚昧的现象的出现打下了群众基础。

　　明天前妻要去医院打靶向治疗的针，两针，需要打近4个小时，我去医院陪她。春节快到，明天再转给她五千元钱，让她过节开心一点，我对儿子也有一个说得过去的交代。

1.16，阴。

上午去医院陪前妻打针，近四个小时才打完，她点了两份外卖，吃了后送她到住处，她感觉很累，我也觉得很困乏，要她抓紧时间小睡一会，我也赶紧回来睡了一觉。

妹妹打来微信电话，又扯了好久。翻来覆去，说的所有事情有多少真实的成分呢？

"人民网"报道了一天消息：武汉一位男子，29年无偿献血381次，共献了15万毫升的血，救助了800人。相当于一年献血13次，而且评论每次献血都在393毫升，这是不是有点夸张呢？按照上次我去血站询问的情况，一个人输血一次要间隔半年。"人民网"所赞美的这位献血英雄，简直就是"献血神仙"啦。

1.17，阴。

在电脑里看了一会以前从"凯迪社区"下载的一篇文章《说说中国经济奇迹是怎么来的》，其中提到秦晖教授将中国的经济奇迹来自于"低人权优势"。这位教授说得比较尖刻，又比较客观。

晚上拉肚子，白天没有吃什么乱七八糟的东西，晚餐在"盛哥"吃的也是平常经常吃的菜，怎么会拉肚子呢？睡一觉也许就会好了吧。

1.18，晴。

中午到D公园旁的"甜食店"吃豆皮，听一个大妈正和服务员在说："老板还亲自做事？"服务员说："做豆皮的师傅回家过节去了，老板只好亲自做了。"大妈说："可以临时再找一个师傅来做撒。"服务员说："老板经常做这做那、炒菜、煮面，比我们都忙。"大妈说："那这个老板当的也很辛苦的。"我没说什么，只在想："这种家伙也是受了以前那种教育：资本家都是不劳而获的寄生虫。"其实，这种家伙自己整天最想的就是做一个不劳而获的寄生虫。

妹妹打来微信电话，又反转了，哎，真累。

看到一条好消息：据美国科学家观测研究，南极臭氧空洞正在缩小，到2040年将完全修复。

1.19，晴。

CNN消息：在中国农村，一场新冠海啸正在酝酿。文章也是从春节期间大批在城市务工的人将回到农村这个角度着手分析，进而得出的结论，而且，该报道还考虑到了中国农村老年人的宿命论观念，即使感染后病情严重也不会去医院，这样，官方的统计会变得更加不准确。前几天看到"北大国发院"的一份研究报告，称中国疫情高峰已经过去，我对前妻说，北大这份报道出来早了一点，应该等春节过后经过统计研究再出报告，前妻要我不要想当然。我没有反驳她。

振兴一路与二路之间的南泥湾公园，有一处景观：一小栋中式传统的典型建筑，其正西面有一个东西走向的哑铃形池塘，长约100米，宽约50米，中间有一座半月形桥孔的小桥，高约2.5米，池塘西面的小坡地上还有一个小凉亭，整体成为一个不错的小风景。但是，就在去年，小桥两边的池塘中间各树立起一个高达五米（露出水面近四米），30公分见方的，闪闪发亮的不锈钢"安全警示"标志，上面的四边用红色的漂亮的行书体写著"水深危险，禁止游泳"。真是想方设法的花钱啊，这里面没有腐败，谁会相信？设计这个景观的人看到这两个标志，一定会被气疯。权力就是美，权力就是这么任性，权力就是这么藐视人民的审美能力。

1.20，晴。

走路到广兴城看看，商场外面人很多，基本都是带著小孩在那里玩耍、嬉闹，很开心，有一些人还戴著口罩，除此之外，再看不出疫情的影响了。商场里面，服装类、电器和电子产品的顾客很少，小型游乐场仍然还是以孩子的欢笑声为主，负一楼的一些餐饮店关门歇业了，老板和员工都已经回家乡过节去了，尚在营业的店子生意都还不错，城市的烟火气息真的回来了。

好几个网站都发布消息称"外交部：2月6起试点恢复旅行团出境团队游服务"，其中列举了试点目的地国家的名单，以泰国和东南亚为主，少数非洲、南美洲国家，欧洲有瑞士和匈牙利，大洋洲有新西兰。

1.21，阴。

直到转钟，给儿子发了贺新春的邮件，还附上了三张前些天拍的迎新年主题的片子。过了几分钟，再看邮件，儿子回复了，很简单"新年快乐"。

今天又经过南泥湾那个公园，发现那两个高高耸立的"安全"警示标志，上面的字不是行书体，而是隶书体。

街面上的店铺大多数都关门了，只有水果店、烟酒副食店和药店还开著。经过一家外地人开的水果店，里面几个人正在打麻将，其中一个中年人说："我千里迢迢的赶回来输钱，不合算啊。"另一个说："你在外面挣了大钱，回来算是给我们发红包了，哈哈哈。"是的，以前也听新洲的农民工说过，春节从外地回去的人，团聚的方式就是打麻将，也可以说，团聚就是为了打麻将。（國外的賭場是賭客與莊家賭，而中國的麻將則是賭客之間在相互算計中謀取利益。如果説中國也有與莊家賭的賭場，那就是股市，而且，莊家清楚所有賭客的底牌，那麼，這還算是賭場嗎？這是一種搶劫。）

商场里的人还是比较多，无处不在的喇叭反复播放著"好运来"的歌，谁不盼望"天天好运来呢？"有没有好运不知道，先歇斯底里的唱起来。

现在忘了是CNN还是"福克斯新闻"，一篇报道称：美国妈妈抨击《纽约时报专栏文章，称中国是"适合孩子"的家庭》，这位美国妈妈真的太善良了。

1.22，阴。

大年初一，放假一天，晚上看新闻、下棋，不亦乐乎，

1.23，阴。

昨天看到"搜狐网"登载了一篇"牛弹琴"的所谓原创文章《大年初一，三个与中国有关的好消息》，第一个是：中美关系不会更糟糕；第二个是：中国经济又满血复活；第三个是：世界给中国人拜年。"牛弹琴"一直以"环球网"为阵地，一副打了鸡血的民粹主义面孔发表言论，这一次却很有点反常：Ta怎么认为"中美关系不会更糟"是好消息呢？。转念一想其实也很正常，文痞、流氓、无赖和太监不都是这么一副面孔吗？

今天一直很难打开CNN，偶尔打开了，看到一条报道，大意是：去年的11月27日，大陆发生了抗议活动。他们的一群朋友参加在北京的守夜活动，然后，他们一个结一个地消失了。这又一次证实了我当初的"想当然"。可怜的人们。

昨天上午F和S在小群里各贴了一张拜年的图片，我将前些天棚拍的乖巧可爱的女孩贺新年的几幅图片，加上几个拜年的字，也贴了上去，不久，也发FK了拜年的文字。

1.24，晴。

今天阳光明媚，但气温很低，傍晚从广兴城走回来，见道路旁的积水都结著冰。

　　商场的人很多，门口也没有值守提醒人们戴口罩，大多数人还是戴著口罩，这已经与疫情没多大关系了，而是习惯。那些在游乐场嬉戏的孩子们几乎都没戴口罩，那么多在餐饮店吃东西的人更不可能戴口罩。

　　听张宏杰的《中国国民性的演变史》，书中的观点没有新意，都是我之前看过和听过的其他历史学家阐述过的，而且，相同之处同样是引用了很多史书、典籍中的文言文，有的进行了解释，有的没有解释，播音者读起来经常卡壳。张先生是1972年出生的一位学者，也如此"知乎也者"一大堆，很有卖弄学问的嫌疑。引经据典没有错，但是，没有必要引用原文，解释也是多此一举，他们真正需要做的是还原历史真相，通过历史的经验教训，用通俗的语言启迪民众，弄一大堆民众不懂的语言，不是卖弄还能是什么呢？张先生自己也认为元朝后期的《水浒传》正是通过通俗的语言，使民众的人生观和价值观急剧下滑（张先生没有提到这两个"观"），那么，要扭转这种局面，作为有责任感的学者，不是也应该用通俗易懂的语言来提升民众的精神境界吗？也许，是他们的智慧不足的原因吧，在这个方面，他们都应该向毛泽东学习。（比如，毛的《愚公移山》就比傅斯年的《人生問題發端》更能教育普通民眾，後者引用了文言文《愚公移山》全文，却没有以白話文加以解释。）

1.25，晴。

　　广兴城的人非常多，像新开张一样。商场里的"工贸家电"

却冷冷清清，没有顾客，想起前几天在沿港路看到的，原来那个"国美电器"，换成了"苏宁电器"，几年后关闭了，前不久换成了"京东家电"，一样冷冷清清，临近的多家手机店也是门可罗雀。大商场也只是餐饮店人气很旺，服装、家电卖场空空荡荡，那里的服装既大品牌，也有挂著英文字母牌子的小众品牌，共同点是很贵，随便一件春秋装都要上千元，标价两三千的也不少，商家的心太狠、太贪了，太急功近利了，巴不得一锄头就挖出一个金娃娃。整个社会，4/5的人每月收入只有3千多元，几个人消费得起那么贵的服装？

春节过后，那些一两百元的服装店将遍地开花，那才是大多数人的选择，然而，这种低水平消费的店子实在太多，店主们在激烈竞争之下，平均利润也少得可怜。所以，消费的人口红利只能是一种低端的生存循环，不可能出现高层所提出的"高品质发展"。指望社会上1/5的人，如那些公务员、央企中层以上领导、中学和大学老师、国家扶持的科研人员，以及中高级军官和医院主任医师以上等高收入阶层提升社会整体的消费品质，那是不可能的，因为，这些人的消费一直都是"高质量"的。

今天继续听张宏杰的《中国国民性演变史》，听到了明朝，越来越觉得张先生是在卖弄学问，炫耀自己读的书很多，但是，不知道他自己意识到没有，表面上看他是在深究国民性演变的过程，他将元朝和明朝那些丑恶的事件列举、描述得太详细了，既有哗众取宠之嫌，还有教唆现代的人们弃善从恶之嫌。

1.26，晴。

下午提了公司去年发的两袋米和一桶油到前妻那里去了一趟，在那里吃了晚饭就回来了。其间还是说了几句劝她重建家庭的话，她没有同意。

晚上回来看了一会新闻，然后下棋，很难找到一个与我的水平相当的对手，似乎我是"野狐围棋"里最差的棋手。后来总算遇到一个水平相当的对手，接著下了几个小时，直到零点30分。

1.27，晴。

旅行社YLS发来贺新年图片，我回复了一个，然后问她是否还在做旅行社，她说一直在做，但没有租店面，如想旅游可以到她的办公室联系。不懂，她自己有办公室，而且不是租用的门店，真是厉害的人啊。听她说过，她女儿在公安局工作，曾对她说："你微信聊天的内容我随时可以查看到。"

我表示上次去婺源篁岭拍油菜花，风景和民居都很好，但是遇上下雨，风也大，没玩好。她说等有行程了就通知我，我用微信表情表示了感谢。

退休群经常有一些正能量的小视频或文章，今天认真看了一下群里的退休人员，那个每天发贴的"永乐"，不知道真名叫什么，另外，在小区里叫我"好好活著"的LGG和从我家翻窗回去、说话走路像女人的WGQ不在群里。

1.28，晴。

才发现，这个苹果手机的时间比三星平板、手机和电脑快了6分钟，怎么回事？这部手机最后一次链接Wi-Fi好像还是在以色列旅游时，即2019年10月初，三年多没链接网络，时间变快了，不管它。

中午去新开业的"武商梦时代"广场，非常大，装修、布置得很华丽，人很多，尤其负一楼的餐饮区，挤满了人。今天还是工作日，武汉的高校也都还没开学，过一段时间，到了周末，这里的人就更多了。我在里面上下转了三个多小时，拍了几张片子就出来了。

广场对面就是宝通寺，进去转了一圈，和尚群体念经的歌声用扩音器传出来，太吵闹了，真不知道那些围在大殿门口看和尚念经的人到底是在看什么。空虚的大脑，空洞的灵魂，用和尚们的念经声来短暂的充实，这就是中国人喜欢看热闹的原因。

CNN报道：经历了三年疫情后，CNN进入了中国农村过春节。记者去的是贵州一处侗族人组成的村落，文章中还插有采访的照片，最后一张是一名正在按侗族服饰打扮的年轻女子，皮肤白皙，长得也很漂亮，她的后面是正在帮她打扮的一位老妇人，门口还有一个小男孩，画面中的房间很简陋。文章最后一句是"这些村民为了让自己的孩子过上更好的生活，不惜一切代价。"CNN记者水平很高，我似懂非懂。

晚上MLZ打来电话，聊了很久，从出国旅游，到同学聚会，再到同学们一起出游等等，我想我应付的还可以，不仅对他的想法表示了兴趣，还给他提了一些合理的建议。整个聊天过程很融洽，自然。

1.29，晴。

各媒体报道，胡鑫宇去年10月14日失踪，昨天离学校车程只有一分钟的地方被发现上吊自杀。其家人表示他们曾多次在该地点搜寻过，现在胡鑫宇却在这里上吊自缢了，很蹊跷。（所有的报道均没有提到死亡时间，这同样奇怪）。106天，这个孩子怎么生活的呢？为什么口袋里还会有录音笔呢？等著看官方最终的结论吧。

与S和F氏兄弟聚会情况还不错，比较舒坦，他们的历史知识非常贫乏，这次还能听我的一些说法，联系三年来的疫情和俄乌战争，我从历史的角度说了一些我的看法，他们听得很认真，我像是一个给他们上课的老师，对于他们提出的问题，我也进行了解释，比如，俄罗斯为什么不可能赢？克里米亚到底是谁的？哎，他们居然连中国不承认克里米亚属于俄罗斯这一点都不知道，我告诉他们：国际上只有朝鲜和叙利亚承认它属于俄罗斯。他们才恍然大悟。（我們也聊到了當時俄烏兩軍正在巴赫穆特激戰的情況，普裏戈金的"瓦格納"部隊表現很勇猛，我說"像'瓦格納'和普裏戈金這樣組織和人物，一般不會有好結果。他們三人都不懂，我說："功高不能蓋主，他們不是國家的正規軍隊，又有那麼多財產，遲早會被收拾。"他們沒有說什麼，但是可能也不會相信，我也没有多説了。他們不知道歷史上的"聖殿騎士團"、奥斯曼土耳其的"近衛軍"，以及希特勒的"衝鋒隊"。7、8個月後，我的猜想被應驗了。普裏戈金墜機後，我在微信了向他們炫耀我的推測，他們都給我發了點贊的手勢。）

1.30，晴。

公园里的人不是很多，梅花基本上都还没开，三三两两的人围著几棵开了花的梅树拍照。CL区几个常去公园的摄影师也在那里，他们请了两个大妈做模特，我只在旁边学习他们如何设计姿态，如何选择背景和光线，他们的摄影水平都比我高，值得我学习。

张宏杰的《中国国民性的演变》听完了，最后一直提到了毛泽东关于国民性改造的做法，他当然是不敢乱说的，他说毛只为雷锋题了词就不对了，毛还为刘胡兰题过词。另外，张先生说毛为雷锋题词，也是出于改造国民性的目的，我觉得有点牵强，也许张先生真的不懂雷锋这个典型人物出现的真正意义。我认为，雷锋可以理解为耶稣，或者可以称为"圣雷锋"，而真神则是毛泽东。

1.31，晴。

气温较高，很暖和，走到公园又是一身汗，休息一会又去拍照片，实在太热了，脱掉了羽绒服，和几个摄影师拍片子，不知不觉，感到冷了，以为汗干了就不会冷了，直到扛不住，还是穿上了羽绒服。

到了傍晚吃饭的时候，觉得头昏，显然是感冒了，这是我的老毛病，受了凉就容易感冒，只是不严重，睡一觉就好了。

S在群里转发了一篇文章，据他说是毛泽东年轻时候写的《心之力》，以前从没有看到过、听说过，前天吃饭时他就提到过，说毛泽东从小就有伟大的理想。我浏览了一下，没有议论。

2.1，阴。

好几家媒体报道，春节期间，有游客高喊"还我河山"，然后砸秦绘的塑像像。这家伙不怕因损坏公物受到处罚？如此高亢的爱国热情是真的吗？这让我想起多年前曾经有一个家伙，在全国抵制日货的氛围下，光天化日之下，用大锤砸日本品牌的汽车，还把该车的司机砸成了严重的脑震荡，这种事是一般普通的老百姓敢做的吗？

下午去D公园拍了一些照片，没有收费，模特是一位漂亮的少妇，她还带着小女儿，拍照的时候，小女儿就在旁边的亭子里看手机。今天的风比较大，还有点冷，模特穿着很薄的汉服，看着都冷，她却认真的摆着各种姿态让摄影师们拍。哎，女人啦，为了显示自己的美，什么都可以不顾。据她说，她还自学了PS，要大家把原图发给她就可以了。

快结束的时候，摄影师"YF"（昨天加了他的微信，他改名字了，叫"不假思索"）邀请我明天参加一个拍摄活动，我抱歉的表示明天有事。

前妻发来消息，说明天要去医院做检查，还要预约6号做靶向治疗的手续。因为整个检查的时间很长，她就不要侄儿去了，要我去医院陪她，我答应了，明天早上8点半在医院地铁站等她。

2.2，阴。

刚过8点，我就到了ZN医院地铁站，昨天与前妻说好的，我在那里等她。过了半个多小时她来了，然后陪她去门诊部看病，做检查。医生给她开了9个检查项目，医院看病的人非常多，远远超过"雄企总医院"。前妻上午下午分别都有检查项目，中午在医院的食堂吃了一点东西。最后她坚持要自己乘地铁回去，我就回来了。另外她还有血液检查要空腹做，但她已经吃了早饭，只能明天做了，明天下午还有一个项目，还要去陪她一天。

"腾讯网"发了一篇报道《行走的羔羊，被关起来宰》，披露一些旅游景区哄抬餐饮价格，游客成了被宰的羔羊。旅游景点物价高，这是中国人都知道的国情，大家也都习惯了，只是这篇报道的事例太过分了。疫情三年，现在终于放开了，人们兴高采烈的趁著春节长假出门游玩，结果被狠狠的宰了几天，叫人怎能玩的开心呢？那些景区的餐饮店在疫情中挣扎了三年，现在放开了，正可以大干一票，把三年的损失早点补回去。

别说著名的旅游景区，就是武汉江滩，隔著一条沿江大道，江滩里的"可口可乐"卖5元一瓶，外面买3元，大一些的超市买2.8元。相比之下，日本人就显得非常呆笨了，富士山那么高，运物品上去肯定增加了成本；富士山那么著名，游客肯定很多，饮料一定抢手，但是，我在上面买了一瓶"可口可乐"，记得是130日元，而在大阪市区内买，也是130日元。

2.3，阴。

上午8点才起来，吃点早餐就往医院赶。出小区叫了一辆"的士"去地铁站，一上车，闻到一股酒味，我问司机"你不会早上就酒驾吧？"他笑了"消毒，喷了一点酒精。"我也笑了说"这么小心啊，你没阳过？"他说阳过了，然后就说起疫情的事来，说很老年人都没了，国家可以节约大笔的养老金了，我只是附和著"嗯"、"是的"，他说："武大死了两百多个老教授，他们的养老金都高得不得了，一个人每月都是一两万、两三万，他们终于拿到头了。"我说："不会死了那么教授吧，这可能是瞎传的谣言。"他很认真的说："死了两百个还算多啊？听说清华北大都死了好几百个。"我再没接茬了，我看到了他那颗仇富的心，以及由仇富引起的反知识、反文化的愚昧的大脑。但是，有这种情绪这不是他的错。

到了ZN医院，前妻正在康复科做脚踝的康复治疗，她的脚踝因为化疗肿胀了很长时间，现在消肿了一点，但有一块很硬，医生给她先用超声波按摩，然后又用手按摩，她说感到有点痛了，医生说是会有点痛的。其实，我早就对她说可以试著按摩那块硬的地方，我还给她按过两次，她感到痛就不让我按了，现在到医院还是得按摩，还是要痛，还要花5百多元钱。

今天，新华网报道《外交部发言人：亚太不欢迎冷战思维、阵营对抗》，再看看每天各种媒体，无论是官方主流媒体，还是所谓的"门户网站"，打鸡血的报道和文章，似乎距离热战只有一步之遥；阵营界线也分的清清楚楚，只要不是傻子，都知道谁是谁的朋友，谁是谁的敌人。

2.4，阴转雨。

到了夜里10点半才下了一会雨，刚刚把地面打湿，雨就停了。天气预报说明天还有雨，下雨给出行造成不便，但是，真的该好好下几天像样的雨，可别如去年一样干旱，夏天看到长江那么窄的江面，心里很不舒服。

在D公园拍梅花时，听到几个人在议论目前医保改革的事，都不满意，退休群前两天也有人发帖子，表示不满。公园这几个人说他们的群里有人在召集"雄企"公司的人8号到市政府去请愿，据说广州的请愿成功了，他们希望武汉市政府也能体谅民情，取消目前的改革方案。到时候去远远的看看，用手机随便拍几张，不能用相机，否则，会引起请愿者的愤怒，也可能会被真正暗中监视的人训斥。

2.5，阴。

退休群里出现了几个对目前医保改革不满的帖子，还提到了新"三座大山"，即医疗、教育和养老，这种比喻很多年就有了。刚开始我觉得还很有道理，后来，琢磨一下，这三座大山也只是表面现象，其实，只有一座大山，并伴随著另一座大山，即统一思想和言论管制。前面说的三座大山，都是基于动物性的生活，后两者才是人的生活，人的意义都不存在，纠结于动物性存在当然不能解决问题。

明天陪前妻到医院做靶向治疗。

2.6，阴。

我没下"抖音"和"快手"等短视频APP，可微信里有"视频号"栏目，里面也都是短视频，只要我的微信好友给哪个节目点赞，我的微信首页就会有提示。战友LHB每天都要给好多节目点赞，我经常随著看看，不知不觉，被带进去了。节目以好笑为主，还有少数介绍工艺品制作、益智小游戏和魔术揭秘，晚上好好看了两三个小时。放下手机，上卫生间，就觉得大脑空空的，又拿起手机看。正如前几天CNN的一篇文章称"抖音"是精神鸦片，果然如此。明天起，不跟著LHB看"视频号"了。

2.7，晴转多云。

今天还是没有降雨，在D公园摄影时，有摄影师说梅花的色彩没有往年鲜艳，都是因为缺水的造成的。我虽然察觉不出差别，但自去年入夏至今，降雨量明显比往年差很多，这肯定不是什么好事。

上午在小区广场，几个退休人员在议论医保的事，我只在旁边听，有一个人说"政府这一次在医保上动脑筋，下一次说不定就会在退休金上打主意了。"另外几个人也认为很有可能，我觉得这家伙说出极端的推测，是为了引起大家的恐惧，怂恿更多的人明天去市政府请愿，这种人很难说就是为了退休人员的利益，谁知道他是什么人，想到这里，我漫不经心的走开了，明天去远远的看热闹的想法也取消了。

2.8，小雨。

LYQ等人在退休群里转发了退休人员在市政府大门请愿的短视频，很多人，都打著伞，沿江大道完全堵塞了，人群中还有几辆车夹在中间不能动。前几天问了一下退休办主任，群里那个总发帖子的"永乐"是谁，他说是公司第一任总经理，现在八十多了。今天转发短视频和议论的几个人，都是以前的车间主任，到了下午两点多钟，"永乐"转发帖子，称"人民日报"发声，批评了武汉市相关部门的官僚主义，随即，武汉市政府表示近期的医疗改革暂停，恢复原来的政策。

傍晚回来时，去药店刷医保卡买了两盒"保列治"，然后边看消费单，边说"今天一些人到市政府请愿，希望撤销现在的医疗改革，我看看卡里还有多少钱。"药店营业员说"很多老年人连续去了好几天了，今天的人可能最多。"我说"哦，据说已经撤销了？"她说"是的吧。"

晚上群里有人发了一个短视频，称下午市长在礼堂向请愿的老年人做了说明。视频中全是七八十岁的老年人，很嘈杂，没有市长露面的情况。

退休群里还有人发了"团结就是力量"、"英雄的武汉人民"等打鸡血的帖子，是摇旗呐喊，还是其他什么用意呢？

2.10，阴。

昨天在妹妹那里帮她收拾、打包，她时不时的哀叹好生的一个家就这样没了，连房子都是别人的了，心里很难受。她哪里知道，我在这种痛苦中挣扎了几年，到现在我还要每天面对那些家具和前妻的衣服用品，心中的苦楚和愤怒却没有一个人可以诉说，只能默默的承受，舔舐自己内心的伤口。也许，值得庆幸的是：我爱琢磨事情，思考问题的习惯，对于分散我的精神压力起到了很大的作用。

2.11，阵雨。

下午去D公园摄影，遇到两个漂亮的女孩在互相拍照，看到她们用的是比较低廉的相机，我试著在旁边拍了两张，然后给她们看，她们很高兴，说"好机子拍的效果真的好多了。"接著，我承诺拍的照片会发给她们，加了其中一个的微信，便加入了她们的拍摄过程。我时不时的提醒一下她们拍摄的姿势、背景选择等等，她们也能采纳我的建议。过了一会，另外几个摄影师也加入了进来，"YF"也来了，他的经验还是多一些，不同的场景设计姿势。他用的是"富士"中画幅相机，110mm，f1.4的镜头，拍的效果实在太好了，两个女孩更加欢喜，一直给我们做模特，拍了几个小时。最后，另外一个摄影师也加了她们的微信，

　　并提议建一个小群，以后有时间再拍。叫"小彭"的女孩建了一个小群，连我一起三个摄影师，总共5个人，"YF"邀请她们休息时再来D公园拍，小彭说每周只有周六休息，答应下周六再来。

　　一起回来的路上，那个摄影师要"YF"再拉两个人进群，又说不要拉谁和谁，然后，他们就开始议论其他摄影师的毛病，说来说去，就是有时候一起活动，有的人耍滑头，占小便宜等等鸡毛蒜皮的事。我与他们那些人都只是认识，在公园见著了，都是随便应付一会，从来不与他们过多的交往，我知道，中国人就是这样的德行，交往多了，并不一定关系就好了，往往是，交往越多，矛盾也越多，所以，我与他们任何人都保持一样的距离，不参与他们的相互指责和算计。

　　可想而知，这些人以前工作时，人际关系会有多复杂，有多么虚伪。退休了，摄影师之间合不来，可以回避，工作单位不可能回避，那就只能虚伪的应付了。真正的一盘散沙，原因是谁都怕吃亏，谁都想比别人聪明一些，可以说，他们都是《三国演义》的受害者。

2.12，阵雨。

　　在家里呆了一天，傍晚才出门吃晚餐。小雨，一阵阵的下，打著伞走路还是不方便。"春雨贵如油"，现在正是春耕播种的时节，春雨宝贵，可也给下地干活的农民带来不便，前年去山区拍梯田，也是这个时节，农民在水田里戴著草帽、披著蓑衣赶牛犁地，打伞肯定是干不了这个活的，他们的这种耕作方式延续了两千多年，一代接一代，一年重复一年，祖祖辈辈，他们想到过换一种生活方式和谋生方式吗？肯定想过，不然怎么会有几亿农民工在城市里漂泊呢？可无论是在城市务工，还是留在农村里种地，他们的思想只有一个字"钱"。三十多年过去了，两代农民有钱了吗？他们的幸福感增加了吗？或者说，他们焦虑比三十年前较轻了吗？好像没有，仅从一再出现的儿童、少年失踪案就可以看出，留守儿童问题越来越严重。

中国的事情很让人看不懂，一方面高调指责欧美日，怒怼美国，一方面又反复强调"中美不能脱钩"，各种民间媒体还从不同方面报道美国执意"脱钩"，导致美国企业受损。既然那么讨厌美国，那就脱钩呗；美国企业受损，中国的媒体著急干啥？

前些天民众对医保改革有意见，退休群里也一再出现抗议的帖子，可这两天丑化美国，"中国厉害"的帖子又出现了，而且还是那几个中层干部发的。

反逻辑，反常识其实是精神分裂症的表现，也可以认为，是迫于某种压力表现出来的反逻辑，反常识的言行，成为一种习惯后，同样也会导致精神分裂症。易中天说过"在中国，不弱智就当不成领导。"他所说的弱智就是反逻辑，反常识的人，只是没有把他们看成精神病患者。

2.14，晴。

下午去D公园摄影，人很多，绝大多数都是大妈们，跳广场舞的大妈不照相，在梅林的路边架起音响，放起音乐，跳起舞来，很吵闹。经常会有照相的大妈爬上比较低一点的梅花树上拍，粗一点的树，爬上去三四个人，难怪前几年的网络上有张照片，标题是"春天来了，树上结满了大妈"。手机拍照很容易，出现了"抖音"后，大妈们拍视频成了主流。拍照只现在一个地方，拍视频的场地就比较大了，好一点的场景，大妈们甚至排着队等着。她们一个个打扮的很鲜艳，服装色彩似乎在与梅花争风采，再看她们满脸的皱纹和赘肉，哪里谈得上美，只配得上"恶心"二字。

手机、互联网都是现代工业文明的产物，当这些文明的产品用于不文明的事情上，其愚昧和野蛮比用原始的产品对社会文明造成的破坏更严重。推而广之，在军事（和可转化为军事的）科技方面的运用也是一样。

今天去汉口银行转账，准备将退休金转到交通银行，可ATM机没有转账功能，只能到银行前台去咨询，然后刷银行卡、插入身份证、输入交行卡号、人脸识别、电子签名，最后还要等他们的工作人员来"确定"，真的很麻烦。

2.15，晴。

去交通银行询问转账的手续，告诉前台我准备以后在这里把"汉口银行"里的钱转过来，她说不行，现在都需要身份证、刷脸和银行的人确认。真是搞不懂，为什么以前在ATM机上就可以转账，现在怎么管制的这么严格呢？诈骗案很多，容易上当的老年人很多，可骗子毕竟是极少数人，国家养那么多警察是干什么的？为了减轻警察的工作压力，却不仅给大众增添了麻烦，还造成了人与人更多的不信任感，使每个人相互为敌，如此社会，还好意思谈"文化自信"，还好意思谈"万众一心"，可笑。

有人在退休群发了一堆短视频，其中一个是：一个西装革履的中年男子，一本正经的指责压在老百姓身上的"五座大山——看病、教育、房子、医疗和养老"，这类帖子、短视频很多，而且大行其道，为什么不会遭到屏蔽？看起来很契合老百姓关心的切身利益，其实，这些内容是为了使老百姓始终在感性的迷途中行走。如果有人说"统一思想，言论管制才是两座真正的大山"，不仅立即会被屏蔽，说的人也将不得善终。

2.16，阴。

"腾讯网"登载一篇文章——《《水浒》有毒？"干净"不应成为衡量作品好坏的唯一标准》，其中称赞浙江教委对于这个问题的答复，认为《水浒》是一部优秀的小说，值得儿童和小学生阅读。但是，浙江教委认可这部小说的理由中，第二个理由是"适合儿童和小学生批判性阅读"，真是岂有此理，别说一个小学生有批判性阅读小说的能力，在今天的中国，有几个大学生有批判性阅读能力？明明是一部有毒的小说，却绕着弯奉为"经典""名著"，无耻至极。

CNN报道了武汉老人上街抗议新的医疗改革方案的事，晚了8天。

2.18，阴。

今天去了宝通寺，我满了60岁，出示身份证可以免费。进去不远，就看见买蜡烛和许愿红带的店子排了很长的队，都是年青人，再看看那些挂在寺庙周围树上、栏杆上的红带，上面多半是写著"找个好工作"、"找个好伴侣"、"梦想今年一定能成"、"考上梦想大学的研究生"、"考上公务员"。"大雄宝殿"外面也排著长长的队，年轻人挨个进去跪拜。以往，来寺庙烧香拜佛的基本都是中老年人，祈祷无病无灾，祈求家人平安。现在这场面，足以想象年轻人的压力有多大，而他们感觉的压力都是最直观的所谓"三座大山"、"五座大山"，至于形而上的追求，大概没有人去思考。他们的祈祷行为也是实用主义的，用通俗的话说就是"当个有里无"，花点小钱买香和红带，跪拜一下佛祖，算是随大流，一时半会的寄托，释放一下心中的压抑，两三天后，绝大多熟人都不会把今天的祈祷行为，及其意义就不会放在心里了。无论今后能否实现今天的愿望，都不会认为今天的行为有意义，或者无意义。

按照明恩溥的记述，晚清的民众去龙王庙求雨不成，竟然把龙王爷抬出神庙，放在外面进行鞭挞，斥责龙王爷不听话。试想，如果宝通寺没有人看守，还真说不定会有个别年轻人因为没有实现梦想而来砸庙堂的，以发泄心中的不满情绪。

官方不是总是强调"四个自信"吗？这宝通寺的场景是最好的答复。

2.19，晴。

11号那天约好的两个女孩今天到D公园来了，五个人的小群，可来了一大群摄影师，其中五六个人都是"YF"、"不假思索"通知来的，还有几个独自来拍梅花的摄影师，也加入了进来蹭拍。两位美女打扮的也比较好，与梅花的色彩比较搭配，几个有经验的摄影师指导的姿势也很好，站在"不假思索"带来的小梯子上，格外显眼，引得一些用手机拍照的人也围在周围拍，两位美女表情更加神采奕奕了。

拍了几个小时，太阳落到公园外的高楼下去了，摄影师们收拾相机和闪光灯，女孩收拾衣服和包包，"不假思索"提议大家一起去吃晚饭，两个女孩坚持要赶回去，大家也没有多劝，让她们先走了。最后，留下来的摄影师去一家餐厅吃了晚餐。我也去了，总共11个人，吃饭的费用AA制。没人喝白酒，只有两个人共喝了一瓶啤酒，没有闹酒的人，这还不错。

这是我2017年回家居休以来第一次参加五人以上的聚餐，虽然只吃饭菜，但聊天还是免不了的。基本上都是六十岁左右的人，而且几乎都是在"雄企"工作的，聊的内容当然首先就是医改的事情了，然后，聊到企业改制，又聊到了1989年。我始终没有说一句话，只管吃菜、喝汤、吃饭，听到搞笑的事，就随着大家一起笑。

明天周一，图书馆闭馆，就在家里修照片，后天再去图书馆呆一天，过两天下雨时去汉口的南京路数码市场看看相机，一个人独处几天有好处。

2.20，晴。

每次经过一个中学大门时，都见到学校的操场与教学楼之间停著几辆小车，不用多想，就知道这是老师们的车。这个校园以前是武汉市XXX中学，我就是在这里读了两年高中，学校的操场很小，还没有一个标准足球场大。现在老师们的车这样停放，学生哪还敢踢足球，打篮球都要小心翼翼的，对此，学生们敢提意见吗？学生家长们敢提意见吗？不敢。

带上了2.0的广角镜头，还是去了D公园。早上想了一会，独处，并不等于把自己与外界和他人隔离起来，逐步恢复与CL区那几个摄影师萍水相逢的交往，仍然按自己的喜好独自游动著拍摄一天，明天再去图书馆呆一天，接著几天下雨，也不会使他们觉得我突然就与他们疏远了，可以避免造成误会。毕竟CL区就两个比较适合拍摄的公园，经常要见面的。

2.21，阴。

今天没有按照前天的计划行事，中午去D公园看见有两个漂亮的女孩在大门前的桥上拍照，我过去给她们拍了两张，她们看了很开心，加了我的微信，我说去里面的梅园给你们多拍几张，她们接受了邀请。她们说是"湖北大学"的学生，来这里拍一些园林建筑素材。拍摄过程中，"不假思索"等好几个摄影师也过来一起拍，他们又设计姿势，大家围著拍。我突然被猛推了一把，我转过身，一看，是那个"LZ"，还没等我说话，他就骂我，说总是挡住他的镜头，其实，自从我觉得他不靠谱，而且假正经后就一直不和他有接触，他在哪里，我就不过去，不存在我"总是挡住"他镜头的事，我很恼火，也骂了他一句，没想到他顺手就用相机砸向了我，我没有还手，坐在地上打电话报警，一个叫"装好人"的摄影师要他赶紧走，我对他说"你不要走，否则你的麻烦更大。"他犹豫了，"装好人"还是催促他走了。这时候，"不假思索"、"YF"都来了，说他们来调解算了，我说已经报警，那就开不得玩笑了。

警察来后问我是否要救护车，我当时头昏，就说"要"。警察简单问了一下情况，过了一会，救护车也来了，就让我先去医院，然后再去派出所。

医生说先拍一个CT，看看眼眶骨有没有骨折，检查结果没事，医生说只是肌肉损伤，休息一周就会好的。肿胀得很厉害，我左眼的余光能看到肿起来的部分。

然后去派出所找警察，一个老警察和一个年轻的辅警向我了解情况，老警察说"听说你也踢了他一脚？"我说这是胡扯，我走以后，你们了解情况，是不是只听一两个人说的？如果要证实我没有踢他，你们可以找那两个大学生调查，老警察含糊其辞的说那就算了，关键是要找到那个人，我说当时看到他走了，我在摄影群里把他的微信头像截屏下来了，等到在医院再看时，他退群了，然后，我把他的头像传给了辅警。头像是他三分之二的侧面像，下巴还兜着一只口罩。老警察说："这不是正面像，不好识别，再说年纪大的人过几年就变像了。"我说："别人都叫他LZ，他以前自己介绍过住在CL镇，总是骑电瓶车到主城区这边来。"这个范围应该就小多了，他还是说不好找，不要太相信面部识别，我说每个社区都有户籍警，还有社区居委会，找到他应该不难，他又说需要时间。然后问我在医院花了多少钱，伤得怎么样，我说没有伤到骨头，总共花了六百多元，他说现在医院收费都很贵。辅警一直在询问、打字，还要了群主"不假思索"的微信号，说希望通过他能找到LZ，最后叫我签名，按手印。

等辅警走了，老警察才正式和我谈，他说他们会尽量去找，这需要时间，目前定性为一般民事纠纷，找到他以后，先教育他，罚款200元，再进行调解，由他支付医药费和营养费，如果你们对调解不满，那就由你们到法院打官司解决。

我说我不会趁机讹诈他，我只想要个说法，当著那么多人的面打了我，必须有个说法，然后由他支付医院检查费等。我没说，但是，我心里想"我才不会要他的什么营养费，我不会那么没品味。只要他诚恳的向我道歉就行，然后警察罚他的款，给他一点教训就够了。"

最后，老警察说"我们会尽力去找他，你自己看到他后可以打报警电话。"我说如果他躲起来，长期找不到他，我就找律师把他告上法院，律师会想办法找到他的，警察说弄到法院那很麻烦的，费用也很高，我说费用我出得起，最后他肯定败诉，律师费、法院审理费由他出，反正我退休了，有时间，不怕麻烦。

回来后，我先是很后悔，没有按照前两天的计划行事，没有经得住诱惑，如果去图书馆就没这个事了。但是，如果这个LZ本来就是针对我的，除非我今后不在这几个公园摄影了，否则，我是躲不掉的。

休息几天，明天用热水敷脸颊，三五天就会好。等派出所的消息。

2.22，晴。

眼球没有血丝，这还不错，肿胀和淤血过个十来天就会好。虽然不找LZ要营养费，但是，他必须出支付这笔钱，我直接把钱留在派出所，算是派出所对他追加的处罚。为了留下受伤情况的证据，我支起了三脚架，装上闪光灯，用相机把面部拍了下来，说不定派出所一直拖到我的伤基本好了再解决问题，照片可以证明受伤的程度。

也想到了另外的情况，即派出所一直拖著，说找不到人，逼著我找律师上法院，这很麻烦，我自己也被长时间拖在这件事里面，律师也是听上级的要求，如果本来就是针对我，那么，律师也会无休止的拖延，让我花了钱却得不到结果，这也是激怒我的方法。关键是我会长期耗在这件事里，本来至少表面上自由的我却被套上了紧身衣，连表面的自由也没了。怎么办？先让派出所拖著吧，等面伤情一些再去派出所找警察询问，也许，他们看到我已经恢复得差不多了，大事化小，小事化了的时机到了，就会把LZ找来解决问题，如果不是这样呢？我就给他们时间去"找"。

内蒙古一座露天煤矿发生大面积坍塌，五十多人被埋，普京连一封问候电都没发，完全不够朋友，也许当著王毅的面表示了慰问，只是媒体没有报道而已，可这好像也不不符合官方媒体的一贯作风啊。

2.23，小雨。

白天没有下楼，下棋，听书，用热水敷左脸，拍了今天面相保存，相机、闪光灯和三脚架就支在那里，明天继续拍。

昨天我将被打的事告诉了前妻，她又要我明天去派出所一趟，问问情况，也给警察看看受伤的程度，我想了一下，答应明天下午去。

2.24，晴。

上午，那个叫"坚定不移"的微信"好友"突然给我发来两张商品的推销广告，我问Ta是不是转行了，Ta问我现在还好吗？我说还好，Ta接著说："疫情结束了，可以出去看看了。"我说我是准备下个月去西安和洛阳看看，Ta又说："现在没什么心思了，可以好好玩玩。"我说："有心思，只是想也没用。"Ta回复了一个"呵"。

下午去派出所，接待员说魏警官今天没上班，要我明天去。晚上，前妻问我去派出所的情况，我告诉了她，她要我明天一定要去。

这几天，没事看看短视频，微信"发现"提示的"视频号"

里出现的总是摄影群的"不假思索"，前段时间总出现的战友
LHB没有出现了。我被人打了，战友就不看短视频点赞了？变成
了"不假思索"？这么巧？

　　巴西洪灾，死亡四十多人，元首发去了慰问电，可我们的内
蒙煤矿坍塌，死了五十多人，巴西没有表示一点意思，也没看到
其他国家的慰问电，"来而不往非礼也"，他们真的都很不够朋
友，太无礼了，没有教养的野蛮人，还是我们的元首懂得礼数。

2.26，晴。

　　上午，"澎湃新闻"有一篇关于就业情况的采访报道《当
千万高校毕业生涌进就业市场，求职是怎样"卷"的》，文章注
明被采访人都是化名，其中最后一位叫"叶今"，她说到一件事
很典型，她说："有一次，我考老家的一家国企，由于我对考试
环境的安静程度要求比较高，考场外有小摊贩叫卖声，我就让我
妈去'站岗'，看见谁叫卖声大就把谁的喇叭给关了。"这个小
喇叭成了当今中国一个非常讨厌的现象，无处不在，此起彼伏，
那些叫卖者只顾兜售自己的货物，完全不管旁边人的感觉。记得
大师侯宝林有一段相声描述早年艺人兜售货物，叫卖起来像唱歌
一样好听，可现在，到处充斥着劣质充电小喇叭，具有录音和播
放功能，可以循环不停的播放，声音刺耳，为了引人注意，或者
为了压住别人的喇叭，音量开得很大，大众在这种氛围中已经习
惯了，我有时候要旁边的小贩把音量关小一点，周围的人，包括
那些同样也被吵闹的人却向我投来异样的目光，小贩还理直气壮

的说："这是我的自由，你没看到别人都这样吗？"这样一个自私、愚昧、野蛮的民众群体，与明恩溥描写的清末的情况没有区别。（一百多年了，文明程度没有一點提高，甚至一些方面還退步了。但是，2019年底，我去臺灣看到的情况却大不一樣，城市裏除了主要街道轟鳴的摩托車聲，其他地方都很安靜，中華文明中"寧靜以致遠"的古訓在臺灣繼承著。而1949年以後的大陸，一個運動接一個運動，民眾始終處于事實上的内戰之中，通過亢奮、喧囂的表演才能顯示出對中共的感恩之心，中共和毛澤東也將狂熱和歇斯底裏作爲手段之一，使民眾失去理性思考的能力。不知道毛澤東和中共是否知道叔本華説的"人的智商與承受噪聲的能力成反比"，但是他們的目的就是使民眾在一浪接一浪的波濤中失去理性思考的能力，使民眾變得越來越愚笨。羅伯特·所羅門在《大問題　簡明哲學導論》中論及"公平問題"時引用了美國作家庫爾特·馮内古特描述的一個故事：它通過妨礙那些占有優勢的人來實現人人平等，……給聰明人戴上使人無法專心思考的噪聲器使他們變得愚笨，……。如今"抖音"和微信短視頻出現以來，絶大多數的視頻都是娛樂題材，都配著高頻的音樂聲、笑聲、吵架聲，加之大多數手機的音響效果很差，本來高頻的聲音就變得更加尖銳刺耳。中共通過這種手段同樣可以達到"文革"時期的游行、批鬥會、憶苦思甜會、跳"忠字舞"、唱紅歌等等那些歇斯底裏的效果，即不僅把參與的民眾的心智降低，還通過這些烏合之衆幹擾、妨礙那些希望能靜下心來思考問題的人。）

　　傍晚，"澎湃新闻"登载：两办发文：坚决反对和抵制西方"宪政"和"三权鼎立"的错误观点。我不知道"两办"是哪两个办公机构，也不敢点开这种报道细看，只觉得如此重大的问题，"两办"发文，大概是有针对性的，现在居然还有如此大胆的人？也许是无中生有，暗中监视谁在看这种报道，谁看就说明谁在关心这类大事，谁就是中共的敌人。

　　下午躺在沙发上看看短视频，发现"不假思索"一个接一个的给短视频点赞，我觉得很奇怪，今天天气很好，又是周末，公园一定很热闹，"不假思索"不去公园拍梅花和美女，怎么一直拿著手机看短视频呢？直到傍晚吃晚饭时，微信里显示他还在给短视频点赞。再晚一些，到了8点多钟，看"D公园摄影俱乐部"群，19点51分，"不假思索"发帖说"今天活动圆满结束，感谢大家的积极参加，感谢大家的相互理解。"接著有人响应他的帖子，也称今天的活动安排的很好。这说明"不假思索"作为群主，今天下午一直在公园组织大家进行拍摄活动，他怎么可能有时间手不离手机，不停的看短视频呢？那么，我的手机里显示的他给好几个短视频点赞是如何出现的呢？不懂。

　　15：11，"不假思索"点赞的短视频内容是"一个男子看手机入迷，准备出门时，他老婆给他传了女式的鞋和衣服，最后给他带了一顶绿帽子后他出门了。"15：43，"不假思索"点赞的短视频是"标题是——不知廉耻，两个高中生骑电动车将一位老人撞倒在地后还哈哈大笑。"（中共的邪恶是任何其他國家和地區的人所想象不出來的，他們利用各方面絕對的權力，可以動用一切資源、一切手段達到整人的目的，不僅給受害人身體上的打擊，更要給受害人精神上的摧殘。中共是遠比納粹、克格勃更加邪惡的組織，它對于凡是魔爪能涉及的領域和地方，都要強加和貫徹它的邪惡意志，否則它就將反對者和不從者視爲障礙，用盡各種卑鄙、無恥、殘忍的手段予以無情的清除。祇要中共存在，"文革"就不會結束，"動態清零"就不會結束。）

2.27，晴。

起的很早，去医院陪前妻打靶向药物，一起呆了3个多小时，她的精神状态好一些了，话很多，看起来也很开心。我说我准备去西安和洛阳游玩一趟，她支持我去。输液快完时，她点了外卖，去医院食堂吃了午餐，她说习惯了下午睡一觉，要赶紧回去，我没有劝阻，然后在地铁站分手。

今天还在想"两办"是哪两个办，突然想起前几天看到过一个报道标题，台湾有人提议成立"中国台湾邦"，我见到这种标题很少点开来看，所以印象不太深。昨天看到的"两办"发文，可能是针对台湾政客提出的"宪政民主"之类的主张吧。

2.28，多云。

"澎湃新闻"报道一件自杀案。一个叫"管管"的网红，驾着拖拉机远赴西藏，赢得了很多粉丝，也受到了一些非难，现在称为"网络暴力"。他的真名叫孙凡宝，年初贷款买了一辆车，准备再次进行冒险尝试，粉丝更多了，"网络暴力"的言辞也更加激烈，最终，孙凡宝经不起各种侮辱，选择了自杀。报道比较奇怪，只描述了他2月11日买农药的事情，至于究竟是哪一天自杀的，却没有具体的日期。

不过，日期问题不算什么，如果这件事是真实的，关键是那些针对他的恶意中伤是为了什么？是哪些人？一个只是为了拉高自己的人气的平头百姓，有谁会去干损人不利己的事呢？可能会有几个无聊的人偶尔刁难他一两次，可（按报道所言）专门组群，而且有几个群专门针对他，这是为什么？看来，粉丝多了不是好事，尤其是这种具靠挑战自我来赢得粉丝的举动，很容易受到有计划、有组织的"网络暴力"的攻击。联想到《阿甘正传》里的阿甘，一直不停的跑步，不知不觉，成了一大群人的领跑者。很多群众只是盲目的跟从，一个平民如果成了大众心里的英雄，而且是有血性的英雄，那么，他就是一个危险人物，这种人物与事态，必须尽早遏制。

3.1，多云。

下午又去了一趟派出所，魏警官还是找不到人，他说他能使用的资源有限，不好找那个人，他要我没事出去转的时候发现那个人就报警，就可以抓到他了。我说立案的单据上把我的姓写错了，他说是的，派出所留存的两份已经改正了。

晚上前妻要我考虑打市长热线或者去市民中心，她见我不紧不慢，表现出了不高兴，不理睬我了，我又说明天再去找他们，她才开始回复。

我不懂，即使打了市长热线或者去了市民中心，到头来还是要这里的派出所落实，他们仍然可以说"侧面像不好找人"，前妻说："你试都不试，怎么知道没用呢？你总是想当然。"我不再多说了，明天再去一趟。

我的心里还是有别的考虑，如果报到市里，会不会引出一些更无法预料的事呢？会不会因此举动，把我的自由也限制了，比如不能出去旅游，因为随时要配合派出所的工作等等，那就得不偿失了。

明天去买个好的录音笔，经常与警察打交道，应该有所防备。以后出门旅游时也用得上，所谓"害人之心不可有，防人之心不可无"嘛。

3.2，晴。

考虑市长热线的问题，这其实是一个投诉派出所的渠道，也可以看作为"上访"，难道警察不知道有这么一个督办案件的渠道？难道他们以前就没有遇到过我这种情况，或者被人投诉过？打了市长热线，最终还是要靠这个派出所落实处理，但可以有很多理由称找不到这个人，甚至可以说这个人可能躲到外地去了等等，而对于我则因为有了"上诉"的举动，反倒会视为不安分的人，派出所是国家工具，居然敢"投诉国家工具"，肯定就是不安分的人，不仅这件事会久拖不决，而且还可能增加更多的不方便和不愉快。小老百姓就应该老老实实的等待，安分守己听后安排，对国家工具应该给予足够的信任，这才是一个顺民应该有的本分。想到这里，我觉得前妻用她哥哥的微信号发给我的短视频不仅没用，而且可以看成是一种煽动，也可以看成是一种钓鱼的诱饵。

3.3，阴。

今天气温比较高，穿羽绒服出门感到很热了，返回来换了薄毛衣毛裤再去派出所，进门前打开了录音笔。接待员总是那个中年女辅警，她说魏警官今天不在，我说明来意，希望他们将立案单据改过的姓上盖章，我说户口本就是这样的，正好有一个穿着便服的年轻男子来了，他没戴口罩，头发很短，头顶上的发梢比较稀疏，他说没问题，不用盖章都可以，立案的资料主要是笔录，我提出希望向派出所领导反映情况，他说可以，稍微等一会，值班领导就来了。我在大厅里等的时候，女接待员交给我一只电话，说魏警官对我说话，我接过电话，与他解释了一会，他说我太较真了，我说你还有两三个月退休，我相信你是有荣誉感的警察，不会留下一个没有解决的案子给别人处理，你的资源有限，我向你们领导反映，请他们帮助，他说他5号值班，派出所的教导员也在，要我后天去再一起谈谈。当我还手机时，接待厅里多了一个人，也问什么情况，我简单说了一下，他说："魏警官退休了，派出所还在啊"，我说："我相信魏警官是个有荣誉感的人，在他的职业生涯结束时，他也会希望能画上一个圆满的句号。但他年纪也大了，精力跟不上，手中的资源也有限，所以，我想找所里的领导反映一下。"我这么一说，他两眼发直的看著我不做声了，而那个女辅警要我星期天再来一趟。

3.5，晴。

下午去派出所见到了所里的一位领导，魏警官说是教导员，我简单的介绍了一下情况，教导员说没有正面像的确不好找人，我还是坚持说有2/3的侧面像，又住在CL镇，那边的社区居委会和户籍警可以认出来的，他说这是一个笨办法，不过，现在也只能通过这个办法找了，他答应下周去CL镇派出所和社区走访一趟，同时，他也要我多问问一起摄影的人，看能不能找到他的微信号，我说也会努力去找的。交流过程中，我还是表达了我希望魏警官退休时能画上一个圆满的句号，教导员点了点头，魏警官听了也很高兴。最后魏警官送我出派出所，我说找一找你们领导，也是给你减轻工作压力，到你退休时能不留遗憾，他劝我不要总把这件事放在心上，过好自己的生活，说不定国家还会打仗的，我说我们不谈国事，就谈我这一点小事，他说是的是的，过得开心一点，不要三天两头往派出所跑，你也累，我也累，何必呢？我说好的好的。

我在口袋里进行了全程录音，直到出了派出所转过一个弯才关闭录音笔。

晚上，一个微信名叫"SXM"的老师傅给我打来电话，一年多没见过他了，他说这几天天气很好，公园里摄影的人很多，怎么没看到我，我开始搪塞了两句，后来想：我必须问问他是否有"LZ"的微信才对，然后我把"LZ"的头像发给了他，他看了以后说认识，然后表现出了对这个人的厌恶，说他脾气不好，喜欢吹牛，连修图都不会，他配不上做一个摄影师。我要SXM打听一下"LZ"的微信号，他同意了，接著要我向"LZ"至少索赔2万元，我不置可否。

3.6，晴。

近来各种媒体频繁报道弘扬雷锋精神，甚至还使用了他生前一次作报告的讲话录音来拉近他与当今人们的距离。这很奇怪，自从我记事开始就知道"学习雷锋好榜样"，关于他的先进事迹的文章、照片看到过很多，却从来没有听过他的声音。这个讲话录音可能是新近发现的吧，现在的年轻人真是运气好，居然能听到雷锋的声音了，这一定很珍贵，当时能为一个普通士兵的报告进行录音，那是多么的不容易啊。估计上世纪六十年代初，中央的重要领导作重要报告时才会受到此等重视，一般的省市级主要领导大概也就享受由速记员做现场笔录的待遇。雷锋，真的太伟大了，的确值得民众学习。（现在聯想到AI技術。可以將有關各種雷鋒的個人材料及其材料的背景、整個國家的歷史背景、以及由他產生的影響等等資料交給AI，看它對雷鋒的死因作出何種判斷。）

3.11，多云。

今天听茅海建先生的《天朝的崩溃》，播音者是一位叫"小樱书场"的女士，她的朗读方法很好，遇到书中引用的文言文就省略不读，直接用白话文解释内容，听起来轻松许多。以前还听过这位女士读的《圣殿骑士团》和《枪炮、细菌与钢铁》。

趁着现在油菜花开，应该先去婺源游玩一趟，然后再去西安看文物古迹。在地图上琢磨了一会婺源的两个景点篁岭和江岭，两天就足够了。

3.12，阴。

订了14号上午8点11分武汉至婺源的动车票，12点前可以到婺源，然后乘汽车大概一个小时可以到篁岭，玩三个小时左右出来，再乘车去江岭，在那里的民宿过夜，询问好游玩的时间和乘车回婺源高铁站的情况后，确定订返回武汉的车票，如果顺利，可以乘15号下午4、5点的动车回武汉。

3.13，晴。

茅海建先生在《天朝的崩溃》中很详细的对"三元里抗英"的过程进行了分析，他的重点在于这场"人民战争"的真实性和实际规模，但对此后民众心理的影响没有进行分析。我认为，这场"人民战争"就是最终发展到"义和团"动乱的起点，即，由于民间口头传播的偏执和夸大，逐步使民众形成一个"石头剪刀布"的观念，臆想出了"官怕洋人，洋人怕百姓，百姓怕官"的循环制约情势。由此也可以看出，那些在三元里组织起民众的乡绅们，其实也是一些头脑简单、只认强权、见风使舵的人，完全不懂得什么是近代"文明"。他们怎么没有类比一下，拥有正规装备，经过训练的清军和战功卓著的杨方尚且被洋人打得服服帖帖，一群没有战争经验的乡勇、团练怎么可能是洋人的对手，那么，洋人为什么还要地方官出面驱散民众呢？这是那些乡绅们所想不明白的，在他们的脑子里，成王败寇，强权就是真理，他们大概还记得满清入关后数不清的屠城惨案，而时下的洋人不敢大开杀戒，肯定是被义愤填膺的民众震慑住了，所以认为"洋人怕百姓"。假如，当时英军如果不要求当地官员出面驱散民众，而是直接开枪开炮，以满清那种屠城的毫无人性的野蛮手段驱散民众，也就不会有"洋人怕百姓"的推论了。如此一来，且不管英军将领所面临的处罚和英国的舆论压力，中国民间传说中臆想的推论就不会出现，最终"义和团"能不能闹出那么大的乱子就很值得怀疑了。

3.15，阴。

簧岭的景色很美，小村庄依山而建，错落层叠，徽派建筑已经失去了明快的色彩，更显出整体的古香古色。村落下方和对面的山坡梯田全是油菜花，真是美不胜收。遗憾的是人太多了，太吵闹，村里也许是为了更加吸引游客，也许是有关部门的要求，在村里搭起一个小舞台，一群穿著戏服的人在那里演唱黄梅戏和赣剧，本应享受的那种恬静的乡村氛围被搞得乌烟瘴气。

李坑也是一样，徽派民居顺小河两边而建，简易的小桥，来往的行人，倒映在河面上，去的时候是下午5点左右，阳光撒在民居上，与小桥、行人一起映在水面上很美。但是，一方面人太多，另一方面，民居房檐下挂的红灯笼太多了，反而显得乱七八糟，估计冬天人少的时候去可能还要好些。

茅海建先生给三元里的抗英行为定性为保卫家园，不赞成一些史家将其提升到"国家"、"民族"层面，我认为茅先生的这个观点是对的。

3.17，阴。

下午去了派出所，正好遇到魏警官，他看到我就皱起了眉头，然后对我说：上周所里领导到CL镇去走访了一趟，没有结果，现在不能随便抓人，弄错了责任很大。他还说他经常到D公园去转转，看能不能发现那个人。他又问我自己了解的情况，我说我问了别的摄影师，目前还没有结果。他要我回去，不要整天纠结于这件事，该怎么生活，该怎么玩去做就行了，过一段时间，那个人总会出现的，只要看见了他就可以报警抓他。我没再多说什么了，让他们慢慢拖吧。

中国人有一个通病，即很缺乏自省，出了问题总是在别人身上找原因，如果我经常去找他们，那些警察不会检讨他们工作的缺失，也不会讨厌那个他们应该找的人，而会讨厌我，他们会认为是我在故意为难他们，给他们找麻烦。今天，魏警官已经皱起了眉头，后面如果在出现这样的情绪，可能对我的态度就变得生硬，甚至直接指责我了，如果我当时情绪也不好，那就会与警察发生冲突，事情就变得更加复杂了。

晚上我向前妻说了去派出所的情况，最后表示只能等了，前妻要我不能松口，不能说"算了"之类的话，要让警察们有压力，我答应了。

3.18，阴雨。

晚上看一会短视频，也出现了"海牙国际刑事法庭判处普京犯有战争罪，发出了逮捕令"的视频。CNN用的是"可能判处"，而国内的短视频却没有"可能"二字，也许国际刑事法庭已经做了最终的判决吧，由于是短视频，画面上只出现了扎哈罗娃回应时称"逮捕的可能性为零，……俄罗斯不是缔约国。"至于对上述陷阱是否进行了辩解或驳斥不得而知。

不得不承认西方人很会玩国际事务，就在元首准备前往俄罗斯的时候，海牙国际刑事法庭进行了这项判决，看中国如何应对。CNN有报道称普京希望从中国得到支援可能会落空，现在海牙又追加一份压力，中国在军事上更不可能支援俄罗斯了。元首的出访，应该是在经济贸易上获得更多的，且自主性的利益；在科技方面迫使俄罗斯出让更先进的技术；在国际事务上，尤其在中印争端方面站在中方一边。记得几年前俄罗斯举办的世界杯时，专门发行了纪念币，上面印的地图，将中国的藏南地区划在了印度的区域里。对于这样一个油头滑脑的俄罗斯，中国为什么还为他们摇旗呐喊一年时间呢？普金独裁，并在政治、舆论和国际事务上支持独裁的中共，这就是原因。

3.20，阴雨。

上午去医院陪前妻打靶向治疗针，三个小时打完。其间她高兴的说已经不贫血了，所有的指标都正常了。她很高兴，话很多，打完针下楼后走路比我还快。她点了外卖，然后一起在医院的食堂吃的午饭。这一次我没有说劝她复婚的话，打算等下一次再说。

妹妹将所欠的32万元转给了我，我现在是"百万富翁"了，没有外债，有住房，有较高的退休金，我现在可以算做中产阶级的一员了吧。既然有两个人提醒我"好好活著"，那我就好好享受生活吧。

3.22，阴。

去银行又办理了30万元的"7日通知存款"，与先前的60万一样，还是年率2%，本周六这项保本的存款就达90万元了，每周可得利息345元，一个月的收入就是1380元，很满意了。这样，一个月的收入退休金加银行利息共计1.1万，算是进入了高收入阶层。我没有房贷压力，也始终坚定的不买车不学车，即没有任何外债，银行存款又超百万，应该属于中产阶级中的一员了。

在当前物欲横流的社会里，衡量一个人是否算成功人士，基本上都是以拥有金钱作为标准，按我目前的经济状况看，我似乎可以算"成功人士"了。一个家庭分裂的人也算得上"成功人士"？家庭的存在是人之所以为人的一个重要因素，破裂的家庭，即使单个的人再富裕，也不能说有一个幸福圆满的人生，家庭的意义是形而上的，它不能用金钱来度量。

从父亲这个角度来看，至少目前从儿子的过往经历、工作情况和生活情况看，我是一个成功的父亲。儿子曾在中国和世界最好的大学学习，现在干着自己热爱的工作，他的收入不仅能养活自己和伴侣，还能为他的妈妈支付昂贵的医疗费，他人生中无端的烦恼比我年轻时、也比绝大多数中国人要少很多。儿子比父亲过得好，比父亲有成就，就是父亲最大的喜悦，就是父亲的成功和自豪。

儿子目前对于社会的认知很单纯，他基本是完全沉浸于学术和工作中，儿媳目前尚未能工作，尤其是他们还没有小孩，如果今后有了小孩，她对于儿子的态度会不会发生变化呢？（對于兒子是怎麼認識她的這個問題，我不知道，前妻說她也不知道。在"百度"上查了一下，從2017年起，兒子每年暑假期間都回國作學術報告，可能的情況是在某一次行程中，經同學或老師介紹認識了她。但是，奇怪的是，據兒子説她以前在廣東工作，在"百度"裏查到了兒子在北大、清華、南開、復旦、華中科技大學和中科院數學所的報告信息，查不到他到"中山大學"、"華南理工大學"的行程，那麼，他是怎麼認識在廣東工作的她的呢？兒子作報告的地方都是知名的大學和院所，也有的是女學生和年輕的女老師，兒媳這個祇讀了二本、自稱在廣東的銀行工作的女孩怎麼認識兒子的呢？據前妻有一次説："兒媳很佩服兒子，金融知識比她還記的牢。”這個兒媳到底是什麼背景的人呢？）操心啊。

3.23，阴。

　　旅行社的YLS发来消息，要我把去婺源拍的照片发给她看看，我才想起来，我曾向她询问过婺源的行程，她给我发了几张广告贴，后来我说我自己去看看，她说过要我把拍的景色给她看，我居然搞忘了。我赶紧选了20张发给了她，过了几个小时，她回复说反复看了好几遍，拍得很好，景色很美。我没有回复了，我在想，她曾说过她女儿是警察，还曾炫耀的对她说：“你每天微信聊天的内容我都可以看到。”说明她女儿是公安部门负责网络监视的人，她的老公我也见过，大概1.7米左右，红光满面，保养得很好，说话语速较慢，抽的是60元一盒的烟，像个有一定身份的人。女孩能当上警察，没有一定的家庭背景基本上是不可能的，YLS的老公大概是党政部门或公安系统有一定权力的人，我能不能向她说说我被打，而派出所却找不到人的情况呢？左思右想，算了，就这么拖著吧，看那些“为人民服务”的公仆拖多长时间。我也没打算以后还去与那些低俗的摄影师交往，萍水相逢，迟早是要断交的。就这么拖著，那个LZ也不敢在几个公园露面，也不敢与那些摄影师交往。事情没了结，从逻辑上讲，我就应该重回独来独往的生活方式，顺其自然嘛。

3.24，阴。

看到CNN和国内的媒体都在报道关于TikTok的消息，其CEO接受美国议会长达5个小时的调查询问，对于美国可能禁止该软件的举动，中国方面作出了坚决反对的表态。这很奇怪，我不记得当我们不能使用"谷歌搜索"和"谷歌地图"时，没有看到关于"谷歌"负责人接受"人大常委会"的调查询问的报道，反正突然间就不能用了，也不知道美国政府方面提出反对意见没有。

3.25，多云。

矛盾，忐忑不安，你在犹豫，你在怀疑，你在担心，你在恐惧，是的，根源还是恐惧，对于未知境遇的恐惧。

你需要重新看看《天路历程》，"拿起来读吧"，效法班杨的思路和行动，在各种艰难困苦中，在各种美妙的诱惑中分辨出那条通往天国永生的小路，然后从容自然，内心坚定的走下去。

4.1，晴。

MLZ下午打来电话，要我去D公园门口喝茶、聊天，我说在C公园走走就行了，他说CJ住在D公园旁边，我只好答应了。

到了D公园门口的茶社，M和C已经坐在那里了，但是桌上没有茶，我要老板泡三杯茶，CJ说他在吃药，不喝茶，于是就泡了两杯。然后，与他们聊了几个小时，CJ的话不多，主要是我与M聊，而且一般是他提出话题，我随着聊。话题包括退休金、各地的美食、到欧洲和台湾旅游的见闻，还有其他同学的近况，这主要是他们两人聊。M说退休金每年都会涨一点，你明年就可以达到一万了，我接著说："是啊，想著都很吓人，一个月就成了万元户，真是不敢想象。我还在家里玩了五年，实在有点受之有愧的感觉。"他说："很正常，是你工作几十年应该得到的报酬。"将近6点，M说去附近一家"河南烩面"馆吃面，味道还不错。

M该回汉口了，临别时，他很诚恳的要我没事去汉口那边找他散步，从眼神中可以看出他这一次是真诚的，他还说每天下午就没事了，可以提前从单位出来，我说："好的，好的。"接著，我与CJ也告别分手了。

4.2，小雨。

去CL区一门诊开"安定"，想起昨天MLZ说起前段时间武汉市老年人因为对新的医保方案不满而游行抗议的事，他说政府的动机是好的，但是太简单粗暴了，我说那些游行抗议不会有什么用，政府要做调整，肯定也是经过再三权衡了的，因为需要，所以调整，不然谁会去得罪大批的老年人呢？他说了几个案例，说明推行新方案的必要性，又说政府没有先说服民众，或者多提出几个方案，让老百姓选择，我说老百姓的想法很难达成一致，他说那就对各种方案进行投票，或者搞个全民公投，我说这是不可能的，共产党作为执政党，无论在社会上进行投票的内容是什么，对于这种形式都是不可能允许的。他不再说什么了，于是换了别的话题。

又将昨天聊天的过程和内容回忆了一番，MLZ是在吃了面之后，刚刚经过了他以前卖菜的地方，他说了几句回忆当年在菜场的经历后（而不是在公园门口喝茶时讨论同学们的退休金这个话题时），突然对我说："退休金每年都会涨一点，你明年就可以达到一万了。"，我接着感叹"是啊，想著都很吓人，一个月就成了万元户，……"，我接话很快，很自然。听起来我对现在的收入很满意，再不会有别的妄想。

4.4，阴。

晚上给儿子打了电话，告诉他我的公积金到账了，有将近35万元，我想到法国和意大利旅游20天左右，可办理签证需要有预定机票和酒店，我觉得很麻烦，他说是这样的，并说我一个人旅游行不通，除非请一个私人导游，那每天可能需要1千元，他还粗略的算了一下，说20天可能要花15万。我表示希望他给我办一个邀请函，或者办探亲签证，他说那同样也很麻烦，我去旅行的20天，每天的行程要写得清清楚楚，他很忙，没时间帮我办，我说我到法国之后找当地的华人旅行社就可以了，他说那就在国内找那种高端的旅行社一样可以，看他是不会给我办邀请函的，只好说我再咨询一下吧。

4.7，晴。

散步，途中经过某个大学，以为疫情过去了，到校园里走一走应该可以了吧，但是，门禁系统提示我是"陌生人"，保安赶紧过来阻止我进去。看来对于大学来说，"陌生人"是等同于"坏人"的。算了，坏人就不进去了。

今天有很多关于马克龙访问的短视频，看到马克龙，我就联想起《沉静如海》里那位德国军官，他们两长的有点相像。现在，所有的视频网站都看不到完整的这部电影了，还记得里面那位老人对报纸上整天都是贝当的语录很厌恶，可以把这一段删减点嘛，可能担心有做贼心虚的嫌疑吧；再则，爱上敌人，这个题材也是政治不正确的，敌人就应该是十恶不赦的坏人，对敌人就应该充满仇恨，就应该"像秋风扫落叶一样残酷无情"（《雷锋日记》里的话）。

4.8，晴。

经过XXX社区卫生服务中心，进去开了安定，医保卡花费21元，这比以前在"雄企总医院"开药（含挂号费）贵了5元钱，只是这里看病的人很少，不用排队。

近来在微信视频号中经常看到台湾一个叫赖岳谦的人高谈阔论，今天听他评价蔡英文过境美国时与美国务卿布林肯进行了会面，大陆这两天又在台湾周边开展了军事演习，赖声称现在可以看出大陆的态度，即谁打台湾牌谁就会付出代价。实在搞不懂，美国付出了什么代价，只有海里可怜的鱼儿付出了代价。

（2024年1元月11日，在墨爾本看到有報道稱"馬英九認爲臺灣人應該相信習近平"。這很讓人不解，他是不是喝酒喝多了，説的胡話？或者老糊塗了？來到澳大利亞，看了很多以前在大陸看不到的信息，對于臺灣的地位問題，我認爲應該由臺灣人民自主決定，什麼"臺灣自古以來就是中國領土"，自古以來中國的領土包括的何止臺灣？古羅馬帝國的領土何止現在的意大利？什麼"同文同種"，就更扯不到一起了，1949年以後的大陸，中華文明已被中共完全閹割了，現在大陸的文化是馬列主義與帝王專制主義媾合生下的怪胎。失去了共同的文化和文明，哪裏還有"同種"可言？最算是共同的祖先，可這片大地上，共同祖先的後人們相互大規模屠殺的事件還少嗎？因爲"同種"，中共就不把好端端的香港變成一潭死水了嗎？共同的語言也不能成爲必須統一的理由，英語、法語和西班牙語同爲國語的國家都很多，是不是都要統一呢？什麼"14億人民不答應"，這更是強奸民意，一件事，人民是否答應，首先應該要看人民是否有真實的、充分的知情權，中共什麼時候、什麼事情向人民説過真話？不僅沒有，而且，中共什麼時候、什麼問題又切實的問過人民是否答應？）

4.9，晴。

复活节，五年没去教堂了，陌生得我都不敢去了。还是出去看看吧，到东湖牡丹园观赏牡丹，结果基本没什么了，三三两两开的几朵，花瓣也蔫儿了，没意思。出来转到东湖梨园，进去走了近一个小时，到处是非常多的人，吵吵嚷嚷，实在没兴趣长时间逗留，快快的走到地铁站回来了。

地铁和公园里戴口罩的人很少了，"疫情"这一页翻过去了吗？可能吧，但"疫情的起源"问题似乎还在争议中。这是对的，找到真正的起源，是为了避免重复发生。

4.10，晴。

在医院陪前妻打靶向针，她问我又去过派出所没有，我说没有去了，我拿出平板，打开电子版的《论法的精神》，找到其中的一段话："在这种国家里，喜欢诉讼的人是非常危险的。喜欢诉讼的人必然具备获得公平处置的强烈愿望、憎恶分明的情感、敏锐的思辨和契而不舍的精神。而所有这一切都是这种政体要极力避免的。在这种政体下，除了畏惧之外，是不应该拥有其他情感的；而所有这一切也可以骤然导致种种不可预见的革命。……卑微低贱才是他获得安全的唯一保障。"然后，我向她解释了"这种政体"指的是什么政体。她看了之后也不说什么了，只说算是便宜那家伙了，我说他比我难过，CL区就这么几个摄影的地方，他有个相机不敢去拍，是不是很难受呢？他的退休金也很低，又不可能用到外地去摄影，就算在人少的地方去拍，也担心会被我发现，活得多累啊。她不再说什么了。

再然后，我向她介绍了一下孟德斯鸠和《论法的精神》这本书，她对这些知识不感兴趣。

4.11，晴。

中午，那个叫SXM的摄影师打来电话，说他前两天遇到了那个LZ，他指责LZ不像话，怎么能动手打人呢？LZ说他没有动手打我，是我自己倒在地上的，LZ还说他不会那么傻，再怎么样也不会动手的。接著告诉我说："听他这么说，我也不知道怎么说了。我是相信你的，站在你这一边啊。"我问他在什么地方遇到的LZ，他说就在D公园的杜鹃园，我向他说了谢谢。

打完电话，当时非常气愤，LZ不仅不承认打了我，还把我说成了一个敲诈勒索的人，实在是太过分了，这比打我更恶劣。打我时可以认为是一时冲动，而现在他为了推卸责任，有意识的恶意侮辱我的人格。（中共及其操控的乌合之众有多坏，是世界上其他國家和地區的人民所不能想象的。2023年5月23日，武漢市漢陽區一名小學生在校內被老師的車壓死，孩子母親得知消息，直接從銷售汽車的工作場所趕往學校，痛不欲生。可學校和區主管教育的部門祇答應賠錢，沒有任何安慰，也沒有道歉，孩子父母堅持幾天在學校門口討要說法。然後，網絡上就出現各種詆毀、誹謗和侮辱孩子母親的言論。母親經受不住巨大的精神壓力，也墜樓自殺，這是何等的人間悲劇啊！中國人向來是"事不關己，高高挂起"、"多一事不如少一事"的混日子，稍有人心者更不會去傷害那位母親，可哪來的那麼多流言蜚語呢？學校和教育局爲什麼始終沒有表示慰問和道歉的姿態呢？進一步想，這位母親是怎麼知道那些中傷她的網絡言論的呢？聯想到我接到的這個電話，可以類推得出：即使這位母親當時沉浸在悲痛之中，沒有關注網絡，也會有"好心人"將那些惡毒的流言蜚語告訴她，這個事件幾乎就是設計好的謀殺案。不知道那位年輕貌美的母親得罪了什麼不該得罪的人。看到CNN有的文章報道，有美國官員稱中共是一個"邪惡"的組織，説得真的很正確。）

有一点很奇怪，昨天在刚医院对前妻说了我的分析，即LZ过的不自由，不敢到处摄影，今天这个SXM就打来了电话，这也是巧合吗？

又想起爸爸以前曾经经常自言自语发过的感叹"真是气死人啦，真的可以把一个人气死啊。"那时以为他是因为与妈妈争执的缘故，现在看来，他是在工作时与人相处不好，或者经常被算计。"

4.12，晴。

实在不懂，又出了最新版的防疫指南，确切的说是戴口罩场合指南。卫健委怎么又提起这事来了呢？脑壳一拍，就是一个方案，让老百姓在莫名的恐惧中彼此疏离，在各种"规定"中习惯服从。

4.13，小雨。

看微信短视频，有一个北大历史教授戴锦华在讲台上振振有词的说"历史从来都不是客观的"、"是胜利者的清单"。不知道是不是真有这样一个北大的教授，如果这段视频是真的，那就对了，成王败寇嘛，社会达尔文主义嘛，强权政治嘛，文人心甘情愿的做奴才嘛，这些道理都让这个大妈教授解释清楚了。

4.30，晴。

这几天看到了两个很可笑的事，一个是驻法大使卢沙野愚蠢的言论，一个是外交部发言人公开更正尹锡悦在美国关于长津湖战役中美军伤亡人数，同样愚蠢。两个愚蠢说明的是整个官僚体系的愚蠢。

明天去医院陪前妻打靶向针。不知道ZXC与前妻交流的情况，明天可以问问。

5.9，多云。

今天去了派出所，魏警官又不在，门口接待的陌生的男辅警给魏打了电话后说："魏警官说还在调查，你回去等消息吧。"我说："我要出去旅游十多天，回来后魏警官可能已经退休了，所以，我还是想与他谈谈。再说这事也打扰了魏警官好多次，我请他吃个饭总还是应该的吧"。接着，我对接触过几次的女警察说："麻烦你给他打个电话，我来对他说。"她转身到隔离门里面去了一会，出来拿着电话给我与魏警官通话，我要她把免提打开后就与魏聊起来了。我说担心他退休后，这个案子就交给了那天出警的警官，而那个警官第一天说我也踢了LZ一脚，他可能对我有成见，此时，魏再次说不会的，那个警官也是问了在场的群众后这样说的，他对你不会有成见，并且，这个案子不会交给他管（我不知道为什么"不会交给他管"，也没必要问）。我接着还是问他什么时候上班，我请他吃火锅，他同意了。

回来后，我将录音分别保存到电脑和平板里，听了一下，达到了我的目的，即当时到达现场的警官了解到的情况是我"也踢了他一脚"，而没有出现我"故意倒地撞伤"的说法。至此，我心情大好。让各个摄影群的人去维持那个"讹诈"的传说吧，他们不值得我向他们解释什么。

从与魏警官的几次交流看，感觉基层警察与"东厂"可能是两个平行的系统，后者制造问题，前者处理问题；后者的针对性和计划性强，前者的随机处置性强；后者的工作具有整体性，前者的工作则是局部性的。由于整个官僚系统的弱智化，"东厂"设计和制造的问题，在后期的处理过程中就很容易出现逻辑混乱的情况。魏警官的牢骚怨言很多，有一次甚至试图与我聊战争的问题，被我以"我们不谈那些大事，就关心我被打这件小事"的方式推开了。他说基层警察现在弱势群体，条条框框很多，稍微出格就可能脱掉警服。所以，他们消极怠工，所以，他们就抱著多一事不如少一事的心态去工作，只图能平平安安的过日子，尤其魏警官这样一个马上就要退休的基层警察，更不可能有什么工作主动性。

5.13，阴。

昨天去派出所找魏警官聊了一会，约他去吃火锅，他说新来的教导员管得很严，值班期间擅自出去吃饭不好，大概他又是24小时值班那种情况。从聊天的过程看，他说话变得谨慎了，也许我多次提到"我也踢了他一脚"这个问题，他怀疑我真的对周进行了反击。他说："是的，你比他吃的亏大一些，心里很不舒服。"我马上说："他没有吃一点亏。"然后，他要我出去旅游玩开心一些，不要总是惦记著这件事。

辽宁丹东一个人杀了同村的11个人。据记者从当地群众那里了解到，凶手平时很老实，视频最后告诫说："不要欺负老实人，否则后果很可怕。"看到这里，我想到了那位两次在公园看到的形单影只的、公司老老实实的员工ZJG。（孟德斯鸠指出"恐怖是專制國家的原則"。中共1949年奪取政權以後，最初的恐怖是消滅了社會基層知書達理的鄉紳，中共稱他們爲"不勞而獲的資本家、地主、富農"，"反右"和"文革"又消滅了知識精英分子，"6.4"碾碎了剛剛萌芽的自由、民主精神，最後連非暴力不合作的"法輪功"也遭到了殘酷的壓制，這些恐怖暴行被世界揭露之後，中共也感到了來自外交、世界輿論和對外貿易上的各種壓力，但他們又不能不進行恐怖統治，他們不僅知道"恐怖是專制國家的原則"，他們還知道"在專制國家，培養一個劣質的公民就等于培養了一個好的奴隸"。由於上述一系列恐怖暴行和六、七十年的愚民教育，民眾的心智降到了最低，道德水準也降到了最低，這就爲中共實行另一種恐怖提供了便利，即造成一種"每個人與每個人的戰爭"的社會氛圍，使民眾之間沒有一絲信任，不相信存在誤解，祇認爲皆是敵意。中共再訓練一批使民眾加劇敵意的流氓、無賴和騙子，再通過威逼利誘大批缺乏心智的少女和少婦，使社會的細胞——家庭也受到敗壞。這樣，整個社會就毫無道德和良知可言了，祇有大量充滿著憤怒、各自爲陣的人們，他們隨時會因爲某件事而失去理性，成爲媒體所抨擊的"暴徒"或"精神病人"。在這種充滿戾氣的恐怖氛圍下，民衆個人無能爲力，除了相信和依靠中共把持的國家機關別無他法，而這些國家機關本來就是恐怖的制造者，每當民衆需要他們主持公正時，却又會受到百般刁難，新的戾氣又産生了。這是一個死循環，這是一個没有希望、没有未來的民族，而這一切的罪魁禍首正是民衆朝思暮想、渴望無限占有的財富的符號——毛澤東。

如今的世界已變得如此之小、如此之平，中共的觸角對世界各國的影響如此之大，世界文明國家如果將其視而不見，或認爲僅僅是中共治下的内政問題，或者僅認爲通過各種限制使其影響力局限于統治範圍内，那就錯了。中共的雄心決不會僅限于現有的範圍，他們囂張狂妄、暴戾恣睢、心狠手辣、驕奢淫逸、虚榮無度，他們具有人類歷史和未來所有出現過和没有出現過的惡，他們要通過各方面不斷的對外蠶食向民衆展示他們的英明、强大，他們妄想的是全世界人民臣服于他們的"最高指示"。如果文明國家的人民以爲通過各種法律和條款就能限制中共的野心，那也是一種求得一時平静的被動防御，牢記霍布斯的教導吧——我們不能與野獸簽訂契約，中國民間有句話説得好——不怕賊偷，就怕賊惦記，與中共玩警察與小偷的游戲是危險之舉，徹底將惡棍、流氓、小偷關進監獄才是明智之舉，即斷絶一切與中共的交往，使中共封閉在自己建的高墙内，不給中共以任何發展機會；如果文明國家的人民以爲祗是利用中共治下的龐大市場獲取一般的商業利益，同樣是一種自欺欺人的短視行爲，後果無异于養虎爲患，在某個恰當的機會，比如中國歷史上的"西安事變"，中共就會趁機逐步反客爲主，人類發展將再現維爾·杜蘭特先生所描述的遠古時期的那種狀況——在文明與野蠻的對峙中，時間總是站在野蠻一邊。）

（完）

2024年2月1日于墨尔本整理

國家圖書館出版品預行編目

动态清零之真相 : "文革"不死祸乱不止 / 工无尺著.
-- 臺北市 : 獵海人, 2024.03
　　面；　公分
　　正體題名: 動態清零之真相: "文革"不死禍亂不止
　　ISBN 978-626-98128-7-5(平裝)

855   113002284

动态清零之真相
——"文革"不死　祸乱不止

作　　者／工无尺
出版策劃／獵海人
製作銷售／秀威資訊科技股份有限公司
　　　　　114 台北市內湖區瑞光路76巷69號2樓
　　　　　電話：+886-2-2796-3638
　　　　　傳真：+886-2-2796-1377
網路訂購／秀威書店：https://store.showwe.tw
　　　　　博客來網路書店：https://www.books.com.tw
　　　　　三民網路書店：https://www.m.sanmin.com.tw
　　　　　讀冊生活：https://www.taaze.tw

出版日期／2024年3月
定　　價／500元